Les éditions H&O reçoivent le soutien
de la Région Languedoc-Roussillon

Pour être tenu régulièrement informé de nos publications,
il suffit de nous faire parvenir vos nom et adresse à :
H&O éditions - BP 90 - 34502 Béziers cedex
ou de consulter notre site web : www.ho-editions.com

La quatrième révélation

Du même auteur

Les Ombres du levant
roman, Critérion, 1996

Le Plongeon
roman, H&O, 2002

Le Château du silence
roman, H&O, 2003

« Le tokay sonne toujours deux fois »
in *Le premier Festin*
nouvelle, H&O, 2003

« Les Enfants de février »
in *Tatouages, une histoire et des histoires*
nouvelle, Les Belles Lettres, 2005

ISBN 2-84547-100-9

Olivier
DELORME

La Quatrième Révélation

roman

H&O
ÉDITIONS

À Hermès,
Messager à l'intelligence
colorée de mille ruses

PREMIÈRE PARTIE

Une énigme

Quelle récompense puis-je attendre plus digne, plus belle en son âpreté, plus haute que l'injure des ennemis de la justice ?

Anatole France, *Monsieur Bergeret à Paris*

I

— Panaaayootiiiiii !

Mieux que l'horloge la plus exacte, ce cri d'Artémis appelant son époux indique à Julien qu'il est temps de mettre un terme à sa journée de travail. Il clique sur « enregistrer », sauvegarde les modifications qu'il vient d'apporter au tableau des signes dont il tente de percer le mystère depuis presque deux mois. Puis il ferme ce fichier intitulé « écriture phallique-fréquences ».

L'ex-juge Bergeret se sent d'excellente humeur : il a le sentiment d'avoir accompli des progrès décisifs, aujourd'hui, dans la compréhension des étranges parchemins qu'il a découverts au monastère *Aghios-Pantèleïmon* de Parigoros.

PARIGOROS (7 900 hab.) : située dans le nord des Cyclades, elle compte parmi les plus grandes îles de l'archipel avec ses 347 km² et ses 132 km de côtes. Un massif montagneux, culminant à 1 037 m au Prophitis Ilias, *sépare Parigoros en deux régions d'aspect très différent. À l'ouest, où l'on débarque au port de Vathy, le paysage est sec et rocailleux, les reliefs escarpés et les côtes formées de hautes falaises. Les villages sont pauvres et composés de petites maisons cycladiques traditionnelles, cubiques et blanches.*

Beaucoup plus arrosé en hiver, le versant oriental s'incline au contraire en pente douce jusqu'au littoral où les amoureux de la mer découvriront de magnifiques plages parfois

encore désertes. Tandis que collines et vallons fertiles (céréales, oliviers, arbres fruitiers, vignoble produisant un vin renommé depuis l'Antiquité), parsemés de pigeonniers et irrigués, même en plein été, par une multitude de ruisseaux, offrent au visiteur des paysages d'une paisible harmonie.
*Les hautes maisons aux toits à quatre pentes des villages de cette partie de l'île (un des plus beaux se nomme Posidonia) témoignent de cette opulence. Quant à l'aristocratique architecture néoclassique du chef-lieu, appelé également Parigoros, elle reflète la réussite de ceux des prospères paysans de cette région qui, à partir du XVIIe siècle, se sont risqués dans le commerce maritime et ont fondé de véritables dynasties d'armateurs dont certaines figurent, aujourd'hui encore, parmi les plus grosses fortunes de Grèce. (*Guide du Routard.*)*

Bientôt, le bus du soir klaxonnera en abordant le virage d'où l'on découvre Posidonia. Juste quelques minutes avant que Nicolas n'arrive à son tour, ne gare sa moto, une Yamaha XT 660 R rouge, sur le parking situé à l'entrée du village ; et qu'il ne descende les escaliers de la ruelle de gauche. Au coin du chemin qui mène à la maison, Nicolas cueillera un brin de l'énorme jasmin, couvert d'étoiles blanches, dont le parfum, pour lui, est proche de celui qui doit embaumer le paradis… Si toutefois il existe quelque part un paradis.

— Panaaayootiiiiii !

Une fois passée la sieste, les après-midi sont courtes pour Panayotis : arrosage du potager, cueillette des légumes gonflés de soleil, des pêches et des premières figues blanches gorgées de sucs et de sucre… Sans compter que, même s'il n'a pas prévu de réparer une clôture endommagée par les chèvres du village voisin (ce sont toujours celles du village voisin qui font des dégâts), même quand il ne sacrifie pas un porcelet ou un chevreau qu'il mettra à rôtir dix minutes au plus après le troisième appel d'Artémis, il doit encore donner à boire à ses ânes, deux superbes bêtes aux oreilles démesurées, soyeuses, mouvantes et émouvantes : d'un gris perle extrêmement élégant pour la mère, d'un brun aux reflets roux beaucoup plus plébéien pour son gamin, presque aussi grand qu'elle à présent.

Les deux ânes se mettent à braire, sur une tonalité déchirante, comme s'ils recevaient une volée de bois vert. La chienne de Panayotis vient de poser ses deux pattes avant sur l'appui de la fenêtre. Il fait chaud ; elle halète comme si elle ne parvenait pas à reprendre son souffle.

La maison est un peu à l'écart du village ; la première sur le chemin muletier qui monte depuis le vallon où se trouve le jardin de Panayotis. Julien clique sur « arrêter ». Il quitte l'écran des yeux, il se lève : face à lui, dans l'encadrement de la fenêtre, un flot de verts, crus, sombres ou tendres, mats ou laqués, sous la surface duquel circulent ruisseaux, rus ou rigoles — invisibles mais qu'on entend fredonner sans répit —, oliviers aux reflets de mercure, fuseaux de bronze des cyprès, coiffures des pins sculptées avec extravagance par les vents dominants, feuillages encaustiqués des citronniers, frénétiques figuiers et platanes placides, myrtes, amandiers, lentisques et mûriers, émeraude, jade, Véronèse et céladon qui se bousculent pour dévaler la pente jusqu'aux sept palmiers de Finikas, jusqu'au bleu profond, intense et pétant de lumière d'une mer que ne ride pas la moindre vaguelette.

La petite chienne noire aux ascendances aussi obscures que mélangées aboie à trois reprises. Elle réclame son dû. L'ex-juge Bergeret lui caresse la tête, lui susurre quelques mots d'amitié. Il sort du bureau, traverse la pièce principale du rez-de-chaussée, allumant au passage la mini-chaîne qui, depuis que Julien et Nicolas ont écouté distraitement les infos, ce matin en petit-déjeunant, est restée sur la fonction radio. Julien descend les trois marches d'escalier qui, au fond, donnent accès à la cuisine, prélève quelques biscuits secs dans une boîte en fer, revient vers la porte et, sur le seuil, s'accroupit pour donner les friandises à la chienne. Sa longue queue de rat bat l'air avec frénésie et ses yeux d'or, comme la position couchée de ses oreilles (aussi grandes en proportion mais beaucoup moins rigides que celles des ânes), traduisent l'intense plaisir que l'animal prend à dévorer les croquets.

— Panaaayootiiiiii !

Le troisième cri d'Artémis couvre la voix du journaliste qui, sur Radio France Internationale, vient de commencer son bulletin du soir, et celle des ânes qui, du coup, cessent net leur poignant tapage. Puis le klaxon du bus retentit, enroué. Suivi, deux minutes plus tard, par le vrombissement de la moto de Nicolas : ce soir encore, l'ordre du monde ne sera pas bouleversé !

Le fait que, au lendemain de son déjeuner à l'Élysée, le président de l'Assemblée nationale ait comparé le Premier ministre à un « entraîneur de "l'équipe France" qui se contenterait de faire de la figuration en division d'honneur alors qu'il peut gagner la coupe du monde », relance les spéculations sur l'imminence d'un changement de Gouvernement…

Panayotis arrive devant la maison ; il échange les salutations d'usage avec Julien Bergeret. C'est un porcelet qu'il mettra à la broche ce soir : il le porte sur les épaules en tenant les pattes de l'animal par devant. Exactement de la même façon, pense Julien, que le moscophore, ce porteur de veau du VIe siècle avant notre ère souvent identifié au dieu Hermès, une des statues antiques préférées de Julien, qu'il a revue une fois encore, au musée de l'Acropole, la veille de leur embarquement pour Parigoros. Puis Panayotis donne un coup de menton éloquent dans la direction d'Artémis qui, au balcon, là-haut, manifeste des signes d'impatience : va-t-elle devoir appeler son mari une quatrième fois ? Lui s'est remis en marche aussitôt, derrière sa chienne qui a déjà repris vingt mètres d'avance ; elle se dresse sur ses pattes arrière pour faire fête à Nicolas qui vient de tourner le coin et de cueillir un brin de jasmin.

Panayotis salue Nicolas, mais il n'a plus le temps de s'attarder. La dernière fois qu'Artémis a dû l'appeler à quatre reprises, au lieu des trois réglementaires, elle a fait la tête, et la grève de… enfin vous voyez, pendant plus de trois semaines. Sans parler de ce qu'a coûté la pendule qui trône désormais dans la salle du café-rôtisserie, qu'elle réclamait depuis au moins six mois et qu'il refusait obstinément d'acheter : un Christ barbu, à longs cheveux impeccablement crantés, sur un fond orange de la tonalité en vogue dans les restaurants d'entreprise des années 70, avec un 12 au sommet de la tête et un 6 sous le menton — les aiguilles plantées entre la lèvre supérieure et le nez.

De quoi vous inciter à la ponctualité !

À un an et demi des échéances électorales et alors que de plus en plus de proches du président Larsouille demandent publiquement au chef de l'État de briguer un troisième mandat, les candidats ne manquent pas à la succession d'un Premier ministre qui reste au plus bas dans les sondages…

II

Julien regarde Nicolas s'avancer ; ils ont douze ans d'écart.

...après vingt mois successifs de baisse des chiffres de la délinquance, le ministre de l'Intérieur, Georges Czarblansky, est à coup sûr le favori des députés de la majorité. Mais Alain Perrault pourrait faire figure d'outsider au cas où l'hypothèque des dernières procédures judiciaires dont il est l'objet...

L'ex-juge hausse les épaules et, visiblement agacé, coupe le sifflet au journaliste de RFI. Julien vient de doubler le cap des quarante-cinq ans, Nicolas en aura trente-trois l'hiver prochain, et tous deux ont un peu de mal à concevoir qu'ils vont bientôt fêter leur dixième anniversaire de vie commune — comme si ces dix années avaient duré tout au plus quelques mois.

Nicolas et Julien s'étaient rencontrés juste avant que l'ex-juge ne devienne, avec Adam Lebeau et Clémence Volkovsky, l'une des vedettes du pool financier du palais de justice de Paris, avant que le trio infernal n'inculpât pour abus de biens sociaux, trafic d'influence, corruption active ou passive et détournements divers de fonds publics, un peloton d'anciens ministres irréprochables, une escouade d'honorables parlementaires ainsi qu'un régiment d'élus régionaux et municipaux au-dessus de tout soupçon... sans distinction d'appartenance politique, ce qui leur avait valu, après une éphémère gloire médiatique, et selon l'antique usage qui consiste à exécuter le porteur d'une mauvaise nouvelle, d'être stigmatisés soit comme une bande de gauchistes nostalgiques de la Terreur, soit comme un gang de crypto-fascistes fourriers de l'extrême droite.

Mais au moment où il avait connu Nicolas, Julien n'était encore qu'un magistrat ordinaire qui s'occupait, à la Chancellerie, de la réinsertion des détenus. Né à Marseille dans une famille chassée d'Asie Mineure en 1922 par le massacre des populations grecques dont Mustapha Kémal avait décidé de purifier la Turquie nouvelle, Nicolas (ou Nikos, à la grecque) Kalermis (ou « Bel-Hermès », en français) venait de s'installer à Paris pour y terminer ses études de kinésithérapie.

> *Fils de Zeus et de Maïa, Hermès saute de son berceau le soir même de sa naissance dans une caverne d'Arcadie et traverse la Grèce, durant la nuit, jusqu'en Thessalie. Là, il dérobe un troupeau confié à la garde d'Apollon, profitant de ce que son demi-frère est alors accaparé par ses amours avec Hymènaios, jeune homme « célèbre pour sa beauté » d'après Antoninus Liberalis, et par ailleurs divinité du mariage. Hermès devient du coup le dieu des voleurs ; joignant la ruse à la rapine, il fait marcher le troupeau à l'envers ou, selon une autre version, attache des branches à la queue des animaux afin de brouiller les pistes. (Henri Tourtois,* Dictionnaire gay de la mythologie grecque.*)*

Nicolas et Julien s'étaient rencontrés lors de la pendaison de crémaillère d'un ami commun, un prof qui donnait des cours à Fleury-Mérogis et que Nicolas avait « croisé » dans un sauna. Julien avait tout de suite éprouvé un vif désir. Étonné que ce superbe jeune homme semble répondre à ses avances. Le juge n'a jamais vu son propre physique avec beaucoup d'indulgence. Ce qui l'avait d'abord frappé, chez Nicolas, c'était son sourire auquel personne, femme, homme ou bête, ne pouvait résister. Et puis, tout juste après, un subtil mélange de conviction et d'autodérision, d'intelligence et d'ironie, qu'il parlât de littérature ou de cinéma, de politique ou de son futur métier.

Ensemble, cette nuit-là, ils avaient longuement discuté, sur l'étroit balcon de l'immeuble haussmannien, pour échapper à l'atmosphère enfumée et à la musique poussée à fond. Ils avaient bu beaucoup aussi. Et très tard, Julien, qui ne danse jamais — son sens du ridicule est trop développé —, avait naturellement suivi Nicolas au centre de la pièce où se déhanchaient encore la quinzaine d'invités qui verraient bientôt poindre le jour. Face à face, les deux garçons avaient dansé d'une manière qui, à tous, ne pouvait évoquer qu'un prélude amoureux. Mais lorsque Julien avait proposé à Nikos de venir terminer la nuit chez lui, il avait été malgré tout ébahi de l'entendre accepter sa proposition.

À peine la porte de l'appartement du juge s'était-elle refermée sur eux qu'ils s'étaient rués l'un sur l'autre. Et pourtant! Trop d'émotion? Trop d'alcool? Trop impressionné de se retrouver dans les bras du plus beau type — et de loin — qu'il ait jamais eu dans son lit? Trop de crainte de ne pas être à la hauteur et de le perdre aussi vite qu'il l'avait gagné? Fiasco. Nikos lui avait souri gentiment et, sans un mot, s'était mis à masser ses tempes, avant de s'emparer du reste de son corps.

C'était la première fois que Julien éprouvait la magie des mains de Nikos, des mains dont il éprouverait tant de fois qu'elles étaient capables de lui rendre le calme et la sérénité, quel que soit son malaise ou son trouble. Ils avaient baisé dans une entente parfaite, avec le sentiment d'évidence absolue et partagée que leurs deux corps étaient exactement faits l'un pour l'autre, que leurs désirs, leurs caresses, leurs frissons, tout concourait au plaisir le plus intense qu'ils aient jamais connu.

Ils ne s'étaient plus guère quittés depuis. Il y aurait bientôt dix ans.

Nikos approche à grands pas, le sourire aux lèvres ; il ne porte qu'un short court, vert olive, un surplus de l'armée française. Aussi beau qu'un ange déchu : Lucifer, s'il avait su conserver sa candeur en embrassant la débauche. Aussi boucané qu'un flibustier des mers du sud dont il porte l'anneau d'oreille. Ses yeux sont d'un bleu très clair, incertain, qui vire parfois au vert tendre — sous certaines lumières ou l'effet de certaines émotions. Ses bras sont puissants, ses épaules carrées ; les abdominaux sont travaillés avec autant d'acharnement que de régularité et son pelage broussaille sur les cuisses, sur le torse aussi, pour se limiter ensuite à un étroit sillon qui rejoint le pubis ; le bouc est tondu ras, deux fois par semaine, le crâne rasé de frais. Et Julien se dit, une fois encore, que la rencontre avec son Bel-Hermès est le plus fabuleux des coups de pot qui puisse survenir dans une existence.

> *Ingénieux et amical aux hommes, Hermès leur offre avec générosité ses innombrables trouvailles : la lyre ou la flûte, l'alphabet et l'astronomie, les poids et mesures ou le moyen de produire une étincelle lorsque le feu s'est éteint. Plus humain encore que les autres dieux grecs, Hermès est d'ailleurs si favorable aux mortels que, pour parler d'un coup de chance, on employait en Grèce ancienne le mot* hermaion, *autant dire « coup d'Hermès ». (Henri Tourtois,* Dictionnaire gay de la mythologie grecque.*)*

Un énorme sac noir à l'épaule gauche contraint Nicolas à se déhancher ; il tient de la main droite un casque rouge sur les côtés duquel sont peintes deux petites ailes blanches. Les mêmes qui sont tatouées en noir sur la face extérieure de ses chevilles, et s'épanouissent aussi sur le biceps renflé, au-dessus du caducée qui décore son bras gauche. C'est la veille de son emménagement chez Julien, dans une rue des Thermopyles qu'embaument, à ce moment d'avril, les grappes mauves de glycine et de lilas, que Nicolas avait pris rendez-vous chez un tatoueur. Afin que le juge n'oublie jamais avec l'avatar de quelle divinité il avait choisi de lier son existence.

Dieu des voleurs, Hermès est aussi celui de la ruse (la mètis, *une éminente qualité pour les Grecs anciens), des orateurs, menteurs et avocats. Dès le lendemain du vol de ses bœufs, lorsque Apollon en accuse le nourrisson Hermès, celui-ci nie effrontément et propose sans vergogne de jurer sur la tête de son père, Zeus, le roi des dieux, qu'il n'y est pour rien.*
Plus tard, réconcilié avec Apollon, Hermès échangera la flûte qu'il vient d'inventer (celle que nous appelons « flûte de Pan ») contre la houlette d'or de son demi-frère. Puis, rencontrant deux serpents en train de copuler, il utilise celle-ci pour les séparer. Les deux reptiles s'enroulent alors autour du bâton et forment le caducée surmonté des ailes qu'Hermès porte également à ses sandales et sur son couvre-chef à larges bords, ou pétase, afin de délivrer à la vitesse de l'ADSL, aux dieux comme aux mortels, les messages que lui confie Zeus à partir du moment où le roi des dieux a décidé de faire de ce fils qui l'amuse, par son culot et son insolence, sa malice, son ingéniosité et sa mauvaise foi, le dir com de l'Olympe. (Henri Tourtois, Dictionnaire gay de la mythologie grecque.*)*

III

Dix ans plus tard, l'étonnement de Julien Bergeret est toujours intact dès qu'il considère Nicolas : qu'est-ce donc que ce gaillard à la plastique difficilement perfectible peut bien lui trouver à lui, l'ex-juge au physique commun de bureaucrate ? Il n'est pas vraiment moche, Julien ; il parvient tant bien que mal à limiter les dégâts de l'âge et de la table. Il n'a pas renoncé à contrôler la situation en tout cas... mais il n'a vraiment rien de la grâce brutale de son Bel-Hermès.

Athlète accompli, Hermès est aussi le fondateur des concours de lutte, l'inventeur de la danse et, avec Héraklès, le protecteur des sportifs, raison pour laquelle on trouvera sa statue dans tout gymnase qui se respecte. (Henri Tourtois, Dictionnaire gay de la mythologie grecque.*)*

Nikos arrive devant la porte de la maison. Sans rien dire, il dépose un baiser sur les lèvres de l'ex-juge Bergeret.

— Ta journée a été bonne ?

— La mer était encore meilleure qu'hier.

Chaque fois c'est la même magie : la voix de Nikos rend le son grave et chaud du plus parfait des violoncelles jamais sortis des ateliers d'un luthier de Crémone.

— Tu dis ça tous les jours depuis deux mois.

— Parce qu'elle est chaque jour meilleure. On est restés dans l'eau pendant plus de cinq heures.

— Et la pêche ?

— Miraculeuse. On a pris au moins trois kilos de poissons et, pour finir, on a traqué un véritable monstre : un mérou comme ça...

Nicolas a déposé son sac à terre. De longues palmes et un fusil sous-marin en dépassent. Il précise la taille du poisson, avec les mains et l'exagération de tous les pêcheurs de toutes les mers du globe.

Suivi par Julien, Nikos se dirige vers la cuisine. Au passage, il rallume la radio. Le journaliste de RFI en est à égrener les morts du jour : une demi-douzaine de Palestiniens tsahalisés — un score médiocre comparé aux moyennes quotidiennes de la troisième *intifada* —, cinq cents civils massacrés au Papongo, dont forces gouvernementales et rébellion sudiste se rejettent la responsabilité ; vingt *Étazuniens* tués dans l'attaque à la roquette de leur ambassade à Bagdad alors que le Président Shark vient justement d'annoncer à la télévision qu'après l'envoi de nouveaux renforts, la situation est désormais sous contrôle...

Nikos hausse les épaules.

— Je meurs de faim.

Il se sert un grand verre de lait froid qu'il sucre d'une généreuse cuiller de miel. Et commence à dévorer l'un après l'autre, les biscuits que Julien a achetés pour la chienne de Panayotis — des langues-de-chat.

> *Dieu de l'éloquence, Hermès est honoré par des offrandes de lait et de miel, douces pour sa voix, ou bien encore par des langues d'animaux. (Henri Tourtois,* Dictionnaire gay de la mythologie grecque.*)*

Dans le compotier, Julien prend une des figues qu'il a cueillies ce matin sur la route du monastère. Il approche le fruit de sa bouche mais ne croque pas dedans. Il le presse entre ses doigts jusqu'à ce que, de la petite bourse vert tendre, jaillisse dans sa bouche la pulpe cramoisie, juteuse, à la saveur incroyablement sucrée et à la texture incroyablement sensuelle.

— Tu me croiras si tu veux, mais ce putain de mérou nous a baladés pendant plus d'une heure. Chaque fois qu'on le reprenait en chasse, il revenait dans le même trou de rocher. Jusqu'à ce qu'on repère enfin une deuxième issue. Alors, Dimitris d'un côté et moi à l'autre...

Dimitris, c'est le prof du club de gym que la municipalité de Parigoros a ouvert sur le front de mer.

À la radio, on annonce que viennent d'être recensés sept nouveaux cas de « maladie de la jambe molle », cette mystérieuse pathologie qui commence par la perte de la rigidité des os des membres inférieurs et aboutit en moins de cinq ans à la mort des patients. Des macchabées en sursis qui ont tous habité, dans les décennies écoulées, à proximité de champs où la Monplanto expérimentait ses cultures transgéniques — sans qu'aucun rapport ait pu cependant être établi, dans les seules études entreprises (financées par la Monplanto) sur les cas déclarés, entre cette terrible affection et l'inhalation prolongée de pollens génétiquement modifiés. Quant à l'accord financier entre la Chemical for Life et l'Azerbaïdjan sur l'indemnisation des douze mille victimes et des quatre-vingt mille personnes devenues muettes après la libération accidentelle d'un nuage de gaz toxique sur la nature duquel les autorités azéries comme la compagnie américaine restent muettes elles aussi, il semble en voie d'être finalisé.

Julien et Nikos sont assis autour de la table de cuisine. L'un écoute l'autre raconter par le menu le déroulement de sa traque et les subtilités de sa tactique d'assassin. Julien ne bronche pas. Mais il condamne l'acharnement impitoyable de son compagnon. Hypocrite! lui répondrait Nicolas: tu ne laisseras pas ta part aux chiens, que je sache ! Et ce n'est pas faux : l'ex-juge commence même à saliver, tout en se disant qu'il vit avec un être féroce dont la motivation n'est pas, comme il voudrait le faire croire, le plaisir que leur donnera la bête morte une fois accommodée, mais bien celui qu'il a pris à la poursuivre et à la tuer.

Hermès est aussi, ou surtout, un dieu double : par son union avec Aphrodite, il est le père d'Herm-aphrodite, qui possède les attributs des deux sexes ; esprit frondeur, il se rend cependant auprès de Prométhée pour l'informer de l'implacable cruauté de la condamnation décrétée par Zeus et se fait traiter, sans broncher, par le supplicié, de servile auxiliaire de la tyrannie ; il veille à la fois sur les voyageurs et les brigands qui les détroussent ; créateur des poids et mesures, il protège ceux qui les truquent afin de frauder ; doux berger, dieu tutélaire des troupeaux, il l'est aussi des bêtes sauvages qui les déciment et les dévorent… (Henri Tourtois, Dictionnaire gay de la mythologie grecque.*)*

— Au retour, on est passés chez Astradèni, à Finikas. Elle nous prépare la *kakavia* pour ce soir : la *parèa* sera au grand complet.

La *kakavia*, c'est la soupe de poissons ; et la *parèa*, en Grèce, c'est un groupe d'amis. Mais quand on a dit cela, on n'a pas dit le dixième de ce qu'est une *parèa* : famille de substitution, bande de buveurs et ripailleurs, amicale de gamins poussés en graine autrefois complices de mauvais coups, cercle politique, club de danse, cénacle philosophique où se refait le monde, association de fumeurs invétérés, école de drague quand on est jeune, auditoire privilégié des exploits réels ou supposés de chacun quand on a pris de la bouteille, instance de consolation et exutoire de toutes les colères rentrées à l'heure des aigreurs conjugales, laboratoire des projets professionnels, défouloir des frustrations et groupe de psychothérapie qui allège d'autant, pour la sécu grecque, la facture des antidépresseurs…

Nicolas se ressert un verre de lait sucré au miel et Julien gobe avec volupté une quatrième figue. Le bulletin de RFI tire à sa fin…

> …*l'encyclique* « Coercendus est progressus operum diaboli » *(Les Progrès des œuvres du diable devant être arrêtés) dénonce le relativisme, la liberté de conscience, l'hédonisme, le divorce, l'avortement et la contraception comme les dangers majeurs qui menacent l'humanité. Quant à l'homosexualité, elle est qualifiée, en référence à saint Paul, à la fois de « maladie de l'âme » et de « fléau social », alors que le préservatif se trouve fermement condamné en tant qu'« instrument diabolique qui encourage les relations sexuelles hors mariage et favorise donc l'épidémie de sida ». Ainsi, après les coups d'arrêt donnés par Jean-Paul II puis Benoît XVI aux évolutions de l'Église engagées par le concile Vatican II, Pie XIII choisit-il d'inaugurer son pontificat par une réaffirmation dogmatique sans complexe et une claire volonté de restauration préconciliaire, caractéristiques du* Primum Agmen Christi, *l'Avant-Garde du Christ, dont est issu ce pape argentin…*

— Connard ! Tu vas voir qu'après les fascistes croate et franquiste canonisés par le Polack parkinsonien, le gaucho de la pampa va nous béatifier Pinochet en deux coups de cuiller à pot ! Et toi, mon Juju, ton après-midi ?

— Je crois que je tiens une piste.

— Une piste ? pour le déchiffrement de tes bites ?

IV

Ces bites, qu'il appelle plus élégamment que Nikos une écriture phallique, Julien était tombé dessus par hasard presque deux mois plus tôt. Grâce à la recommandation de son collègue grec, le juge Klèovoulos Palamidès, Julien avait eu la bénédiction de l'higoumène (le père supérieur) Séraphim pour fouiller librement dans la bibliothèque du monastère *Aghios-Pantèleïmon* de l'île de Parigoros, réputée conserver le fonds le plus riche de Grèce après l'Athos et Saint-Jean-le-Théologien de Patmos. Dès le lendemain de leur première entrevue et malgré ses innombrables obligations (avant le maire ou le sous-préfet, l'higoumène est le premier personnage de Parigoros), le père abbé avait même tenu à conduire en personne, jusque dans la partie la plus secrète de son monastère, cet homme à propos duquel son ami d'enfance Klèovoulos lui avait écrit une lettre si chaleureuse.

L'higoumène avait souri d'un air espiègle à Julien, ce matin-là, en actionnant sous une étagère le mécanisme qui avait fait pivoter tout un pan de rayonnages. Le supérieur avait extrait d'une poche de sa soutane une torche électrique et s'était engagé le premier dans l'escalier dérobé d'une trentaine de marches que l'ex-juge avait descendu derrière lui.

En bas, ils s'étaient retrouvés face à une épaisse porte en fer que le saint homme avait ouverte à l'aide d'une clé dont le poids devait dépasser la livre, avant de pénétrer le premier dans une pièce totalement noire.

— Notre enfer, jeune homme ! Tâchez de ne pas y perdre votre âme, avait-il dit à Julien en clignant de l'œil.

Cet enfer était une chapelle aveugle, à moitié troglodyte, aménagée entre la roche et les murs de fondation du rempart : le monastère a longtemps été aussi — ou d'abord — une forteresse. L'higoumène avait tourné un interrupteur circulaire qui devait dater des années 50 et le jour cru de quatre ampoules électriques avait éclairé une voûte et trois murs (le quatrième étant constitué par la paroi rocheuse) entièrement peints à fresque, dans des couleurs d'une vivacité étonnante où dominent le rouge, le bleu et l'ocre. L'endroit sentait le renfermé mais il était parfaitement sain : aucune trace d'humidité ; à l'évidence, il n'avait pas été aménagé au hasard dans cette région de l'île où l'eau ruisselle de toute part.

— XIVe siècle : un de nos trésors cachés... peut-être l'œuvre d'un élève de Manuel Pansèlinos, le Michel Ange macédonien. Ce réalisme un peu maladroit, mais plein de vie, est comme une marque de fabrique.

Ici, une Salomé ondule à côté d'une tête de saint Jean-Baptiste, les yeux grands ouverts, posée sur un plat ; là, le Christ comparaît devant un Pilate enturbanné à la turque ; ailleurs, saint Thomas sonde avec étonnement une des plaies du ressuscité ; dans un coin, un énorme poisson jaune vif à la gueule dentée est en train d'avaler un petit Jonas.

— Cette chapelle est dédiée à un saint Armas dont personne ne sait rien. Il est représenté là-bas en train de séparer deux serpents avec un bâton, et là aussi, avec des ailes... d'ange.

*Messager (*angèlos *en grec) des dieux, et d'abord de Zeus, Hermès se déplace grâce aux ailes de ses talonnières et de son pétase. Mais si la Byzance chrétienne se déchira sur le sexe de ses anges, celui du dieu qui se déplace aussi vite que la* *pensée et dont les Grecs en société disaient, après un silence, qu'« Hermès vient de passer », ne peut faire de doute pour personne. Car l'*angèlos *Hermès est si souvent représenté en érection que cette pratique mérite mention par Hérodote (II, 51) et, qu'au* IIIe *siècle de notre ère, le philosophe Plotin en fit la figure symbolique d'un* logos spermatikos, *c'est-à-dire d'une raison… spermatique! (Henri Tourtois,* Dictionnaire gay de la mythologie grecque.*)*

Julien n'en croyait pas ses yeux, c'était comme une bande dessinée: Ancien Testament au-dessus d'une rangée de saints guerriers sur les murs; Nouveau Testament à la voûte. Avec, derrière une iconostase de bois sculpté, une superbe *Thèotokos Hodigitria*, une Vierge qui, dans le creux de son bras gauche, tient un enfant Jésus ressemblant plus à un adulte en miniature qu'à un nourrisson, et qui, de sa main droite, lui montre avec un geste plein de tendresse son chemin de vie terrestre.

— …En fait, Armas est sans doute une déformation du nom d'Hermès. Et ce lieu pourrait être l'antre sacré où se déroulait un culte à mystères auquel Plutarque fait quelques allusions. Celui d'une confrérie masculine, les Fils d'Hermès, dont l'initiation se déroulait sous terre.

Derrière l'autel, le père Séraphim avait dirigé le faisceau de sa torche électrique vers un trou pratiqué dans le sol.

— Ce boyau donne accès à un réseau de galeries qui débouchent au dehors et dont certains siphons, comme celui-là, permettent tout juste le passage d'un homme. Probablement les futurs initiés devaient-ils parcourir un circuit souterrain, y surmonter des épreuves dont nous ignorons tout, sinon que chaque myste était confié, nu et les yeux bandés, à un mystagogue chargé de le guider jusqu'ici, dans la chambre sacrée où trônait une statue d'argent de l'Hermès psychopompe, où se déroulaient un banquet et des rites dont nous savons seulement qu'ils comportaient des chants et des danses. Après quoi anciens et nouveaux adeptes revenaient au jour par l'escalier que nous avons emprunté.

Proche des hommes, Hermès l'est jusque dans sa manière de soulager ses pulsions. Ainsi, loin de la prohibition chrétienne et bourgeoise de la masturbation, prend-il soin d'enseigner cette technique à l'un de ses fils, Pan, homme-bouc dont l'appétit sexuel de nymphes ou de jeunes gens ne trouve pas toujours à se satisfaire. Mais décidément toujours double, cet Hermès débordant de vie est aussi intimement lié aux secrets de la mort.

*L'*hermaion, *dont on a vu qu'il signifiait un coup de chance, désigne aussi, dans certaines régions, le mois où l'on célèbre les morts, parce qu'Hermès est le dieu psychopompe (convoyeur des âmes) du panthéon hellénique, celui qui guide avec douceur, vers les enfers, les défunts comme les vivants auquel le destin a imposé l'épreuve initiatique d'un voyage chez Hadès, mais également, en sens inverse — toujours l'ambivalence —, les rares morts qui obtiennent de revenir depuis les sombres bords jusqu'à la lumière du jour.*

Comment s'étonner dès lors que, au fil du temps, Hermès se soit confondu avec l'Égyptien Thot, divinité de tous les « savoirs » ésotériques, pour devenir cet Hermès « trois fois le plus grand », ou « Trismégiste », auquel sont attribuées les dizaines de livres qui, jusqu'à aujourd'hui, ont fondé tous les « herm-étismes » ? (Henri Tourtois, Dictionnaire gay de la mythologie grecque.*)*

L'higoumène s'était agenouillé devant l'autel et avait invité Julien à l'imiter. Puis il avait braqué le faisceau de sa torche sous la sainte table et Julien avait vu apparaître, gravé en creux dans la pierre, un caducée ailé aux deux serpents entrelacés — semblable à celui du bras gauche de Nikos. Julien avait frissonné, il faisait presque froid.

Aussi le caducée d'Hermès, ce bâton magique qui peut transformer en animal ou plonger dans la petite mort du sommeil, a-t-il suscité, au cours des siècles, bien des interprétations qui ont fait de lui, tour à tour ou simultanément, un phallus ailé, l'axe du monde, la représentation du principe primordial autour duquel s'enroulent et s'affrontent la vie et la mort, le bien et le mal, le yin et le yang, le masculin et le féminin, la connaissance apparente — celle du monde sensible — et la connaissance réelle — spirituelle. Il est encore, pour les Rose-Croix, le symbole des étapes de l'initiation et celui du Grand Œuvre pour les alchimistes, constituant même, aux yeux de certains, une vision prémonitoire des hélices de l'ADN! (Henri Tourtois, Dictionnaire gay de la mythologie grecque.*)*

Les deux hommes avaient franchi dans l'autre sens la clôture sacrée de l'iconostase pour revenir dans la nef. Trois coffres de métal reposaient sur des banquettes maçonnées longeant les parois, des lits de pierre sur lesquels, sans doute, les Fils d'Hermès s'allongeaient pour le banquet sacré. Le père Séraphim avait sorti de sa poche un trousseau de trois clés, ouvert les trois coffres.

— Ce que vous trouverez ici n'est répertorié nulle part. J'ai souvent eu la tentation, comme vous, de tout abandonner pour me consacrer à ce que vous allez avoir la… chance de faire.

Il avait effleuré de ses doigts les volumes. Avec sensualité, avait pensé Julien, avec une lueur dans les yeux, comparables à la manière dont d'autres convoitent ou caressent une femme… ou un homme désiré.

— Je n'ai jamais eu le temps. Ou le courage. Je n'ai jamais été assez sûr de moi peut-être. Je n'ai jamais pris le risque en tout cas, ni cru devoir autoriser personne à le prendre.

Sa main s'était arrêtée sur le chagrin d'un gros in-folio. Le sourire s'était effacé de son visage à moitié mangé par une abondante barbe blanche.

— Je me demande d'ailleurs si je dois vous… Il faut bien que ce soit parce que Klèovoulos me l'a demandé… de personne d'autre…

Il lissait sa barbe. Comme si cela devait l'aider à réfléchir une dernière fois avant de rendre irrévocable une décision trop lourde de conséquences.

— Ce n'est pas que ce soit dangereux comme chez ce bon monsieur Eco où un de ces damnés moines papistes empoisonne les pages d'Aristote. On aime trop Aristote chez nous…

L'higoumène fixait Julien droit dans les yeux.

— C'est un rebut, vous comprenez ? Les trente ou quarante livres rejetés par les hommes les plus cultivés d'Orient, des hommes qui ont lu sans s'émouvoir les Anciens comme les modernes les plus… sulfureux, Épicure comme ce Giordano Bruno que les papistes ont brûlé après lui avoir arraché la langue, votre Voltaire et même, je crois bien (l'abbé esquissa un sourire), votre divin marquis. Mais pas ces trente ou quarante livres dont ces hommes-là ont pensé qu'il fallait les retrancher de la Création. Des livres qui peuvent sans doute produire des conséquences aussi dévastatrices pour les âmes qu'une explosion nucléaire pour les corps… et ceci dans les siècles des siècles.

— Mais dans ce cas-là, pourquoi ne les avoir pas détruits ?

— Bonne question, jeune homme, et sans doute peut-elle trouver une réponse raisonnable : vous êtes en Orient et l'Église de Constantinople n'a jamais eu d'Inquisition ni allumé de bûcher. Elle est trop indulgente aux créatures de Dieu… tout juste a-t-elle béni avec constance l'empereur assez puissant pour crever les yeux de ses ennemis, comme l'usurpateur crevant ceux de l'empereur déposé. Mais en ce qui me concerne, je pencherais plutôt pour l'autre réponse.

— C'est-à-dire ?

— Le Mystère, jeune homme ! le Mystère. La volonté divine que ces livres demeurent parmi nous. Pour nous perdre, ou pour nous sauver… qui peut savoir ?

Puis le père Séraphim avait tourné les talons et passé la porte sans rien ajouter. Julien l'avait entendu remonter l'escalier, s'arrêter. Un instant de silence et la voix du père abbé avait résonné de nouveau sous la voûte :

— J'espère que je ne le regretterai pas… et vous non plus… que vous trouverez là votre… bonheur… ou qu'au moins vous n'y rencontrerez pas votre malheur.

V

Sitôt le père Séraphim reparti, Julien avait longuement inspecté le contenu des trois coffres. Avec un brin de crainte — malgré son scepticisme foncier —, tant la voix de l'higoumène répercutée par la voûte avait eu des accents d'outre-tombe. Finalement, il s'était saisi du volume dont les doigts du saint homme s'étaient attardés à caresser le chagrin.

Et sitôt qu'il l'avait ouvert, il s'était rendu compte qu'il tenait dans ses mains un trésor : il s'agissait d'un commentaire des actes et lettres de saint Paul, datant de la deuxième moitié du VIIIe siècle. Plus précisément du règne de Constantin V, un empereur aussi célèbre pour le courage dont il faisait preuve sur les champs de bataille que pour le goût sans faille dont il témoignait dans le choix de ses amants, mais que la postérité affubla du charmant qualificatif de Copronyme, autrement dit « Nom de merde », parce qu'il fut le plus dur des souverains iconoclastes qui interdirent toute représentation de Dieu, du Christ, de la Vierge ou des saints… et que l'histoire fut écrite par les iconodules qui, une première fois avec l'impératrice Irène puis définitivement en 843, rétablirent le culte des icônes.

Ce manuscrit était enluminé des seuls décors autorisés durant l'iconoclasme : croix, poissons, oiseaux, plantes ou motifs géométriques. Il portait, en quelque sorte, la marque du démon qui avait empoisonné l'esprit du Copronyme et de ses sbires. Les moines avaient farouchement résisté à la proscription des images et, pour cela, le pouvoir impérial les avait chassés de leurs couvents, dispersés, emprisonnés parfois. Aussi, après la fin de la tempête, avaient-ils confondu dans une même haine ce passé de persécution et tout ce qui en conservait la trace. Rarissimes sont les décors d'église iconoclastes et plus encore les manuscrits qui ont échappé à cette vengeance. Mais alors, pourquoi celui-là ? et si la réponse de l'higoumène… Julien fronça les sourcils.

— Ben voyons ! et avec la malédiction des pharaons en prime, pendant qu'on y est, se força-t-il à dire à haute voix, comme pour conjurer la menace potentielle contenue dans les dernières paroles de l'abbé.

Julien tourna précautionneusement deux ou trois pages de ce livre que, peut-être, personne n'avait plus ouvert depuis 843, de peur d'être souillé par le péché qui avait infecté l'époque maudite de sa copie. Et il se mit à déchiffrer sans trop de peine, au hasard, ce qu'il reconnut tout de suite comme l'épître aux Romains, texte doctrinal parmi les plus fondamentaux d'une religion tout entière d'amour…

> *…ces hommes ont aussi délaissé l'usage de la femme conforme à la nature pour se mettre à brûler de désirs les uns pour les autres, consommant entre mâles des pratiques infâmes et recevant en eux le salaire de cette abomination. Comme ils n'ont pas jugé bonne la connaissance véritable de Dieu, Dieu les a donc abandonnés à une intelligence déréglée qui les conduit à la plus odieuse des indécences. Ils sont pleins d'injustice et de perfidie ; ils sont avides et pervers, envieux et gouvernés par de criminelles pulsions ; ils s'abandonnent à la jalousie, au mensonge, à la débauche, médisent et trompent ; ils sont emplis d'impiété et d'arrogance, d'orgueil et de morgue ; ils s'emploient au mal avec ingéniosité et se livrent à la paresse ; ils sont privés de sens commun,*

de fidélité, de sentiment, de reconnaissance et de pitié. Eh bien! que ces hommes-là sachent que la juste décision de Dieu, pour ceux qui ont de pareilles pratiques, c'est qu'ils méritent la mort. (Épître de Paul aux Romains, *I, 26-32, traduction d'Olivier Dhellemmes.)*

Julien avait tourné la page et, entre les deux suivantes, il avait découvert deux feuillets pliés en quatre sur lesquels, une fois déployés… Il en était demeuré stupéfait : le vélin était couvert de signes à la forme bizarre, agencés de différentes manières et qui évoquaient irrésistiblement des sexes masculins.

Si l'on se fiait à la calligraphie du seul mot écrit en grec, « AMEN », ces parchemins étaient beaucoup plus anciens que le volume dans lequel ils avaient probablement été cachés. Car ces « AMEN », qui semblaient conclure certains paragraphes, étaient écrits en lettres onciales, c'est-à-dire en caractères majuscules, typiques des manuscrits des IVe et Ve siècles de notre ère — ni plus ni moins que l'époque dont datent nos plus anciennes versions du Nouveau Testament, les papyrus antérieurs n'en donnant que des extraits insignifiants.

Bouleversé, Julien avait aussitôt inspecté le reste du volume, et découvert deux feuillets du même type insérés dans l'épître à Timothée, puis trois autres encore à l'endroit des *Actes des Apôtres* où Luc raconte le passage de Paul à Troas. Et maintenant, que faire ? Julien devait-il informer le père Séraphim de sa trouvaille ? Ce que dictait la loyauté. Mais l'expérience avait appris à l'ex-juge qu'une annonce prématurée peut avoir, sur une enquête, des conséquences incalculables : le départ inopiné d'un témoin pour un voyage dans un pays sans accord d'extradition avec la France ; la surchauffe des broyeuses dans un bureau à perquisitionner, ou bien encore quelques amicales mises en garde de « chers collègues »… voire un pur et simple dessaisissement.

L'higoumène était certes un homme de haute culture. Et rien moins qu'un esprit étroit : en prenant congé de Julien, au terme de leur première rencontre, la veille de leur descente à l'enfer, le supérieur du monastère lui avait dit qu'il espérait avoir la chance de faire bientôt la connaissance de l'ami qui l'avait accompagné à Parigoros. Il avait même ajouté qu'en attendant, il prierait pour eux. Avant de conclure aussitôt, comme s'il cherchait à rattraper une bourde, qu'eux aussi devraient prier pour lui. Parce que la tentation rôde même dans les lieux les plus saints. Et Julien, avec l'acuité du juge habitué à guetter la moindre des réactions de ceux qui passaient, naguère, dans son cabinet d'instruction, avait remarqué le coup d'œil fugace que le père Séraphim n'avait pu s'empêcher de jeter, en prononçant ces mots, vers son jeune moine-secrétaire.

Lorsque celui-ci était venu chercher Julien dans l'antichambre, il avait été frappé par la très singulière beauté du jeune homme, par le contraste entre son corps, dont la taille et la carrure évoquaient davantage un bûcheron qu'un gratte-papier, et son visage aux traits d'une extrême délicatesse, à peine virilisé par une barbe rousse et clairsemée, un visage aux yeux clairs, baissés ou fuyants, et au teint de pêche virant à celui du piment mûr dès qu'on lui adressait la parole.

Bref, si l'higoumène était sans conteste un homme aux qualités éminentes, un homme qui, au surplus, semblait ne pas tout ignorer des désirs et des plaisirs de la vie terrestre, il était aussi et avant tout un ecclésiastique de haut rang, un prince de l'Église d'Orient portant le titre d'exarque qui ne lui donnait d'obligation qu'à l'égard du patriarche de Constantinople et de Dieu. Et l'on pouvait légitimement se demander ce que serait la réaction du prélat — sinon de l'homme et du savant — devant ces alignements, assez peu… orthodoxes, de… bites ?

VI

S'il était assez peu probable que l'higoumène détruisît des documents d'une pareille rareté, il l'était peut-être davantage qu'il préférât les laisser dormir quelques siècles de plus, là où Julien venait de les découvrir.

En conséquence, l'ex-juge Bergeret avait passé son après-midi à recopier scrupuleusement, sur un grand cahier d'écolier qu'il avait emporté avec lui, les signes phalloïdes couvrant les sept feuillets, en prenant soin de noter les pages du manuscrit iconoclaste entre lesquelles chacun d'eux se trouvait intercalé. Puis il dissimula les originaux dans un autre volume et remonta à la bibliothèque avec le commentaire iconoclaste de saint Paul sur lequel il serait désormais censé travailler.

Dès lors, tous les matins vers neuf heures, Julien rejoignait sa table de travail d'*Aghios-Pantèleïmon* où il épluchait un à un les ouvrages susceptibles de le renseigner sur une écriture cryptique des premiers siècles de notre ère. Car depuis 632, date officielle de la fondation du monastère, ses bibliothécaires avaient si bien accompli leur tâche qu'on peut y consulter à peu près tout ce que l'esprit humain a produit en matière d'histoire du christianisme, de philologie ou d'épigraphie byzantines. Et parce qu'il ne faisait aucun doute, pour l'ex-juge, que ces alignements de signes incompréhensibles constituaient une écriture destinée à transmettre (aux initiés connaissant le code) en même temps qu'à cacher (au commun des mortels qui l'ignorait) un texte encore plus maudit que le livre maudit à l'intérieur duquel on l'avait dissimulé.

À l'issue de cette matinée de travail, Julien retrouvait généralement Nikos à la plage, vers treize heures, pour un bain de mer et de soleil. Puis ils déjeunaient légèrement à la taverne dominant la plage et remontaient ensemble à Posidonia, où ils s'accordaient une sieste — souvent courte et parfois gaillarde.

> *Palestres et gymnases étaient placés sous la double protection d'Hermès et Héraklès (recordman du panthéon grec, avec Apollon, en termes d'amours masculines) ; ils étaient voués à la fois aux sports, pratiqués nus, à l'hygiène, aux massages et à un homoérotisme dont témoigne l'archéologie qui a mis au jour maints graffiti dépourvus de toute équivoque (à Théra, Thasos ou Némée par exemple). Tandis que plusieurs sources littéraires nous laissent entrevoir une homosexualité gymnique quasi institutionnelle, comme à Thèbes où, selon Plutarque (*Vie de Pélopidas*), les autorités « favorisèrent ce genre d'amour et lui donnèrent libre cours dans les palestres afin de tempérer le caractère des jeunes gens ». (Henri Tourtois,* Dictionnaire gay de la mythologie grecque.*)*

Une fois leur caractère bien tempéré, Julien Bergeret et Nikos, son Bel-Hermès, retournaient à leurs activités respectives. Gymniques et maritimes pour l'un, pendant que l'autre retournait à ses b…, à ses chères études, afin de tenter de comprendre ce que ces b…, ce que ces signes pouvaient bien faire dans un volume consacré à saint Paul, dont les rapports avec l'homosexualité n'étaient pas précisément ceux d'Hermès, ainsi qu'en témoignait, par exemple, sa lettre au fidèle Timothée, commentée dans les pages où Julien avait également trouvé deux feuillets de parchemin.

La Loi ne vise pas le juste, elle vise les mauvais, les rebelles, les impies, les dévoyés, les profanateurs, les assassins d'un père ou d'une mère, les criminels, ceux qui se prostituent, les mâles qui se vautrent avec des mâles dans le même lit, ceux qui font commerce d'êtres humains, qui mentent ou violent leurs serments, ainsi que tout ce qui est contraire aux enseignements sains et conformes à la parole du Dieu bienheureux — parole dont je suis, moi, dépositaire. (Épître de Paul à Timothée, *traduction d'Olivier Dhellemmes.)*

Il se creusait la cervelle jusqu'à ce que le cri d'Artémis, la chienne de Panayotis, le klaxon de l'autocar et le vrombissement de la XT 660 R de Nikos mettent un terme à sa journée de travail. Et il se la creusait méthodiquement, l'ancien juge, sachant d'expérience que le sort d'une enquête dépend avant tout de la méthode avec laquelle on la conduit.

Il avait d'abord remarqué qu'aucun signe immédiatement repérable n'indiquait la fin d'un mot ou d'une phrase, ce qui est d'ailleurs le cas général dans les manuscrits en majuscules onciales des IVe-Ve siècles, ces onciales utilisées ici « en clair », de temps à autre, pour écrire un « AMEN » qui terminait certains des paragraphes.

Il avait également noté que des traits verticaux rythmaient le texte séparant soit un signe de base isolé, soit un groupe de deux, trois ou quatre signes de base groupés selon des combinaisons différentes. Il avait donc recherché les différents signes de base dont le nombre s'élevait à dix :

Il s'était ensuite attaché à recenser les combinaisons attestées au fil des sept feuillets, et en avait dénombré cent quatorze, soit un répertoire total de cent vingt-quatre signes (dix signes de base utilisés seuls et cent quatorze combinaisons). Puis Julien s'était mis à étudier la fréquence à laquelle revenait chacun d'eux. Et c'est alors que lui était apparue la première étincelle : dix-neuf revenaient bien plus souvent que les autres.

Tableau n° 1 des dix-neuf signes les plus utilisés dans le manuscrit en écriture cryptique du monastère *Aghios-Pantèleïmon* de Parigoros, dressé par Julien Bergeret

1	Un signe phallique vertical dirigé vers le haut	
2	Un signe phallique vertical dirigé vers le bas	
3	Un signe phallique horizontal dirigé vers la gauche	
4	Un signe phallique horizontal dirigé vers la droite	
5	Un signe phallique oblique dirigé vers le haut et la gauche	
6	Un signe phallique oblique dirigé vers le haut et la droite	
7	Un signe phallique oblique dirigé vers le bas et la gauche	
8	Un signe phallique oblique dirigé vers le bas et la droite	
9	Deux signes phalliques verticaux, côte à côte, dirigés vers le haut	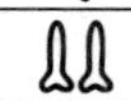
10	Deux signes phalliques verticaux, côte à côte, dirigés vers le bas	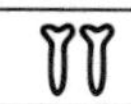
11	Trois signes phalliques verticaux, côte à côte, dirigés vers le haut	
12	Trois signes phalliques verticaux, côte à côte, dirigés vers le bas	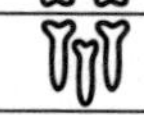
13	Trois signes phalliques horizontaux, superposés, dirigés vers la gauche	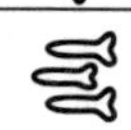
14	Trois signes phalliques obliques, côte à côte, dirigés vers le haut et la gauche	
15	Trois signes phalliques obliques, côte à côte, dirigés vers le haut et la droite	
16	Un signe phallique vertical dirigé vers le haut et deux signes phalliques en V dirigés vers le haut	
17	Un signe phallique vertical dirigé vers le bas et deux signes phalliques en V dirigés vers le bas	
18	Un signe phallique coudé vers le bas et la gauche	
19	Trois signes phalliques superposés et coudés vers le bas et la gauche	

VII

Mais si Julien se montrait méthodique, il mobilisait également ces autres qualités qui, naguère, avaient tant fait redouter le juge : acharnement au travail, froideur dans l'analyse, passion opiniâtre à mettre au jour les logiques cachées, quels que soient les obstacles ou les échecs. Ces qualités que Clémence Volkovsky lui connaissait depuis la fac et qui avaient motivé son insistance à le voir intégrer la galerie financière. Ces mêmes qualités qui en avaient fait, avec sa chère Clémence et Adam Lebeau, une des vedettes de ce pool anticorruption et… un des premiers noms sur la liste des hommes à abattre, pour les divers gangs de notables avec lesquels le trio avait eu maille à partir.

Pendant sept ans, Julien avait tout sacrifié à son travail. Même Nicolas. Combien de fois Nikos avait-il reproché à son juge de ne pouvoir se faire, avec lui, une toile ou une virée en moto à l'improviste, sortir en boîte ou partir plus de quinze jours en vacances ?! Et combien de fois s'était-il endormi sans avoir pratiqué l'exercice qui tempère de façon si bénéfique le caractère des jeunes gens, parce que Julien avait travaillé durant la moitié de la nuit sur un dossier urgent rapporté à la maison !? Ce qui était d'autant plus dur pour le Bel-Hermès que sa nature avait souvent besoin d'être tempérée.

Athlète vigoureux, couramment représenté en inflexible bandeur au sexe démesuré, comparable à celui d'un Priape (ou

> *d'un héros de Tom of Finland), Hermès pratique « naturellement » l'amour des garçons. Les plus célèbres parmi ses amants sont à coup sûr Polydeukès (ou Pollux), archétype, avec son frère jumeau Castor, du combattant valeureux, ainsi que le bel Antheus d'Assessos, ville d'Asie Mineure située entre Milet et le sanctuaire de Didymes. Même si Hermès, comme c'est le cas général dans la Grèce ancienne, pratique alternativement l'amour du semblable et celui de l'autre sexe. (Henri Tourtois,* Dictionnaire gay de la mythologie grecque.*)*

Si bien que le caractère de Nicolas (dont la famille habitait Assessos avant 1922, les baïonnettes turques et le départ vers Marseille), même s'il trouvait aisément à se tempérer au dehors, avait une nette tendance à s'aigrir sitôt qu'il passait les portes de l'appartement de la rue des Thermopyles, et que la conscience professionnelle du juge avait eu pour principal résultat d'installer une tension croissante entre les deux hommes. Un état de guerre froide qui avait dégénéré en conflit atomique lorsque, une semaine avant le championnat de France de parachutisme où Nikos concourrait pour la première fois, en figures de vol relatif à quatre, Julien avait tenté de lui expliquer qu'il ne pourrait l'accompagner à Soulac parce que, ce ouiquende-là, il devrait finalement potasser un dossier avant une audition capitale le lundi. Engueulade mémorable, la porte qui claque et Nikos qui disparaît. Sans donner signe de vie… avant de rentrer, coupe en main et sourire aux lèvres, dix jours plus tard.

Mais sans un mot sur son absence. Julien n'avait rien demandé ; il avait redouté trop fort que cette disparition ne fût définitive. Et même s'il était persuadé du contraire, au fond de lui, tant il était certain de la multiplicité et de la force de leurs liens, il avait réalisé que tous les sacrifices auxquels il avait consenti d'un cœur léger, pour la bonne cause, ne concernaient pas que lui, qu'ils risquaient de mettre en danger les fondements de son existence avec Nikos. Leur bonheur à tous les deux.

Et puis les choses changeaient à la galerie financière. Durant les deux premières années, les trois juges avaient cru tenir le bon bout, qu'ils avaient les moyens de remplir la mission qu'on leur avait confiée, de servir la République en mettant fin à l'impunité de ceux qui s'en servent.

Eux trois, Clémence, Adam et Julien — plus quelques autres ici ou là —, ils y avaient cru ; mais pas Nikos qui les avait regardés s'épuiser avec une lueur d'ironie dans le regard.

— Vous n'êtes pas de taille, Juju. Relis Sciascia : la Maffia finit toujours par éliminer ceux qui se mettent en travers de sa route, c'est toujours elle qui a le dernier mot. Le fait que vos parrains ne soient pas nés à Corleone, qu'ils portent la Légion d'honneur et s'appellent Perrault plutôt que Toto Riina ne change rien au problème.

Ce genre de réflexion avait le don de faire sortir Julien de ses gonds. Pas seulement parce que le juge Bergeret détestait qu'on l'appelât Juju ; mais aussi à cause du fatalisme et du renoncement à agir sur le monde que cela supposait ; et bien que le juge Bergeret tâchât d'exercer sur lui-même un contrôle de tous les instants, d'afficher en toutes circonstances un calme que l'une de ses « victimes », Alain Perrault justement, avait un jour qualifié, dans une tribune libre du *Monde*, de « froideur du serpent » et « d'impassibilité du caïman en embuscade ».

Alain Perrault — celui que le journaliste de RFI donnait comme l'*outsider* dans la prochaine course à Matignon — avait été un exemplaire ministre des Affaires sociales qui avait augmenté trois fois la part salariale des cotisations de santé en trois ans ; trente-six mois durant lesquels le nombre des repas servis chaque jour par les Restos du cœur avait, lui, augmenté de soixante-douze mille. Ce même Alain Perrault qui s'était lamenté avec beaucoup de conviction sur l'impossibilité de revaloriser le salaire des infirmières — lui qui avait vu les grands laboratoires pharmaceutiques contribuer généreusement au financement de toutes ses campagnes électorales. Sans compter que cet ancien médecin à l'air trop con pour paraître malhonnête ne perdait jamais une occasion de condamner dans les termes les plus vifs, depuis que sa première mise en examen l'avait contraint à quitter le Gouvernement, la gestion désastreuse de l'hôpital public — lui qui possédait des parts très lucratives dans une clinique privée florissante de Castillon-sur-Vezangle, la ville dont il était député depuis des temps immémoriaux, et dont il avait été maire jusqu'à ce que la loi sur le cumul des mandats le contraignît à y renoncer — afin de pouvoir rester vice-président du Conseil régional.

Une loi dont Alain Perrault était un farouche adversaire parce qu'elle « coupe les responsables politiques du terrain », comme il l'était de celle sur les marchés publics « qui prive l'action de terrain de la souplesse indispensable ».

Cet homme ne jurant que par le terrain s'en était d'ailleurs acheté un d'une quinzaine d'hectares, avec un château XVIIIe dessus, derrière lequel il avait fait creuser une piscine. Aménagement doublement illégal sur un site classé, puisqu'il avait été réalisé sans l'accord des Monuments historiques et à titre gracieux, par une entreprise ayant obtenu, six mois plus tôt et d'une commission présidée par Perrault, le marché de construction d'un lycée en carton-pâte. Ce qui lui avait valu deux de ses cinq mises en examen par un juge local incroyablement audacieux, ou totalement inconscient. Les trois autres concernaient l'attribution du marché des eaux de Castillon, des fausses factures émises par le journal gratuit dont Perrault était le patron (où sa binette apparaissait au moins deux fois par page et son nom jamais moins de dix), ainsi que l'emploi de personnel du Conseil régional (où, en sus de sa vice-présidence, il était en charge du Patrimoine et de la Culture) à l'entretien du château et de son parc.

Quant au juge Bergeret, il l'avait mis trois fois en examen pour des affaires d'emplois fictifs, de prise illégale d'intérêt et d'exportation frauduleuse de capitaux vers les îles... Caïmans dans le cadre, cette fois, des fonctions de trésorier du MUD (le Mouvement uni des démocrates) que Perrault avait assumées durant quatre ans. Ce qui scandalisait l'honnête homme de terrain.

Perrault était en effet disposé à reconnaître que, « comme tout le monde », il avait « *dû* commettre des irrégularités à cause de la carence passée des lois sur le financement de la vie politique » — bien que la plupart des faits à lui reprochés fussent postérieurs de deux années au moins à la dernière législation sur le sujet. Mais l'homme qui avait fait don de sa personne au Vezanglois et à la France, qui avait renoncé aux ponts d'or qu'on se battait pour lui offrir dans le privé, s'insurgeait si seulement on laissait entendre qu'il avait pu tirer de son sacerdoce (car ce grand catholique était entré en politique comme d'autres en religion) quelque profit personnel que ce fût — tout homme parti de rien (car Perrault se flattait d'origines plus que modestes) et vouant sa vie au bien public ayant naturellement les moyens de s'acheter un château (sans parler du 300 m^2 parisien de la rue Jacob, de la villa au Pays basque et du chalet à la neige) dont le seul budget annuel d'entretien égalait les revenus de la moitié des érémistes de son département...

Non-sens économique puisqu'il alourdit les prélèvements sur les entreprises et encourage le maintien dans l'inactivité plutôt que la recherche d'emploi, le RMI est également un non-sens social puisqu'il fait peser sur l'assurance maladie le poids de pathologies que la non-activité favorise, telles celles liées à l'alcoolisme, et contribue donc à creuser ce qu'il est convenu désormais d'appeler « le trou » de la Sécurité sociale (Extrait de la tribune d'Alain Perrault dans Le Figaro, *intitulée « Pour une vraie politique sociale »)…*

…dont on sait qu'il est bien plus profond que n'importe quelle piscine.

Les premiers doutes avaient assailli Julien lorsqu'était intervenue la « promotion » du procureur général de Castillon et, dans la foulée, l'annulation par la Chambre de l'instruction, pour un infime vice de forme, de toute la procédure dans l'affaire des jardiniers et maîtres d'hôtel du Conseil régional. D'autant que les signes inquiétants s'étaient rapidement multipliés : des policiers absents lors d'une perquisition, un procureur requérant l'abandon des poursuites, des armées d'avocats déposant par brassées requêtes en suspicion légitime ou en récusation, des fuites attribuées aux juges alors qu'elles déstabilisaient leurs enquêtes, des moyens matériels et humains qui leur étaient de plus en plus chichement mesurés alors que leur tâche les conduisait au cœur de systèmes financiers de plus en plus opaques…

Et si Nikos avait eu raison ? et si le pool financier n'était qu'un alibi ?

Quant au temps des désillusions, il avait commencé six mois après le départ du Gouvernement de Perrault, avec l'élection législative partielle de Castillon. L'opposition avait eu beau axer sa campagne sur « les comptes fantastiques de Perrault », le potentat du Vezanglois l'avait emporté au premier tour, et dénoncé dès le soir de son triomphe, sur le petit écran, « ces juges qui se croient justiciers, mais dont le peuple vient de manifester qu'il n'accepterait pas leur Terreur de Robespierre au petit pied ».

VIII

Durant une semaine, Julien avait exploré en vain les ressources de la bibliothèque monastique ; quand, soudain, en dépouillant les tables annuelles d'une très sérieuse revue de philologie, les *Humboldt Studien zur Linguistik*, il avait frémi devant le titre d'un article, heureusement publié en anglais (Julien ne lit ni le norvégien ni l'allemand), du docteur Frederik-Christian Jamainsen de l'université de Trondheim : *Le rongorongo, essai d'interprétation d'une écriture phallique.*

Mais au même instant, les coups de maillet s'étaient mis à résonner en cadence sur la simandre, cette planche de bois héritée des temps où l'Ottoman interdisait aux chrétiens de sonner les cloches, appelant à l'office les trente moines d'*Aghios-Pantèleïmon* — le frère bibliothécaire comme les autres. Et Julien avait dû attendre le lundi matin pour obtenir le volume en question et se jeter sur l'article de l'érudit norvégien.

> *C'est à partir de 1871 que les explorateurs européens découvrent sur l'île de Pâques vingt-six tablettes de bois sur lesquelles sont gravés environ quatorze mille cinq cents signes de cent vingt types différents dont le plus fréquent est un appendice phallique…*

Mais Julien avait rapidement déchanté. D'abord parce que ces signes phalliques étaient associés à beaucoup d'autres, ce qui n'était pas le cas dans le manuscrit de Parigoros. Ensuite parce que si la tradition pascuane faisait remonter ces tablettes aux premiers Polynésiens qui avaient peuplé l'île vers le Ve siècle après J.-C., leur datation, difficile à établir, était probablement assez postérieure. Sans compter que…

> *…conservés dans des cachettes dont le secret fut jalousement gardé durant des siècles, ces documents « écrits » d'une civilisation qu'on croyait sans écriture furent découverts par des savants occidentaux à une époque où, réduits en esclavage dans les mines du Pérou, les rares Pascuans ayant survécu à une déportation aux allures de génocide, avaient tout oublié du sens des hiéroglyphes probablement sacrés de leurs ancêtres. Ce qui explique pourquoi cette écriture phallique reste, aujourd'hui encore, indéchiffrable, si l'on excepte quelques groupements de signes dont l'Australien Steven Fischer a proposé…*

Et puis quel lien imaginer, dans les premiers siècles de notre ère, entre l'île de Pâques et celle de Parigoros ? Poursuivre dans cette voie-là ne conduisait à l'évidence nulle part ; sauf à échafauder des hypothèses aussi vraisemblables que celles du *Da Vinci Code* ou de l'intervention des extra-terrestres dans la construction de la cathédrale de Chartres. Ce à quoi n'inclinait guère l'esprit rationnel de l'ex-juge Bergeret.

Dix jours de travail aussi infructueux avaient encore suivi, avant que Julien ne décide d'explorer une nouvelle voie : celle de la cryptographie. Il y avait d'abord appris que cette technique était presque aussi ancienne que l'écriture elle-même, que César faisait déjà écrire ses messages importants en substituant à chaque lettre celle qui se trouvait deux rangs plus loin dans l'alphabet, et qu'avant lui les Spartiates avaient inventé la première « machine à coder ».

Lorsqu'un stratège part en campagne, que ce soit sur terre ou sur mer, les éphores [magistrats spartiates] *font façonner deux rondins de bois de longueur et de circonférence parfaitement égales, de sorte qu'ils soient complètement identiques. L'un de ces bâtons appelés scytales, ils le conservent et remettent le second au stratège en partance. Puis, quand ils ont à lui communiquer un secret qui le justifie, ils font confectionner une bande de parchemin longue et étroite, semblable à une lanière ; elle est alors enroulée en spirale autour de la scytale qu'ils ont conservée, bord à bord sans aucun interstice et de manière à ce que la totalité de la surface du bâton soit recouverte par la lanière de parchemin. Les éphores écrivent ensuite ce qu'ils souhaitent sur la lanière de parchemin ainsi enroulée autour de la scytale. Puis ils déroulent la lanière qui est envoyée au stratège sans le bâton : celui qui la reçoit telle quelle ne peut donc rien comprendre puisque les lettres ne forment plus d'ensemble cohérent, se retrouvant éparpillées au hasard sur la lanière. Le destinataire doit alors se saisir de sa scytale et réenrouler autour d'elle la lanière : la spirale se trouvant reconstituée de façon identique à la première fois* [ce qui n'est possible que si les scytales sont exactement semblables], *les caractères apparaissent de nouveau dans l'ordre où on les a écrits et redeviennent compréhensibles. (Plutarque,* Vie de Lysandre, *XIX, traduction et notes d'Olivier Dhellemmes.)*

Chiffre de Bellaso, de Marie Stuart ou de Vigenère, demeuré inviolable pendant trois siècles, carré de Polybe ou rail Fence, *Ave Maria* de l'abbé Trithème utilisant quatorze alphabets dans lesquels des membres de phrases formant une prière remplaçaient les lettres, ou cryptogramme du tueur du zodiaque engendré par l'esprit d'un *serial killer* de la côte ouest des

États-Unis (demeuré impuni) pour narguer la police, disques d'Alberti inventés pour les correspondances de la cour pontificale ou machine Enigma pour celles du IIIe Reich, l'ex-juge Bergeret s'était rapidement avisé que la course engagée par les crypteurs contre les décrypteurs n'avait rien à envier à celle de l'obus contre le blindage ou… du juge contre tous les Perrault de la Création.

Mais la bibliothèque monastique ne permettait pas d'aller, dans ce domaine, au-delà de connaissances élémentaires. Aussi Julien avait-il passé à Clémence une commande de livres sur la cryptologie, puis attendu avec impatience leur arrivée, une quinzaine de jours plus tard.

De ces premières lectures, l'ex-juge Bergeret avait tiré qu'on pouvait grossièrement regrouper les codages utilisés dans l'histoire, avant l'apparition de l'ordinateur, en quatre types.

Le premier était le plus simple et consistait à inventer un alphabet de substitution ; comme l'avaient fait la chancellerie de Charlemagne ou le médecin-philosophe-occultiste de la Renaissance, Cornelius Agrippa. Mais les cent vingt-quatre groupes de signes du manuscrit de Parigoros indiquaient par leur nombre même, bien supérieur à celui des lettres de l'alphabet grec (vingt-quatre) ou latin (plus ou moins vingt-six suivant les variantes), que cette possibilité-là devait être écartée.

Le deuxième, ou chiffre tomogrammique, aurait pu coller, puisqu'il s'agit, à la manière du morse, de remplacer chaque lettre par un groupe de plusieurs signes. Il avait fallu une bonne semaine de travail au petit génie informatique de la *parèa* pour bricoler, à ses heures perdues, un programme de décryptage de ce genre de chiffre, dont Yorgos garantissait l'efficacité.

Yorgos était un type de trente-deux ans qui avait monté, en Irlande, une *start-up* de jeux vidéo en ligne à la fin des années 90, et qui l'avait revendue à l'été 2000 ; il avait encaissé le chèque de son acheteur la veille du krach Internet. Depuis, la société avait fait faillite mais Yorgos avait suffisamment d'argent pour vivre dans une aisance bien proche du luxe... avec un petit tiers des revenus de son capital. Il était marié à une délicieuse rousse originaire du comté de Limerick, lui avait fait déjà deux bambins, s'était dégotté une ruine à Parigoros qu'il avait somptueusement retapée, et venait de se lancer dans l'apiculture.

Mais lorsque Yorgos avait apporté à Julien les combinaisons sorties de son ordinateur, l'ex-juge Bergeret s'était dit qu'il n'était pas plus avancé que son collègue Jarriquez, dans *La Jangada* de Jules Verne, à l'issue de ses premières tentatives pour décrypter un message dont dépend la vie d'un innocent condamné à mort.

> *Il commença à écrire, sous la première ligne du paragraphe, les lettres vraies, qui, d'après lui, devaient correspondre exactement à chaque lettre cryptographique.*
> *Après la première ligne, il en fit autant pour la deuxième, puis pour la troisième, puis pour la quatrième, et il arriva ainsi jusqu'à la fin de l'alinéa.*
> *L'original ! Il n'avait même pas voulu se permettre de voir, en écrivant, si cet assemblage de lettres faisait des mots compréhensibles. Non ! pendant ce premier travail, son esprit s'était refusé à toute vérification de ce genre. Ce qu'il voulait, c'était se donner cette jouissance de lire tout d'un coup et tout d'une haleine.*
> *Cela fait : « Lisons ! » s'écria-t-il.*
> *Et il lut.*
> *Quelle cacophonie, grand Dieu ! Les lignes qu'il avait formées avec les lettres de son alphabet n'avaient pas plus de sens que celles du document ! C'était une autre série de*

lettres, voilà tout, mais elles ne formaient aucun mot, elles n'avaient aucune valeur! En somme, c'était tout aussi hiéroglyphique!
« Diables de diables! » s'écria le juge Jarriquez (Jules Verne, La Jangada, *chapitre XII).*

C'est Clémence qui avait ajouté ce livre, ainsi que le *Scarabée d'or* d'Edgar Allan Poe, à ceux que Julien lui avait commandés; elle se souvenait avoir lu ces deux bouquins avec passion, durant son adolescence, et s'était dit que, même s'ils ne servaient pas à Julien, ils plairaient à Nikos qui, en général, avait des goûts littéraires fort proches des siens.

Quant à l'hypothèse d'un système polyalphabétique, elle ne collait pas non plus. Ce type de chiffre se fonde en effet sur le remplacement d'une lettre par celle qui lui correspond dans un des alphabets de substitution (jusqu'à vingt-six différents dans le chiffre de Vigenère), celui-ci changeant pour chaque lettre selon l'ordre défini par une clé connue du crypteur et de son correspondant. Mais le principe même de ce système est d'éviter toute répétition trop fréquente de signes identiques susceptible d'attirer l'attention du casseur de code et de lui faire supposer l'identification d'un signe avec une lettre.

Or, outre le fait que les systèmes polyalphabétiques ne sont pas attestés avant le XVIe siècle alors que, selon toute vraisemblance, le parchemin du monastère datait des IVe ou V^e, le programme bricolé par Yorgos avait mis en évidence que les dix-neuf signes « primaires » dont Julien avait relevé dès les premiers jours qu'ils apparaissaient à une fréquence beaucoup plus élevée, étaient associés, si l'on se portait deux, trois ou quatre caractères (plus rarement davantage) vers la droite, à un ou deux autres signes. Si bien qu'il avait pu dresser un deuxième tableau:

Tableau n° 2 des dix-neuf signes « primaires » et de leurs vingt-trois signes associés, dans le manuscrit en écriture cryptique du monastère *Aghios-Pantèleïmon* de Parigoros, dressé par Julien Bergeret.

SIGNES PRIMAIRES		SIGNES ASSOCIÉS		
1		1b : deux signes phalliques en croix de saint-André dirigés vers le haut		
2		2b : deux signes phalliques en croix de saint-André dirigés vers la droite		
3		le même signe		
4		4b : deux signes phalliques en V dirigés vers le haut		
5		5b : deux signes phalliques en croix de saint-André dirigés vers la gauche		
6		6b : deux signes phalliques en croix de saint-André dirigés vers le bas		
7		7b : deux signes phalliques en < dirigés vers la gauche		
8		8b : deux signes phalliques en < dirigé vers la droite		
9		9b : deux signes phalliques obliques dirigés vers le haut et la gauche *ou* le signe 19b		
10		10b : deux signes phalliques obliques vers le bas et la gauche *ou* 10c : vers la droite		
11		le même signe		
12		12b : deux signes phalliques verticaux dirigés vers le bas, en encadrant un autre vers le haut		
13		le même signe		
14		14b : trois signes phalliques obliques, côte à côte dirigés vers le bas et la gauche		
15		15b : trois signes phalliques obliques, côte à côte dirigés vers le bas et la droite		
16		16b : un signe phallique vertical dirigé vers le haut et deux signes phalliques en V dirigés vers le haut		
17		17b : un signe phallique vertical dirigé vers le bas et deux signes phalliques en V dirigés vers le bas		
18		le signe 2b		
19		19b : deux signes phalliques en > dirigés vers la gauche		

IX

Pour le trio des juges anticorruption, les indices inquiétants s'étaient multipliés sitôt acquis le résultat de la partielle de Castillon. Comme si le triomphe de Perrault avait donné un signal. Aux officines les plus malodorantes de la République, ces égouts du pouvoir où se concoctent les coups tordus, d'où sourdent les fausses révélations et les vraies calomnies, qui semblèrent d'autant plus crédibles dans bien des rédactions parisiennes qu'elles étaient répétées, colportées, voire carrément reprises à leur compte par certains personnages plus ou moins considérables, de la majorité mais aussi de l'opposition.

— Clémence Volkovsky ? mais vous savez, mon cher, que c'est une crypto-trotskyste. Elle a fait quoi à votre avis, pendant ces deux années qu'elle a passées à Rome en 1985-86 ? J'ai eu entre les mains la copie d'un rapport que les services secrets italiens viennent d'envoyer... Mais si, mon cher, c'est comme je vous le dis : les Brigades Rouges ; une vulgaire terroriste, votre juge intègre qui donne des leçons de morale à la terre entière ! une meurtrière peut-être.

Et puis, même dans les journaux qui ne dépendaient pas d'un groupe par nature indulgent pour le MUD, on se montrait désormais circonspect : celui à qui le président Larsouille avait maintes fois manifesté son estime, sa confiance, voire son affection, celui dont il avait dit qu'il était l'un des héritiers de sa

« pensée » (bien que, entre virages stratégiques et incertitudes tactiques, il soit un peu périlleux de définir ce qu'est au juste le larsouillisme) parmi les plus dignes d'avoir « un destin national », ce Perrault-là était encore loin d'être politiquement mort ; il valait donc mieux y regarder à deux fois avant d'insulter l'avenir.

— Vous savez, naturellement, qu'un des grands-pères du juge Lebeau a été interné pendant dix ans ? sans rien dire de sa nièce anorexique. Ce n'est pas de sa faute bien sûr ; mais vous ne trouvez pas un peu dangereux de confier à quelqu'un dont l'hérédité est aussi lourde... Après tout, on pratique bien l'expertise psychiatrique des criminels... Surtout qu'il est un grand consommateur d'antidépresseurs, d'alcool et même... Si, si, j'ai mes contacts aux Stups.

Soudain, bien des médias étaient assaillis de scrupules et de doutes, sur leur comportement passé comme sur les conséquences de « l'acharnement » des juges : n'avait-on pas malmené la présomption d'innocence ? l'efficacité pouvait-elle se conjuguer avec la pureté ? ne finirait-on pas par exiger des politiques qu'ils se coupent les mains à force de leur reprocher de ne les avoir pas gardées propres ? par discréditer la démocratie et faire le jeu des extrêmes ?

— Bergeret ? Un homosexuel notoire et un pervers, comme tous ses... semblables. Un ami bien placé à la Chancellerie m'a confié sous le sceau du secret qu'un type dont il s'est occupé autrefois de la réinsertion, alors qu'il était mineur, est sur le point de..., vous me comprenez. Et ce ne serait pas le seul !

Une terroriste, un psychotique et un pédophile ! Voilà donc les redresseurs de torts qui prétendaient nettoyer les écuries de la République ?! Naturellement, rien de tout ceci ne fut publié ; il eût fallu l'étayer. Pour diffuser ce genre « d'informations », la rumeur des dîners en ville est nettement plus efficace.

Puis était arrivé le temps où les portes du cabinet d'instruction, verrouillées par le greffier le soir, se retrouvaient grandes ouvertes le matin ; le temps des dossiers déplacés, du disque dur d'ordinateur planté pendant le ouiquende…

Un jour, en rentrant chez lui, Adam Lebeau avait trouvé son épouse en larmes : elle avait été suivie par un motard roulant au pas, tout au long du trajet depuis l'école où elle était allée chercher sa fille. Tout juste une semaine avant que Clémence ne reçoive par la poste, le lendemain d'un dîner chez elle avec des amis, un colis de dix petits cercueils portant le nom des neuf convives — et le dernier un point d'interrogation. Une semaine encore et les parents de Julien lui téléphonaient : leur chien de deux ans, qui pétait de santé la veille, était mort dans la nuit. Empoisonné.

La guerre des nerfs avait duré quatre ans. Quatre ans à vivre sous la menace et la surveillance rapprochée de policiers qui vous accompagnent partout, à ne plus rien dire d'important au téléphone, dans lequel on entend de drôles de bruits ou de bizarres silences. Quatre ans pendant lesquels on guette dans le rétroviseur la voiture sans plaque que des voisins ont remarquée en planque à deux pas de chez vous. Quatre ans à craindre pour les siens. Quatre ans à éviter les provocations, à déjouer les tactiques qui vous poussent à la faute, à frôler la parano en redoutant un coup fourré dans tous les instants de la vie. Quatre ans, pour Julien, à renoncer aux sorties en boîte, aux dragues nocturnes et aux « coups de passage ». Quatre ans à essayer de secouer le cocotier, à tenter de suivre la trace d'un argent sale qui est encore plus inodore que l'autre, au-delà de ces frontières qui ne sont plus depuis longtemps des obstacles pour les malfrats et les banquiers mais qui restent infranchissables pour les juges.

C'est dans cette période que Julien avait rencontré Klèovoulos Palamidès, au cours d'un colloque de juges réclamant une fois encore à leurs gouvernements et à l'Europe, tous ensemble si déterminés à assurer la libre circulation des capitaux et à combattre les « pesanteurs sociales » ou « l'archaïsme des services publics », l'élaboration d'une véritable stratégie de coopération transnationale contre la délinquance financière. Les coups de foudre existent aussi en amitié : entre Julien et cet ancien membre de la Cour de cassation grecque âgé de soixante-dix ans, s'était immédiatement nouée une relation faite de sympathie intellectuelle, de respect… et d'affection.

Cher collègue et cher Julien,

Je viens d'appendre par Clémence le mal qui vous frappe et je veux tout d'abord vous souhaiter un prompt rétablissement. Mais je voudrais aussitôt ajouter que le Klèovoulos dont je porte le nom et qui fut, jadis, le juste tyran de la cité de Lindos sur l'île de Rhodes, dont les concitoyens pleurèrent unanimement la mort après quarante années de gouvernement et qui prit place parmi les Sept Sages de la Grèce, soutenait qu'on ne se porte bien que « de corps et d'âme » en même temps. Or, je soupçonne, derrière ce que m'a raconté notre amie, que c'est le mal de celle-là qui, chez vous, a entraîné celui-ci dans la maladie.

Vous m'excuserez, je pense, de vous parler comme un père. Mais la différence d'âge, l'amitié que je vous porte et peut-être aussi un peu mon expérience m'y autorisent. Je crois, cher Julien, que vous avez pris trop à cœur votre, notre, métier. Certes, comme le professait le Klèovoulos d'il y a plus de vingt-six siècles, la vertu exige de détester l'injustice, mais le premier précepte de ce philosophe d'action était de considérer la mesure comme la meilleure des choses.

Or, si notre tâche suppose le don de soi, la mesure exige la distance, et même une sorte de détachement. Parce que, contrairement à ce qui se dit, nous n'avons jamais le beau rôle lorsque nous nous attaquons aux puissants. Notre monde, cher Julien, quand bien même il le nie, reste profondément chrétien. Or, bien avant d'être une religion, le christianisme est une soumission : de l'homme à Dieu, du sujet au monarque de droit divin, du fils au père, du faible au fort. Si le fort est juste c'est tant mieux, et il convient même de l'y exhorter ; s'il ne l'est pas, il sera puni, mais dans l'autre monde. Pas ici-bas. Quant au faible, même la liberté minimale de la restriction mentale lui est interdite : relisez donc là-dessus l'épître de Paul à Tite… (Extrait de la lettre adressée par le juge Klèovoulos Palamidès à Julien Bergeret durant son hospitalisation.)

Car Julien avait en effet fini par tomber malade, huit mois exactement après ce soir où Adam avait retrouvé son épouse tétanisée sur leur lit conjugal, raide comme une planche, les poings serrés, incapable d'articuler un mot comme de verser une larme. Elle ne supportait plus la surveillance continuelle ; sans pouvoir seulement envisager d'y renoncer. Adam s'était malgré tout accroché ; elle avait accepté de se soigner. Volonté, antidépresseurs, thérapie, elle avait réussi à reprendre pied, mais lui avait fini par considérer qu'il n'avait le droit ni de faire grandir leur fille dans un tel climat de peur et de tension, ni d'exiger pareils efforts de quiconque — pour quelque raison que ce soit.

Adam avait l'amour du bon vin et une grande complicité avec son beau-frère, un œnologue embauché par une maison australienne qui lui proposait depuis plusieurs années de tenter l'aventure : une propriété en vente à un prix défiant toute concurrence, en raison d'un divorce, une opportunité qui ne se représenterait pas de sitôt… Adam avait troqué les faisans et l'eau trouble pour le merlot et les kangourous.

X

Les cercueils de Clémence, le président du tribunal qui avait recommandé à Julien d'éviter de tourner le dos aux fenêtres, le départ d'Adam pour l'Australie, l'hôpital, la lettre du juge Palamidès, tout cela était revenu à l'esprit de Julien cette après-midi, comme une bouffée d'angoisse et avec une violence inaccoutumée lorsque la sonnerie du téléphone avait retenti dans la maison de Posidonia et que, tiré de ses chères études, il avait entendu la voix de Clémence à l'autre bout du fil : Nikos avait eu raison en parlant de Sciascia, et Klèovoulos en lui recommandant de méditer l'épître de Paul à Tite.

Prêche aux esclaves de rester bien soumis à leurs maîtres, de tout faire, en toute circonstance, pour leur plaire ; qu'ils ne les contredisent point, qu'ils ne détournent rien et fassent preuve au contraire d'un dévouement sans faille, afin d'honorer l'enseignement de Dieu, notre Libérateur. (…) Rappelle à tous qu'il faut être soumis au pouvoir, aux puissants, obéir à l'autorité. (Épître de Paul à Tite, *traduction d'Olivier Dhellemmes.)*

Mais eux trois, ils avaient refusé cette obéissance aveugle aux maîtres, que la justice se contente de punir les faibles, qu'elle se soumette aux puissants, qu'elle entérine leurs larcins et leurs crimes sous prétexte que la chose publique serait devenue, une fois pour toutes, propriété de leur caste. C'est pour ces raisons-là que le système les avait rejetés; comme un corps malade expulse un organe greffé — fût-ce au prix de sa mort.

Clémence, sa chère Clémence, seule, avait tenu bon. Les femmes sont souvent plus courageuses, ou au moins plus tenaces. Seule, elle avait refusé de se soumettre. Jusqu'à hier. Mais on venait de lui proposer un poste à Bruxelles, à la Commission européenne, pour une mission de réflexion. Elle savait qu'il s'agissait d'une sinécure, d'un placard doré semblable à ceux qu'elle avait refusés à plusieurs reprises: une brassée de fleurs fraîches hors de prix chaque matin dans son bureau, un salaire et des primes de nabab, une voiture de fonction et d'innombrables voyages d'étude au soleil des paradis fiscaux — sans le moindre moyen d'investigation. Elle savait qu'on achetait son silence. Elle n'était pas dupe mais, cette fois, elle était prête à accepter.

Parce que, après avoir perdu Adam et Julien, Clémence était bien obligée de constater à son tour qu'ils avaient échoué, que le bilan de leurs semblables en Italie, en Suisse ou ailleurs, n'était pas plus brillant et qu'entre dépaysements, dessaisissements, témoins soudain devenus muets, nullités, non-lieux, relaxes, rétractations, amnisties, grâces, prescriptions… quatre cinquièmes des affaires étaient étouffés ou en voie d'étouffement tandis que le cinquième restant était enlisé ou en voie d'enlisement.

Faites condamner un gamin voleur de voiture, et vous aurez tous les propriétaires d'automobiles avec vous. Mettez en cause un puissant, et l'éphémère jubilation que beaucoup pourront éprouver à le voir trébucher laissera vite place à la crainte. Parce que chacun de nous rêve de s'élever au-dessus de sa condition. Parce que chacun se dit que si, par miracle, il y parvenait, il devrait alors, lui aussi, redouter de voir un juge fondre sur sa réussite. Parce que les mêmes qui, conformément à l'enseignement de Paul, ne pardonnent pas au gamin de bafouer l'ordre établi en volant la voiture qui pourrait être la leur, ne pardonneront pas au juge de perturber ce même ordre en confisquant la voiture, les privilèges ou la liberté du puissant que, tous, ils rêvent de devenir. Si bien que le vieil adage latin : « la femme de César ne doit pas même être soupçonnable », devrait aujourd'hui se réécrire : « même condamné, César ne peut être coupable ». (Extrait de la lettre adressée par le juge Klèovoulos Palamidès à Julien Bergeret durant son hospitalisation.)

Cependant, avant d'accepter de se vendre, Clémence avait besoin d'un feu vert. Le feu vert de l'homme dont l'estime, en dernier ressort, était la seule chose qui lui importât. L'homme dont elle était tombée amoureuse à la fac, l'homme avec qui elle avait fait toutes ses études de droit. L'homme qui avait été son amant ; qu'elle avait cru pouvoir convaincre, trois années durant, qu'ils étaient faits l'un pour l'autre, jusqu'à ce qu'il s'avouât que non, décidément, son désir, sa vie à lui, c'étaient les garçons. L'homme qu'autrefois elle avait voulu oublier en fuyant, en partant vivre à Rome. Celui auquel elle avait fini par renoncer — sans avoir pour autant renoncé à l'aimer.

La voix de Clémence, au bout du fil, était incroyablement lasse. À l'évidence, elle était au bord de l'épuisement.

— Tire-toi, ma belle. Avant qu'ils ne te tirent, avait répondu Julien à sa chère Clémence, à la femme qui l'aime, à cette femme qu'il admire et qu'il aurait à coup sûr aimée s'il avait pu aimer d'amour une femme.

Qu'aurait-il pu lui dire d'autre, d'ailleurs, lui, l'ex-juge Julien Bergeret qui avait démissionné — même si c'était à son cœur défendant — pour se lancer à corps perdu dans la byzantinologie ? Lui qui était certain aujourd'hui que les querelles sur le sexe des anges ou le culte des icônes, sans parler de « son » écriture phallique, sont bien plus chargées de sens que la vie politico-judiciaire française ! Car depuis qu'il a démissionné, Julien n'a pas regretté une seule seconde cette décision-là — la plus pertinente et la plus justifiée de toute son existence — bien que ce ne soit pas son esprit mais son corps qui l'ait prise.

La question, mon cher Julien, n'est pas de savoir si vous êtes digne de cette noble tâche qui consiste à administrer la justice ; vous l'êtes mille fois — plus quelques-unes de trop pour le monde tel qu'il est. Pourtant, nous sommes un certain nombre de vos amis, même récents comme moi, à vous aimer plus que la justice, à craindre que vous ne puissiez vous imposer ce détachement vital. Aussi ai-je avant tout pris la plume pour vous exhorter, comme le Klèovoulos du temps jadis, à choisir la mesure et la vie.
En attendant, je vous embrasse paternellement, cher Julien.

Votre dévoué Klèovoulos Palamidès.

P.-S. Je possède une charmante maison de famille dans un des plus doux villages de l'île de Parigoros. Elle est à vous pour le temps que votre convalescence et votre réflexion l'exigeront. (Extrait de la lettre adressée par le juge Klèovoulos Palamidès à Julien Bergeret durant son hospitalisation.)

Julien n'a encore rien dit à Nikos du coup de fil de Clémence.

— Alors c'est quoi cette piste ? explique-moi un peu. Le soleil disparaît derrière la montagne.

En bon plongeur, et avant toute chose, le Bel-Hermès est allé rincer à l'eau douce son masque, ses palmes et cette combinaison de plongée à jambes courtes qui met en évidence, mieux que toute autre tenue, la puissante musculature de ses cuisses et… son anatomie avantageuse en général. Puis il s'est douché.

Mais ne s'est pas séché. Il revient de la salle de bain, en slip, couvert de gouttelettes, tenant sur le bras la combinaison qu'il va pendre sur le fil à linge et, à la main, les palmes qu'il pose à la verticale, appuyées contre le mur de la maison.

— Ton ouzo est servi. Apporte les olives, elles sont sur la table.

Son verre d'ouzo pur à la main, un autre, rempli d'eau, posé à côté de lui, Julien est assis sur les marches du perron. Il regarde, fasciné, le lever de la lune. Un énorme disque, rouge sang, parfaitement circulaire, émerge des flots. Au fur et à mesure de sa lente ascension, sa taille diminue mais sa couleur s'avive, comme si le pigment qui le teinte se concentrait. Le ciel, de plus en plus sombre, vire insensiblement du rose au pourpre, en même temps que le bleu de la mer tourne à l'indigo, franchement violine par endroits. Somptueux? c'est légèrement en deçà de la réalité.

— Alors? tu m'expliques!

Nikos s'est assis à côté de son compagnon. Il boit une gorgée d'ouzo, gobe une olive. La main de Julien vient lui caresser la nuque.

— Bon, ça suffit avec tes manières de pédé! tu me racontes ou on passe directement à la torture?

— Comment veux-tu parler devant ça?

— Devant quoi?

— Ça...

— Mais devant quoi? bon dieu, je ne vois que la lune!

— Des fois, t'es désespérant, tu sais.

— Ah! c'est encore tes trucs de gonzesse... Et je suis censé faire quoi parce que la lune se lève? m'évanouir ou hurler à la mort?

Aucun des deux n'est dupe, bien sûr. Il s'agit d'un jeu; mais aussi d'une règle: « jamais de guimauve entre nous, on est des mecs ; on se plaît, on baise, on a choisi de profiter de la vie ensemble, mais il est hors de question qu'on se raconte des salades à la sauce romantique ». Cela n'exclut pas la tendresse entre les deux garçons ni, à l'occasion, furtivement, un « je t'aime, tu sais » ou bien un « je me demande ce que j'aurais fait de ma vie si je ne t'avais pas rencontré ». Mais généralement suivi tout de suite d'une plaisanterie — dans le genre « Arrête de t'épancher, sinon je t'appelle Synovie » —, afin de conjurer tout risque de dérapage sentimentalo-niaiseux.

Nikos crache son noyau, prend une deuxième olive. Julien porte à ses lèvres son verre d'ouzo, fait tourner longuement dans sa bouche l'alcool pur, au fort goût d'anis, avant de l'avaler. Sans boire d'eau fraîche ensuite.

— Voilà, j'y ai pensé toute la nuit et ce matin…

— Ah c'est donc à ça que tu pensais hier soir au lieu de me faire l'amour ! Tu me rassures ; j'avais peur que tu te sois amouraché du giton rouquin de l'higoumène !

XI

Hier soir en effet, Julien avait longtemps semblé vouloir se contenter de jouer avec leurs deux sexes, d'un air songeur — et grave —, en les disposant des différentes manières où l'étaient ceux du parchemin… Jusqu'à ce que Nikos, d'abord décontenancé, ne s'impatiente et n'entraîne Julien, quasiment de force, dans des jeux moins adolescents.

Au terme de longues années de fidélité obligée, pour raison de sécurité (délicat de draguer quand un ange gardien — superbe au demeurant et qui aurait eu un succès fou si… — veille sur chacun de vos pas), Julien avait retrouvé avec délices, dès le lendemain de sa démission, le charme des lieux de perdition parisiens et des rencontres furtives. Aussi, hier soir, après cette étreinte pendant laquelle il avait senti Julien distrait, comme absent, alors qu'il sentait se retourner sans cesse ce même Julien qui, d'ordinaire, tombe comme une masse dans le sommeil sitôt son caractère bien tempéré, Nikos s'était dit que leur tête-à-tête de deux mois dans la maison du juge Palamidès commençait peut-être de peser à son compagnon.

— …Puisqu'on a éliminé l'alphabet de substitution, le chiffre tomogrammique et l'hypothèse polyalphabétique, il ne reste plus que deux possibilités.

— À savoir ?

— Soit une écriture hiéroglyphique où certains signes correspondent à des sons et d'autres à des choses, des idées ou des fonctions grammaticales…

— Et tu pourrais me dire quel genre d'idée ou de fonction grammaticale des bites peuvent exprimer ? à part « encule-moi », ou la copule bien sûr.

— Soit il s'agit d'une écriture polygrammique.

— Mais encore ?

— Chaque signe ne représente pas une lettre mais une association de plusieurs. Une syllabe si tu veux.

— Moi j'ai rien contre, mais ça te conduit où ?

— Nulle part sauf si j'ai, comme Champollion, une pierre de Rosette qui me permette de confronter mon texte avec le même écrit dans une langue connue.

— Et tu l'as ?

— Non, mais j'ai peut-être aussi bien…

— Et c'est quoi ?

— Les Étrusques et les Navajos, Edgar Allan Poe et deux espions au service de Sa Majesté.

— Pardon ? T'es sûr que tu vas bien ? T'as pas mal au ventre ? pas de fièvre ? L'infâme Morganella t'aurait tout de même pas attaqué à la tête cette fois-ci ?!

L'après-midi de l'annulation de la procédure contre Perrault dans l'affaire des emplois fictifs du MUD qu'il instruisait minutieusement depuis cinq ans, le juge Bergeret avait soudain éprouvé de violentes douleurs au ventre. Julien ne s'était pas alarmé ; sujet aux colites depuis l'enfance, il était passé voir son médecin traitant le soir, en rentrant du boulot. Et comme celui-ci connaissait depuis longtemps les faiblesses de son patient, il ne s'était pas méfié ; il lui avait prescrit les habituels antispasmodiques (naguère déremboursés par Perrault qui les avait rangés parmi les médicaments « de confort ») ainsi que, pour le lendemain, une batterie d'analyses — bien que le docteur ne fût plus très loin d'avoir rempli son quota annuel d'examens, institué lui aussi par l'ex-ministre de Castillon-sur-Vezangle. Mais, une fois rentré chez lui, Julien avait senti monter la fièvre en plus de la douleur. Des poussées qui revenaient périodiquement, à 39°, 40° puis 42° ; qui le secouaient de frissons incontrôlables, trempaient son lit de sueur, l'embarquaient jusqu'aux frontières du délire.

Mort d'inquiétude, Nicolas avait d'abord appelé SOS Médecins dont le toubib avait prêché la patience et conseillé la prise d'aspirine. Mais vers une heure du matin, alors que Julien claquait des dents une fois de plus, sous sa couette et quatre couvertures, il l'avait levé, habillé, pris dans ses bras et embarqué dans un taxi. Aux urgences de l'hôpital Baudouin Bramant, ils avaient attendu plus de trois heures avant qu'une interne exténuée n'examine Julien. Naguère confronté à une grève des urgentistes, Perrault avait annoncé à grand tapage le « premier vrai plan d'urgence pour les urgences » ; avant de geler, quatre mois plus tard, les crédits nécessaires au début de sa mise en œuvre.

L'interne paraissait d'ailleurs tellement mal en point que Julien, entre deux crises, semblait presque en meilleure forme qu'elle. Si bien que, après quelques palpations harassées qui ne lui suggéraient rien d'alarmant, et en application du décret sur la rationalisation de la gestion hospitalière signé par Perrault deux jours avant sa démission, elle avait sérieusement songé à renvoyer Julien chez lui. Elle avait néanmoins ordonné une prise de sang.

Déjà pâle de fatigue, l'interne avait encore blêmi en déchiffrant les résultats. Heureusement qu'elle avait pris ses précautions ! Les taux de lymphocytes, de monocytes, le nombre des plaquettes, la CRP dénotaient une infection massive. Nikos était rentré seul à la maison.

Et le lendemain matin, Julien avait enchaîné les examens ; mais sans que ceux-ci permettent de poser un diagnostic.

Hôpital Baudouin Bramant
Service d'imagerie médicale / échographie

D'emblée, mise en évidence d'images échogènes, linéaires, de petite taille, très évocatrices d'aérobilie au niveau du foie gauche, mais également des segments postérieurs du foie droit. Il semble que ces images soient mobiles au cours des changements de position, ce qui signerait bien la nature de l'aérobilie. Cette découverte est néanmoins surprenante compte tenu de l'absence d'antécédent de sphincterotomie ou de chirurgie digestive de ce patient…

Conclusion ? Il fallait passer un scanner ; mais naguère, Perrault avait coupé les crédits d'acquisition de ces trop coûteux appareils. Le juge Bergeret devrait donc être transporté en ambulance — d'une compagnie privée dont, d'après *Le Canard*, Perrault était l'un des actionnaires — jusqu'au scanner le plus proche.

Soit une bonne heure, avec les embouteillages ! et le temps d'une nouvelle crise de fièvre : Julien était arrivé trempé de sueur à l'hôpital Saint-Georges où il avait dû patienter encore cinquante minutes avant qu'on vienne le chercher.

Hôpital Saint-Georges
Scanner abdomino-pelvien

TECHNIQUE

Des coupes de 7 mm tous les 7 mm sont réalisées sans injection de produit de contraste sur l'étage sus-mésocolique puis des coupes de 7 mm tous les 7 mm sont réalisées sur l'ensemble de la cavité abdomino-pelvienne après injection de 100 cc d'OMNIPAQUE 300. Des coupes de 5 mm sont réalisées sur le sigmoïde. (…)

RÉSULTATS

Il n'existe pas d'argument en faveur d'une aérobilie. L'anomalie au foie est à interpréter comme un abcès hépatique résultant d'une diffusion de l'infection à partir d'un abcès sous-séreux visible au sommet de la boucle recto-sigmoïdienne pouvant signaler un diverticule surinfecté.

Une image arrondie contenant des bulles d'air s'étend dans la graisse et remonte vers la fosse iliaque droite venant au contact d'une anse digestive qui paraît être la dernière anse grêle. Cette anse présente une paroi épaisse et, à son contact, on observe une image aérique (images 33 à 35 de la planche 4) qui témoigne de la perforation du sigmoïde.

CONCLUSIONS

Sigmoïdite diverticulaire compliquée d'abcès hépatique, de perforation et d'abcès sus-sigmoïdien.

L'infection provenait donc de petits appendices, congénitaux, de la paroi intestinale qui libéraient, chaque seconde perdue grâce aux économies de Perrault, leur dose de poison mortel dans le sang du juge Bergeret, laissant cependant son ventre parfaitement souple, ce qui avait trompé tout le monde, parce qu'au lieu de se fixer dans l'abdomen qui aurait dû être aussi dur que du béton, le mal avait choisi d'essaimer sur le foie.

Quant aux ambulanciers, partis boire un coup, ou en tirer un, ils n'étaient revenus chercher Julien que trois bons quarts d'heure plus tard. Et ne l'avaient pas trouvé. Parce qu'entretemps une nouvelle crise de fièvre l'avait terrassé, qu'une infirmière passant dans la salle d'attente avait pris peur et fait appeler un médecin — un de ces chirurgiens étrangers dont Perrault avait rendu le recrutement indispensable en maintenant à un niveau ridiculement bas le *numerus clausus* à l'entrée des facs de médecine, mais dont il avait refusé d'aligner le statut et le salaire sur ceux de leurs collègues français.

Le docteur Rabah Al-Harbi n'avait pas hésité un instant. Il avait expédié *illico* le juge Bergeret vers les soins intensifs : Julien savait aujourd'hui à qui, en dehors de ses parents, il devait la vie.

XII

Tuyaux, courbes lumineuses, diodes et bips-bips : Julien s'était cru télétransporté dans la série *Urgences*, que Nikos l'avait contraint de vive force à regarder une ou deux fois. La prise de sang dans l'artère lui avait fait un mal de chien, en plus de la sensation désormais permanente qu'une paire de tenailles s'activait sans relâche dans ses entrailles. Et puis enfin on lui avait injecté de la morphine ; enfin il avait eu un peu de répit et de temps pour penser… qu'il allait bientôt mourir.

Car à ce moment-là, dans son semi-délire de fièvre et de souffrance progressivement amorties par la ouate dont l'enveloppait le bénéfique alcaloïde d'opium, Julien était absolument certain de trois choses : qu'il avait un cancer du foie en phase terminale, qu'on s'échinait à lui cacher la vérité et que, dans quarante-huit heures à tout casser, il ne serait plus de ce monde.

Mais au matin du troisième jour, Julien s'était senti ressusciter. Aussi avait-il à moitié cru le docteur Al-Harbi lorsque celui-ci était venu lui dire que les cultures avaient parlé, qu'elles avaient avoué l'identité du germe coupable de son choc septique — juste après la septicémie, juste avant le coma. Ce germe, sensible au seul Ciflox, un des trois antibiotiques du coquetèle que Rabah Al-Harbi avait décidé de lui administrer à l'aveugle deux jours plus tôt, portait l'incroyable nom de *Morganella Morganii*, patronyme dont Nicolas avait aussitôt décrété qu'il ne pouvait désigner qu'une héroïne sadomasochiste de BD intergalactique à gros seins, cuissardes et guêpière de cuir, armée d'un redoutable chat à neuf queues aux lanières de titanium incandescent et d'un pistolet dont les ravageurs rayons gamma s'attaquaient directement aux boyaux de ses malheureuses victimes…

— L'étrusque est écrit dans une graphie parfaitement connue, continuait Julien à l'intention d'un Nikos désormais tout ouïe.

Même s'il tâchait de le montrer le moins possible en dissimulant ses véritables sentiments derrière l'ironie, le scepticisme et la causticité, Nicolas était en admiration devant la mécanique intellectuelle de Julien. Comme il l'avait été devant son courage physique dans la maladie. Comme il l'avait été devant la détermination du juge, même s'il avait toujours pensé qu'elle ne servait à rien. Et dès que Julien était tombé sur ces parchemins couverts de signes phalliques, Nikos avait eu la conviction que son compagnon réussirait à en percer le mystère.

— Cette graphie est en effet, à quelques variantes près, l'alphabet grec. On peut donc lire un texte en étrusque sans le moindre problème. Mais on n'y comprend rien. Parce que nous ignorons tout de la langue notée dans cet alphabet. Idem pour les Navajos : le chiffre qu'ils utilisaient, dans l'armée américaine, est le seul sur lequel les décrypteurs nazis et japonais se soient cassé les dents durant la dernière guerre.

— Et pourquoi ça ?

— Parce qu'il ne s'agissait pas d'un chiffre. Les Navajos communiquaient en clair, mais dans leur langue qu'à cette époque personne ne connaissait en dehors de leur tribu. Tu me suis ?

— Ça dépend jusqu'où.

— Si tu as en face de toi un langage inconnu noté avec un système d'écriture connu, tu te retrouves comme une poule devant un couteau.

— Ça veut dire que tu baisses les… ailes ? tu démissionnes encore un coup ?

— Pas du tout, puisque je suis devant un cas exactement contraire.

— Tu pourrais parler autrement que par énigme, s'il te plaît ?

— Lis ça.

Dans le cas actuel, — et en somme dans tous les cas d'écriture secrète, la première question à vider, c'est la langue du chiffre : car les principes de solution, particulièrement quand il s'agit des chiffres les plus simples, dépendent du génie de chaque idiome, et peuvent être modifiés. En général, il n'y a pas d'autres moyens que d'essayer successivement, en se dirigeant suivant les probabilités, toutes les langues qui vous sont connues jusqu'à ce que vous ayez trouvé la bonne. (Edgar Allan Poe, Le Scarabée d'or, *traduction de Stéphane Mallarmé.)*

— Oui et alors ?

— Eh bien, plus besoin de pierre de Rosette, mon vieux ! La pierre de Rosette te donne la langue du chiffre, celle dans laquelle tu supposes que le texte est écrit. Autrement dit, tu ne connais rien de l'écriture, mais tu connais la langue qu'elle note.

— Je vois.

— Et c'est là qu'interviennent mes James Bond. Le premier s'appelle…

***RAWLINSON**, sir Henry Creswicke (1810-1895) : Engagé à seize ans dans l'armée de la Compagnie des Indes, ce linguiste d'exception apprend en quelques mois le perse, l'arabe et l'hindoustani. En 1833, date de son entrée dans les services de renseignements, il est envoyé en mission auprès du Shah de Perse dont il réorganise l'armée.*

Mais, depuis sa rencontre avec l'orientaliste John Malcolm sur le bateau qui le conduisait aux Indes, Henry Rawlinson mène une double vie de savant. Durant son séjour en Perse, il se passionne pour une inscription gravée en trois langues — toutes trois en écriture cunéiforme alors indéchiffrée — sur le rocher de Béhistun, au-dessus du bas-relief commémorant la victoire de Darius Ier sur le mage Gaumata (520 avant notre ère).
Agent politique à Kandahar (1840), combattant dans la première guerre anglo-afghane (1842), consul à Bagdad (1844), il reprend son travail (1846) sur les inscriptions de Béhistun en se faisant suspendre dans le vide, au bout d'une corde, à la verticale du rocher, afin d'en achever la copie.
Partant de l'hypothèse que l'un des trois textes est rédigé dans une langue qui doit dériver du perse médiéval, le pahlavi qu'il connaît parfaitement, il démontre alors qu'une des trois inscriptions en cunéiforme note un état antérieur de cette langue. Il révèle du même coup l'existence du vieux perse achéménide, ouvre la voie à la compréhension du système cunéiforme et de ses évolutions, ainsi que, selon le principe de la pierre de Rosette, au déchiffrement des deux autres langues de l'inscription : l'élamite et l'assyro-babylonien. (Patrick Denfer, Dictionnaire des aventuriers.*)*

— Tout ça pour que je t'attache avec une corde et que je te balance dans le vide. Mais si t'avais envie de faire du saut à l'élastique, il fallait me le dire plus tôt, mon amour, on t'aurait inscrit à un stage dans les gorges de la Vezangle !

XIII

Quant au second des espions britanniques de Julien, John Chadwick, il avait exercé ses talents de casseur de codes à Alexandrie, pendant la deuxième guerre mondiale et au service de la *Home Fleet*.

— Dans les fouilles des palais de ces rois mycéniens qui ont fait la guerre de Troie et dont la civilisation s'est développée en Grèce entre 1600 et 1150 avant notre ère, on avait trouvé des centaines de tablettes en argile couvertes d'une écriture inconnue, le linéaire B, qui, pour la plupart des savants, ne pouvait être que celle d'un peuple préhellénique. Seul contre tous, un hérétique, Michael Ventris, prétendait que c'était du grec, mais sans pouvoir le prouver. Jusqu'à ce que Chadwick lui fasse des offres de service et qu'ensemble, grâce aux techniques de déchiffrage qui s'étaient perfectionnées pendant la guerre, ils démontrent que la langue des Mycéniens était une forme archaïque du grec, notée dans une écriture polygrammique de quatre-vingt-sept signes correspondant chacun à une syllabe, au lieu de l'être dans l'alphabet dont Hermès n'a fait cadeau aux Hellènes que plusieurs siècles après. Or, l'étape capitale de leur découverte a été…

Julien se lève, va chercher un livre et désigne à Nikos le passage qu'il doit lire.

> *Une autre voie d'approche était fournie par certains mots qui apparaissaient sous deux épels différents. Pour certains, il n'était pas facile d'assurer qu'il ne s'agissait pas de deux mots distincts. Mais quand on avait des mots assez longs, et que la variation n'affectait qu'une syllabe, il était raisonnable de supposer qu'ils avaient un élément commun. (…) [Or], la plupart des variations apparaissaient dans les finales… (John Chadwick,* Le Déchiffrement du linéaire B, Aux origines de la langue grecque*, traduction de Pierre Ruffel, Paris, Gallimard, 1972.)*

— Alors ? interrogea Nikos.

— Alors quoi ?

— Tu ne vois pas ?

— Et qu'est-ce que je devrais voir ?

— La variation des finales ? Tu piges ?

— Je suis peut-être gogol, mais…

— Ben c'est à se demander justement ! Tu parles la langue de tes ancêtres, non ? Déclinaisons ! tu vois ce que je veux dire, Einstein ? ces mots qui changent suivant le genre, le nombre *et* la fonction grammaticale. Logiquement, les syllabes les plus fréquentes…

— …sont les formes déclinées de l'article et les terminaisons les plus courantes de chaque genre. Si tes bites cachent bien du grec.

— Eh bien tu vois, champion, quand t'essayes de faire marcher autre chose que tes muscles, ils fonctionnent aussi tes deux neurones !

Ce livre, Julien l'avait lu la veille et, tout de suite, il avait pressenti que la clef qu'il cherchait vainement depuis deux mois était à portée de main, comme au moment crucial d'un interrogatoire il sentait soudain qu'un témoin allait lui dire la vérité, qu'un suspect était prêt à craquer.

Mais il n'avait pas saisi immédiatement les implications de ce qu'il lisait. Toute la soirée, en faisant l'amour avec Nikos, et toute la nuit, il avait tourné et retourné tout cela dans sa tête.

Un manuscrit écrit aux IVe-Ve siècles de notre ère et retrouvé à Parigoros avait au moins 90 % de chances d'avoir été composé en grec : depuis Alexandre le Grand, c'est-à-dire huit à neuf cents ans avant son codage, le grec était la langue commune des intellectuels, de la politique, de l'administration, depuis l'Adriatique jusqu'à la Perse — celle de l'Empire romain dans sa partie orientale, comme celle du christianisme naissant et de nos plus anciennes versions des Évangiles.

Quant au nombre des signes phalliques, il collait avec l'ordre de grandeur d'une écriture syllabique : cent vingt-quatre, c'était plus que les quatre-vingt-sept du linéaire B, mais le grec tardif était sans aucun doute plus complexe que celui des Mycéniens.

Au saut du lit, frais et dispos malgré le manque de sommeil, sans avoir bu son indispensable thé ni avalé la moindre miette, Julien s'était replongé dans le Chadwick, puis dans ses propres tableaux. L'ex-juge n'avait pas même entendu partir Nikos. Il n'était allé ni au monastère ni à la mer. Rentré après l'avoir attendu en vain à la taverne au-dessus de la plage, Nikos avait tenté son légendaire massage des trapèzes et du cuir chevelu qui, en temps normal, transformait Julien, dans l'instant, en loque totalement soumise aux mains et aux volontés (libidineuses) de son Bel-Hermès. Mais aujourd'hui, Nikos avait eu beau s'acharner, il n'avait réussi à décoller Julien de sa table de travail ni pour venir manger un morceau, ni pour leur sacro-sainte sieste. Si bien qu'il avait dû repartir pour sa traque au mérou sans même avoir pu... tempérer son caractère.

Et puis, tout à coup, au milieu de l'après-midi, juste après que Julien avait répondu à Clémence, au téléphone, qu'elle devait accepter la proposition bruxelloise, son cerveau avait embrayé : le grec ancien compte trois genres (le masculin, le féminin et le neutre), trois nombres (le singulier, le pluriel et le duel, réservé aux personnes et aux choses allant par paire), et cinq cas (nominatif, vocatif, accusatif, génitif et datif). Mais l'article n'existe pas au vocatif (qui sert aux interpellations) et il n'a que deux formes au duel : un article peut donc avoir vingt-six formes (les deux du duel et huit pour chacun des trois genres) ; mais au neutre, le nominatif et l'accusatif sont identiques au singulier et au pluriel, soit deux formes de moins : restent vingt-quatre ; mais au neutre toujours, le génitif et le datif singuliers et pluriels sont semblables à ceux du masculin, soit encore quatre formes à soustraire : restent vingt ; quant au génitif féminin pluriel, il est également le même qu'au masculin. Restent ? *Eurêka!!!* les dix-neuf signes les plus fréquents ont donc toutes chances de correspondre aux dix-neuf formes possibles de l'article. Quant aux caractères associés, ils constituent probablement les terminaisons des déclinaisons les plus communes de chaque genre.

Tableau n° 3 des premières syllabes déchiffrées par Julien Bergeret dans le manuscrit en écriture cryptique du monastère *Aghios-Pantèleïmon* de Parigoros.

LÉGENDE :
A : Cas
B : Signes primaires
C : Forme de l'article en grec
D : signes associés
E : Terminaison de la déclinaison des noms la plus courante

A	B		C	D		E
Nominatif masculin singulier	1		ο (o)	1b	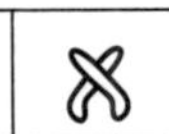	ος (os)
Accusatif masculin singulier	2	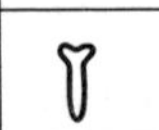	τον (ton)	2b		ον (on)
Génitif masculin et neutre singulier	5	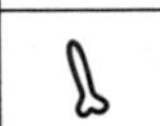	του (tou)	5b	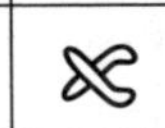	ου (ou)
Datif masculin et neutre singulier	6	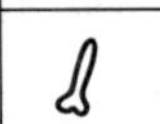	τω (tô)	6b	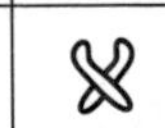	ω (ô)
Nominatif masculin pluriel	11		οι (oï)	11		οι (oï)
Accusatif masculin pluriel	12	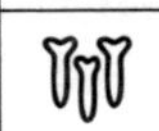	τους (tous)	12b		ους (ous)
Génitif masculin, féminin et neutre pluriel	14	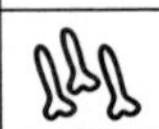	των (tôn)	14b	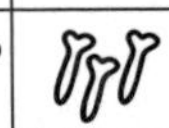	ων (ôn)
Datif masculin et neutre pluriel	15		τοις (toïs)	15b	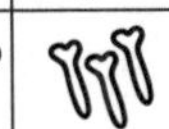	οις (oïs)
Nominatif féminin singulier	3	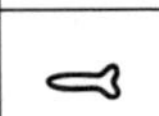	η (ê)	3	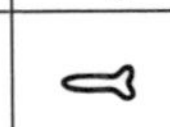	η (ê)
Accusatif féminin singulier	4	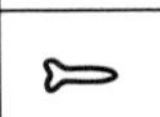	την (tên)	4b		ην (ên)
Génitif féminin singulier	7	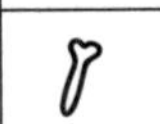	της (tês)	7b		ης (ês)
Datif féminin singulier	8	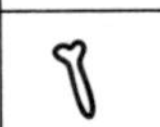	τη (tê)	8b		η (ê)
Nominatif féminin pluriel	13	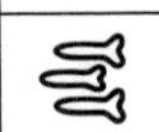	αι (aï)	13	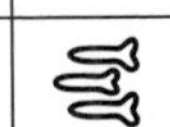	αι (aï)
Accusatif féminin pluriel	16		τας (tas)	16b		ας (as)
Datif féminin pluriel	17		ταις (taïs)	17b	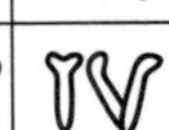	αις (aïs)
Nominatif et accusatif neutre singulier	18	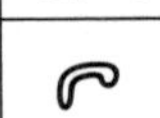	το (to)	2b	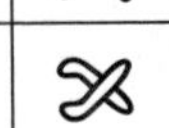	ον (on)
Nominatif et accusatif neutre pluriel	19		τα (ta)	19b		α (a)
Nominatif et accusatif duel masculin et neutre	9	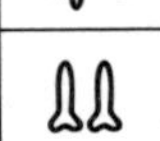	τω (tô)	9b	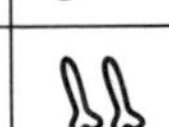	ω (ô)
Nominatif et accusatif duel féminin	*Id.*		*Id.*	19b	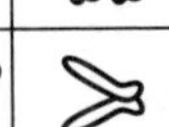	α (a)
Génitif et datif duel masculin et neutre	10	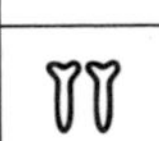	τοιν (toïn)	10b	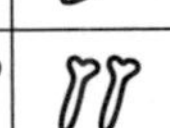	οιν (oïn)
Génitif et datif duel féminin	*Id.*		*Id.*	10c		αιν (aïn)

— Bref, je te passe les détails : si mon hypothèse est bonne, et comme les syllabes des articles peuvent aussi rentrer dans la composition des mots, j'ai trouvé une séquence de six signes, dont deux identiques, qui s'écrit :

et qui devrait se lire : « *o tonos tou oitou* ».

— C'est-à-dire ?

XIV

— Quelque chose comme « la puissance d'un sort funeste ».

— Génial ! on baigne dans l'optimisme. Et puis quatre mots en deux mois : chapeau ! Maintenant, je comprends que le Perrault ait été incapable de la moindre contre-offensive face à un tel génie du *Blitzkrieg*.

— J'ai aussi repéré des séquences qui pourraient correspondre aux verbes être et avoir ; et un mot court, toujours au masculin singulier, qui revient très souvent. Je me demande s'il ne cacherait pas le nom du personnage central de ce manuscrit.

— Bravo ! et si, en attendant que tu sois sûr, on descendait retrouver la *parèa* ? J'ai une faim de loup, il commence à se faire tard et ça serait tout de même un peu con qu'ils se tapent la *kakavia* sans nous.

La puissance d'un sort funeste… l'ex-juge Bergeret en avait fait l'expérience, à l'hôpital, durant ces quarante-huit heures qu'il avait cru ses dernières ; et durant de longues semaines ensuite. Une expérience qu'il n'était pas près d'oublier parce qu'elle avait été pour lui comme une révélation, sur lui-même d'abord, en lui faisant prendre conscience qu'il était mortel — pour de vrai.

Aussi, dès qu'il avait eu un moment de répit, avait-il demandé à l'infirmière du papier, un stylo et des enveloppes. Il lui avait fallu produire un effort quasi surhumain pour réunir ses idées et ses forces, tout en se maudissant, lui, l'homme de loi, d'avoir attendu ce moment-là pour éprouver le besoin de mettre ses affaires en ordre.

Nicolas, mon Bel-Hermès,

J'ai toujours eu de la chance dans ma vie… jusqu'à ces dernières heures. Mais la plus inattendue et la plus merveilleuse, c'est incontestablement de t'avoir rencontré. Rassure-toi, je ne vais pas larmoyer, mais je veux que tu saches que les images de notre première rencontre, celles de nos innombrables balades en Grèce, de notre découverte amusée de Budapest ou enchantée de Coïmbra, sont celles que je compte avoir dans les yeux à l'instant où je les fermerai pour la dernière fois. Parce que tu es un type formidable! même si tu n'en es pas convaincu. Et que c'est grâce à toi que j'ai fait ce que j'ai fait de mieux dans ma vie.
Si tu lis ces lignes c'est que je ne serai plus là, et tu seras sans doute plus malheureux que les pierres. Mais ça passe : ôte-toi donc tout de suite de la tête l'idée stupide qui t'est venue en apprenant ma mort. Tu as trop de choses à faire, de joies à éprouver, de gens à rencontrer, de mecs à… Et puis, qui sait? Peut-être un jour, quelque part, Juju retrouvera-t-il son Nikos. Sur le calendrier et les modalités, je suis — encore — incapable de te donner la moindre indication. Je ne crois qu'à la pourriture des corps, même si je reste très indécis sur la destination des esprits, mais tu peux être certain que, s'il subsiste quelque part quelque chose du mien, il attendra le temps qu'il faudra afin de faire de nouveau l'amour avec le tien et dans l'éternité des temps.
Pour l'heure, et cette perspective érotico-spirituelle restant éminemment hypothétique, tu me dois de profiter autant que tu le peux de la vie sur notre bonne vieille Terre.

Voilà, je t'embrasse encore et encore. Je t'ai aimé chaque jour un peu plus et, si je t'ai fait du mal, cela aura toujours été à mon insu. Et puis, sois-en sûr : je ne sais pas comment, mais... on les aura !

« On les aura ! » : trois mots qui expriment, mieux que n'importe quelle déclaration enflammée, l'intensité et la nature de leur « amour » — leur conviction d'être capables, pourvu qu'ils restent soudés face à l'hostilité du monde, de surmonter n'importe quelle épreuve. Trois mots qu'ils s'adressent rituellement l'un à l'autre, en se quittant chaque matin depuis bientôt dix ans, avant de vaquer à leurs occupations respectives. Trois mots qu'ils se disent face à face, au terme d'un enchaînement de gestes (mal copié d'un joli film sur les mauvais garçons des banlieues athéniennes) qui commence par un bras d'honneur, se poursuit par une remontée des testicules d'un mouvement décidé de la main droite, laquelle vient ensuite claquer, à la hauteur du visage, dans la main droite de l'autre.

La révélation ne s'était pourtant pas limitée à ce point déjà fondamental. Le juge Bergeret avait depuis longtemps trahi la foi de son enfance pour passer avec armes et bagages du côté de l'agnosticisme. Mais il continuait à craindre, *in extremis* et sous le coup de la trouille, de manquer de cran, de se renier en acceptant les secours d'une religion que, sain de corps, il avait répudiée ; il redoutait de n'être pas assez fort pour résister à ce ridicule si commun qui consiste à demander des obsèques religieuses, ou à laisser dire une messe pour le repos de son âme, alors qu'on a fait mine de vivre en esprit libre et affranchi des entraves de la croyance.

Or, cette question-là ne s'était même pas posée : sa vie avait été courte, il aurait volontiers continué encore un bout de chemin, il n'en avait pas assez profité. Pas assez joui. Tout cela, oui, il l'avait pensé. Il avait également ressenti du regret à l'idée de quitter un monde qui, malgré ses défauts et ses Perrault, lui avait donné bien du plaisir. Mais, pas un instant, il n'avait été travaillé par le souci de son salut ni taraudé par la tentation de la repentance.

Cachetant sa lettre pour Nikos, il s'était même senti renaître à la haine, donc à la vie, lorsque l'aumônier de l'hôpital avait fait son entrée dans sa chambre, armé du grand clystère destiné au lavement des âmes. Car à peine le curé avait-il eu le temps d'administrer à Julien quelques paroles poisseuses de bonnes intentions sur les capacités infinies de pardon et d'amour de sa divinité, que le juge l'avait interrompu.

— Pardonner ? mais je n'ai rien à me faire pardonner, moi. Je ne suis pas, comme votre Église, responsable des millions d'hommes que vous avez sciemment tués par votre lutte acharnée contre le préservatif. Que votre pape et vos prélats acceptent d'abord de passer en jugement pour crime contre l'humanité et je reparlerai volontiers de pardon avec vous.

Puis, sans laisser à l'homme de Dieu le temps de prendre la contre-offensive, et exploitant les avantages tactiques de sa position de presque défunt, Julien avait ajouté que la religion de la plupart de ceux qui se disent chrétiens a beau se résumer aujourd'hui à un mélange de moraline obsédée par le caleçon, d'illuminations *new age* pour ravis de la crèche et de psychologie de bazar à la Paulo Coelho, fût-elle distillée sur un mode hystérique par quelque bonne sœur rassise à la voix suraiguë et au tutoiement démago, le seul sens du christianisme, et *a fortiori* du catholicisme romain, était celui de tout monothéisme révélé : l'abdication du libre examen devant un livre, une tradition, des dogmes, en dehors desquels il n'existe qu'erreur.

— Ce qui est aussi favorable à l'épanouissement de l'amour que le système du parti unique à celui des libertés publiques.

D'ailleurs votre Christ n'a jamais été que le gourou illuminé d'une secte, et son « enseignement » un tissu affligeant de banalités contradictoires. Le vrai fondateur de votre Église, c'est Paul : l'Apparatchik génial, le Détenteur autoproclamé de la Vérité-Une, l'Inventeur du totalitarisme spirituel par le châtrage universel.

La vraie révélation qui s'imposait à lui, alors qu'il se croyait au seuil de son tombeau, c'était celle de la non-existence de Dieu. Instantanément il s'en était trouvé rasséréné et, dans un même… souffle, il était enfin parvenu à expulser son premier pet depuis quarante-huit heures. Un pet énorme, sonore, monstrueusement fétide, qui semblait ne pas vouloir s'éteindre et le soulageait d'une façon incroyable. Inespérée.

> *Dès sa naissance, Hermès est l'irrévérence faite dieu : ainsi, lorsque Apollon saisit à bout de bras le nourrisson voleur de ses bœufs pour le faire avouer, la seule réponse qu'il obtient d'Hermès est un pet nauséabond que l'*Hymne homérique *qualifie de « perfide serviteur de son ventre, et messager de son orgueil ». (Henri Tourtois,* Dictionnaire gay de la mythologie grecque.*)*

Apollon ne s'était pas laissé impressionner, mais le bon père, lui, avait opté pour la retraite. Vaincu par la rhétorique de Julien autant que par son vent aux relents infernaux, il s'était néanmoins juré de revenir travailler au corps ce pécheur endurci, dès que l'air serait un peu plus respirable alentour.

En fait et sans le savoir, le ratichon avait donné à Julien un coup de main décisif en lui faisant prendre conscience de quelles réserves d'énergie il disposait encore, malgré l'épuisement de son corps. Quelles capacités d'indignation il conservait ; malgré sa souffrance.

XV

Sitôt l'aumônier reparti et, à la lumière de la révélation dont il avait été le très involontaire messager, Julien avait repris la plume, d'abord pour dire à ses parents combien il les aimait :

Mon premier but dans la vie a toujours été d'être à la hauteur de l'idée que vous vous êtes faite de moi, de ne pas vous décevoir. Vous m'avez donné tout l'amour qu'un homme peut espérer et vous avez toujours été pour moi un exemple. Vous n'avez pas eu la chance de pouvoir faire de longues études et la société a été injuste avec vous en vous refusant l'aisance à laquelle votre existence de labeur acharné vous donnait droit, mais vous avez su me donner la foi en la justice, le goût du travail et la passion de la connaissance. J'aurais voulu faire davantage pour vous…

Puis il avait rédigé le testament qui prescrivait le prélèvement de ses organes pouvant être utiles à autrui, qui faisait de Nikos l'ordonnateur de ses funérailles et le responsable de la dispersion de ses cendres en mer Égée, qui l'établissait son légataire universel, même si, par négligence, ils avaient omis de s'unir l'un à l'autre par un pacs.

Je m'en vais serein. J'ai souvent été heureux. Parfois très heureux. J'ai joui de la vie. Pas assez. J'ai lutté pour rendre ce monde un peu moins injuste — moins doux aux puissants, lui qui est si dur aux faibles. J'ai eu des amis précieux, des parents formidables et un compagnon unique. C'est drôle, mais je suis plus curieux qu'anxieux. Je vous embrasse tous très fort.

Et le lendemain, il avait confié l'ensemble de ces papiers à Clémence, la seule personne, en dehors de Nikos et de ses parents, dont il acceptât d'être vu dans l'état où il se trouvait alors.

Nikos se lève, rentre, enfile un pantalon corsaire beige qui laisse voir les ailes d'Hermès tatouées sur ses chevilles, passe un tee-shirt d'un bleu aussi clair que ses yeux. Puis il saisit le casque qu'il a déposé sur la table en arrivant.

— T'as fumé ?

— Un petit joint en sortant de l'eau, comme tout pêcheur d'éponges qui se respecte : après l'ivresse des profondeurs, ce serait péché de se priver d'un tel pied. Pourquoi ? tu comptes me dénoncer à la police ?

— Fais pas chier, Bel-Hermès. Tu laisses tes ailes au vestiaire, on prend la bagnole et je conduis ; pas d'objection ?

— Aucune m'sieur l'juge ! à vos ordres, m'sieur l'juge !

Dehors, les bruits de la nuit ont remplacé ceux du jour. Le crissement des grillons celui des cigales. La chouette qui niche dans le grenier de la maison pousse ses premiers hululements.

— Tout va bien, Athéna veille sur nous.

— Artémis aussi.

Nicolas pointe son doigt vers la lune qui poursuit son ascension. Elle pâlit, s'anémie, se vide de son sang après s'être piquée à la pointe du fuseau noir d'un cyprès, comme la Belle au bois dormant à celui de son rouet, dans le conte de… Perrault.

— Je respecte Artémis, mais elle est terrible. Sans pitié. Lorsque Actéon, qui était pourtant presque aussi beau que toi, la voit nue au bain, elle le transforme en cerf afin que ses chiens le mettent en pièces et le dévorent.

Julien tourne la clé dans la serrure. L'eau court dans la rigole, de l'autre côté de la rue. Elle chante sur la même ligne mélodique que pendant le jour, établissant un lien entre le monde de la lumière et celui des ténèbres.

— Athéna peut être violente, reprend Julien, elle est la preneuse de villes, mais elle ne se laisse jamais aveugler par la passion, elle aime les hommes, protège Ulysse. C'est une vierge, elle aussi, mais…

Les senteurs profitent de l'obscurité pour s'épanouir. Écrasées de chaleur pendant le jour, comme la plupart des bêtes, elles reprennent force dès que la température baisse de quelques degrés ; elles montent alors, lentement, de la terre rouge et grasse, aussi fertile de ce côté de l'île qu'elle est sèche et stérile de l'autre.

— Quand Héphaïstos essaye de la baiser et qu'il lui éjacule sur la cuisse, elle ne s'offusque pas. Elle se contente d'essuyer le foutre avec une poignée de laine (*érion*) qu'elle jette par terre, puis d'élever le gamin qui naît du sol (*chthôn*). Ainsi la Vierge a-t-elle un fils, Erichthônios, un des premiers rois d'Athènes, conçu sans acte de chair. Comme quoi le christianisme n'a vraiment rien inventé !

Ces odeurs-là sont chthoniennes, primordiales ; elles sont faites de charogne nourrissant la jeune pousse, de vie déjà décomposée et de vie encore en germe ; elles sont lourdes de mort, grosses d'énergie vitale, et c'est seulement à hauteur d'homme qu'elles se mélangent aux senteurs insouciantes de la vie qui ne se sait pas destinée à périr. À pourrir. Parfum acidulé des citronniers, des mandariniers et parfum entêtant du jasmin devant lequel arrivent Julien et Nicolas — dont ils se gavent ; parfum douceâtre des fruits tombés à terre, parfum épicé des larges feuilles dentelées du figuier ; parfums rivaux du buisson de romarin et de la touffe de lavande, subtil du tilleul, tenace de l'eucalyptus…

Les garçons parviennent au pied de l'escalier qui conduit à l'entrée du village, là où sont garées les voitures qui ne peuvent pénétrer dans le dédale des ruelles. Julien s'est tu ; il prend le brin de basilic que le Bel-Hermès lui a mis sur l'oreille pendant qu'il verrouillait la porte, un brin cueilli dans le pot qui, devant le seuil, veille au bonheur de toute maison grecque (le basilic protège des moustiques autant que des malheurs), un vieux pot en ferraille qui a contenu la chaux dont sont peints les murs — blanche à l'extérieur, jaune très clair et du même bleu que les yeux de Nikos à l'intérieur. Un pot semblable à ceux qui s'alignent le long de la maison, anciens bidons d'huile ou de fèta, dans lesquels sont plantés géraniums, hibiscus, belles-de-jour et belles-de-nuit, un pied de piment dont les fruits virent au rouge vif… Pensif, Julien froisse entre ses doigts cette herbe jadis réservée au *basileus*, autrement dit au roi.

— Pendant toute mon enfance, j'ai eu dans le tiroir de ma table de nuit un petit sac de lin rouge fermé par une cordelette et que je n'avais pas le droit d'ouvrir.

— Mais que tu as ouvert quand même…

— Tu sais que tu ferais un très bon juge d'instruction, toi ?

— Meilleur que toi, en tout cas — ce qui n'est pas très difficile. Et au bout de combien de temps il l'a ouvert, Harry Potter, son sachet magique ?

— Oh je sais pas, cinq ou six ans…

— Ah oui, quand même ! toujours l'âme d'un rebelle alliée à la rapidité d'Hermès, m'sieur le juge. Et il a trouvé quoi, mon Juju, à l'intérieur ?

— Une gousse d'ail, du houx, des grains de poivre noir et de moutarde, un clou rouillé, une petite pierre translucide, à peu près de la teinte de la lune tout à l'heure…

— Cornaline, probablement. Et qui, je suppose, avait macéré treize jours dans la bave d'un crapaud en rut, pendant que trois écailles de dragon infusaient dans le sperme d'un jeune puceau pendu à la pleine lune : c'était qui, à la maison, la spécialiste de magie noire ?

En contrebas, deux batraciens viennent d'entamer une bruyante parade amoureuse.

— Magie blanche, s'il te plaît ! elle levait les sorts ; elle n'en jetait pas. C'était ma grand-mère maternelle, celle d'Octon, à côté du Salagou.

— Et y'avait quoi d'autre dans le sachet de mon Julien l'enchanteur ?

— Du basilic justement qui, si je me souviens bien, devait être cueilli une nuit de pleine lune, à l'heure de Mars ; dix heures du soir, je crois.

— Et ça devait faire quoi ? empêcher le petit mâle reproducteur d'attraper les oreillons à l'âge de la puberté pour qu'il puisse assurer la pérennité de la tribu ? Bravo ! succès sur toute la ligne.

— Ne plaisante donc pas avec ces choses-là ! C'était une protection contre le mauvais sort, contre le « *tonos tou oitou* » en quelque sorte.

— Tu y crois ? et tu te sens menacé par le mauvais sort ? Ici ?!

Julien pense qu'il y croit un peu. À la manière dont son autre grand-mère réagissait lorsqu'elle croisait un chat noir ou voyait l'un des siens, par bravade ou inattention, passer sous une échelle : « C'est pas que j'y crains, mais j'y aime pas. » Et puis il croit aussi qu'on n'est jamais à l'abri d'intentions néfastes, même ou surtout quand on est heureux. Quand on s'imagine hors de leur portée.

— Pas toi ?

— Pas moi quoi ? si j'y crois ou si je suis parano ?

— C'est idiot, mais ça m'a mis mal à l'aise que les premiers mots décryptés aient ce sens-là.

Sans y penser, Julien vient de toucher l'hématite qu'il porte en pendentif autour du cou.

XVI

Durant leurs premières vacances ensemble, Julien et Nicolas s'étaient retrouvés à Kos, en transit entre deux bateaux, pour une dizaine d'heures ; ils en avaient profité pour visiter le sanctuaire du dieu médecin Asklèpios qui domine le détroit séparant de l'Asie Mineure cette île où Hippocrate fonda la médecine occidentale. Hippocrate qui, avaient appris les deux garçons, prétendait qu'un massage par jour est une condition nécessaire, sinon suffisante, au maintien de tout homme en bonne santé. Ensuite de quoi Julien avait exigé et obtenu que son kiné personnel respectât désormais cet hippocratique précepte en s'occupant de lui au moins une demi-heure chaque soir.

C'est en flânant sur le port, après la visite du sanctuaire, que Nikos était soudain tombé en arrêt devant la charrette d'un marchand ambulant de pierres montées en bijoux et que, sans hésiter un instant, il avait acheté un pendentif d'hématite en forme de goutte, noire et brillante — tellement qu'on dirait du métal —, dont il avait aussitôt passé le lacet de cuir autour du cou de son compagnon.

Au retour à Paris, Julien s'était livré à une enquête circonstanciée sur ce cadeau de son Bel-Hermès. Il y avait appris que, réduite en poudre, l'hématite prend une couleur rouge intense à laquelle elle doit son nom (puisque *aima*, en grec, c'est le sang) ainsi que sa réputation, dans plusieurs civilisations, de conférer l'invincibilité aux guerriers qui s'en enduisent le corps. Tandis que la sagesse hindouiste l'associe à... l'intestin et au chakra-racine, situé entre anus et périnée, celui qui donne les ressources nécessaires à la survie dans le danger et au combat contre la maladie. Mieux, Pline l'Ancien lui attribue des vertus curatives dans les maladies du... foie, ainsi qu'une influence bénéfique sur ceux des hommes qui sont en rapport avec... la justice.

Quant aux Égyptiens, ils se servaient de cette pierre pour confectionner des amulettes contre le mauvais sort, notamment des figurines de Thot, le dieu-babouin des savoirs cachés, assimilé par Hérodote à... Hermès, puis confondu, dans l'Égypte hellénistique, avec l'Hermès ésotérique, cet Hermès Trismégiste fondateur de l'alchimie qui, lui, associait l'hématite au dieu de la guerre, Arès, à la virilité et à la puissance sexuelle, ainsi qu'à la vengeance et... aux opérations chirurgicales.

Naturellement, Julien l'agnostique, Julien le rationaliste, Julien le positiviste ne croit pas à tout cela. Mais, depuis presque dix ans, il ne se sépare guère de son hématite. Parce qu'elle est le signe de son lien avec Nikos, répondrait-il si on lui demandait pourquoi — bien que ce ne soit peut-être pas la seule explication.

Instinctivement, il l'avait touchée, à travers l'étoffe de sa chemise, lorsque le président du tribunal lui avait recommandé de se méfier des fenêtres et, plus d'une fois, en voiture, quand il s'était rendu compte que son ange gardien regardait trop souvent dans le rétroviseur. Il n'avait pas pensé à la prendre, dans son brouillard de délire, la nuit où Nicolas l'avait emmené à l'hôpital. Mais c'était la première chose que, le lendemain, il lui avait réclamée.

Il l'avait dans la main lorsque le docteur Al-Harbi lui avait dit qu'il faudrait lui ôter un morceau d'intestin, une fois qu'on l'aurait « refroidi ». C'était l'infection qu'il s'agissait de refroidir avant l'intervention, mais l'expression du médecin avait fait sourire le juge, lui que Perrault et quelques autres rêvaient sans doute de voir pour de bon refroidi. Le docteur Al-Harbi avait alors ajouté qu'il serait peut-être nécessaire de lui brancher, provisoirement avait-il assuré, l'intestin sectionné sur une poche externe, un anus artificiel. Ce qu'entendant, Julien avait serré son hématite, jusqu'à s'en faire bleuir la paume, tant cette éventualité l'avait paniqué — bien davantage en vérité que ne l'avait bouleversé, quelques jours auparavant, la certitude de sa mort prochaine.

Deux semaines de plus et on l'avait envoyé finir de refroidir chez lui — Perrault ne s'était-il pas violemment élevé, naguère, contre la durée abusive des hospitalisations ? Mais quarante-huit heures après le dernier cachet et trois jours avant la date de l'intervention, la maléfique Morganella s'était remise à fouailler ses entrailles avec son terrible chat à neuf queues en titanium incandescent. Cette fois, pour le retour en pleine nuit vers les urgences, Julien n'avait pas oublié son hématite. Peut-être était-ce aussi grâce à elle si, après trente-six heures de Ciflox, Al-Harbi avait proposé de tenter un deuxième refroidissement. Il l'avait encore autour du cou pendant les longues heures d'évacuation de la purge préopératoire : par leur côté puissamment organique, les affections intestinales présentent cet inestimable avantage d'éviter tout attendrissement romantique sur la maladie.

Cependant, l'opération avait dû être différée de plusieurs jours parce que, au moment où, sur la table d'opération, Julien regardait d'un œil déjà vague l'anesthésiste placer dans son bras la perf narcotique, le docteur Al-Harbi avait été prévenu de l'arrivée d'une urgence à opérer dans l'heure — on avait aussitôt remonté Julien dans sa chambre.

Pénurie de crédits : la construction d'un nouveau bloc avait été maintes fois différée ; pénurie de personnel : deux salles d'opération sur quatre ne fonctionnaient plus depuis six mois… Perrault ! putain de Perrault !!! Finalement, Julien avait été opéré le lundi suivant.

Extrait du compte rendu opératoire

Anesthésie générale. Médiane sus et sous ombilicale contournant l'ombilic par la gauche.
Exploration : le méso-sigmoïde est légèrement épaissi en regard du sommet de la boucle sigmoïdienne, fixé au niveau du mésentère, et recouvert par les deux dernières anses grêles. Il s'agit probablement du site de l'abcès.
Libération des deux anses grêles, libération du sigmoïde.
On commence l'intervention par un décollement colo-pariétal avec mobilisation du sigmoïde, qui est fixé à la paroi latérale du pelvis, par coagulation puis section…

— J'ai pu éviter la poche, c'est la première chose qu'avait entendue Julien en salle de réveil. Ça n'est pas très réglementaire, mais je vous ai apporté votre pierre, comme me l'a demandé votre ami. Prenez-la dans la main, je vous attache le lacet au poignet.

Julien aurait volontiers sauté au cou de Rabah Al-Harbi, s'il avait pu sauter au cou de quiconque ! Ce qui était un peu prématuré avec les tuyaux sortant de sa plaie, de son sexe, de son nez, avec la douleur infernale. Dans le dos, étrangement, à ce moment-là.

Ensuite, Julien se rappelait la voix de son père, rassurante ; et celle de Nikos, qui s'efforçait de l'être. Il se souvenait mal des jours suivants, sinon qu'il avait l'hématite dans une main et la pompe à morphine dans l'autre — aussi indispensables et bénéfiques l'une que l'autre. Puis la pierre avait repris sa place, sur son sternum, pour toute la durée du chemin qu'il avait encore à parcourir avant de revenir véritablement à la vie ; un chemin sur lequel son Bel-Hermès l'avait aidé à sa façon, en lui massant chaque soir les zones de la plante des pieds qui, en réflexologie, correspondent à l'intestin ; un chemin balisé par une infinité d'infimes victoires : le premier séjour dans le fauteuil, la sortie des soins intensifs, l'enlèvement de la sonde urinaire puis de chacun des drains, la force de faire les premiers mots croisés, de lire la première page d'un polar, les premiers pas hors de la chambre, la première bouchée avalée... jusqu'à l'ultime : « Mademoiselle ! ça y est, je suis allé à la selle ! », auquel était suspendue sa libération du dernier tube, cette sonde gastrique qui passe par le nez et finit par vous arracher la gorge à chaque déglutition : jamais Julien n'avait imaginé qu'on pût éprouver pareille satisfaction d'avoir chié !!!

Au fur et à mesure que les deux garçons approchent de la terrasse où les clients de Panayotis attendent avec impatience que son porcelet ait fini de rôtir, les bruits de la nature sont avalés par le brouhaha des conversations entrecoupées de rires, comme les ténèbres lunaires par la lumière artificielle de la girandole d'ampoules de la taverne, ou les subtiles essences du végétal par les puissants effluves de l'animal embroché.

Julien parvient au sommet de la dernière volée de marches le souffle court, trois minutes après son compagnon. Dans l'espace qui les sépare de la voiture, l'odorat des deux garçons est encore assailli par la forte haleine de l'origan qui prolifère dans les parages où, durant la journée, une nuée de papillons occupe toute sa courte vie à se droguer de cette senteur addictive qui associe le poivre, le musc et la réglisse.

La voiture est celle de Klèovoulos, une vieille Ford fiesta blanche. Enfin, blanche... après deux mois de montée quotidienne au monastère sur une route qui cesse d'être asphaltée dès le premier lacet, elle s'est couverte d'une pellicule de poussière brunâtre sur laquelle des doigts ont écrit toutes sortes d'insanités et de maximes définitives, dessiné quelques cœurs accompagnés d'initiales et quelques pictogrammes… assez semblables à ceux des parchemins du monastère.

XVII

À un mètre de la voiture, Julien réalise soudain que, ce matin, ils n'ont pas sacrifié à leur rite gestuel parce qu'il était déjà scotché à son bureau lorsque Nikos a quitté la maison. Aussi, Julien adresse-t-il le bras d'honneur initial à Nikos, qui le lui rend aussitôt, les deux mains touchent les deux entrejambes, avant de claquer l'une dans l'autre.

— On les aura !

Qui ? Quand ? En attendant, au moins avaient-ils décidé, eux, de ne plus se faire avoir. Au terme de la nuit où il avait pris Julien dans ses bras pour l'emmener une première fois aux urgences, Nikos s'était rendu comme d'habitude à son cabinet : Julien avait des examens à passer ; à quoi Nikos servirait-il, là-bas ? Il avait juste demandé à son associée de recevoir deux de ses patients de l'après-midi et avait repoussé le rendez-vous de trois autres afin de pouvoir être à l'hôpital Baudouin Bramant à dix-sept heures. Inquiet, il avait cependant téléphoné plusieurs fois dans la journée, mais Julien n'était jamais dans sa chambre et, lorsqu'il avait débarqué dans le service…

— Il n'est plus là, avait seulement pu lui dire une infirmière débordée, après avoir tenté de se renseigner auprès de ses collègues.

Sans succès : celles de la précédente brigade, épuisées, n'avaient pas signalé qu'en raison de l'oukase de Perrault contre les scanners, il avait fallu envoyer Julien à Saint-Georges, ni qu'à cause d'ambulanciers un peu trop peine à jouir, il n'en était pas revenu.

— Il faut que vous demandiez aux admissions, avait-elle ajouté en tendant à Nikos un sac poubelle noir contenant les effets de son ami.

Le cœur de Nicolas s'était arrêté. Puis il s'était remis à battre comme jamais. La file d'attente aux admissions, une demi-heure, et puis enfin, le préposé derrière son écran qui va pouvoir lui dire. Quoi ?

— Julien… Julien Bergeret… admis aux urgences hier soir… il n'est plus en gastro… vous savez ce qui…

Aucun autre mot n'était parvenu à franchir les lèvres de Nikos. Le type avait compris, malgré tout ; il s'était mis à chercher sur son ordinateur. Jamais, dans la vie de Nicolas, minutes n'avaient été ni ne seraient aussi longues que celles-là. Si longues que, dès avant l'opération, Nicolas en avait longuement parlé à Julien, comme il lui avait parlé de leur existence depuis que Julien avait intégré le pool anticorruption, de la lettre du juge Palamidès, et des raisons qui pouvaient expliquer, au moins en partie, pourquoi le corps de Julien avait lâché prise avec tant de violence face aux assauts de l'infernale Morganella.

Et, ensemble, ils s'étaient accordés sur la constatation que la vie, leur vie, était trop précieuse et fragile pour laisser les Perrault la leur gâcher ou la leur prendre ! Le temps de réunir les papiers nécessaires et, une fois Julien sorti de l'hôpital, les premières conclusions de l'expérience qu'ils venaient de vivre avaient été rapidement tirées.

TRIBUNAL D'INSTANCE DE PARIS XIVe
26, rue Mouton-Duvernet – 75014 Paris
Le Greffier en Chef du Tribunal d'instance de Paris 14e

***Atteste** qu'une déclaration conjointe d'engagement dans les liens d'un pacte civil de solidarité a été souscrite par :*
Nom : Bergeret Prénoms : Julien, Anatole
Né le 1er mars 196… À Nœux-les-Mines, Pas-de-Calais
Et
Nom : Kalermis Prénom : Nicolas
Né le 11 juin 197… À Marseille, Bouches-du-Rhône
Enregistré au greffe le 23 février… En foi de quoi la présente attestation a été délivrée pour servir et valoir ce que de droit.

Puis, dès le début de sa convalescence, Julien s'était attelé à un livre : son second testament en quelque sorte. Celui du juge. C'est seulement par fidélité envers sa chère Clémence que Julien avait repris son boulot. Le temps de mettre en ordre ses dossiers afin que tout fût clair pour son successeur, si celui-ci avait la volonté de poursuivre, au cas où, par hasard, celui-ci ne serait pas… le larbin docile qu'on choisit pour le remplacer.

Julien avait démissionné un mois avant la sortie du bouquin, dont le succès médiatique avait été retentissant.

Libération *: Un juge passe aux aveux et les politiques à la casserole.*

Le Figaro *: Entretien exclusif : Alain Perrault répond aux accusations du « procureur » Bergeret et menace de porter plainte pour violation du secret de l'instruction.*

Le Monde *: La France s'achemine-t-elle vers le gouvernement des juges ?*

Le Canard enchaîné *: Le petit Poucet Bergeret : Zorro de conduite pour Barbe-Bleue Perrault.*

Quant au succès public, il n'avait pas été moins sonnant et trébuchant : deux cent mille exemplaires vendus, cela permettait de voir venir! D'autant que Perrault n'avait pas déposé la moindre plainte. Et pour cause: dans son livre, Julien ne révélait rien sur les affaires en cours qui ne fût déjà public; en revanche, il racontait les pressions, les intimidations, les menaces; il analysait l'esprit de caste qui, à ses yeux, annihilait, chez les politiques, jusqu'à la conscience de leurs privilèges, favorisait la prolifération, jusqu'au plus haut niveau de l'État, du cancer d'une corruption ordinaire dont ils ne pouvaient même plus comprendre qu'elle soit réprimée, sinon répréhensible, tant elle était, à leurs yeux — et comme *de droit* —, liée à des fonctions dont ils se considéraient propriétaires, à la manière dont la noblesse de robe de l'Ancien Régime l'était de ses charges.

Il appelait à un sursaut citoyen, avant qu'il ne soit trop tard. Mais, pour lui, ce livre refermait la période de son existence ouverte par son arrivée à la galerie financière. Julien Bergeret avait beaucoup sacrifié au bien public — presque jusqu'à sa vie. Il avait apporté sa contribution au débat politique sur l'évolution qui conduisait la France vers l'état enviable de république bananière. À d'autres, désormais, de prendre le relais. Lui, à présent, il avait à vivre — et, avec Nicolas, ils avaient décidé, pour commencer, de s'accorder deux années sabbatiques.

Jusqu'à la maîtrise, Julien avait suivi un double cursus: droit et histoire, avec un certificat technique d'épigraphie byzantine. C'est dans cette spécialité-là qu'il s'inscrivit en thèse, se remettant d'arrache-pied, avec passion et bonheur, à l'étude du grec ancien et paléochrétien. Mais lorsque le juge Palamidès, de passage à Paris, leur confia qu'il était l'ami d'enfance de l'higoumène du monastère *Aghios-Pantèleïmon* sur l'île de Parigoros, lorsqu'il les invita de nouveau à occuper, pour le temps qu'ils voudraient, sa maison là-bas, c'est Nikos qui, sans même jeter un regard à son ami, avait posé la question à Klèovoulos:

— Et vous pourriez lui demander, à cet higoumène, de laisser Julien fouiner dans sa caverne d'Ali Baba ? La dernière lubie de mon grand malade, c'est de faire une thèse : ce serait bien le diable qu'il ne trouve pas son bonheur là-dedans !

La lune a perdu toute sa couleur ; elle est en train de disparaître derrière la crête. Du coup, on commence à distinguer les étoiles. Les tables sont dressées sur une terrasse de ciment au bord de la plage, à quelques mètres de l'eau. Six des douze convives sont déjà installés lorsque Julien et Nikos débarquent. Les deux filles ont entamé un pichet de la *retsina* locale, les quatre hommes sont à la bière. Nikos en commande une et Julien opte pour le vin résiné. Une assiette de *mezzedes* a déjà été torchée, une autre vient d'arriver. D'un côté, la discussion roule sur les travaux pharaoniques du maire ; de l'autre, sur la décision prise par l'Union européenne de ne pas interrompre les négociations d'adhésion de la Turquie bien que la démission du Premier ministre ait été à l'évidence imposée par l'armée, que les communiqués alarmants de plusieurs ONG dénoncent une vague d'arrestations, une multiplication des cas de tortures, le massacre de civils au Kurdistan…

— Tu as entendu votre Larsouille ?

— Non, pourquoi ?

— Ben mon vieux ! il y va fort, le mec : pas de quoi fouetter un chat, l'Europe a reçu toutes les garanties sur le respect des libertés fondamentales et le reste n'est que désinformation ou ingérence inacceptable dans les affaires intérieures d'un pays ami !

— Tu sais, ce type n'a aucune conviction, mais il a tous les culots.

C'est Nikos qui a répondu. Julien se tait ; il avale une lampée de vin frais au fort goût de résine.

— C'est à croire qu'il émarge dans leurs trafics…

Julien reste silencieux ; il fixe le fond de son verre.

— Et Pètros, tu l'as vu finalement ?

— Ouais, ouais, on a dîné ensemble hier soir.

— Il est toujours avec sa vieille ?

Soudain, les dépenses somptuaires de la municipalité ne présentent plus le moindre intérêt. Ni même les turpitudes des Turcs !

XVIII

La *parèa* est une famille — aussi cruelle qu'une vraie, lorsqu'elle éjecte un de ses membres. Pètros en a fait l'expérience, l'automne dernier, lorsqu'au terme de la saison touristique, qu'il a passée comme serveur dans un restaurant de Parikia, sur l'île voisine, il est rentré à Parigoros avec sa nouvelle petite amie. Pètros a vingt-sept ans et Katèrina trente-six. Les filles l'ont trouvée arrogante. Toutes les filles de Parigoros ont un jour rêvé d'épouser Pètros. Le plus beau mec de l'île. Elles ne parlent de Katèrina qu'en l'appelant la « vieille ».

— Et sa vieille, tu l'as vue ?

— Tu rigoles ! reprend Thanassis. Il savait bien que je ne lui aurais pas adressé la parole.

Les garçons aussi sont jaloux. Et Thanassis, le candidat communiste à la mairie qui vient d'épouser la fille du pope, comme les autres. D'abord parce que Katèrina est une brune superbe, qu'elle est propriétaire d'une des boîtes les plus fréquentées de Parikia, qu'elle vient d'acheter un restaurant à Gazi, le nouveau quartier branché d'Athènes, et que l'hiver prochain, Pètros le passera avec elle dans un duplex de Kolonaki, le 16e arrondissement athénien.

— Il va travailler pour elle. Ils ont décidé de se marier au printemps.

— Grand bien lui fasse ! mais il n'a pas intérêt à se marier ici parce que personne n'ira. En tout cas pas moi.

C'est Melpo (Melpomène en entier) qui prononce l'excommunication majeure. Elle aussi a été folle amoureuse de Pètros, avant de se résigner, il y a trois ans, à épouser Lambros, son meilleur copain. Lequel trouve Katèrina très sympa et pense que son pote a eu une sacrée veine de la rencontrer. Mais la seule fois où il a osé prendre leur défense, Melpo lui a fait la gueule pendant plus d'une semaine.

Yorgos, l'informaticien-apiculteur, vient de faire le tour de la table pour saluer tout le monde. Il s'assoit à côté de Julien.

— Alors, tu avances ?

— Depuis cet après-midi, je sais qu'il s'agit d'une écriture syllabique et que c'est du grec. Je crois même avoir déchiffré quelques signes.

— Vous êtes durs ! elle n'est pas si mal, cette nana. Et puis ils ont l'air de s'aimer vraiment !

Thèodoros est pharmacien. À cause de son père. Lui, il aurait voulu devenir musicien professionnel, il joue du *laouto*, un luth à huit cordes et à caisse ventrue. Il en joue dès que son officine est vide, et même lorsqu'elle se remplit car personne, à Parigoros, n'interromprait Thèodoros quand il a commencé un morceau.

Quant aux raisons de sa clémence, elles tiennent à ce qu'il est le mari d'Anghèliki, la seule fille de l'île qui n'ait jamais couru après Pètros ; la seule que Pètros n'ait jamais baisée et la seule dont il ait été réellement amoureux. Jusqu'à chanter sous ses fenêtres, jusqu'à dormir comme un chien à sa porte, jusqu'à parler de s'embarquer, de s'engager dans l'armée, ou mieux, de se faire sauter le caisson ; jusqu'à partir, pour la saison, faire le serveur sur l'île voisine.

Thèodoros est un gros balourd, mais son visage s'éclaire d'une étrange beauté dès qu'il saisit son *laouto* ; une beauté qui a ébloui Anghèliki, le soir où il accompagnait la sérénade de

Pètros, alors qu'elle les regardait de derrière son volet. Mais Thèodoros, lui, est certain qu'il y a eu erreur de casting, qu'Anghèliki risque de s'en aviser un jour et que plus Pètros est loin et heureux, moins son bonheur, à lui, est menacé.

— Aaahhh !

Le cri s'élève des douze gosiers en même temps. Le mari et le fils aîné d'Astradèni (dont le prénom signifie quelque chose comme « Nœud d'étoiles ») arrivent avec deux grands plateaux couverts d'assiettes creuses remplies de bouillon, avant de repartir en cuisine d'où ils rapportent les plats de légumes et de poissons de roche.

Recette de la *kakavia*

Pour quatre personnes, vider et écailler 1 kg de poissons de roche d'au moins trois variétés différentes, les couper en morceaux, les frotter au gros sel et au jus de citron.

Émincer 200 gr d'oignons, couper en morceaux 200 gr de carottes et 300 gr de pommes de terre bien fermes, peler et épépiner 300 gr de tomates.

Dans une cocotte, faire revenir à l'huile d'olive les oignons puis les autres légumes. Couvrir largement d'eau (1,5 l), ajouter une branche de céleri, cinq gousses d'ail écrasées, du laurier, du thym, du persil, de l'origan, de la sauge, du romarin, du sel et du poivre en grains.

Laisser mijoter une heure à feu très doux puis ajouter les morceaux de poissons et laisser cuire vingt minutes de plus à couvert en rajoutant un peu d'eau si le bouillon a trop réduit.

Retirer poissons et légumes à l'écumoire ; faire pocher le poisson noble. Passer le bouillon au tamis, rectifier l'assaisonnement, incorporer du jus de citron suivant le goût et servir à part la soupe, les légumes et les poissons.

Pour accompagner ces derniers, battre dans un bol huile d'olive et jus de citron auxquels on ajoutera, suivant le goût, menthe fraîche ou persil haché.

Enfin, Astradèni, le port fier, apparaît sur le seuil de sa cuisine et, telle une prêtresse, s'avance à pas majestueux vers la tablée en tenant devant elle, sur un immense plat, le fastueux mérou. Elle est suivie d'un acolyte, son cadet âgé de dix ans, chargé de distribuer les assiettes une fois le poisson découpé. Toute la liturgie s'accomplit dans un silence religieux, jusqu'à ce que les premières bouchées soient avalées et que les conversations puissent renaître sans sacrilège, en grec ou en anglais.

— Et alors t'as une idée de ce qu'elles racontent, tes bites ?

— Des bites ! ça peut raconter quelque chose ? Ça, c'est tout Yorgos : il plante de l'herbe qui fait rire, ses abeilles la butinent et ensuite, après chaque yaourt au miel, il entend parler les bites !

Les convives, de ce côté de la tablée, rient de bon cœur à la saillie de Dimitris, le tueur de mérou.

— Mais non, Ducon, je parle du manuscrit qu'il a trouvé au monastère, dont l'écriture...

— ...est inconnue, ça je savais. Mais pas qu'il s'agissait de bites !

— Vaudrait mieux pas trop que ça s'ébruite...

— Et elles racontent quoi, ces bites ? des histoires de cul, bien sûr.

— Pourquoi tu dis ça ?

— Ben, des bites ! chez des moines ! c'est ça qui les obsède les neuf dixièmes du temps, non ?

La moitié de la table s'esclaffe de nouveau. L'autre, celle de Nikos, continue à discuter doctement de l'inné et de l'acquis, des rapports familiaux, de l'homosexualité comme choix ou fait « de nature ».

Les plats refont un tour ; Astradèni remplit les assiettes de bouillon.

Du côté de Julien, les histoires de moines lubriques, de popes adultères et d'évêques sodomites s'enchaînent, ponctuées de vagues d'hilarité, lorsque, tout à coup, Julien entend claquer la voix de son Bel-Hermès :

— Ce qu'en pense mon père ? mais mon père il ne pense pas, il tue.

XIX

Michel Kalermis est à la fois un homme de conviction et un génie des affaires. De l'entreprise familiale de mécanique navale dont il a hérité, une boîte de sous-traitance alors à bout de souffle, menacée par le déclin inexorable des chantiers navals de La Ciotat, il a fait une entreprise spécialisée dans les armements les plus sophistiqués, en pointe dans la recherche sur l'utilisation de métaux rares, dont une filiale, la Géokal, exploite des mines de molybdène, de tungstène, de cobalt et de titane dans plusieurs républiques turcophones d'Asie centrale ainsi qu'en Afrique — notamment au Papongo.

Cette réussite spectaculaire, couronnée l'an passé par l'introduction de sa société en bourse, trouve son origine dans le premier contrat signé par le père de Nicolas, à la suite de l'accord de coopération militaire conclu en 1970 par la France de Georges Pompidou avec l'Espagne de Francisco Franco, *caudillo* par la grâce de Dieu. Une grâce qui s'était étendue sur Michel Kalermis par l'entremise d'amis bien placés dans l'entourage du vice-président du Gouvernement, l'amiral Carrero Blanco, qui étaient intervenus au niveau approprié afin que la Mécanique navale Kalermis obtînt à la fois une part (dérisoire au regard des enjeux globaux, mais déterminante pour l'entreprise) des juteux marchés générés par les commandes de la marine franquiste, et les prêts nécessaires à une modernisation de son outillage auprès de la filiale luxembourgeoise du Banco Ambrosetto.

Sur le plat, il ne reste plus guère du mérou que l'arête centrale, et la tête que lorgnent tous les connaisseurs.

— Tu sais que Sa Béatitude Anastase, le prédécesseur de l'actuel higoumène d'*Aghios-Pantèleïmon*, avait la réputation de faire passer à la casserole tous les novices. Jusqu'à ce qu'il tombe sur un… os, avec le neveu d'un tonton qui avait le bras plus long que lui. Si bien que le tonton en question a sorti une histoire de terrain que le supérieur du monastère avait vendu sans en avoir vraiment le droit, et qu'on a rapidement prié Anastase d'aller se sanctifier à l'Athos… où tout le monde a dû être ravi de voir arriver un aussi bon coup !

Ces efficaces amis espagnols, Michel Kalermis les avait connus à la sortie, dans la botte, de la grande école d'ingénieurs où son rigorisme et la fermeté de ses convictions l'avaient fait approcher par le Cercle européen pour la défense de la civilisation chrétienne, dont il était devenu en quelques mois l'un des membres les plus actifs.

Michel Kalermis n'a jamais caché ses opinions. Anticommuniste viscéral, il s'affichait de droite sans le moindre complexe dans une société française encore soumise au magistère des intellectuels de gauche. Libéral en économie avant que ce ne soit la mode, il se targuait, en politique, d'apprécier la « poigne », ce qui fit de lui un grand admirateur des *Chicago boys* du général Pinochet, puis, au fil des ans, de Ronald Reagan, Margaret Thatcher, Jean-Claude Trichet ou Manuel Barroso, la construction européenne permettant enfin, à ses yeux, de contenir l'irresponsabilité économique vers laquelle penchent, sous prétexte de pseudo-justice sociale, des Gouvernements nationaux bien trop sensibles aux caprices de « la masse ».

« La masse est con » est un des fondements de la pensée politique de cet homme de bien que les formes de la démocratie ne gênent pas trop, tant que sont préservées les valeurs sur lesquelles se fonde toute société saine : la propriété et le marché, la famille et la religion, la liberté d'entreprendre et de licencier. Des valeurs bien plus précieuses que l'égalité contraire aux desseins de Dieu qui a fait les hommes inégaux, que des prétendus droits sociaux qui incitent à la paresse, ou qu'une fausse liberté de conscience qui induit au vice.

Thanassis verse dans son verre les dernières gouttes de la dernière bouteille de bière ; celles de *retsina* n'offrent guère plus de perspectives. Il recommande une tournée.

— Et l'histoire du métropolite de..., tu la connais ? Les autorités militaires s'étonnaient qu'il vienne si souvent bénir les unités de son diocèse. Jusqu'au jour où le général commandant la région militaire s'est avisé que le taux de réforme, en cours de service, était dans sa circonscription de trente pour cent supérieur à la moyenne. Pourtant, y'avait longtemps que ça se savait chez les bidasses ! Monseigneur Sidèropoutso (qu'on pourrait traduire librement par « queue d'acier ») qu'ils l'appelaient ; il avait un frère haut placé au ministère de la Défense et, s'il vous remarquait, que vous lui consacriez votre prochaine permission, comme par miracle, on se rendait compte que vous étiez soutien de famille, vos pieds devenaient plats, votre souffle au cœur empirait brusquement et vous bénéficiiez d'une libération anticipée dans les cinq ou six semaines. Eh ben je peux vous dire qu'y a jamais eu autant de gars volontaires pour chanter la messe et qu'y en a très peu qui ont refusé d'avoir mal au cul quelques jours...

— Ah ! mais c'est donc pour ça, Thanassis, que tu n'as fait que six mois ?

Au Cercle européen pour la défense de la civilisation chrétienne, Michel Kalermis avait très vite compris : l'orthodoxie à laquelle il appartenait par sa tradition familiale ne signifiait rien dans le monde où il avait à s'imposer, dont il voulait être reconnu. La conversion au catholicisme ne lui avait posé aucun problème ; elle lui avait ouvert les portes de l'Institut supérieur de sciences économiques et managériales de Burgos. Car le Cercle européen pour la défense de la civilisation chrétienne n'était rien d'autre que l'antenne universitaire de recrutement du *Primum Agmen Christi*, ce mouvement catholique ultraconservateur, fondé en Espagne au temps de la guerre civile par don Figuera de Bayader, esprit médiocre mais obstiné, qui s'était donné pour tâche de reconquérir les élites. Une Avant-Garde du Christ qui considérait Jean XXIII comme une incarnation quasi diabolique, qui avait commencé sa « marche sur Rome » sous Paul VI et profité de l'extrême faveur de Jean-Paul II pour faire béatifier son fondateur fasciste dans des délais records, coloniser l'épiscopat de nombreux pays, notamment en Amérique latine, et se créer une clientèle à la Curie. Le *Primum Agmen* avait apporté un soutien actif à l'élection de Benoît XVI, qui n'en était pas membre mais partageait le socle de ses convictions et avait payé de plusieurs chapeaux cardinalices cette aide presque aussi décisive que celle du Saint-Esprit. Si bien qu'au conclave suivant, les prélats de l'Avant-Garde s'étaient retrouvés assez forts pour neutraliser suffisamment d'oppositions et, par l'intimidation, la promesse ou la cautèle, imposer l'un des leurs, Pie XIII, sur le trône de Pierre.

En attendant cette sainte consécration, dès les années 60, le *Primum Agmen Christi* avait trusté les ministères et les postes de responsabilité en Espagne, autour de Carrero Blanco, et il s'était acquis, en France, de puissants relais dans l'entourage du futur président Giscard d'Estaing — parmi lesquels le duc de Creuil, ancien et futur ministre, qui mourrait abattu en plein Paris, quelques années plus tard, dans des conditions jamais éclaircies, mais qui, en tout cas, n'avaient rien à voir ni avec des financements politiques, ni avec la faillite frauduleuse de la holding espagnole liée au *Primum Agmen Christi* et dont Creuil présidait une filiale domiciliée au Liechtenstein.

Julien a déclaré forfait devant la tête du mérou. Car, hospitalité oblige, les Grecs de la *parèa* qui se seraient peut-être battus entre eux pour l'obtenir, ont offert dans un même élan ce morceau de choix aux « étrangers ». Nikos suce consciencieusement chacun des cartilages de la moitié qui lui est revenue après le partage avec Jannett, l'épouse irlandaise de Yorgos.

— Et celle du pope de Vathy, tu l'as déjà entendu raconter?

Julien répond que non.

— Le *papas* Adonis avait la soutane tellement leste qu'un jour, tous les hommes du village, dont mon grand-père, sont partis en délégation voir l'higoumène (dans l'exarchat de Parigoros, c'est lui qui détient la puissance épiscopale) pour lui dire qu'ils avaient déjà chacun au moins un bâtard du pope à élever, que ça suffisait et que, si on n'envoyait pas le saint homme prêcher l'Évangile ailleurs, ils se chargeraient eux-mêmes, avec l'aide d'une serpette bien aiguisée, de faire en sorte qu'il lui soit désormais impossible d'en engendrer de nouveaux.

Mais si Nikos avait répondu que son père préférait tuer plutôt que penser, ce n'était pas par un pacifisme béat rangeant son géniteur parmi la caste honnie des marchands de canons. Non, Nikos songeait plutôt à l'influence que ce chrétien exemplaire avait exercée sur son entourage. Car si le *Primum Agmen Christi* requiert l'obéissance absolue de tous ses membres, clercs comme laïcs, et qu'il exhorte au célibat les plus zélés de cette seconde catégorie, appelés *præcursores* (les éclaireurs), il admet cependant, conformément à l'enseignement de saint Paul,

je dis aux célibataires et aux veuves que le bien consiste à demeurer dans le même état que le mien [le célibat]; mais s'ils ne peuvent se maîtriser, qu'ils se marient, car il est moins mauvais de se marier que de brûler (Première épître aux Corinthiens, *7, 8-9, traduction d'Olivier Dhellemmes),*

le mariage de ceux (les *custodes* ou simples gardes) qui ne se sentent pas assez forts pour vivre pleinement l'idéal chrétien. Michel Kalermis avait donc épousé Jeanne de Traveilles, héritière d'une trentaine d'hectares de vignoble en plein terroir de Châteauneuf-du-pape, dont il avait eu cinq enfants ; en sept ans. Avant de cesser avec elle tout commerce charnel qui, à ses yeux comme à ceux de Paul et des Pères de l'Église, ne pouvait se justifier que par la procréation.

Jean, l'aîné, est mort d'une overdose, il y aura douze ans à Noël. Hélène, la première fille, celle dont Nikos était le plus proche, a quitté le domicile de ses parents le jour anniversaire de ses dix-huit printemps. Mais paumée, enceinte, avortée, criblée de dettes, elle est revenue deux ans plus tard implorer le pardon du Père tout-puissant. Un Père tout-puissant qui, en toute charité chrétienne, le lui a accordé. Pourvu qu'elle acceptât l'internement volontaire dans une clinique helvétique où on l'a shootée — à mort — aux neuroleptiques, et d'où elle est sortie cinq fois. La cinquième, c'était quelques semaines avant qu'elle ne se suicide, en se mettant la tête dans un sac poubelle. Il y aura sept ans à Pâques.

Quant à la petite dernière, Marie, qui marche sur un fil au-dessus du précipice de l'anorexie, elle ne pèse plus que trente-huit kilos. Mais Michel Kalermis, lui, ne s'est jamais posé la moindre question.

À part celle de la lobotomie de Nikos, lorsque ce fils « dégénéré », qui l'avait déjà déçu en choisissant de faire kiné plutôt que la grande école qui l'aurait préparé à prendre la succession de son père, lui a annoncé qu'il allait se mettre en ménage avec un juge !

Reste André, le cadet, ingénieur en informatique dans la *Silicon Valley* où il s'est exilé dès qu'il a pu. Marié, trois enfants, une grande maison avec piscine, une grosse voiture… Bref, tout pour plaire ! Presque, car Michel Kalermis a toujours refusé de voir sa bru : une métisse divorcée ! ni ses deux petits-enfants à la si jolie couleur café au lait.

Là-dessus non plus, Kalermis père n'a jamais conçu le moindre doute. Pas plus qu'il n'imagine avoir la moindre responsabilité dans le suicide de son épouse qui s'est pendue quelques semaines après la mort de sa fille — le lendemain de la Pentecôte. La pauvre femme avait toujours manqué de caractère et, devant les épreuves que le Seigneur leur avait envoyées, sa foi s'était étiolée ; tandis que celle de Michel Kalermis s'en était au contraire trouvée revigorée. Le christianisme n'est-il pas d'abord soumission aveugle aux volontés indéchiffrables du Très-Haut ? Une patience à souffrir comme le Christ sur sa croix ?

Michel porte son cilice plusieurs heures par jour, ainsi que le recommande *La Senda* (*Le Sentier*), le manuel spirituel de don Figuera de Bayader. Il se flagelle au moins trois fois la semaine, se confesse chaque samedi à son directeur de conscience et se soumet une fois par mois à la correction fraternelle de son groupe. Il fait des dons importants à plusieurs associations pour la défense de la famille, la lutte contre l'avortement, la pornographie ou la banalisation de l'homosexualité. Il est en paix avec lui-même.

Quant à Nikos et André, ils se téléphonent régulièrement. Ils s'aiment bien, se voient peu, mais se sont juré de sabler le champagne, où qu'ils soient, à la minute où ils apprendraient que leur malfaisant de père a fini de nuire. Avant de se retrouver pour compisser sa tombe.

XX

Dimitris, Yorgos et Melpo se lèvent pour danser. Et Thanassis pour aller négocier en cuisine. C'est trop beau pour lui, la musique de Thèodoros, après ce mérou, cette soirée entre copains... Il sent monter son *kèphi* — un mot qu'on peut traduire, platement, par « bonne humeur », mais qui est bien davantage la manifestation d'un *daimôn*, d'un génie (ou démon, c'est selon), celui de l'allégresse, de l'impatience à jouir — l'antithèse en somme de la jouissance à souffrir de Michel Kalermis.

Tous les restaurateurs de Grèce savent où peut conduire la nécessité pour un *kèphi* de trouver son exutoire. Surtout quand il s'agit, comme ce soir pour Thanassis, d'un *tsakir kèphi*, un *kèphi* majuscule, un paradigme de *kèphi*. Un de ces *kèphia* qui viennent de l'exaltation de tout ce qui, en l'homme, aspire au bonheur, du sentiment, soudain, d'être en parfaite adéquation avec l'univers, qui naissent d'une ambiance et de l'exacte quantité d'alcool (ou autre adjuvant) nécessaire pour oublier la pesanteur et accéder fugacement à la grâce. À ne pas confondre avec une vulgaire cuite.

Astradèni comprend tout de suite de quoi il retourne. Elle ne tente pas de raisonner Thanassis. Elle se borne à discuter le prix. Puis, tout sourire, elle raccompagne Thanassis jusqu'à la tablée et s'assied pour profiter pleinement, elle aussi, du spectacle :

ça n'est pas si souvent qu'on a l'occasion de voir s'exprimer un *kèphi* d'une pareille qualité !

Le plus beau qu'elle ait vu dans sa vie, Astradèni, c'est celui de son père, un dimanche de septembre 1974. Elle avait sept ans et il était encore un étranger pour elle, lui qui avait été arrêté trois mois avant sa naissance. La veille, il avait rapporté à la maison sa première paye et, ce dimanche-là, ils étaient allés à pied, Astradèni, sa mère et son père, de leur minuscule appartement en sous-sol d'un quartier populaire du Pirée jusqu'au port où ils avaient retrouvé une jeune femme et son fiancé — le copain avec lequel le père d'Astradèni avait tout partagé, pendant sept ans, au camp de Makronissos. Ensemble, ils avaient pris le bateau pour Salamine. Ils s'étaient baignés, ils avaient déjeuné dans une guinguette à trois sous, sur la plage. Heureux de vivre simplement, libres, quand soudain, dans les haut-parleurs, Mikis Théodorakis s'était mis à chanter *Nous sommes deux*, cette chanson de tous les déportés qui dit l'angoisse du prisonnier sans défense devant la toute-puissante cruauté du bourreau, qui dit la violence arbitraire, les coups et la souffrance, qui dit la solidarité dans l'horreur et l'incroyable courage qu'il faut parfois, seulement pour demeurer un homme.

Le père d'Astradèni avait disparu. Dix minutes après, il était revenu, tandis que le patron et sa femme commençaient à déménager tout ce qu'il y avait à l'intérieur de la baraque en planches. Puis son père et le copain s'étaient levés, le patron avait remis *Nous sommes deux* à plein tube, le copain avait arrosé le cabanon avec l'essence d'un bidon qu'était allé acheter le fils du patron, et le père d'Astradèni avait craqué l'allumette.

Ce *tsakir kèphi*-là n'avait pas laissé grand-chose de la paye du mois, mais tout le monde, les deux copains, leurs femmes et les patrons s'étaient mis à rire et à pleurer comme personne d'entre eux n'avait plus ri ni pleuré depuis très longtemps, même lorsque la junte était tombée, même lorsque les hommes étaient rentrés des camps.

En l'occurrence, le *kèphi* de Thanassis, ce soir, à Parigoros, se montre moins exigeant. Thanassis demande d'abord à Thèodoros son *zeïbèkiko* préféré ; il le danse seul sur la plage, au milieu de la *parèa* qui se lève comme un seul homme pour former cercle autour de lui — Pètros et Melpo accroupis, un genou en terre, frappent des mains pour l'encourager ; puis il se retourne vers les tables, en saisit une à bout de bras, envoie dinguer sur le ciment de la terrasse couverts, assiettes, verres et bouteilles (le bruit de vaisselle cassée est toujours agréable au *kèphi*), et la jette à l'eau le plus loin possible. Au milieu des rires et des applaudissements de la *parèa*, d'Astradèni et de sa petite famille, des autres convives du restaurant, tous aussi heureux pour lui de voir que Thanassis puisse ainsi contenter son *kèphi*.

Astradèni apporte alors les pastèques, pendant que Thanassis et Yorgos se ruent dans la mer, redressent la table, réclament des chaises et s'installent, avec de l'eau jusqu'à la taille, pour déguster leur part.

— Et ton pote français qui a débarqué cette après-midi, pourquoi il n'est pas venu ? demande Dimitris à Julien Bergeret.

— Mon pote ? Quel pote ?

DEUXIÈME PARTIE

Une découverte

La vérité a sur le mensonge des caractères d'infériorité qui la condamnent à disparaître. D'abord elle est une, elle est une, comme dit M. l'abbé Lantaigne qui l'en admire. Et vraiment il n'y a pas de quoi. Car le mensonge étant multiple, elle a contre elle le nombre. Ce n'est pas son seul défaut. Elle est inerte. Elle n'est pas susceptible de modifications (...). Le mensonge, au contraire, a des ressources merveilleuses. Il est ductile. Il est plastique.

Anatole France, *L'Anneau d'améthyste*

XXI

La soirée s'est terminée tard. À quatre heures du matin passées. Mais dès neuf heures le lendemain, Nikos et Julien sont attablés devant leur petit-déjeuner. Il fait beau et déjà très chaud. Julien allume la radio.

...a décidé, sur réquisition du substitut Carpetti récemment nommé au parquet de Paris, l'abandon des poursuites contre Alain Perrault dans l'affaire d'exportation illégale de capitaux vers les îles Caïmans. Ainsi vient donc de se clore le dernier épisode d'un interminable feuilleton judiciaire, et ceci au moment le plus propice pour un retour au devant de la scène de l'ancien ministre qui...

Pas un souffle de vent, ni un froncement de sourcil : le visage de l'ex-juge Bergeret reste aussi impassible que la surface de la mer. Nikos a ressenti le coup pour deux ; il sait ce que Julien éprouve et qu'il n'exprimera pas. C'est lui qui fait taire le journaliste de RFI.

— Allez, viens avec moi à la plage. Ça te changera les idées.

— Tu te trompes. Tout cela ne me fait ni chaud ni froid. De toute façon tout était joué depuis longtemps ; tu sais bien : en fin de compte, c'est toujours la Maffia qui gagne...

— D'accord, m'sieur l'juge, je te crois. N'empêche que tu ne t'es pas baigné hier, que tu es en vacances, que tu devrais en profiter davantage et que ça te changerait les idées.

— N'insiste pas, Nikos, il faut que j'avance. Je dois vérifier si…

— Mais bon Dieu, qu'est-ce que je suis pour toi ? Si même avec moi tu ne peux pas te lâcher.

— Je te dis que tout cela me laisse parfaitement indifférent. Tu devrais être content, j'ai enfin pris cette distance que tu m'as tant reproché de ne pas être capable…

— À d'autres. Si cela t'était vraiment indifférent, tu le montrerais en…

— …t'obéissant ? Je te répète qu'il faut…

— Tu me fais chier avec tes « il faut ». Il ne « faut » rien. On est ici pour buller en plein soleil, s'ébrouer dans la mer, baiser autant qu'on peut, rigoler, bouffer et boire comme hier soir. Mais toi, « il faut » que tu joues les rats de cave.

— Arrête un peu ton char, écoute…

— Non, je n'écouterai pas une connerie de plus ce matin ! C'est toujours la même chose : quand t'étais juge, t'avais un dossier qui ne pouvait pas attendre, et maintenant c'est tes bites qui attendent depuis seize siècles et qui ont besoin, toute affaire cessante, que tu vérifies je ne sais quoi ! Mais elles attendront bien un jour de plus, espèce de connard ! La vérité c'est que tu es un drogué du boulot et que tu ne supportes pas l'idée de ne rien avoir à faire qu'à te donner du plaisir. Ça te met mal à l'aise, ça te culpabilise, ça te panique…

— Mais du calme, enfin ! on dirait que c'est toi qu'elle bouleverse, cette nouvelle tellement prévisible.

— C'est ça, renverse les rôles ! T'es toujours très fort pour ce genre d'exercice. Ça ne changera rien au fait que t'es un handicapé du bulbe, incapable de profiter simplement de la vie, sans te sentir utile à quelque chose ! pas à quelqu'un ! pas à moi ! en venant te baquer et glander ; non ! à une abstraction ! et peu t'importe au fond que ce soit la Justice ou un mystère dont tout le monde se contrefout pourvu que ça t'évite…

— OK, OK, OK, c'est pas ma fête et je n'ai aucune arme de destruction massive en ma possession. Je me rends : on part à la plage quand tu veux et toute la journée si tu veux.

— Mais je m'en tape, moi, que tu viennes ou pas ! Je ne te demande pas une faveur. Tu peux bien te replonger dans tes grimoires si ça te chante, et même y passer tes jours et tes nuits. Dimitris m'a proposé de m'emmener pêcher avec son bateau dans un coin exceptionnel, et y'a un des p'tits mecs de la police maritime, dix fois mieux gaulé que toi, qui, si j'ai bien compris ses avances, serait ravi de me baiser !

— Faudrait savoir ce que tu veux !

— Mais je ne veux rien. Je pensais seulement qu'après tes aventures hospitalières, tu avais compris. Je m'aperçois que non.

— Mais compris quoi, nom de Dieu !? J'ai quitté mon boulot, c'est pas ce que tu voulais ?

— Ah ben celle-là, c'est la meilleure ! Tu ne vas pas me dire que tu l'as quitté pour me faire plaisir, ton boulot de merde ? Que tu peux bien reprendre, d'ailleurs ! si ça te manque déjà de te faire traiter comme un paillasson sur lequel on s'essuie les pieds. Quant à ce que j'espérais que tu comprennes, c'est que tu n'auras pas deux vies, et que celle-là est trop courte pour t'emmerder à te chercher de nouvelles raisons de ne pas la vivre en te cachant derrière ta prétendue utilité à un monde qui n'est qu'une imposture.

— Et moi, ce que j'espère que tu comprendras un jour, c'est que l'imposture, ça peut être aussi de prendre ce prétexte-là pour renoncer à apporter sa pierre…

— Nous y voilà ! Et apporter ta pierre à quoi au juste, m'sieur l'juge ? Est-ce que la Création sera en quoi que ce soit changée, parce que tu auras trouvé aujourd'hui, demain, dans dix ans ou jamais, le sens d'alignements de queues qu'un type, probablement aussi fêlé que toi, a tracées sur une peau de chèvre morte, il y a de ça plus de mille cinq cents ans ?

— Mais oui ! évidemment. Quant à la deuxième chose que je voudrais que tu comprennes, c'est que le bonheur, à mes yeux en tout cas, ça ne peut pas être de profiter en égoïste, même si c'est avec toi, de tout ce que je peux saisir, mais de faire des choses…

— Des choses qui te survivront, c'est ça ? Pour te consoler d'être un pédé dont l'ADN exceptionnel va se perdre dans l'infinité du cosmos, parce que tu ne l'auras pas mélangé à celui de Clémence en lui plantant dans le ventre ta petite graine de bienfaiteur de l'humanité.

— Mais réduis donc un peu le débit de ta vanne à conneries, tu veux ? et laisse Clémence, qui n'a rien à y voir, en dehors de tout ça. Je ne sais pas quelle mouche t'a piqué ce matin…

— Une mouche à merde, bien sûr. Et puis épargne-moi le « tu n'aurais pas dû tant boire hier soir, tu sais bien que la gueule de bois te rend toujours odieux » !

— Pourtant…

— Elle ne me rend pas odieux, elle me rend lucide.

— Si ça peut te calmer, je suis d'accord.

— Et toutes tes bites ensemble, sur ton vieux bout de parchemin moisi, cacheraient-elles le secret des origines de l'humanité, elles ont moins de valeur que le *kèphi* de Thanassis hier soir.

— Je suis d'accord.

— Parce que la transe et le plaisir sont mille fois plus subversifs que la connaissance et tous tes combats passés, présents et à venir contre les moulins à vent.

— Absolument. C'était d'ailleurs l'avis des mineurs de *Germinal*, des ouvriers sans retraite, sans sécu et sans congés payés.

— Je ne te parle pas de ça ! Ne te fais pas plus con que tu n'es, s'il te plaît. Tu l'es largement assez pour ne pas avoir à en rajouter.

— Puisque je te dis que tu as raison !

— Je te parle d'aujourd'hui, ici et maintenant, de la manière d'échapper au bourrage de crâne généralisé qui consiste à faire croire aux gens qu'ils ne sont rien s'ils ne travaillent pas plus, plus longtemps, s'ils ne sont pas les plus performants, sans se rendre compte que c'est toujours pour moins de blé et avec moins de droits.

— Et jeter des tables de resto à la mer est un acte de résistance majeur à ce bourrage de crâne-là ?

— Parfaitement ! comme d'aller à la plage quand il fait chaud et que la mer est aussi belle que ce matin, plutôt que de t'enfermer dans un trou à moines pour t'y crever les yeux sur des bites, au lieu de profiter de celles, « en chair et en os », que, dans son immense bonté, Dieu a mises à portée de ta main.

— Ah nous y voilà. Tout cela c'était pour justifier ton insatiable lubricité ! Mais je n'ai plus ton âge, moi, il faut me laisser souffler un peu, gamin ! Bon alors, on y va à *ta* plage ?

— Oh mais tu n'es pas obligé…

— Mais je sais bien, mon amour. C'est pour cela que j'y vais.

Julien embrasse Nikos sur les lèvres. La passe d'armes est terminée. Sur la moto, il se serre très fort contre le dos de son Bel-Hermès. Et les trois heures qu'ils passent ensemble sur le sable, dans l'eau, d'une douceur incroyable, sont des moments de pure félicité. D'une insouciance absolue. Vers quinze heures, les deux garçons montent dévorer une salade de tomates arrosée d'une huile d'olive au goût légèrement âcre et une assiette de friture de minuscules poissons à la taverne qui surplombe la plage. Puis ils rentrent à la maison pour faire la sieste. Et l'amour. Dans une telle frénésie et une telle harmonie en même temps, que leurs peaux salées de mer et de sueur semblent fusionner en une seule enveloppe, qu'ensuite elles refusent de se disjoindre.

Si bien que lorsqu'on frappe à la porte, au moment où retentit le premier cri d'Artémis appelant Panayotis, Nikos et Julien sont encore enlacés, à moitié endormis mais à l'affût du désir de l'autre, encore dans la douce euphorie du joint qu'ils ont fumé après leur dernier assaut, prêts pour un nouveau round dès que l'un d'eux aura recouvré suffisamment d'énergie.

Le visiteur frappe une deuxième fois.

— Tu y vas ?

— Oui petit maître blanc, tout de suite.

Nikos se lève, cherche son slip, ne le trouve pas. Des coups retentissent pour la troisième fois.

— Voilà, voilà !

Il enfile un short à même la peau.

— Attention à l'outrage à la pudeur, tout de même.

Il descend en vitesse l'escalier. Julien entend la porte qui grince, un échange indistinct entre Nikos et une autre voix masculine.

— Julien ! c'est pour toi.

— J'arrive.

À regret, l'ex-juge se lève à son tour. Il jette un œil nostalgique au champ de bataille qui aurait dû en voir au moins une de plus cette après-midi. Il passe un jean et un tee-shirt blanc puis descend l'escalier de bois. Nikos a fait asseoir le visiteur. Il est allé lui chercher un verre d'eau. Julien s'avance. Le gros homme se dresse de son siège et lui tend la main d'un geste mécanique.

— André Grimm, détective privé…

XXII

Semblant sorti d'un mauvais polar, adipeux, transpirant, suffoquant, Grimm est boudiné dans un costume sombre bon marché dont il garde pourtant la veste boutonnée. Julien éprouve les plus grandes difficultés à se montrer aimable.

— Vous avez l'air d'avoir bien chaud, cher monsieur, vous devriez vous mettre à l'aise.

Grimm remercie dans un borborygme et entreprend de retirer sa veste en soufflant comme une baleine. Sa chemise d'un gris douteux laisse voir un marcel en transparence et de larges auréoles ; le moindre de ses mouvements diffuse autour de lui une odeur de sueur rance.

Nikos revient avec trois verres, une bouteille d'eau embuée et une de sirop à la sauge. Grimm opte pour l'eau pure. Nikos prépare deux verres de sauge ; il ressert Grimm qui a vidé le sien d'un trait.

— Que puis-je donc pour vous, monsieur Grimm ? demande Julien.

— Eh bien voilà, monsieur le juge…

— Je ne suis plus juge.

— Je sais bien, monsieur le juge, mais votre métier comme le mien, on ne les quitte jamais vraiment, n'est-ce pas ?

— Je ne suis vraiment plus juge, monsieur Grimm, mais peu importe. Je n'imagine pas que vous soyez venu à Parigoros pour échanger avec moi des propos sur la vocation, ni même spécialement pour me voir…

Nikos sent comme une nuance d'énervement mal contenu dans la voix de Julien.

— Mais si, monsieur le juge. Et croyez-moi, pour quelqu'un qui craint la chaleur autant que moi, c'est une véritable épreuve.

— C'est vous qui avez posé des questions sur nous, hier, à Parigoros ?

La voix de Julien est redevenue impassible ; la voix du « caïman en embuscade », pense Nikos à cet instant.

— Vous voyez bien que vous êtes toujours un peu juge : vous ne pouvez pas vous empêcher de poser des questions. En fait, ce que j'ai à vous dire est strictement confidentiel.

— Je n'ai pas de secret pour monsieur Kalermis. Un détective aussi compétent que vous n'ignore sans doute pas qu'il partage ma vie depuis dix ans.

Il n'y a pas que le privé, pense Nikos, qui sorte d'un film noir de série D prime, leur dialogue aussi.

— Dans ce cas…

Mais Nikos en a suffisamment entendu. Tout cela ne l'intéresse ni ne l'amuse et, au surplus, il n'a pas fait sa séance quotidienne de muscu.

— Non, non, je vais vous laisser. J'ai des choses à faire en ville. On dîne ici, ce soir ? tu as prévu quelque chose ?

— Prends du cabri chez Panayotis. Je lui ai dit de nous en mettre un morceau de côté. Et rapporte une bouteille de rouge, du némée, le même qu'avant-hier. On a les *bamiès*[1] que m'a donnés Melpo hier soir.

— OK, ça roule. À plus !

---

1 - Encore appelés gombos : petits légumes verts, pyramidaux et poilus qui, en Grèce, sont généralement mijotés dans une sauce à base de tomates et d'oignons.

— Achète aussi des fruits… et des yaourts. Des brebis, hein ! Les frais, au *supermarket* à côté du musée. Excusez-nous, monsieur Grimm.

— Mais je vous en prie…

L'amour l'après-midi — comme cette après-midi-là en tout cas —, ça fonctionne pour Nikos à la manière d'un accumulateur d'énergie : abdos, pecs, épaules, il exécute son programme en dix minutes de moins que d'habitude — et avec des poids sensiblement plus lourds.

Dimitris le remarque.

— Pleine forme, hein !

— Ouais, ça va plutôt bien.

— Et Julien ?

— Je suis parti quand le type dont tu nous as parlé hier soir est arrivé. En fait de copain, c'est un flic privé.

— Je le sais depuis ce matin. Et il n'est pas tout seul : la patronne de l'hôtel où ils sont descendus est une vieille copine…

En entendant à la radio que Perrault faisait un brillant comeback, Nikos avait tout de suite eu le sentiment que le temps de leur tranquillité touchait à sa fin. Maintenant, il pense que celui des emmerdes est en train d'approcher à grands pas, et décide d'enchaîner sur une séance biceps-triceps qu'il attaque avec rage : il a besoin de se fatiguer pour réfléchir calmement.

Quant à Julien, une fois son visiteur parti, il replonge dans son boulot. Les syllabes déchiffrées hier se combinent ailleurs avec d'autres signes. Ici, il pourrait s'agir d'un *a* rentrant en composition avec *tonos* (*atonos* : mou, sans vigueur), et là, si souvent devant l'article… ce pourrait être le *au* qui, lié à l'article, forme le démonstratif. Mais alors, cet autre signe placé quelquefois devant *auta* et si souvent devant un *a* isolé, pourrait être *par* (*parauta*: sur ces entrefaites; et *para*: préposition aux sens multiples), ce qui indiquerait que ce *ai-par-ai-tê* peut être le début de *ai paraitêseis*: les prières pour éloigner le malheur...

La cryptographie est une science déductive et une expérimentation contrôlée. On forge des hypothèses; on les met à l'épreuve, et souvent au rancart, mais ce qui résiste à l'épreuve grandit, et grandit encore, jusqu'à ce qu'enfin l'expérimentateur sente sous ses pieds un terrain solide: ses conjectures sont cohérentes, et des fragments du texte chiffré émergent de leur camouflage: le code « craque ». (...) C'est comme le démarrage d'une réaction en chaîne en physique nucléaire: il y a un seuil critique; quand il est dépassé, la réaction se poursuit d'elle-même, et accélère. (John Chadwick, Le Déchiffrement du linéaire B, Aux origines de la langue grecque, *traduction de Pierre Ruffel, Paris, Gallimard, 1972.)*

Certaines des hypothèses de Julien ne tiennent pas le choc, mais d'autres se vérifient: la réaction en chaîne une fois enclenchée, il voit se former des *anthropoi*, des hommes, une *gynaika*, une femme, et la *physis*, la nature, les nouvelles syllabes découvertes suggérant ailleurs d'autres mots: brûler, juste, pratiques, etc. Jusqu'à ce que, soudain, apparaissent Dieu et la mort — *theos* et *thanatos.* « Mais si, ici, je lis bien: *e-pavl-in-e-po-iou-mèn,* (j'établissais notre campement), la deuxième syllabe (trois signes phalliques disposés en triangle) qui est si souvent répétée en association exclusive avec les désinences du masculin singulier et dont je pense qu'elle pourrait être le nom du personnage central... Bon Dieu! mais c'est bien sûr! il s'agit de *Pavlos* », autrement dit de Paul. Et Julien de se rendre compte, quelques minutes plus tard, que les mots déchiffrés au début du premier feuillet se retrouvent dans l'épître aux Romains, commentée à la page du manuscrit iconoclaste où, précisément, il a découvert ce feuillet :

*Ces **hommes** ont aussi délaissé l'usage de la **femme** conforme à la **nature** pour se mettre à **brûler** de désirs les uns pour les autres.*

Mais, dans ce cas, le manuscrit phallique, écrit quelques siècles avant le manuscrit iconoclaste, ne serait-il pas, comme ce dernier, un commentaire des écrits et des Actes de Paul ?

*Que ces **hommes-là** sachent que la **juste** décision de **Dieu** pour ceux qui ont de pareilles **pratiques**, c'est qu'ils méritent la **mort**.*

Ça colle ! une cinquantaine de nouvelles pièces du puzzle s'emboîtent, suggérant de nouvelles identifications : cette fois, le code a bel et bien craqué !

Julien est fébrile. Il sait qu'il vient d'accomplir un pas de géant. Pourtant, il n'éprouve pas la joie qu'il s'était imaginé ressentir à ce moment-là. Ni même l'urgence à continuer. Il se sent las.

Il hésite un instant et, avant même que ne retentisse le cri d'Artémis, il referme la chemise contenant la copie des feuillets, celle des pages du manuscrit iconoclaste, le tableau de correspondance des signes qui s'est considérablement enrichi en moins de deux heures, ainsi que, désormais, les premières lignes de sa transcription. Puis il se lève, se sert un verre d'ouzo et vient s'asseoir dehors, sur les marches — les yeux dans le vague.

C'est là que Nikos le trouve, une demi-heure plus tard. Et il lui trouve un air songeur. Inquiet ?

— Ça ne va pas, mon Juju ?

— Tu ne devineras jamais.

— Quoi donc ?

— Ce Grimm, tu sais qui l'a envoyé ?

XXIII

— Ben, Perrault, je suppose. La question pertinente, c'est plutôt pour te faire dire quoi ?

La main droite de Julien tripote nerveusement l'hématite. Il regarde Nikos, surpris. Et décidément inquiet.

— Il va peut-être falloir qu'on rentre…

Après la dispute de ce matin, Julien redoute la réaction de Nikos. Mais Nikos connaît probablement mieux Julien que Julien ne connaît son Bel-Hermès. Il pose à terre les sacs à provisions autour desquels bourdonnent trois abeilles, s'assoit deux marches en dessous de Julien, ramasse cinq petits cailloux qu'il jette devant lui, machinalement. Il les ramasse et les jette de nouveau, observant à chaque fois la manière dont ils se placent les uns par rapport aux autres.

> *Au terme du conflit entre Hermès et Apollon, le premier promet au second de ne jamais plus le voler, et Apollon, dieu prophétique par excellence, satisfait en échange le désir exprimé par Hermès d'apprendre l'art de la divination. Il lui offre même un oracle, celui des Thries, trois nymphes-abeilles du Parnasse révélant l'avenir aux consultants qui leur apportent du miel en offrande, grâce à de petits cailloux… (Henri Tourtois,* Dictionnaire gay de la mythologie grecque.*)*

— Je pensais que c'est ce que tu allais me dire. J'y ai bien réfléchi, à la gym, et je crois que ta position se défend.

Julien est surpris. Une fois encore. Il n'attendait pas plus cette attitude de quasi-ratification de sa décision qu'il n'avait vu venir la tempête du matin. C'était presque toujours ainsi. Julien ne comprendrait sans doute jamais pourquoi ce qu'il percevait comme une broutille, une contrariété mineure, était capable d'affecter profondément Nikos, de le faire exploser ou de déchaîner ses sarcasmes alors que, face à une grosse tuile, il ne bronchait pas, ne tentait même pas de contester les choix de Julien, lui témoignait une confiance presque aveugle.

— Il va peut-être falloir qu'on rentre, reprend Julien. Mais il est hors de question que je lui donne l'impression de filer à la niche quand il me siffle.

— Je préfère ça.

— Ben, pourquoi tu ne le dis pas ?

— Parce que ce n'est pas moi qui suis en cause et que, même si je dis le contraire pour le plaisir de te faire râler, j'ai toute confiance dans ton appréciation de ce genre d'embrouilles dont j'ignore les tenants comme les aboutissants. Ça ne m'empêche pas de te préférer plus hargneux.

— Je croyais qu'il fallait que je sois plus détaché.

— Dans ton rôle de redresseur de torts, oui. Mais si on te marche sur les pieds ou qu'on projette de t'écraser la gueule, j'aime mieux te voir montrer les dents plutôt qu'obéir au doigt et à l'œil. Il t'a menacé ?

— C'était plus subtil.

— Vu le lascar, tu m'étonnes qu'il ait pu faire dans la subtilité. Dimitris m'a dit qu'il n'est pas venu seul. Un privé athénien l'accompagne et ils seraient montés à Posidonia, hier soir, pendant qu'on bâfrait notre mérou.

— Comment il sait ça, Dimitris ?

— Apparemment, il n'est pas un tireur de classe internationale seulement sous l'eau, et la patronne de l'hôtel où les deux types sont descendus est une fervente admiratrice qui tient beaucoup à ses cinq à sept. Quant au chauffeur de bus, c'est un des oncles de Dimitris : en redescendant de sa dernière rotation, il a croisé les deux cocos qui montaient dans une voiture de location.

— Ben dis donc ! vous n'êtes pas redoutables que pour les mérous, tous les deux !

— Merci, m'sieur l'juge. À vot'service, m'sieur l'juge. Mais dites-moi, m'sieur l'juge, t'as pas remarqué des choses qui auraient changé de place, sur ton bureau par exemple ?

— Tu penses qu'ils ont pu « visiter » la maison ?

— À moins d'être venus contempler la vue. En pleine nuit. On peut d'ailleurs penser qu'ils n'ont pas eu beaucoup de mal à entrer, avec la fenêtre de la cuisine que tu laisses systématiquement ouverte et la porte de derrière sur laquelle la clef reste à l'intérieur.

— Maintenant que tu me le dis : ce matin, j'ai mis cinq minutes avant de retrouver un dossier que j'étais certain d'avoir laissé... Oh merde ! ça va pas recommencer !

— Tu crois pas que tu devrais appeler Klèovoulos ?

— Pour quoi faire ?

— Savoir quel genre de mec est le monte-en-l'air qui a ouvert la porte de derrière à Grimm ; vu que c'est certainement pas ce gros porc qu'a fait de l'escalade pour passer par la fenêtre !

— On n'a même pas son nom, à ce type ?

— Toi, non. Mais moi, si : grâce à la Mata-Hari de Dimitris. Tu me donnes combien ?

— Combien de quoi ?

— Ben combien d'europépètes, c't'idée. Les indics, ça se rémunère, non ? dans vot'milieu.

— Espèce de salopard ! T'auras une gâterie ce soir, et basta !

— La gâterie c'est un droit acquis, pas une grate.

Nicolas a réussi à détendre l'atmosphère. Julien abandonne son air sombre. Ils se mettent à chahuter comme des gosses.

— Bon, alors! t'accouches ou je passe à la torture?

— Tu sais bien que je suis maso!

Julien pince le biceps de son Bel-Hermès, à la base du caducée tatoué sur sa peau, et commence à tourner lentement.

— Aïe! J'ai toujours su que t'avais une âme de Grand Inquisiteur. J'avoue tout ce que tu voudras, Torquemada!

— Le nom du privé, ou je te passe les brodequins.

— Pavlos, Votre Grâce! mais arrête de pincer. D'abord, c'est les filles qui pincent!

Julien ne lâche pas sa prise. Au contraire.

— Pavlos comment?

— Apostolos.

— Non! tu rigoles?

— Pourquoi?

— Attends! ce mec s'appelle Paul Apôtre?

— Et pourquoi pas? Je m'appelle bien Bel-Hermès!

— Au fait, en parlant de Paul, tu sais que j'ai fait des progrès *énôrmes.*

— Avec tes bites? Mais que vient faire Paul là-dedans?

— Je me suis aperçu qu'un des parchemins reprend un passage de l'épître aux Romains qui figure aussi aux pages du manuscrit iconoclaste où il était caché: ce qui m'a fourni la valeur de plein de signes. Et si, comme je le pense, c'est la même chose pour les autres feuillets, j'en aurai rapidement identifié assez pour que trouver la valeur de ceux qui manqueront encore ne soit qu'un jeu d'enfant. À mon avis, dans trois ou quatre jours tout est plié.

— Chapeau bas, m'sieur l'juge.

Détendu, presque allègre — comme si la présence, le calme et l'appui de Nikos avaient suffi à dissiper les menaces diffuses qu'il sentait s'accumuler autour de lui depuis la visite de Grimm —, Julien éprouve enfin la joie d'avoir réussi à percer le mystère. Sans doute a-t-il sur-réagi. Sans doute s'est-il exagéré les périls : c'est un de ses travers depuis la foudroyante offensive de Morganella contre ses tripes. Il saisit le combiné téléphonique :

— Allô Klèovoulos, c'est vous ?... Très bien, merci, le temps est superbe et votre maison tellement agréable... Nous ne vous remercierons jamais assez pour ce fabuleux été... Très bien aussi ! Je crois que je suis tout près du but, j'ai découvert que... Le reste n'est plus que recoupements... Merci, mais j'ai eu de la chance... Bien sûr que je vous tiendrai au courant. Et j'irai rendre compte à l'higoumène dès que j'en saurai un peu plus sur le contenu. Dites-moi sincèrement, Klèovoulos, est-ce que, sans abuser de votre gentillesse, je pourrais vous demander encore un service ?... Eh bien voilà, vous serait-il possible d'obtenir des renseignements sur un certain Pavlos Apostolos ? Je vous explique...

Après dîner, Nikos et Julien restent longtemps silencieux, étendus sur le dos, dehors, à humer les senteurs nocturnes, à contempler la pulsation des millions de diamants épinglés sur le velours noir du cosmos.

— Mais qu'est-ce qu'il cherche au juste, le Perrault ?

La main de Julien vient se poser sur son sternum, il serre l'hématite dans sa paume.

— Il croit que j'ai quelque chose que je n'ai pas.

— Comme ?

XXIV

Dès le lendemain matin, Julien se remet au travail. Pour s'aviser rapidement, comme il l'a pressenti la veille, que si les deux premiers feuillets commencent par la citation de l'épître aux Romains, les deux suivants, qu'il a trouvés dans le manuscrit iconoclaste aux pages consacrées à l'épître à Timothée, débutent par un extrait de celle-ci, et que les trois derniers, découverts aux pages des *Actes des apôtres* (XX, 8-11) relatant le passage de Paul dans la ville de Troas, non loin de l'ancienne Troie, s'ouvrent bien par le récit de ce même épisode.

Aussi Julien n'a-t-il qu'à se servir de ces deux textes supplémentaires comme Champollion de la pierre de Rosette, ce qui lui permet, à la fin de sa matinée de travail, d'avoir identifié un total de quatre-vingt-seize signes sur les cent vingt-quatre recensés.

Il consulte sa montre. Déduire la valeur des vingt-huit restants ne devrait pas être plus sorcier que de trouver la syllabe manquante dans un mot qui commencerait par « anti » et se terminerait par « stitutionnellement », mais il a promis de rejoindre Nikos à la plage dès onze heures. Il reprendra son travail plus tard, après la sieste.

Nikos abandonné en plein soleil, étendu sur le ventre, comme endormi ; la longue cicatrice, due à un accident de moto, qui prend naissance sous le maillot rouge et balafre l'arrière de la cuisse d'un large sillon, rouge lui aussi, dont la boursouflure ne s'est jamais complètement résorbée, comme pour rendre plus émouvant ce corps sans cela presque trop parfait ; les quelques gouttes d'eau glacée que Julien laisse couler du thermos sur son dos, le cri de surprise, les jurons de Nikos ; son sourire, son baiser — salé, tendre et électrique à la fois — sur les lèvres de Julien ; leur plongeon, ensemble, dans la mer douce et calme ; leur proximité, dans l'eau puis sur le sable brûlant, le soleil qui engourdit et exaspère les sens en même temps ; l'agréable sensation de faim qui naît au creux de l'estomac ; le déjeuner de rougets à la taverne qui surplombe la plage, l'ombre et l'odeur du figuier, la saveur des tomates arrosées d'huile alliée à la résine du vin, les notes d'Hadjidakis en fond sonore, l'explosion violette d'une bougainvillée sur la chaux blanche, les genoux sous la table et les yeux dans les yeux ; le lézard que Nikos a commencé d'apprivoiser deux mois plus tôt, dès leur premier déjeuner ici, qui vient gober ses trois grains de raisin quotidiens ; la porte de la maison du juge Palamidès qui claque derrière eux ; l'impatience et la fraîcheur de la chambre ; juste un rai de lumière qui s'invite grâce au jeu entre les deux grands volets de bois, un rai de lumière dans lequel dansent des particules de poussière, un rai de lumière qui illumine le creux des reins de Nikos à genoux devant Julien…

Le soleil a tourné. Le rai de lumière a disparu. Nicolas est couché sur le côté, le buste relevé, appuyé sur un coude.

— Je t'aime.

Pour une fois, il ose les chuchoter, ces mots qu'il tournerait en ridicule si Julien les prononçait.

— Je t'aime, je t'aime, je t'aime, répète-t-il rapidement, comme un gamin se repaîtrait d'une grossièreté apprise à la récréation.

— Je t'aime mon juge, je t'aime mon Julien. Je t'aime plus que la vie.

Nikos se tait, inquiet. Il lui semble que la paupière de Julien vient de tressauter. Et si Julien ne dormait pas ?

Julien fait semblant de dormir. Il s'est assoupi pour de bon tout à l'heure. Mais il s'est réveillé depuis quelque temps déjà. Sans avoir ouvert les yeux, dans l'espoir que ce moment de bien-être, d'harmonie absolus puisse durer éternellement. Et il a entendu son Bel-Hermès. Il a envie de se jeter sur lui, de l'embrasser, de lui dire que lui aussi il l'aime comme un fou et chaque jour un peu plus depuis dix ans. Mais Nikos sera aussi mal à l'aise qu'un gamin surpris par sa mère en train de feuilleter un magazine cochon. Alors Julien tâche d'empêcher sa paupière de tressauter, d'imposer à son corps une immobilité totale.

— Tu dors ?

Le téléphone sonne. En bas. Julien fait semblant d'émerger : il ne s'est pas fait pincer. Décidément, aujourd'hui, les dieux sont avec lui.

— Tu y vas ?

— C'est certainement pour toi. Probablement Klèovoulos qui te rappelle.

— Allô, Julien ? Je ne vous dérange pas ?... Voilà, j'ai votre renseignement... Ne me remerciez pas : ça a été vraiment très... facile, et puis on ne remercie que les porteurs de bonnes nouvelles...

Le juge Palamidès est issu d'une famille qu'a déchirée, comme tant d'autres, la guerre civile de la fin des années 40, à la faveur de laquelle les Anglo-Américains ont imposé à une Grèce massivement résistante et antimonarchiste, un roi, un maréchal-Premier ministre à vie, un Parlement blindé et un appareil de sécurité qui, comme la reine, avait beaucoup admiré l'Allemagne entre 1933 et 1945.

Par bonheur pour lui, Klèovoulos Palamidès appartient à la branche de la famille qui avait choisi, durant cette période à hauts risques, de « ne pas faire de politique », c'est-à-dire de soutenir le pouvoir en place. Au contraire, son oncle, qui avait pris le maquis pour combattre les nazis, s'était retrouvé, deux ans après la « libération », dans un camp gardé par des collabos recyclés en défenseurs de la liberté par les Anglais. Il y avait passé huit années — dont quatre au quartier des irréductibles de Makronissos, où il avait échappé par miracle au massacre de cinq mille de ses camarades en 1949, peu avant que la reine Frédérika ne vienne se pavaner devant les survivants.

Pendant ces huit années-là, le père de Klèovoulos avait fait son chemin dans les services financiers d'un des armateurs de Parigoros. Le plus gros. Si bien que Klèovoulos avait obtenu sans difficulté le certificat de civisme permettant de s'inscrire en fac. La première déception, pour son père, avait été qu'une fois avocat (Klèovoulos n'était devenu juge qu'en 1975), il choisisse d'ouvrir un cabinet plutôt que d'entrer chez l'armateur. Et sa grande inquiétude avait été de voir la relation qui se nouait entre son frère et Klèovoulos, rentré de Paris en 1963.

Dès les premières rencontres, le jeune homme avait éprouvé une puissante attraction vers cet oncle, recueilli et soigné comme un enfant par sa mère (la grand-mère de Klèovoulos) depuis qu'il avait été libéré du camp sanatorium d'Ikaria — il était devenu tuberculeux à Makronissos. Ses yeux fiévreux, ce corps qui gardait la marque de tant de souffrances, cette vie laminée l'avaient profondément ému. Culpabilisé un peu aussi. Quant à l'oncle, il avait tout de suite vu dans ce neveu le fils qu'il n'aurait jamais. Et très vite, les deux hommes s'étaient aimés, comprenant qu'il y avait urgence : à échanger, à transmettre — à s'engueuler.

Comme sur le sens du triomphe de l'Union du Centre aux législatives de février 1964 ; Klèovoulos était persuadé qu'il ouvrait une nouvelle ère pour la Grèce, que la démocratie pouvait l'emporter. Mais lorsqu'en juillet 1965, deux mois après la mort de l'oncle à quarante-trois ans (il en paraissait vingt de plus), le roi avait forcé Georges Papandrèou à démissionner, Klèovoulos avait dû accepter de reconnaître que c'était l'oncle qui avait eu raison, que, dans ce pays, la démocratie n'était qu'une façade, que le pouvoir se trouvait ailleurs — au palais, à l'état-major, à l'ambassade des États-Unis.

C'est alors que Klèovoulos avait commencé à défendre des militants de l'EDA, la Gauche démocratique unifiée.

— Vous devez être très prudent, Julien. Je ne me rappelais pas son nom, mais quand j'ai vu sa fiche... Son visage, lui, il m'était impossible de l'oublier. Je l'ai croisé en 1968, près de la représentation diplomatique de nos amis américains. Vous voyez ce que je veux dire ?

Julien voyait parfaitement. Il savait que, sous la dictature, de 1967 à 1974, le centre de torture de la police militaire, où l'on soumettait les prisonniers à la *falanga* dans un local aménagé sur le toit, était installé à moins de deux cents mètres de l'immeuble du tout-puissant proconsul dépêché de Washington pour dispenser ses très amicaux conseils à la junte grecque. Si bien qu'un des rares sujets d'agacement entre la Grande Démocratie et les Colonels tenait au malaise que provoquaient parfois, dans les *garden party* estivales de Son Excellence, les cris de damnés des suppliciés.

Il savait qu'en conséquence, les tortionnaires avaient pour consigne d'éviter que leurs victimes ne hurlassent trop fort. Il savait enfin que Klèovoulos était passé par là, détenu durant quinze jours dans cet enfer, entre son arrestation en juillet 1968 et sa déportation au camp de Léros.

La falanga *est une force extraordinairement puissante qui agit sur vous, vous donnant l'impression de glisser sur une grande pente lisse et de retomber sur un mur de granit rugueux. Si l'on ne savait pas qu'on vous frappe les pieds, il serait impossible de déterminer où cela se situe. On voit les gestes du tortionnaire, les coups sont le mur de granit et les intervalles entre les coups le plan incliné. Un rythme régulier est moins douloureux qu'un rythme irrégulier. Ils connaissent ce détail et frappent tantôt vite, tantôt lentement. Ils commencent par frapper de haut en bas, puis de bas en haut. Ils savent que la première réaction est de contracter un peu la plante des pieds, cela les laisse indifférents car ils n'ignorent pas qu'au bout de dix coups le pied est tellement enflé qu'il emplit toute la chaussure.*
Je me mis à crier. Je ne savais pas combien puissante peut être la voix humaine. Je criai mon nom. (...) Quelqu'un alla chercher une serpillière aux cabinets. Il me la colla sur la bouche. Toute cette ordure me coula dans le gosier... (Périclès Korovessis, La Filière, Témoignage sur les tortures en Grèce, *traduction de Marc Villers, Paris, Éditions du Seuil, 1969.)*

— Votre Apostolos, c'était l'as des as pour la *falanga.*

XXV

Les préparatifs du départ ont commencé. Julien a terminé son travail de décryptage en quelques jours. Il n'a eu aucun mal à compléter son syllabaire et à transcrire en clair les textes qui, sur les sept feuillets, suivent les morceaux choisis des épîtres de Paul ou des *Actes des apôtres*, des textes qui ont plongé Julien dans la stupéfaction dès les premières lignes du commentaire de l'épître aux Romains.

> *Ainsi donc Paul prétend-il que les hommes qui consomment entre mâles ce qu'il nomme des « pratiques infâmes » et reçoivent en eux ce qu'il appelle « le salaire de leur abomination » méritent la mort. Mais c'est toi l'infâme, faux prophète d'un faux dieu, qui as bien mérité, et mille fois encore, la mort qui t'a été donnée, pour tous les méfaits que tu as commis dans ta bien trop longue existence, pour tous les mensonges que tu as répandus dans ton sillage et pour toute la haine dont tu as empoisonné tant d'esprits. Amen.*

Les caractères phalliques dissimulaient en effet un pamphlet violemment hostile à l'enseignement autant qu'à la personne de Paul. Qui en était l'auteur ? Un Grec, à coup sûr, car la langue était impeccable, et sans doute un esprit formé par les meilleurs grammairiens et sophistes au maniement des mots et des idées.

> *Qui étais-tu vraiment, toi, Paul à l'esprit bouffi d'un orgueil que tu nommais humilité ? Toi, Paul à l'esprit faux que*

j'ai vu, de mes yeux, confondu par les maîtres de philosophie d'Athènes, sans que tu puisses leur opposer la moindre réplique, à eux qui ont si facilement refoulé dans le néant dont elle n'aurait jamais dû sortir ton indigente pensée ?
Il faut que les hommes d'aujourd'hui et de demain le sachent, afin qu'ils ne se laissent plus abuser par tes discours qui n'ont qu'un but : assujettir les esprits à l'angoisse du salut, les épouvanter par ce qui les attend après la mort s'ils ne t'obéissent pas, à toi et à ton dieu ; quand la sagesse consiste au contraire à cultiver la raison et à tuer la crainte, quand le souverain bien commande au contraire d'apprivoiser la mort, de s'en faire une amie. Amen.

Mais ce qui, peut-être, était le plus intéressant, c'est que l'auteur se présentait comme un contemporain de l'apôtre des Gentils, témoin oculaire de son passage à Athènes, cette ville dont les habitants, nous disent les *Actes*, considérèrent la prédication de Paul comme un « bavardage » tout juste digne de leur ironie, ce qui provoqua « l'exaspération » du propagandiste de la nouvelle foi. Une ville où tout ce qui comptait dans l'Empire romain venait étudier auprès des esprits les plus distingués et où l'on était plus enclin à réfléchir qu'à croire, à raisonner qu'à prier, à vivre en homme sage — épicurien, stoïcien ou cynique —, plutôt qu'à craindre la colère d'un Tout-Puissant quel qu'il soit. Et encore, à Athènes, Paul s'était-il abstenu de défendre, comme il le fit en s'adressant aux Colossiens, que la philosophie est une « tromperie vide de sens » et qu'il valait mieux chanter des psaumes et des hymnes plutôt que de cultiver son esprit et rechercher la sagesse.

Il faut que les hommes sachent qui tu fus, toi, le censeur toujours prêt à proférer l'anathème contre ceux qui renâclent à plier devant les admonestations que tu prétends tenir de ton dieu, contre ceux qui veulent continuer à régler leur vie sur les croyances et usages de leurs pères, contre ceux qui pensent que la philosophie doit permettre à chacun de trouver sa voie pour bien vivre et bien mourir, contre tous ceux qui s'acharnent à penser en hommes libres quand tu les sommes de s'annihiler dans la prière et dans une obéissance à ton dieu comparable seulement à celle de l'esclave, contre ceux qui pratiquent cet amour que nos dieux et nos pères ont illustré avant nous, Zeus tout le premier qui brûla pour le bel et bien né Ganymède, jusqu'au point de le ravir aux siens et à ce monde afin de le faire vivre en immortel à son côté…

Non seulement ces parchemins étaient aussi anciens que nos plus anciennes versions de la Bible (IVe-Ve siècles), ainsi qu'en attestaient les « Amen » en majuscules onciales, non seulement le codage en écriture phallique leur conférait un intérêt exceptionnel, mais en plus on pouvait conjecturer qu'ils nous révélaient une œuvre contemporaine du Nouveau Testament, qu'ils constituaient donc un témoignage de première main sur la prédication paulinienne en Grèce ; et sur les résistances qu'elle y avait rencontrées. Qu'il s'agissait ni plus ni moins d'une contre-version des *Actes des apôtres*, ce récit en grande partie consacré à Paul, écrit par Luc à des fins de propagande, et sans doute aussi fidèle à la réalité qu'une biographie de Staline publiée par la *Grande Encyclopédie soviétique* en 1952.

À moins, bien sûr, que ces parchemins n'appartinssent à un apocryphe composé *a posteriori*. Mais, comme lorsqu'il menait un interrogatoire, un sixième sens suggérait au juge Bergeret qu'on lui disait ou non la vérité, Julien avait, en lisant ces lignes, le sentiment de l'authentique. Le son que rendait la diatribe n'évoquait pas un polémiste fabriquant un faux, à froid, quelques siècles plus tard, au temps où le christianisme s'était déjà emparé de l'État.

Non! ce texte avait quelque chose de brûlant, de vibrant, il trahissait à chaque mot le ressentiment d'un homme, celui d'avoir été abusé, trompé, non tant par une doctrine que par un autre homme. Du ressentiment seulement? Julien ne pouvait s'empêcher de penser que certains passages évoquaient plutôt le dépit d'un amoureux éconduit.

Encore faudrait-il, sinon le prouver, du moins accumuler les indices permettant d'établir là-dessus un faisceau de présomptions suffisamment convaincant pour étayer une hypothèse crédible. Comme il faudrait se demander pourquoi et dans quelles conditions ce document, sans doute écrit dans les années 70 de notre ère (la décapitation de Paul date approximativement de l'an 67), avait été codé quelque part entre 300 et 500. Et puis encore si ces sept feuillets étaient les seuls à avoir survécu, ou bien si d'autres avaient eux aussi échappé à la destruction. La révélation était de taille, mais le travail ne faisait que commencer: il allait falloir mener une enquête serrée pour en comprendre le sens et en évaluer la portée.

Le téléphone sonne: c'est Clémence au bout du fil.

— Allô, Julien?... comment vas-tu, mon beau?... Je suis heureuse de vous revoir bientôt tous les deux. Tu m'as manqué, tu sais?.... Quand est-ce que vous venez dîner à la maison?... Bon, pour ton Grimm, j'ai trouvé ce que tu m'as demandé et si j'étais à ta place, mon biquet, je me méfierais; c'est un assez drôle de coco, ton bonhomme!

XXVI

Le bureau s'emplit d'un rire tonitruant. Du haut de son perchoir, le perroquet de Sa Béatitude Séraphim — un superbe ara aux couleurs vives — manifeste son étonnement par de brusques mouvements de sa tête verte où se dresse une aigrette turquoise. Avant de partir, Julien et Nikos ont fait la tournée des copains de la *parèa.* Mais, par fidélité à l'égard de Klèovoulos qui l'avait recommandé, autant que par loyauté envers le père supérieur qui lui a fait confiance en lui ouvrant l'enfer d'*Aghios-Pantèleïmon*, il ne pouvait être question, pour l'ex-juge Bergeret, de lever le camp sans avoir rendu compte de sa découverte à l'higoumène.

L'exarque de Parigoros, prince de l'Orthodoxie et chef d'un des monastères les plus vénérables de la chrétienté orientale, peine à recouvrer sa dignité. Il se donne une ultime tape sur la cuisse.

— Je savais bien que je n'aurais pas dû vous laisser fouiller dans ces horreurs. De là à imaginer que vous alliez me mettre sous le nez…

Le saint homme jette un coup d'œil en direction du moinillon-secrétaire qui partage l'étonnement et l'inquiétude du perroquet : ni l'un ni l'autre n'ont jamais vu leur abbé dans cet état.

— Et vous me disiez que vous avez trouvé un sens à cette collection de ce que, si nous voulons nommer les choses par leur nom et ne pas faire preuve d'une excessive pruderie, il nous faut bien appeler des… bites.

L'higoumène donne, à l'intention de Julien, un petit coup de tête en direction du secrétaire qui a replongé le nez dans ses papiers, mais dont le visage vient de virer à l'écarlate — ce qui déclenche chez le prélat une nouvelle quinte de rire.

— Mais quel sens, par saint Armas, mon cher Julien ?!

Julien explique en quelques mots son travail puis il tend les pages de traduction à l'higoumène, lequel ne tarde guère à froncer les sourcils.

— Bigre !

Il parvient au passage relatant l'épisode de Troas, qui fait renaître le sourire sur ses lèvres. Puis il lève les yeux ; mais avant de prononcer un mot sur ce qu'il vient de lire, le père Séraphim envoie son secrétaire chercher de toute urgence, à la mairie du chef-lieu, un document qui devrait être prêt depuis au moins trois mois.

— Alors, mon cher Julien, vous vous êtes mis en tête de faire sauter la chrétienté, c'est bien cela ? Mais si Klèovoulos m'avait dit que vous étiez un dangereux terroriste, je ne vous aurais même pas permis de franchir le seuil de notre maison.

— Dois-je en déduire que vous vous opposez à une publication de ces documents ?

— Vous ai-je dit quelque chose qui puisse le suggérer ?

— Alors vous acceptez ?

— Pensez-vous, mon cher Julien, qu'il soit possible de répondre par oui ou par non à toutes les questions ?

— En France, Votre Béatitude, je vous répondrais en vous demandant si, par hasard, vous n'appartiendriez pas à la Compagnie de Jésus.

— Et je prendrais cela pour un compliment, les disciples de saint Ignace comptant à coup sûr parmi les moins néfastes des papistes.

— Mais alors, cette réponse ? Je vous le répète, je me sens moralement votre obligé ; si vous ne me donnez pas votre consentement, rien de tout ceci ne sortira d'*Aghios-Pantèleïmon.*

— Sachez que j'apprécie à son juste prix votre loyauté, Julien. Je ne vous interdirai rien ; je souhaiterais simplement que vous réfléchissiez encore un peu.

— Et à quoi donc, Votre Béatitude ?

— Vous savez bien que l'Église, celle d'Occident comme celle d'Orient, ne repose nullement, comme on l'a fait dire à Notre Seigneur, sur cette pierre qu'était Pierre — lequel n'était qu'un rustaud fort mal dégrossi et sans la moindre malice. Ni d'ailleurs sur l'un quelconque des apôtres dont aucun n'était de taille à faire du christianisme autre chose qu'une secte plus ou moins millénariste, condamnée plus ou moins vite à s'éteindre, comme les nombreuses dissidences sectaires engendrées par le judaïsme durant les deux siècles précédents.

— Que cherchez-vous à me dire, Votre Béatitude ?

— Que c'est Paul le seul véritable « génie du christianisme ». C'est lui qui a compris que les propos singulièrement contradictoires du Christ, ses bons sentiments mâtinés d'illuminisme, ses soudaines crises de mélancolie suivies de phases d'euphorie ou de violentes et inexplicables colères ne permettaient en aucune manière d'élaborer une dogmatique cohérente susceptible de structurer une nouvelle religion, qu'ils ne possédaient en eux-mêmes aucune force de conviction. En vérité je vous le dis, Julien, le portrait de Jésus que donnent les Évangiles est plus intéressant pour un psychiatre d'aujourd'hui que pour un Hébreu, un Romain ou un Grec du Ier siècle. Raison pour laquelle la prédication du Christ a été, somme toute, un échec cuisant, et tout autant, après sa mort, celle de ses apôtres dans le monde juif.

— Mais où cela nous mène-t-il en ce qui concerne ces…

— Bites? Au fait, mon cher Julien, que si Paul mérite ce qualificatif de génie, c'est pour avoir compris deux choses fondamentales. En premier lieu, qu'une société, comme un poisson, le symbole favori des chrétiens de cette époque, commence toujours de pourrir par la tête et que, pour devenir autre chose qu'une secte, il faut donc conquérir les élites, le pouvoir. Le christianisme, contrairement à ce qu'il ne cesse de répéter, n'est pas une religion des humbles, jamais, nulle part et pas plus dans les temps primitifs que par la suite. Les humbles se contentent fort bien du merveilleux, de la médiation des idoles, du culte des sources ou des forces de la nature. Partout, dans l'Empire romain, c'est le peuple d'abord qui est violemment antichrétien, parce que les chrétiens veulent le priver de ses dieux, de ses points de repère dans l'univers. Il faudra que l'Église lui concède le culte de la Vierge et des saints pour christianiser la surface, pour se rendre acceptable aux humbles. Mais quand Paul prêche l'obéissance aveugle aux esclaves, la soumission sans restriction mentale aux pauvres et la docilité silencieuse aux femmes, lorsqu'il leur promet le bonheur éternel dans l'autre monde, c'est pour mettre de son côté, dans ce monde-ci, les maîtres, les riches et les pères de famille — les puissants. Dès qu'il débarque à Chypre, son premier soin n'est pas d'évangéliser le peuple mais de convertir le gouverneur: la logique de Paul est celle qui aboutit à la conversion de Constantin. Quant à son deuxième coup de génie, c'est d'avoir compris que, dans les élites, seule l'angoisse pouvait vaincre l'intelligence, que, pour s'assurer l'empire des âmes, il fallait combattre l'aspiration philosophique à la sérénité par l'angoisse du salut. Mais pour qu'il y ait angoisse du salut, il faut qu'il y ait sentiment du péché, culpabilité, haine de soi...

— Vous prêchez un converti, si j'ose dire, Votre Béatitude, mais je dois avouer que vous me stupéfiez. Comment peut-on être chrétien et... ?

— Pourquoi donc, mon fils ? la foi n'empêche la lucidité que chez les imbéciles à qui est d'ailleurs promis le royaume des cieux. Et puis qu'importent les moyens employés ? Ce sont les fins dernières qui comptent. Et celles-là, qui peut être assez présomptueux pour prétendre les embrasser ? Les Anciens vénéraient déjà la *métis* d'Hermès, cette intelligence tortueuse, cette astuce trompeuse derrière laquelle les intentions sont bien difficiles à déchiffrer. Et les chrétiens ne confessent-ils pas que les voies du Seigneur sont impénétrables ?

— D'accord, mais dans ce cas pourquoi ne pas penser qu'un dessein secret de Dieu m'a conduit jusqu'à ces documents miraculeusement préservés afin que...

— Gardez-vous de l'orgueil, Julien, et demandez-vous plutôt quelles sont, dans cette affaire, vos motivations réelles.

— Où voulez-vous en venir ?

— Je vous demande de réfléchir sur ce qui vous conduit à vouloir rendre tout cela public.

— La connaissance.

— En êtes-vous si sûr ? N'y a-t-il pas d'abord un désir de revanche ?

— Sur quoi ?

— À vous de répondre ! dans le secret de votre âme. Et d'arrêter votre conduite en fonction de cette réponse. En ce qui me concerne, j'ai pris des risques, je n'avais qu'à mieux les évaluer. Quant au reste, la divine Providence y pourvoira.

— Je dois avouer que je ne m'attendais pas à cette réaction, je vous remercie...

Julien range dans sa poche le pendentif d'hématite avec lequel ses doigts ne cessent de jouer depuis le début de l'entretien.

— N'en faites rien. D'ailleurs, je crois, cher Julien, que vous vous exagérez la portée de cette révélation.

— Tout de même, si Paul était l'homme que décrit ce manuscrit...

— Si! Mais je vous trouve dans l'heure un bataillon de savants mondialement reconnus, qui démontreront que cet écrit est un apocryphe dépourvu de toute crédibilité et témoignant du seul acharnement de polémistes antichrétiens à discréditer le plus digne des serviteurs de Dieu. D'ailleurs, quand bien même ce ne serait pas le cas, la défense se révèle tout aussi aisée: qu'importe l'indignité du serviteur, la vérité du message ne dépend pas de la qualité du messager, le sacrement donné par un prêtre indigne conserve néanmoins pleine efficacité.

L'higoumène se tait; ses yeux parcourent de nouveau les traductions.

— Une chose encore, Julien. Si votre décision devait vous conduire à publier ces textes, je vous conjure d'être prudent...

L'intonation du père abbé évoque soudain à Julien celle qu'avait prise sa voix, tandis qu'il remontait de la crypte d'*Aghios-Armas*, pour lui souhaiter de ne pas rencontrer là son malheur.

— Vous savez quelle place a repris au Vatican, depuis le règne de Jean-Paul II, le parti le plus dogmatique et le plus réactionnaire: ces gens-là n'ont aucun doute ni sur la sainteté des fins de leur mission, ni sur les moyens d'éliminer..., disons les impondérables qui sont susceptibles d'y faire obstacle.

TROISIÈME PARTIE

Un meurtre

Quand je suis le plus faible, je vous demande la liberté parce que tel est votre principe. Mais quand je suis le plus fort, je vous l'ôte parce que tel est le mien.

Louis Veuillot (1813-1883), rédacteur en chef du journal catholique *L'Univers*

Traduction des deux feuillets en écriture phallique faisant suite à un extrait de l'épître de Paul à Timothée, découverts au monastère *Aghios-Pantèleïmon* de Parigoros

« La Loi ne vise pas le juste, elle vise les mauvais, les rebelles, les impies, les dévoyés, les profanateurs, les assassins d'un père ou d'une mère, les criminels, ceux qui se prostituent, les mâles qui se vautrent avec des mâles dans le même lit, ceux qui font commerce d'êtres humains, qui mentent ou violent leurs serments, ainsi que tout ce qui est contraire aux enseignements sains et conformes à la parole du Dieu bienheureux — parole dont je suis, moi, dépositaire. »

La nature de cette vipère de Paul est tout entière concentrée dans ces lignes! Il juge, il condamne et, pour finir, il se proclame, comble d'orgueil et de démesure, seul messager d'une vérité unique délivrée à lui seul par une divinité unique — qu'il réduit en esclavage, en instrument au service exclusif de Paul. Amen.

Mais qui donc, en dehors de lui-même, a établi Paul porte-parole de ce dieu? Son prétendu fils, né d'une vierge et mort sur la croix? Non point, celui-là Paul n'a jamais croisé son regard ni son chemin. Les compagnons de ce Christ? Certes non! ceux-là détestent Paul au moins autant que Paul les exècre. Personne à vrai dire, sauf les vipères aussi venimeuses que lui et qu'il a disséminées dans les champs fertiles de la pensée, les Timothée, les Tite et les Luc, ce fallacieux conteur de fables qui s'acharne à faire passer le loup pour un agneau, l'inlassable contempteur de ses semblables pour une innocente victime.

Innocente victime, Paul? Allons donc! moi qui, par l'effet de la puissance d'un sort funeste, suis tombé sous son charme; moi qui, malgré les prières pour éloigner le malheur que j'adressais aux dieux, suis resté sa dupe durant ces longues années où j'ai suivi ses pas, où je l'ai fidèlement servi, où j'établissais notre campement, seul, le soir, sur le bord des chemins pendant qu'il prétendait prier, où je préparais ses repas et partageais sa couche, moi, je soutiens que Paul n'a jamais été que l'exact contraire de ce qu'il prêchait, lui qui prétendait parler au nom d'un dieu d'amour alors qu'il n'avait jamais que la haine et l'imprécation à la bouche. Lui qui, dans cette lettre à la vipère Timothée, condamne le mensonge, mais qui durant sa trop longue existence n'aura cessé de mentir sur sa propre vie. Amen.

Ainsi s'est-il acharné à flétrir le plus beau des amours, celui qu'à l'image d'Achille et Patrocle illustrèrent tant d'amants courageux, beaux, bien nés et remplis de vertus: Héraklès et le bel Abdèros, fils d'Hermès, dévoré par les juments anthropophages de Diomède et à côté de la tombe duquel Héraklès fonda la cité d'Abdère afin d'immortaliser le souvenir de son amant; Harmodios et Aristogiton qui, à Athènes, sont vénérés parmi les héros de la cité pour avoir sacrifié leur vie à la lutte contre la tyrannie; Épaminondas et Kaphisôdoros, tombés ensemble sur le champ de bataille de Mantinée et enterrés ensemble, dans une même tombe qui, pour l'éternité, enferme leur amour; tous ceux du Bataillon sacré de Thèbes dont la mort tira des larmes à Philippe de Macédoine, leur vainqueur, parce qu'ils étaient à ses yeux « les meilleurs des soldats et les plus courageux des hommes ».

Cet amour-là, admirable entre tous parce qu'il doit tout à l'élection réciproque et rien à la contrainte, parce qu'il est pur de tout souci de fortune ou de lignage, Paul, lui, l'appelle honte, crime, abomination méritant la mort. Lui qui, justement, hypocrite entre les hypocrites, menteur entre les menteurs…

XXVII

Le lendemain, Nikos et moi embarquions à Vathy. Et, le soir, nous dînions à Athènes avec Klèovoulos Palamidès dans un restaurant de Halandri, un quartier populaire du nord de la capitale. La nuit était tiède, nous étions assis tous les trois dans une grande cour entourée de hauts murs, autour d'une table branlante. L'odeur poivrée d'un plantureux figuier me chatouillait les narines, se mêlant aux fumets en provenance de la cuisine. Je n'avais avalé qu'un feuilleté au fromage depuis le petit-déjeuner et j'avais l'estomac dans les talons.

Nous étions heureux de nous retrouver tous les trois. Je savais qu'il fallait rentrer, vider l'abcès avec Perrault. Mais j'étais de nouveau confiant. Grâce au calme que mon Bel-Hermès avait su me transfuser. Plus que jamais j'étais certain que, tant qu'il se trouverait à mon côté, rien de grave — de définitivement grave — ne pourrait m'arriver. Et puis ma recherche aussi exigeait que nous revenions à Paris, d'où je pourrais enquêter plus efficacement sur l'existence et, dans cette éventualité, sur la localisation d'autres feuillets du manuscrit de Parigoros.

Le garçon déposa sur la nappe en papier un carafon d'une *retsina* d'Eubée qui méritait le détour, ainsi qu'un grand plat creux en terre rempli d'escargots mijotés dans une sauce à la tomate et à l'oignon, avec une pointe d'ail et d'innombrables herbes. Je racontai ma conversation avec le supérieur d'*Aghios-Pantèleïmon.*

— J'avoue que je ne m'attendais pas à une pareille réaction.

— L'higoumène Séraphim est un esprit ouvert et éclectique.

— J'ai pu m'en rendre compte, mais j'ai eu l'impression que son attitude cachait autre chose…

Klèovoulos sourit.

— Vous voulez peut-être parler d'une certaine compréhension pour ces amours qu'on dit grecques. Vous savez, nonobstant les imprécations de saint Jean Chrysostome appelant la foudre divine sur toutes les nouvelles Sodome, certains des plus grands empereurs byzantins se sont montrés de dignes héritiers de la tradition antique en la matière, allant parfois, à côté du mariage avec une femme, jusqu'à faire bénir leur union de cœur avec un compagnon. On ne compte pas les métropolites qu'accompagnait une cour de jeunes et beaux diacres ; quant à nos monastères, on apprend dès le haut Moyen Âge, par bien des sources, qu'ils sont un biotope favorable à l'épanouissement de ce qu'on appelle alors l'*andromania.* Et puis l'higoumène Séraphim a beaucoup vécu. Vous avez assisté à un office célébré par lui ?

— Celui du 15 août bien sûr, répondit Nikos.

— Et il chante superbement ! ajoutai-je en amateur de belles voix.

— Il a fait des débuts extrêmement prometteurs comme ténor au Capitole de Toulouse, au grand théâtre de Bordeaux, à l'opéra de Marseille…

— Comment cela ? et comment se fait-il qu'il parle aussi remarquablement le français ?

— Parce qu'il est né et qu'il a grandi à Marseille ! Ses arrière-grands-parents habitaient la maison mitoyenne de la nôtre à Parigoros, qui, par parenthèse, vous reste ouverte. C'est à cette génération-là que remonte la fortune du clan, au départ dans le négoce du coton égyptien, puis du blé, du sésame, de l'arachide.

Mais le père d'Andrèas (c'était le nom de Sa Béatitude dans le « civil »), lui, a choisi la politique et comme il n'était dépourvu ni de talent ni de moyens, il a connu une réussite fulgurante, jusqu'à devenir le plus jeune ministre dans le dernier gouvernement de Vènizèlos. Mais en 1936, quand le roi est remonté sur le trône et que le général Mètaxas a établi une dictature fasciste, il a été menacé, comme tous les démocrates. Et, comme Vènizèlos, il a choisi l'exil en France. Mais lui, il s'est installé à Marseille où la famille avait une maison de commerce et une huilerie-savonnerie dont il a pris la direction. Il n'est rentré en Grèce qu'en 1950 ; Andrèas avait dix ans.

— Il est franco-grec et marseillais comme moi, alors ? reprit Nikos.

— Exactement. Si bien que, lorsqu'il a été nommé exarque de Parigoros, les gens l'ont tout de suite appelé le *papa-gallo*, autrement dit le pope français. Mais en un seul mot *papagallo* c'est aussi…

— Le perroquet ; le sien est superbe. D'ailleurs, ce géant à barbe blanche, tout en noir, avec un oiseau vert sur l'épaule, c'est une vision assez baroque.

— Il l'a acheté peu après avoir appris qu'on lui avait donné ce surnom.

— Mais comment *diable* est-il devenu moine ? Il en a si peu l'air.

— Version officielle ou officieuse ?

— Comme vous voulez.

— Pour la légende dorée de notre futur saint, c'est un peu Paul sur le chemin de Damas : Andrèas avait été engagé pour jouer Pinkerton dans *Butterfly* à la Monnaie de Bruxelles : le rôle et l'endroit qui pouvaient faire prendre à sa carrière le tournant décisif. Mais le soir de la première, en chantant : « Je vois toute l'étendue de ma faute et je sens que ce tourment ne me laissera jamais aucun répit »… il a entendu l'appel. En rentrant dans les coulisses, il avait décidé de changer de vie.

— Je ne veux pas être désagréable, mais le père Séraphim me semble assez peu le genre d'homme à éprouver ce type d'illumination.

— Les voies du Seigneur…

— Oui, je sais bien. Et l'autre version, alors ?

— Sa Béatitude Séraphim, exarque de Parigoros, higoumène du très saint et très vénérable monastère *Aghios-Pantèleïmon*, était fort épris d'un jeune homme de son âge.

— Non ?!

La voix de Nikos et la mienne s'étaient élevées à l'unisson, traduisant la surprise mêlée d'ironie et de jubilation qu'éprouve tout gay normalement constitué en apprenant qu'un « personnage considérable » — qu'il s'agisse d'un ministre affichant épouse et bambins, d'une icône rugbystique à la virilité triomphante ou d'une quelconque star adulée des minettes — n'est après tout qu'une honteuse.

— Il s'appelait Philippe. Il était représentant de commerce, voyageait beaucoup et connaissait tous les endroits… enfin, vous me comprenez. On l'a retrouvé mort dans l'ancienne base des sous-marins allemands, à Bordeaux. On l'avait roué de coups. Il avait agonisé des heures durant.

— Mon Dieu, quelle horreur !

De nouveau, nous avions réagi en jumeaux, mais sur un tout autre ton.

— C'était dans les années 60. La police a très vite conclu à un meurtre de rôdeur. Bien que le jeune homme ait été battu à mort par plusieurs agresseurs, aucune autopsie n'a été demandée. Les parents ont été « soulagés » que l'affaire soit étouffée. Ils habitaient une petite ville, dans l'Est je crois, ils avaient peur du scandale et, à leurs yeux comme à ceux des policiers, c'était

Philippe le vrai coupable. Andrèas n'avait aucun droit, il a tenté de se battre avec l'aide de la sœur de Philippe. Mais ni les parents, ni personne d'autre n'a rien voulu entendre.

— Vous le connaissiez bien ?

— Andrèas ? Oui, nos deux familles étaient très liées. À partir de son retour en Grèce, nous avons été les meilleurs copains du monde. À Athènes, nous allions au même lycée ; nous passions presque toutes nos vacances à Parigoros ; nous avons même vécu ensemble à Paris.

Nos visages avaient dû soudain trahir une intense stupéfaction.

— Non ! en tout bien tout honneur ; comme des frères que nous étions devenus. Il avait décroché ses premiers engagements, j'avais eu une bourse pour finir mon droit à Paris. Ses parents possédaient un grand appartement rue Linné, près du jardin des Plantes, et nous avons vécu là, en 1962-1963, découvrant ensemble et chacun pour soi ce que pouvait être le meilleur côté de la vie. Mais quand le malheur est arrivé, en 66, j'étais rentré en Grèce, et juste après il a disparu. Durant deux ans personne n'a su où il était. Quand il a refait surface, fin 68, j'avais été arrêté, j'étais déjà parti en camp à Léros. Je sais qu'il a tout fait pour m'en tirer, mais sans succès, et nous ne nous sommes revus qu'en 1974, après la chute de la dictature, dix ans après notre dernière rencontre : il est venu m'attendre sur le port du Pirée, au bateau qui me ramenait de Léros. Il était déjà diacre du patriarche.

— Diacre du patriarche ?

— Sa famille était vènizèliste, mais si le vènizèlisme a joué, en Grèce, à peu près le rôle du radicalisme de la grande époque en France, il n'a jamais été anticlérical : Andrèas avait tous les atouts sociaux et culturels pour faire une brillante carrière à Constantinople. Il l'a faite. Puis, après vingt-cinq ans passés à négocier pour empêcher la Turquie d'étouffer le Phanar dont il connaît par cœur tous les arcanes, ou à parcourir le monde au service de sa diplomatie, il a supplié Sa Sainteté le patriarche œcuménique, archevêque de Constantinople-Nouvelle-Rome, dont il était devenu l'un des plus proches collaborateurs, de le laisser, comme Ulysse, revenir dans l'île de ses ancêtres.

— Mais pourquoi être entré dans les ordres ?

— J'étais dans un assez triste état à mon retour de Léros. Et c'est sans doute pour cela que, ce jour où nous nous sommes retrouvés, il s'est mis à me raconter ce qu'il n'avait jamais raconté à personne d'autre, tout ce qu'il avait traversé, d'où il était revenu ; sans doute pour me faire comprendre que l'on peut toujours revenir — aussi loin qu'on soit allé. Ce soir-là, il m'a dit qu'après la mort de son ami il lui était devenu impossible de chanter. Le chant, même tragique, était trop lié pour lui au bonheur. Il m'a avoué qu'il avait failli se suicider. Vraiment failli. Mais que la sœur de Philippe lui avait sauvé la vie. En sonnant à sa porte quelques secondes trop tôt, elle avait brisé la concentration nécessaire pour appuyer sur la détente. Après, il n'avait plus eu le courage. Mais le garçon que les barbares avaient tué était l'amour de sa vie, il ne pouvait ni ne voulait en aimer un autre. Faute de pouvoir mourir, il avait voulu disparaître, anéantir ce qu'il avait été. Il s'était d'abord embarqué sur un cargo, puis il avait essayé de s'annihiler autrement : l'alcool, la drogue, la volonté d'oublier un corps en se noyant dans tous les autres. Jusqu'au jour où le courage lui avait de nouveau manqué, un jour où, en désespoir de cause, il avait choisi une manière de renoncer au monde plus traditionnelle ; et plus confortable aussi. Ça n'est qu'avec le temps qu'il a pu recommencer à chanter.

— Mais il a la foi ?

— Vous en doutez ?

— Franchement oui.

— Cela m'arrive aussi parfois. Sans doute est-il le seul à le savoir… peut-être. Avec Dieu, bien sûr… s'il existe.

Le plat de petits-gris était vide. Le garçon déposa dans nos assiettes de grands bols d'argile, tout juste sortis du four et remplis d'un ragoût délicieusement odorant de saucisses du Pélion au vin rouge et aux poivrons. Mais je n'avais plus faim du tout. Je me sentais dans un état très étrange : comme si Klèovoulos venait de me raconter quelque chose de notre vie — à Nikos et à moi.

Traduction des trois feuillets en écriture phallique faisant suite à l'extrait des *Actes des Apôtres* (XX, 8-11) relatant le passage de Paul à Troas, découverts au monastère *Aghios-Pantèleïmon* de Parigoros

« À Troas, nous sommes restés sept jours. Le premier de la semaine, nous nous sommes assemblés pour partager le pain. Paul, qui devait partir le lendemain, est demeuré à parler et a continué de discourir jusqu'au milieu de la nuit. À l'étage du dessus où se tenait la réunion, de nombreuses lampes étaient allumées et un jeune homme, Eutyche, était assis sur l'appui de la fenêtre. Paul continuant à causer, le jeune homme sombra dans un profond sommeil et tomba du troisième étage. Il était mort lorsqu'on voulut le relever.

« En dépit de quoi Paul descendit, vint à lui, le prit dans ses bras et dit : "ne soyez pas inquiets car sa vie est en lui".

« Puis il remonta, partagea le pain, mangea. Il recommença à parler, longtemps, jusqu'à ce que le jour se lève. Et s'en alla le lendemain. Le jeune homme fut ramené vivant et ce fut une grande consolation. »

Paul, grand menteur devant ton Éternel ! et Luc, servile scribouillard, colporteur des tromperies de ton maître menteur. En vérité, je vous le dis, ce qui s'est passé à Troas est bien différent de ce conte à dormir debout. Amen.

À notre débarquement, la petite communauté chrétienne nous attendait sur le quai, et j'ai tout de suite remarqué que Paul portait un grand intérêt au bel éphèbe qui répondait au nom d'Eutyche. Le grand homme a toujours eu un faible pour les jeunes gens dont le menton s'orne à peine de quelques poils follets. Aussi ne fus-je pas étonné lorsque, une heure plus tard, Paul déclara gravement qu'il avait besoin de se retirer pour prier et que le Seigneur lui ordonnait de le faire en compagnie d'Eutyche.

Quant à moi, je lui fis savoir que je n'étais pas dupe et que la volonté du Très-Haut n'avait, à mon avis, pas grand-chose à voir avec le genre de prières auxquelles il se proposait d'introduire le jeune homme. Paul me rabroua sans ménagement, me conseilla de cesser de l'ennuyer avec ma jalousie si je voulais continuer de bénéficier du privilège de vivre à son côté, puis conclut que je ferais mieux d'utiliser mon temps libre à prier pour le salut de mon âme qui en avait bien besoin, plutôt qu'à l'assommer de mes perpétuelles récriminations.

Sur ces entrefaites, Paul se retira trois heures durant dans sa chambre, afin de louer le Seigneur en compagnie du bel Eutyche, de parfaire l'éducation en Christ de ce catéchumène… et de satisfaire son insatiable appétit à chevaucher de fringants étalons autant qu'à se faire chevaucher par de vigoureux cavaliers.

C'est la raison pour laquelle le beau disciple de Paul en Christ était si fatigué ce soir-là qu'il s'est assoupi durant l'interminable sermon de son maître. Car là est la seule vérité contenue dans le texte de Luc : je n'ai jamais vu Paul aussi bavard, pendant les longues années où je l'ai suivi sur les chemins poussiéreux d'Asie et de Grèce, qu'après ces séances de prière où il éduquait, en son particulier, quelque nouveau prosélyte. Mais ce soir-là, Eutyche ayant sans doute manifesté les qualités d'un disciple d'exception, il est incontestable que notre apôtre, lui, s'abandonna à un délire verbal tel que je n'en avais jamais entendu de ma vie et tel que, par bonheur, je n'en entendrai plus.

J'ai déjà dit combien Paul a toujours été piètre orateur, incapable d'organiser son discours et de maîtriser son verbe, mais ce soir-là il nous assomma des heures durant par ses élucubrations dans lesquelles l'obscurité le disputait à l'emphase, et peut-être aussi à la crainte qu'il y ait dans ses paroles une once de vérité, que le dieu dont il se prétendait le messager finît par s'exaspérer de tant de duplicité alliée à tant d'effronterie, jusqu'à vouloir tirer vengeance d'un serviteur aussi indigne qu'impudent, car naturellement Paul ne put s'empêcher d'assaisonner son interminable sermon de quelques diatribes dont la plus violente, comme d'habitude, visait la fornication en général et tout spécialement cette abomination des abominations que consomment entre eux les mâles qui se vautrent ensemble dans le même lit. Amen.

C'est alors que, réveillé en sursaut par la voix paulinienne tonnante d'anathème contre l'horreur sodomite, et sans doute saisi de terreur par ce qu'il risquait pour s'être lui-même adonné à cet inexpiable crime, Eutyche bascula par la fenêtre. Mais comme nous nous trouvions au premier étage — non au troisième ainsi que le prétend ce menteur de Luc —, et que le cher ange chut sur les épais buissons de thym, de romarin et de lavande qui entouraient la maison, il s'en tira avec quelques égratignures et contusions sans gravité.

Ce qui n'empêcha pas Paul de s'interrompre aussitôt, de se précipiter dans l'escalier et, au mépris de toute vraisemblance, de déplorer que son protégé s'était brisé les os, que son corps était aussi privé de vigueur que celui d'un mort, et qu'il allait à coup sûr trépasser si, lui, Paul, n'attirait pas sur cette pauvre créature disloquée la miséricorde divine qui lui accorderait une miraculeuse guérison.

Il prit alors Eutyche dans ses bras et, rejetant toute aide, le porta dans sa chambre où il s'enferma de nouveau avec lui jusqu'au matin, prétendant le lendemain que le Seigneur avait rappelé le jeune homme à lui mais qu'à force de prières, lui, Paul, avait obtenu qu'il le ressuscitât. Alors qu'en vérité, moi qui ai passé la nuit seul dans la pièce voisine, à me retourner sur ma paillasse inconfortable, je sais bien que ce ne sont ni les plaintes d'un mourant ni des oraisons qui s'exhalèrent de la molle couche d'Eutyche ! Amen.

XXVIII

Le taxi qui nous ramenait de Roissy nous a déposés devant chez nous, rue des Thermopyles, au début de l'après-midi. Nous étions plutôt moroses. Il faisait gris, humide, presque froid.

— T'as vu ? on dirait qu'il y a un nouveau Miss.Tic.

Nous n'étions pas encore descendus, Nikos me montrait du doigt le mur de l'immeuble en face de chez nous, trois mètres en avant de la voiture. Miss.Tic est une artiste des rues qui, à la demande des propriétaires, orne les façades de ses héroïnes énergiques, lascives ou désabusées, décalquées en noir sur fond de muraille, flanquées de sentences souvent poétiques et toujours énigmatiques.

Le premier des Miss.Tic de la rue nous avait pris de court un matin, le lendemain du retour de Nikos, après notre seule dispute sérieuse en dix ans et sa disparition de dix jours — parce que je ne l'avais pas accompagné à son championnat de parachutisme. Ce matin-là, en partant au boulot, nous nous étions retrouvés bouche bée devant un des très rares garçons de Miss.Tic, au visage d'une infinie douceur, qui, à côté de notre porte, enveloppait de son corps celui de sa maîtresse ; bouche bée devant ces deux amants qui nous fixaient, droit dans les yeux ; et devant la légende qui disait « L'émoi passe ». Saisis, émus, mon Bel-Hermès et moi nous étions embrassés, en pleine rue (ce que jamais je n'aurais fait dans mon état normal), en nous promettant l'un à l'autre qu'entre nous désormais l'émoi ne cesserait plus de passer et que jamais plus nous ne le laisserions passer.

Quant à ce deuxième pochoir, une fois la course payée et les bagages entassés sur le trottoir, nous allâmes voir toute affaire cessante ce qu'il représentait. Il s'agissait d'une femme brandissant d'une main un glaive — celui de la justice, pensai-je —, et de l'autre un bouclier — celui de la loi, ajoutai-je à part moi. En me disant aussitôt, avant même d'avoir lu la sentence de Miss.Tic, qu'il serait probablement plus difficile que je ne l'avais imaginé de me débarrasser de la vie avec laquelle j'avais décidé de rompre. Puis je déchiffrai, ébahi, les mots qui flanquaient la combattante : « Dépasser le passé. Toute une histoire. »

Encore troublé par ce « signe » sous lequel s'effectuait notre retour, je m'arrêtai chez la concierge afin de récupérer le courrier que je lui avais demandé, par téléphone, la semaine précédente, de ne plus nous réexpédier à Parigoros. Nikos s'affairait dans la cuisine et Daho chantait déjà *Ouverture* lorsque je refermai la porte derrière moi.

— Tu veux un thé ?

— C'est pas de refus.

— Cannelle-orange, ça te va ?

J'acquiesçai et, sitôt le thé servi, nous nous installâmes sur le canapé. Moi assis, Nikos s'était allongé la tête posée sur mes cuisses ; ma main droite caressait l'émeri de ses cheveux ras ; il ouvrait les enveloppes avec le coupe-papier en bois d'olivier terminé par le caducée d'Hermès que je lui avais offert à Noël dernier, et me donnait l'une après l'autre une facture, une lettre de lecteur que mon éditeur me faisait suivre, une autre, en provenance de Bloomington / Indiana, me proposant d'assurer une série de conférences à la faculté de droit, la carte postale tout émoustillée d'amis hétéros en vacances libertines au Cap d'Agde, une invitation à participer, comme « grand témoin », à un colloque altermondialiste sur le thème « Mondialisation et corruption : liaisons dangereuses »...

— Tu comptes y aller ?

Nikos me tendait le carton extrait de l'enveloppe suivante.

— Si tu m'accompagnes, pourquoi pas ?

Il s'agissait du vernissage, trois semaines plus tard, au Musée d'Orsay, de l'exposition « Crimes et châtiments : les arts, le criminel et la justice au XIXe siècle ».

— Tu n'as pas besoin de moi et tu sais bien que ce genre de sauteries me fait souverainement chier.

— Dans ce cas, on ira voir l'expo tranquillement, tous les deux, un peu plus tard.

— Non, non ! Maintenant que tu ne joues plus les Zorros, il faut que tu soignes un peu tes relations publiques, sinon tout le monde va t'oublier très vite.

— Et alors ? qu'est-ce que j'en ai à foutre ?! Un byzantinologue distingué n'a pas besoin de se montrer pour exister ; c'est même en partie pour vivre heureux et caché que j'ai choisi ce métier-là, non ?

— Et moi je te dis que si tu veux, le moment venu, qu'un éditeur ait la moindre raison de publier ce grand œuvre sur saint Paul et l'écriture à bites qui doit faire trembler la chrétienté sur ses bases, il faut que ce qui compte à Paris se souvienne de toi. Dans ce monde d'imposture, le talent et le contenu n'intéressent personne ; ce qui passionne, c'est n'importe quel navet écrit par un nègre et signé par un homme de pouvoir — tu n'en as plus —, les mémoires pondus à vingt-deux ans par le fils caché d'un ancien président de la République — tes géniteurs sont d'illustres inconnus —, la bourgeoise dépravée qui raconte ses frasques en tenant son stylo entre ses grandes lèvres, ou l'héritier d'une dynastie d'industriels, énarque en révolte contre son milieu, qui a l'incroyable audace de s'improviser éditeur et d'engloutir des millions (mais pas ceux de papa) en publiant une variété assez impressionnante de romancules sans intérêt, parmi lesquels un compte rendu chirurgical de la manière dont, en quinze jours, soixante partenaires l'ont baisé, sans capote — ignominie oblige —, ainsi que l'autofiction d'un de ses amants intitulée *Je préfère les œufs au cul des poules*, lequel est le rejeton dévoyé d'un métayer du domaine familial devenu proctologue et sodomite — mais tu n'es ni assez anal ni assez rural. Restent l'herpétologue qui devient romancier — mais tu as la trouille des serpents et tu es totalement dépourvu d'imagination —, ou le juge qui défroque pour se consacrer à une spécialité bizarre : tu n'as pas le choix, c'est ton seul créneau ! *Ergo* : tu dois te manifester un peu plus souvent que le Saint-Esprit, tu iras à ce vernissage de gré ou de force et, si tu as peur d'y aller tout seul comme un grand, tu te feras escorter par ta *chère* Clémence. *Primo*, elle adore ça ; *deuxio*, elle est très douée pour ce genre d'exercice ; et *tertio*, elle sera ravie de jouer à l'épouse qu'elle a toujours rêvé d'être en t'accompagnant pour ce brillant retour dans le monde.

— Mon Dieu, mais qu'est-ce que tu peux être con, parfois !

En attendant, et dès le lendemain, juste après avoir téléphoné à Clémence pour l'avertir que nous étions à Paris et nous faire inviter à dîner, je pris contact avec Jean Lemoine, un conservateur du département des Manuscrits occidentaux de la Bibliothèque nationale dont j'avais autrefois suivi les cours d'épigraphie byzantine en Sorbonne, afin de savoir si quelque feuillet du manuscrit phallique de Parigoros n'avait pas, par hasard, abouti rue de Richelieu, et si, d'autre part, il pourrait m'aider dans ma recherche en me recommandant auprès de quelques collègues de grandes bibliothèques étrangères.

— Oui, oui, oui… ça me dit quelque chose, votre affaire. Je me souviens qu'au moment des inventaires qui ont précédé le déménagement des Imprimés à Tolbiac et le redéploiement des autres départements ici, un conservateur des Estampes est venu me demander mon avis sur une page couverte de sexes masculins avec des « Amen », dont les onciales avaient éveillé sa curiosité. Mais comme je n'avais jamais rien vu de pareil, nous en avons conclu qu'il faudrait étudier cela de plus près, tout en étant d'accord l'un et l'autre sur le fait qu'il s'agissait probablement d'un faux composé pour un libertin à des fins érotiques et blasphématoires. D'autant que, si je me rappelle bien, la chose est entrée chez nous sous la Révolution, par confiscation, au milieu d'œuvres licencieuses appartenant à je ne sais plus quel grand seigneur guillotiné, après avoir été propriété de Richelieu.

— Le cardinal ?

— Non ! son petit-neveu, celui dont on dit qu'il a servi de modèle au Valmont de Laclos, celui que la Pompadour appelait « mon maréchal », l'ami et protecteur de Voltaire qui déplorait, à soixante-treize ans, ne plus guère pouvoir sortir de son lit alors que le maréchal, académicien, duc et pair, son cadet de deux ans seulement, sortait « tous les jours de son bain, pour aller dans le lit d'autrui ». Celui dont on raconte qu'à quatre-vingts printemps bien sonnés, il demandait à sa maîtresse de deviner avec lequel de ses membres il venait de frapper à sa porte…

— Et l'expertise a eu lieu ?

— Je ne sais pas, mais franchement j'en doute. Les urgences à traiter sont si nombreuses et notre misère si grande que, tant qu'il n'y a ni exposition en perspective ni péril immédiat sur la conservation d'une œuvre, l'horizon de ce genre d'étude est plus proche du siècle que du lustre. À moins qu'un chercheur comme vous ne nous tombe du ciel !

Puis Lemoine me donna le nom d'une quinzaine d'amis que je pouvais contacter de sa part dans plusieurs des institutions susceptibles de détenir d'autres feuillets. Trois jours plus tard, toutes mes lettres étaient postées et Lemoine me rappelait : je n'avais qu'à prendre rendez-vous avec son collègue des Estampes ; il attendait ma venue.

Je jubilai. La page portant les armes du maréchal de Richelieu, miraculeusement, était celle qui concluait l'épisode de Troas et peut-être l'ouvrage lui-même.

Quant à la première réponse, elle me parvint en moins de deux semaines : le collègue et ami de Lemoine à la *Bodleian Library* d'Oxford m'informait que celle-ci détenait effectivement six des documents que je recherchais. Je décidai aussitôt de joindre l'utile à l'agréable, d'en profiter pour passer quelques jours à Londres avec Nikos, tout en gardant le secret jusqu'à la veille de notre départ pour lui en faire la surprise. Je pris des billets sur l'Eurostar pour le lendemain du vernissage au Musée d'Orsay.

Tout cela tenait de la divine surprise, avançait bien plus facilement que je n'avais osé l'imaginer. Restait la question pour laquelle nous étions rentrés : comment reprendre contact avec Perrault, afin de vider l'abcès et de le convaincre que je n'avais pas ce qu'il pensait que je détenais, tout en ne donnant pas l'impression de céder à son injonction ? Je n'avais pas encore pris mon parti lorsque le hasard, ou le destin, trancha à ma place.

Traduction du feuillet en écriture phallique conservé à la Bibliothèque nationale de France

Le lendemain, j'ai dit à Paul que j'avais enfin compris quel être hypocrite et double il était, qu'il n'avait jamais éprouvé pour moi le moindre amour sincère en retour de celui que je lui prodiguais, que seul l'avait intéressé mon corps vigoureux dont il s'était tant servi de la manière qu'il condamnait dans ses prêches et que, maintenant que j'avais vieilli, après avoir tout quitté pour lui, ma famille, ma fortune, mon état, il me traitait en serviteur, presque en esclave, réservant caresses et plaisirs au premier éphèbe qui croisait son chemin. Amen.

Eutyche me regardait avec haine, ne sachant entre les pattes de quel fauve il venait de tomber. Paul me répondit avec froideur et orgueil que je ne mesurais pas ma chance d'avoir pu côtoyer un homme tel que lui, et qu'un envoyé du Seigneur ne pouvait être astreint aux mêmes règles que le commun des mortels. Puis il ajouta qu'il avait toujours pensé qu'au fond de mon âme j'étais resté un païen, un idolâtre, que ma conversion n'avait pas été sincère mais seulement motivée par mes sens qui ne pouvaient se passer de Paul (il parlait souvent ainsi de lui). Au surplus, il en avait assez de mes sempiternelles plaintes et de mes perpétuels reproches qu'il avait endurés avec trop de patience. Enfin, en souriant à Eutyche, il conclut que beaucoup de jeunes gens de grande valeur, beaux et de bonne ascendance, seraient heureux de gagner leur paradis en servant dieu à travers lui.

Alors, j'ai tourné le dos à Paul une dernière fois, moi qui l'avais tant fait à des fins plus agréables, non sans cracher par-dessus mon épaule pour conjurer ce sort funeste qui, durant douze ans, à travers Paul, s'était acharné contre moi. Puis j'ai embarqué sur le premier bateau qui leva l'ancre de Troas en direction du sud et je suis rentré à Chypre, parmi les miens que, jamais, je n'aurais dû quitter. Amen.

XXIX

— Je l'ai trouvé bien, Nikos, l'autre soir. Il a l'air en pleine forme. Toi aussi d'ailleurs…

Clémence était passée me chercher en voiture. Nous allions à l'expo du Musée d'Orsay.

— Le soleil et l'air du large, il n'y a que ça de vrai : tu vas t'en rendre compte très vite… à Bruxelles.

— Très drôle !

— Blague à part, ma Clémence chérie (nous étions arrêtés à un feu rouge, je lui déposai une grosse bise sonore sur la joue droite, malgré la présence, derrière, de l'agent de sécurité qui m'avait cédé la place du mort), il est temps que tu partes. Je suis sûr que dans un mois tu auras rajeuni de dix ans.

— Tu veux dire que j'en ferai seulement dix de plus que mon âge, c'est ça ?

— Pour moi tu seras toujours la plus belle, tu le sais bien !

— En clair, je suis laide à faire peur !

Au début de notre vie sous surveillance rapprochée, nous évitions tout propos personnel en présence des policiers chargés de nous protéger. Mais se contrôler à chaque instant était rapidement devenu trop lourd, sans compter que des liens d'amitié étaient nés de cette proximité — de cette (presque) promiscuité. Aussi, au fil des mois, ce regard sous lequel nous vivions, sans cesser d'être lourd, avait-il fini par nous devenir familier — par nous paraître (presque) normal. Relation étrange : sans être des intimes, ils étaient témoins de notre intimité — n'ignoraient (presque) rien de nos existences. Et lorsqu'ils n'étaient pas partie prenante d'une conversation, nous comporter (presque) comme s'ils n'avaient pas été là nous était devenu naturel.

— D'un côté, je suis soulagée d'en finir avec tout cela, reprit Clémence après quelques instants de silence.

— Et d'un autre, tu as le sentiment de trahir. Mais ce n'est pas vrai et tu le sais très bien : c'est nous qui avons été trahis — pas le contraire.

Cette fois, Clémence demeura silencieuse.

— Tu es contente au moins ?

— Ça s'annonce confortable. L'Europe paye bien. Très bien. Pour le reste, j'ai vaguement l'impression de me transformer en potiche destinée à faire croire au bon peuple qu'on met le paquet sur la recherche contre le cancer de la corruption alors qu'on se contente d'administrer de la morphine à un malade sur le point de mourir de la gangrène.

— Tu me fais marrer ! On ne change pas si facilement de nature — crois-en mon expérience ! —, et la tienne n'est pas celle d'une potiche…

— Ah oui ? et c'est quoi, selon toi, ma nature profonde ?

— Mais celle d'une merveilleuse emmerdeuse, voyons !

— Ben dis donc, c'est ma fête aujourd'hui !

— Tu sais bien que, dans ma bouche, c'est le plus beau des compliments !

— Naturellement ! je suis ta chère vieille copine, une incurable enquiquineuse qui fait vingt ans de plus que son âge, et je suppose que je devrais être aux anges d'entendre une pareille déclaration d'amour. En tout cas, me voilà habillée pour l'hiver bruxellois ! Mais dis-moi, ton Bel-Hermès, il a droit au même genre de mots doux ?

— Oh non, tu ne vas pas t'y mettre aussi ? Je croirais l'entendre parler de toi, et je t'assure qu'un jaloux à la maison ça me suffit largement !

— Il a bien raison d'être jaloux, ce garçon. Il a compris, lui, que je ne m'avouerai jamais vaincue et que je l'égorgerais d'un cœur léger si j'estimais avoir ensuite la moindre chance de te reprendre.

— Je cherchais juste à te dire, madame le juge Borgia, qu'à mes yeux tu es la plus géniale des empêcheuses de tourner en rond et que la sinécure dorée qu'ils croient échanger contre ta docilité silencieuse, tu la transformeras très vite en une redoutable machine de guerre.

— Tu me flattes mais je n'en suis pas certaine. Je suis tellement fatiguée.

— À d'autres ! Je te donne trois mois pour récupérer et repartir comme en 14.

— Tu parles de moi ou tu es en train de me dire que, si Nikos ne te l'interdisait pas, tu serais prêt à rempiler ?

— Moi ? Non ! Tu te goures complètement, Clémence. D'abord Nikos ne m'interdit rien et puis je suis arrivé à la galerie financière par hasard. Ou plus exactement par ta volonté. Je me suis pris au jeu et j'y ai pris du plaisir, j'ai vraiment cru qu'on pouvait arriver à bouger une ou deux choses dans ce pays, j'ai fait mon devoir. Et peut-être un peu plus. Mais je ne suis pas un guerrier comme toi.

À Orsay, la foule des grands soirs se bousculait : élégantes ou croyant l'être, importants ou feignant de le demeurer, champagne et conciliabules, commentaires ridicules ou pertinents, remarques faussement inspirées ou vraiment savantes, petits-fours et rumeurs persistantes d'un prochain changement de Gouvernement. Il y avait là des amateurs d'art, voire d'authentiques érudits ; et même quelques véritables amoureux mus par l'impatience de découvrir l'expo. Mais l'essentiel était ailleurs, c'était d'avoir été convié au rite, de pouvoir échanger, à l'occasion d'une inauguration conjointe du garde des Sceaux et du ministre de la Culture, les signes symboliques qui manifestent l'appartenance à la caste qui se croit une élite, la reconnaissance mutuelle entre individus d'une même espèce. À la manière des chiens qui se reniflent le derrière en se croisant dans la rue.

Combien de fois me suis-je avisé, dans mon cabinet d'instruction, que les membres de cette caste (aussi impérieuse, insolente et inconsciente des réalités que la nomenklatura des anciens pays de l'Est) ne comprenaient pas, sincèrement, ce qui leur arrivait !? Comment pouvait-on leur reprocher, à eux, d'avoir fait réaménager de fond en comble un loft du sixième arrondissement pour leur fils chéri, oisif et sans talent, ou d'occuper un appartement de 700 m², le tout aux frais du contribuable qu'ils traitent par ailleurs de drogué de la dépense publique ?! Enrichissement personnel ? Allons donc ! cela ne les effleure même pas tant ils ont intégré que les prébendes, les frais de bouche, les voyages gratis, les passe-droits, les commissions et les dessous-de-table, les cadeaux en échange de l'attribution d'un marché préalablement fractionné pour éviter l'appel d'offres, les prêts gratuits d'un ami banquier remboursés en pacotilles, les valets mis à disposition par la mairie ou les vacances d'études payées par le Conseil régional, ne constituent pas même des fautes vénielles mais qu'ils leur sont bel et bien des dus, aussi légitimes à leurs yeux que les privilèges de la noblesse d'Ancien Régime à ceux du duc de Saint-Simon.

Ce soir donc, à Orsay, la caste était là, dans ses fastes et sa diversité : ceux qui ont la réalité du pouvoir — l'Argent —, ceux à qui on en a laissé les insignes — la Politique et la Haute

Fonction publique —, et puis les baladins, les bouffons et les thuriféraires — intellectuels en peau de lapin, vedettes des médias et propagandistes, de gauche ou de droite peu importe puisqu'ils sont tous libéraux et européens.

— Tu vois ce que je vois ?

— Il vient vers nous ?!

— C'est pas possible !

— Quelle heureuse surprise ! Mais c'est madame Volkovsky qu'accompagne ce cher monsieur Bergeret !

Alain Perrault avançait à grands pas, un large sourire aux lèvres, les bras écartés comme s'il allait me donner l'accolade. Il s'inclina légèrement devant Clémence pour lui faire le baisemain.

— Permettez-moi de déposer mes hommages à vos pieds, madame le juge, et de vous présenter mes félicitations pour cette promotion que vous avez cent mille fois méritée.

Clémence répondit quelques banalités sur un ton glacial, mais qui ne refroidit nullement le député de Castillon. Quarante ans à caresser le cul des vaches pour dérider le paysan, à choyer la rombière scandalisée par la société permissive, à tenter de désarmer l'hostilité du petit commerçant exaspéré par « l'inquisition fiscale » ou à flatter l'ego de l'animateur socio-cu ulcéré qu'on ait diminué la subvention du festival médiéval « Ris et jongleries en Vezanglois » auquel il a consacré sa vie, ça vous donne un certain flegme face à l'hostilité d'autrui !

— Et notre auteur à succès, comment se porte-t-il ?

Je m'étais rendu compte du mouvement tournant qu'avaient amorcé quelques-unes des plumes les plus influentes de Paris, alertées par la charge que le renard du Vezanglois venait de sonner au clairon. Je savais que, dès cet instant, de bouche à oreille ou de portable à portable, le bruit allait courir tout Paris que, magnanime, Perrault avait tendu la main à celui qui, pendant des mois, avait été son implacable persécuteur. Il avait le beau rôle, pratiquait en chrétien exemplaire et aux yeux de ses pairs le pardon des offenses. Repousser ses avances, pour moi, dans la circonstance présente, signifiait à coup sûr passer pour un mauvais joueur, un entêté plein de morgue qui refuse la paix offerte dans un élan aussi sincère que spontané. Il avait tendu le piège en me faisant inviter : à présent, il me tendait la main ; je la saisis et tâchai d'esquisser un sourire. Je n'avais rien vu venir : échec et mat.

— Très bien, monsieur le ministre. Merci. Mais vous devez le savoir, j'imagine que monsieur Grimm…

— Je comprends que cette démarche ait pu vous indisposer, mais elle était amicale et je suis certain que vous en comprenez le sens. Le passé est le passé, nous avons eu des désaccords, la justice a tranché…

— Et je serai le dernier à contester sa décision. Ce qui ne m'empêche pas de conserver mon intime conviction.

— Chacun de nous a ses intimes convictions, monsieur Bergeret, et chacun de nous, au final, est comptable de ses actes devant Dieu…

— Disons devant sa conscience, monsieur le ministre, si ça ne vous dérange pas.

— Devant sa conscience si vous voulez. En tout cas, maintenant cet épisode est clos. Ou presque. Et ce qui compte c'est l'avenir du pays.

Insensiblement, Perrault m'avait entraîné à quelques pas de Clémence. Il me prit paternellement par l'épaule et me fit pivoter, dos à l'assistance, face à une toile de Jean-Raymond Bracassat, prêtée par le musée Carnavalet, le « portrait » de Giuseppe Fieschi, carbonaro guillotiné en 1835 pour un attentat à la machine infernale contre Louis-Philippe : une tête d'homme tranchée, les yeux entrouverts, posée sur un linge sanguinolent.

— Il faut absolument que je vous parle en tête-à-tête, continua Perrault tout en fixant celle de Fieschi. Et le plus tôt sera le mieux. Le président du musée a mis son bureau à notre disposition. Accepteriez-vous de m'y suivre ?

XXX

— Comprenez-moi, monsieur Bergeret, dans les circonstances présentes, je ne peux pas me permettre le moindre faux pas…

— Qui vous ferait trébucher sur le perron de Matignon, c'est cela ?

— Je ne vends jamais la peau d'un ours avant de l'avoir tué.

— Mais vous êtes le grand favori des médias, vous avez l'oreille du président, le MUD est contrôlé par vos fidèles qui tirent à boulets rouges sur un Premier ministre moribond, et votre acquittement fait de vous le symbole « de la victoire de la souveraineté populaire sur le gouvernement des juges ».

— Peut-être, peut-être, monsieur Bergeret, mais vous savez bien que les cardinaux entrés pape au concile ressortent généralement de la Sixtine coiffés de leur chapeau et non de la tiare. En l'occurrence, le président de la République est seul maître de la décision comme du calendrier.

— Et cette affaire de DVD doit donc être réglée dans un délai raisonnable afin que le président puisse prendre la décision qu'il souhaite dans les limites du calendrier qu'il a arrêté.

— Je vois que nous nous comprenons.

— Mais pourquoi attacher tant d'importance à ce DVD, monsieur le ministre ?

— La politique est une savane peuplée de grands fauves, monsieur Bergeret. Laisser pareil document dans la nature, ce serait accepter la perspective de me voir métamorphosé en gazelle au milieu d'une bande de guépards affamés, s'il venait un jour ou l'autre à tomber entre les mains de mes adversaires — ou pire, dans celles de certains de mes amis.

Le DVD en question m'était arrivé un matin, par la poste, en provenance de Trabzon, l'ancienne Trébizonde, sur la côte turque de la mer Noire. Un type, visiblement apeuré, avait enregistré dans un français hésitant, un message de dix minutes dans lequel il accusait nommément Perrault de participer au blanchiment de l'argent d'un réseau de trafic de drogue contrôlé par l'armée turque, à travers un élevage d'esturgeons fantôme au Turkménistan, dont il était l'un des actionnaires principaux avec un général — turc, lui aussi.

Après que nous eûmes visionné ce DVD, mon greffier l'avait mis à l'abri dans l'armoire blindée de mon cabinet. Nous avions des auditions tout au long de la journée ; il n'était donc pas question qu'il transcrivît sur-le-champ les propos du mystérieux accusateur. Et comme nos ordinateurs respectifs étaient du genre antédiluvien, il avait reporté au lendemain la tâche d'en faire une copie sur le seul graveur en service au pool anticorruption. Mais le lendemain matin, bien que l'armoire blindée ne présentât nulle trace d'effraction, le DVD s'était volatilisé.

Ayant pris néanmoins la précaution, sitôt le visionnage terminé, d'en faire extraire une photo du type, j'avais lancé une procédure d'identification via Interpol. Si bien que, deux mois plus tard, après plusieurs rappels, nous reçûmes enfin une réponse des Turcs : l'homme était un officier de police de quarante-sept ans, marié, six enfants, avec des états de service exemplaires. Mais hélas ! manque de chance… il était mort, quinze jours plus tôt, en passant sous un camion qui avait pris la fuite et n'avait pu être retrouvé.

Quant à notre requête auprès des autorités turkmènes à propos de l'élevage d'esturgeons sur la Caspienne, elle ne reçut jamais le moindre début de réponse. Je tentai le coup de bluff, face à Perrault, lui disant que nous avions un double de ce DVD, qu'il y était gravement et précisément mis en cause. Mais il ne se troubla pas, nia en bloc, alors que son avocat exigeait communication de la pièce.

Plus de DVD, pas même un script des déclarations, plus de témoin, pas le moindre indice sur l'existence ou non de l'usine à caviar : je dus rapidement me rendre à l'évidence que je ne pourrais pas pousser davantage les feux sur ce dossier. Il ne me restait au contraire qu'à battre en retraite et à me battre les flancs.

— Mais pourquoi avez-vous donc une telle crainte de ce DVD ? Même s'il réapparaissait, il n'aurait aucune valeur.

— En justice ; mais vous imaginez ses effets ravageurs sur l'opinion s'il parvenait à certain journal satirique, s'il était diffusé sur Internet, ou qu'un journaliste en mal de notoriété décide de monter cette histoire en épingle. La calomnie ! monsieur Bergeret ; vous n'allez tout de même pas me forcer à vous chanter l'air de don Basile. Quelle preuve apporter de mon innocence face à une telle accusation ? Aux yeux de certains je serais désormais le ministre de la Santé qui, tout en prétendant combattre la drogue, recyclait l'argent du trafic.

— Soit, mais alors je ne peux que vous répéter ce que j'ai déjà dit à M. Grimm : je n'ai plus vu ce DVD depuis le moment où mon greffier l'a rangé dans mon armoire blindée.

— Cessons de jouer au chat et à la souris, monsieur Bergeret, voulez-vous ? Si vous n'avez pas ce DVD, vous en avez une copie.

— Le caïman, la peau de l'ours, la gazelle et les guépards ; maintenant Tom et Jerry : vous avez décidément la métaphore animalière, monsieur le ministre ! Mais je ne joue pas et je n'ai, hélas, pas fait réaliser de copie de ce DVD.

— J'ai toujours apprécié votre humour à froid, monsieur Bergeret, même lorsqu'il s'exerçait à mes dépens.

— Le caïman vous remercie de cet hommage *a posteriori*, monsieur le ministre. Croyez bien qu'il me va droit au cœur.

— Mes mots ont souvent dépassé ma pensée dans cette période, mais je bataillais alors pour ma survie politique et ma liberté, cela m'en donnait le droit. Et puis vous étiez un adversaire implacable, une machine intellectuelle effectivement glaciale et redoutable.

— Pas la Tchéka tout de même ! Je n'ai jamais été votre ennemi, j'ai toujours instruit à décharge autant qu'à charge.

— Soit, soit, ne revenons pas là-dessus, s'il vous plaît. Je veux seulement attirer votre attention sur le fait que vous n'êtes plus juge, que je ne suis plus mis en examen, et que nous ne sommes plus à la galerie financière du palais de justice, mais dans le bureau du président de l'établissement public du Musée d'Orsay qui me doit un peu sa nomination : les temps ont changé.

— Je m'en étais aperçu.

— Ne soyez pas amer.

— Je ne le suis pas, je vous assure. J'aspire moi aussi à clore définitivement ce chapitre de ma vie. Et sans la venue à Parigoros de M. Grimm, j'y serais sans doute encore. Si je suis rentré c'est en raison de mon désir de m'expliquer avec vous et de lever toute ambiguïté sur cette affaire.

— Je vous en remercie très sincèrement, monsieur Bergeret. Lorsque le président Larsouille m'a demandé l'autre jour quelle serait ma réaction s'il vous nommait au Conseil économique et social, je lui ai répondu que, nonobstant nos désaccords passés, j'appréciais vos éminentes qualités d'analyse, votre rigueur, votre perspicacité, et que, à mon avis, elles feraient, toutes ensemble, merveille au Conseil.

— Et la Légion d'honneur ?

— Pardon ?

— Admettons que j'aie ce DVD en ma possession, vous seriez prêt à me faire donner la rosette en plus de cette juteuse sinécure ?

— Vous vous méprenez, monsieur Bergeret. Les deux choses n'ont strictement rien à voir. Mais si vous le prenez sur ce ton…

— Je ne le prends sur aucun ton, monsieur le ministre. Mais comme je ne voudrais pour rien au monde vous embarrasser davantage, je vais vous préciser une fois pour toutes que je n'aspire à rien d'autre, désormais, qu'à me consacrer à l'étude de manuscrits byzantins, et que je ne souhaite ni pourboire, ni hochet, ni bureau de tabac.

— Vous êtes un homme de valeur, monsieur Bergeret, mais vous êtes orgueilleux.

— C'est possible, monsieur le ministre, mais j'ai surtout quelques convictions et un sens aigu de la cohérence nécessaire entre celles-ci et ma vie. D'ailleurs, il est inutile de me proposer quelque monnaie d'échange que ce soit puisque je vous répète que je n'ai pu faire réaliser à temps un double de ce DVD.

— Nous avons toutes les raisons de penser le contraire.

— Qui est donc ce « nous » ? Collectif ou pluriel de majesté ? et quelles sont ces raisons, je vous prie ?

— Votre rigueur précisément, à laquelle je rendais hommage tout à l'heure : vous avez forcément pris cette précaution.

— Vous me flattez, mais je ne suis pas infaillible, c'était une période très fatigante ; pour moi aussi. Les réflexes finissent par s'émousser dans ce genre de circonstances : nous avions des urgences, en raison de la misère matérielle de la justice organisée par vos semblables, mon cabinet ne disposait pas de graveur, j'ignorais l'existence d'une clef supplémentaire de mon armoire et, *a fortiori*, qu'elle se trouvait entre les mains de quelqu'un, dans la maison, qui choisirait de trahir. Mon greffier avait donc instruction de s'en occuper dès le lendemain, mais…

— Je ne vous crois pas.

— Dans ce cas, nous sommes deux, ici, à ne pas croire en la bonne foi de l'autre.

— C'est vous-même qui m'avez dit que vous en aviez une copie.

— Pour tenter ma chance, voir comment vous réagiriez, essayer de vous déstabiliser en vous faisant croire que j'en savais plus que vous ne l'imaginiez. Un grand classique, vous en conviendrez : prêcher le faux pour savoir le vrai ; rien de plus. D'ailleurs, si j'avais eu ce double, pourquoi diable aurais-je renoncé si vite à pousser mon avantage ?

— Parce que, judiciairement, vous saviez que ce témoignage ne valait rien. Qu'il ne vous mènerait nulle part, alors que…

— Vous insinuez que j'aurais fait disparaître cette pièce pour l'utiliser à titre personnel contre vous ?

— Je n'insinue rien et je déplore que vous vous laissiez aller…

— Et moi je déplore que vous sous-entendiez que j'aie pu distraire une pièce à conviction dans l'intention de vous faire chanter.

— Je ne sous-entends rien de tel.

— Qu'est-ce que ce serait si vous le faisiez !? De toute façon, vous remettrais-je une copie de ce DVD, comment pourriez-vous être certain que je n'en ai pas d'autres dont je puisse me « servir » plus tard ?

— C'est que, à ce moment-là, nous serions justifiés, nous, à penser que la fuite ne peut venir que de vous. Et je ne vous cache pas qu'alors vous auriez sans doute emprunté une voie fort périlleuse.

— Dois-je le prendre comme une menace ?

— Ne dramatisez donc pas toujours tout, monsieur Bergeret. Je vous conjure seulement de réfléchir encore. Si vous me le permettez, je vous rappellerai dans une semaine.

XXXI

— Donc, tu as vu Perrault. Vous avez réglé votre affaire ?

Je frémis de plaisir. Mon Bel-Hermès tient de son dieu tutélaire, entre autres choses, un goût prononcé pour les voyages. Il n'est jamais aussi heureux que lorsque nous partons ensemble. À peine avons-nous franchi les portes de Paris, si nous sommes en voiture ou, comme ce jour-là, à peine le train a-t-il quitté la gare, qu'il me le fait savoir en me pinçant très doucement la nuque d'un geste qui me couvre tout le corps de chair de poule. Ce qu'il vient de faire en posant sa question.

— Si on veut, répondis-je une fois le frisson passé.

— Vous l'avez réglée ou vous ne l'avez pas réglée ?

En rentrant du musée, la veille au soir, Clémence était montée partager avec nous une imposante platée de spaghettis à la carbonara. Toujours jaloux l'un de l'autre, Clémence et Nikos s'entendent comme larrons en foire, dès que nous sommes tous les trois ensemble, pour relever mes travers, stigmatiser mes manies ou me mettre en boîte. Aussi n'avait-elle guère tardé à lui raconter l'arrivée de Perrault, comment je m'étais laissé kidnapper, que je n'étais réapparu qu'une demi-heure plus tard.

Puis, une fois le dîner terminé et Clémence repartie, j'avais annoncé à Nikos que Londres nous attendait le lendemain matin. Ce genre de surprise l'excite toujours comme une puce : la nuit avait été courte et agitée ; à trois minutes près nous avions failli rater l'Eurostar. Mais à présent, nous étions confortablement installés devant un thé au lait et quelques muffins aux myrtilles.

— Il est persuadé que j'ai une chose…

— Que tu n'as pas. Tu me l'as déjà dit après la visite de Grimm. Mais je voudrais bien savoir, premièrement, quelle est cette chose ; deuxièmement, pourquoi il est tellement persuadé que tu l'as ; et troisièmement, si tu es parvenu à le convaincre du contraire.

À Nikos, je n'avais jamais parlé de cette histoire de DVD, en application du principe que je m'étais fixé de lui en dire le moins possible sur mes dossiers en cours. Bien sûr, chaque soir nous discutions de son boulot et du mien, comme tous les couples, mais en ce qui me concerne, c'était toujours en termes généraux, de principes, de stratégie ou de tactique. D'abord parce que j'ai toujours considéré que le secret de l'instruction ne devait pas connaître d'exception — sauf si une fuite à destination de la presse restait le seul contre-feu que je puisse allumer face à la volonté manifeste d'étouffer une affaire.

Ensuite parce que lui confier ce qui m'était le plus lourd n'aurait pu aboutir qu'à l'inquiéter davantage. Et à l'exposer un peu plus — alors qu'il l'était déjà suffisamment du seul fait de sa proximité avec moi —, surtout si notre appartement était « sonorisé ». Ce qui ne me paraissait nullement improbable, puisque mon bureau ainsi que mon téléphone l'étaient, et ce que j'envisageais, je dois dire, avec une certaine bonne humeur, m'imaginant quelque super-gendarme avide d'action ou apprenti espion passionné de lutte antisubversion vissé sur une chaise, un casque rivé aux oreilles pour écouter attentivement, avant décryptage et transcription scrupuleuse, la moindre des fadaises que Nikos et moi échangions lorsque nous nous retrouvions entre nos quatre murs, qu'il s'agisse de nos plaisanteries de gamins, de nos mots doux ou de nos engueulades, de nos puissantes considérations sur la météo ou l'actualité, un bouquin, un film ou le programme télé de la soirée. Ce que j'envisageais en rigolant franchement lorsque j'imaginais, sous les ors d'un des palais de la République, un personnage forcément pénétré de son importance et forcément sinistre (je n'ai jamais pensé que diriger un cabinet noir puisse le moins du monde épanouir son homme et engendrer autre chose qu'une manière de dégoût de soi-même) se pencher avec componction, chaque matin, sur le rapport circonstancié de nos banalités, conneries et… insanités de la veille. Car nous ne sommes pas du genre discret dans nos ébats, mon Bel-Hermès et moi, et nous disposons d'un répertoire plutôt étendu dans le registre de l'obscénité que nous avons toujours considéré comme un adjuvant érotique des plus opérants.

Bref, je considérais qu'en dire le moins possible à Nikos convaincrait quiconque nous écoutait de l'inutilité de s'en prendre à lui, puisqu'il ignorait tout du contenu des enquêtes conduites sous mon autorité ainsi que, en conséquence, des découvertes que nous avions faites et dont je m'étais persuadé, à tort ou à raison, que certaines pouvaient nuire gravement à la santé de qui en prendrait connaissance.

— Tu te souviens de la filière turque?

Nikos opina; dans cette affaire-là, j'avais en effet dû lui en dire plus que d'habitude — et que je ne l'aurais désiré. À cause de son père.

Tout avait commencé un matin de février, environ six mois avant l'arrivée sur mon bureau du DVD en provenance de Trabzon, lorsque le commissaire Falconetto avait demandé de toute urgence à me voir. Fils de rapatriés d'Algérie aux origines maltaise et espagnole, Falconetto a hérité de ses ancêtres un teint ensoleillé et un caractère plutôt volubile. Pourtant, ce matin-là, le commissaire était aussi blanc qu'un Suédois à la fin de l'hiver et semblait plus avare de paroles qu'un habitant de Laconie.

— Ça ne va pas, Falconetto ? Vous êtes sûr que vous ne feriez pas mieux de rentrer chez vous ?

— Non, monsieur le juge. Tout est nominal, je vous assure.

— Si vous le dites. Vous prendrez un café ?

— Non merci.

— Alors, dans ce cas, je vous écoute.

— Ça vous dérangerait, monsieur le juge, si nous allions prendre l'air ?

Je plissai les paupières. Je savais ce que cela signifiait. L'un de mes interrogatoires, dix jours plus tôt, s'était retrouvé dans un quotidien du lendemain, en larges extraits reproduits mot pour mot. Le procès-verbal avait été signé tard dans la nuit, après l'heure du bouclage, et nous n'étions que quatre dans mon cabinet : j'étais aussi sûr de mon greffier que de moi-même, le témoin assisté que j'avais entendu n'avait aucun intérêt à la divulgation de propos qui le mettaient en délicatesse avec l'entreprise dont il était l'un des cadres, et j'estimais trop son avocat pour envisager seulement qu'il ait pu trahir son client. La conclusion s'imposait donc d'elle-même : l'audition avait été piratée et sa transcription transmise « en direct », ou quasi, au journaliste qui avait terminé son article avant que mon témoin n'eût signé sa déposition.

J'avais aussitôt demandé qu'une équipe de spécialistes vienne « nettoyer » mon bureau. On m'avait répondu que nos locaux de la rue des Italiens, ceux du *Monde* autrefois, avaient été parfaitement sécurisés lorsque la galerie financière y avait emménagé, à la fin des années 90. Je le savais, mais je savais aussi que Clémence, Adam et moi étions de plus en plus suspects au pouvoir, à certains secteurs de la police, à l'institution judiciaire elle-même — qui, à l'instar de tout corps constitué, déteste les vagues et cherche rapidement à neutraliser ou éliminer ceux qui les provoquent, fût-ce pour la sauvegarde des principes que ce corps est censé défendre. Comme je savais encore que, face à ces forces-là, les sécurités dressées contre les ennemis de l'extérieur, les malfrats ordinaires, ne signifient plus grand-chose.

J'insistai. Tout en étant parfaitement conscient que, si l'équipe de « nettoyage » découvrait des micros, ceux-ci retrouveraient d'autant plus vite de nouvelles cachettes que les « nettoyeurs » d'aujourd'hui risquaient d'être les « plombiers » de demain. Pour la forme — et parce qu'avec l'obsession de l'absence de vagues, le respect des formes est au cœur du système administratif français —, on finit par me promettre une inspection avant la fin de la semaine ; dix jours plus tard, je l'attendais encore.

J'enfilai donc mon pardessus et nous sortîmes. Le ciel était totalement dégagé, d'un bleu très pâle ; il faisait un froid de loup, mais un froid comme je les aime — sec et sain. Pour ce genre d'entretien, avec Falconetto, nous avions notre circuit : nous remontions le boulevard des Italiens puis le boulevard Montmartre, tournions dans le passage des Panoramas, revenions par la rue Saint-Marc et la salle Favart. Ce jour-là, je me souviens d'ailleurs de m'être dit que cette promenade tombait à pic puisque j'avais promis à Clémence de l'emmener voir *Orphée aux Enfers* à l'Opéra comique, sans avoir encore eu le temps d'aller chercher des places ; Nikos déteste Offenbach, toute l'opérette, et s'ennuie au théâtre en général : c'est même un de nos désaccords les plus graves dans l'existence ! Un désaccord qui, au demeurant, me donne une bonne excuse pour passer régulièrement une soirée en tête-à-tête avec Clémence.

— Alors, quoi de neuf, commissaire ?

— Le directeur financier de la Crava, que vous m'aviez dit de ne pas trop dorloter durant sa garde à vue pour l'attendrir un peu…

— Moi, je vous ai dit une chose pareille !? Je ne m'en rappelle absolument pas, répondis-je en accompagnant mon sourire d'un clin d'œil. En tout cas, j'espère que vous n'en avez pas profité pour l'abîmer.

— Vous me connaissez, monsieur le juge.

— À aucun de vos collègues je n'aurais dit ces mots-là… si toutefois je vous les ai bien dits. Mais si jamais je vous les ai dits, c'est parce que je savais que vous ne vous méprendriez pas sur leur sens, que vous ne les prendriez pas pour un permis de… je ne sais quoi. Or donc, ce directeur financier de la Crava ?

— Il a craqué.

— Ah ?!

En principe, nous avions décidé, Falconetto et moi, que, dans la durée d'un circuit, ce que nous avions à régler devait l'être. Cela nous évitait de nous perdre dans les détails, nous donnait une contrainte qui nous permettait d'aller à l'essentiel. Trois ou quatre fois seulement durant tout mon séjour au pool anticorruption, nous eûmes besoin de deux tours. Mais ce jour-là, il nous en fallut trois. Et j'oubliai finalement de passer prendre les places pour *Orphée* tant j'étais absorbé par ce que venait de me raconter Falconetto sur la confession du directeur financier de la Crava et, pour tout dire, un peu angoissé aussi par les conséquences possibles de ces aveux, par la question de savoir jusqu'où ils pouvaient nous mener.

XXXII

Car le pot aux roses que le directeur financier de la Crava avait dévoilé au commissaire en se déballonnant, comme on dit chez Falconetto, était pour nous d'une nature et d'une taille totalement inattendues. Si nous avions décidé d'attendrir le bonhomme, c'était en effet dans le modeste espoir d'en apprendre un peu plus sur les liens d'un club de réflexion présidé par Perrault, « Tradition et modernité », avec la Crava qui avait gratuitement abrité ledit club pendant plus de trois ans, dans 400 m^2 en plein seizième arrondissement, lui fournissant en outre gracieusement quatre secrétaires, soit une pour 100 m^2, et le matériel informatique y afférent… bien que l'intense activité de la structure semblât se limiter, pour l'essentiel, à l'organisation de séjours de son président à l'île Maurice, Essaouira ou aux Antilles néerlandaises — ce qui évoquait davantage la pompe à fric que la boîte à idées.

Mais en s'attendrissant, l'homme de chiffres, plus familier des coquetèles du Quai d'Orsay que des petits-déjeuners au Quai des Orfèvres, s'était soudain décidé à libérer sa conscience, de telle sorte que les policiers n'avaient presque plus eu qu'à l'écouter, sans presque avoir à tirer sur le fil pour que se dévide devant leurs yeux ébahis la pelote d'un véritable système international de corruption, dont le DVD du malheureux accidenté de la route viendrait, six mois plus tard, nous confirmer l'existence (même si nous ne pourrions rien en faire), et dont l'ampleur comme la portée dépassaient de loin tout ce que nous avions été amenés à traiter jusque-là.

L'affaire commençait par un appel d'offres lancé par la Turquie pour divers équipements destinés à la défense côtière, et par le succès d'un consortium français auquel appartenait la Crava. Il avait emporté le marché pour un milliard d'euros... et ceci bien que l'offre de son principal concurrent ne s'élevât qu'à huit cent cinquante millions. Or, le directeur financier avait balancé à Falconetto que si les Turcs avaient bien déboursé le milliard, les industriels français, eux, n'avaient touché que sept cent cinquante millions, les deux cent cinquante autres n'ayant fait que transiter par leurs caisses. Pour repartir où ?

Vers divers comptes dans divers paradis fiscaux, au profit de divers décideurs et experts qui s'étaient partagé un quart de la somme. Une moitié avait servi à rémunérer l'assistance bidon fournie au consortium par deux ectoplasmiques sociétés de conseil et de communication basées au Luxembourg et aux îles Caïmans, dont l'actionnaire principal était le général Ismet Görsel, membre du Conseil de sécurité nationale et président de la commission d'achat des matériels de l'armée turque. Quant au quart restant, il avait été empoché par Alain Perrault, également actionnaire de la société-écran caïmanesque, et rétribué en sus pour son rôle d'intermédiaire, auprès du président Larsouille dont il avait l'oreille, afin que celui-ci intimât l'ordre au ministre de la Défense qui renâclait, d'autoriser le transfert des technologies sensibles dont les Turcs avaient fait une condition *sine qua non* de la signature du contrat. Si bien que la mise à disposition des deux étages tout équipés de l'hôtel particulier de la rue Lauriston ne représentait qu'un pourboire supplémentaire, destiné à se concilier durablement les bonnes grâces de Perrault dans la perspective d'opérations du même type.

Vérification faite, nous nous rendîmes compte par ailleurs qu'à l'Assemblée nationale, Perrault s'était non seulement fait porter pâle lors de chacun des votes sur la reconnaissance du génocide arménien, mais qu'il avait également demandé au Gouvernement, à plusieurs reprises, l'interdiction en France de toute organisation kurde, soupçonnée par nature de terrorisme; sans parler de son inébranlable soutien à la Turquie dans les négociations d'adhésion à l'Union européenne, dont il avait, bien des fois, vertement condamné les lenteurs. De là à en inférer que la passion et les indulgences turques du député de la Vezangle n'avaient pas été complètement désintéressées...

En tout cas notre enquête révélerait bientôt que la seule manifestation notable de « Tradition et modernité », en dehors des missions de son président vers des îles ensoleillées et (fiscalement) paradisiaques, avait été la tenue d'un séminaire de réflexion sur le thème « La Turquie: une chance pour l'Europe » dans un palace donnant sur le Bosphore où Perrault, comme un certain nombre de leaders d'opinion européens, profitait par ailleurs régulièrement d'une généreuse hospitalité de la République kemaliste.

En attendant de nous attaquer au démontage du mécano financier que nous avait décrit le chef comptable du marchand de canons, je convins avec Falconetto que la priorité était d'en savoir davantage sur ce général Görsel dont, quelques jours plus tard, nous disposions d'un premier portrait. Flatteur. Ce soldat exemplaire s'était notamment illustré comme boucher au Kurdistan turc où le quotidien s'était confondu, pendant vingt ans, avec l'arbitraire et la torture, la destruction de milliers de villages, le « blocus alimentaire » et le déplacement forcé de centaines de milliers de personnes, l'incendie des forêts et la destruction des vergers, l'abattage des troupeaux et l'empoisonnement des puits, tous ensemble destinés à vider l'eau du bocal dans lequel prospérait le poisson PKK.

Mais ce n'était pas tout. Dans une note circonstanciée de la brigade des Stupéfiants, j'appris que Görsel avait frôlé la mort dans un récent accident de la circulation (un vrai celui-là) dont il était sorti miraculeusement indemne. Alors que son chauffeur et l'autre passager étaient décédés durant leur transfert à l'hôpital — le malheureux compagnon de voyage invité par le général à partager la moelleuse banquette de sa limousine n'étant autre que le chef d'une des cinq « familles » qui règnent sur le marché de l'héroïne en Grande-Bretagne. Et la note des Stups de préciser que 75 % de ce poison saisi en Europe est produit ou transformé en Turquie, que l'armée turque gère directement une partie importante des laboratoires comme du trafic, avec la bénédiction américaine pourvu que cette héroïne alliée tue seulement des Européens. Elle précisait encore que les revenus de cette activité, annexe mais lucrative, des forces armées kemalistes « servent au premier chef à l'armement de toute une galaxie de groupes paramilitaires, alimentent la corruption généralisée du milieu politique turc, tout en permettant de conforter les sympathies de personnalités européennes du monde politique et des médias ». Elle concluait enfin que « le général Görsel est l'un des hommes clefs de ce système ».

Ainsi qu'il me l'avait redit au Musée d'Orsay, Perrault s'était toujours montré, comme parlementaire aussi bien qu'au ministère de la Santé, un adversaire acharné de toute dépénalisation des drogues, un farouche partisan de la prohibition et de la « tolérance zéro ». De là à penser que cet homme de bien défendait la répression parce qu'elle ne prélève qu'une infime partie des quantités mises sur le marché alors qu'elle laisse aux trafiquants la maîtrise exclusive des prix et leur garantit des bénéfices aussi pérennes que faramineux, il aurait fallu avoir l'esprit bien tortueux. Au moins autant que le mort de Trabzon qui, six mois plus tard, accuserait le magnat du Vezanglois d'avoir monté, avec le général tueur de Kurdes, une *joint venture* turkmène destinée à noircir l'argent de la blanche dans les œufs d'esturgeon.

Quant à la raison pour laquelle je m'étais senti obligé d'en dire plus que d'habitude à Nikos, elle tenait au fait que la Navale de Défense Kalermis était, au côté de la Crava, l'autre poids lourd du consortium français qui avait emporté le marché turc et que, en conséquence, j'allais devoir mettre son père en examen. Même si ce fut à Adam Lebeau qu'échut finalement ce privilège, puisque je décidai de me dessaisir de ce volet de l'affaire, estimant que mes « liens de famille » avec Michel Kalermis m'empêcheraient d'instruire avec la distance, la neutralité et la sérénité requises.

L'Eurostar accélérait à présent pour atteindre sa vitesse de croisière. Nikos en était à son troisième muffin ; c'est une bonne nature.

— Tu te souviens aussi que, environ six mois après le début de l'enquête, une pièce à conviction a disparu ?

Je m'étais senti obligé d'expliquer à Nikos pourquoi son père se retrouvait dans notre collimateur — ce qui avait provoqué chez lui un cri du cœur assez particulier : « La vieille crapule ! ça me ferait rudement plaisir que vous le coinciez ; mais franchement, j'en doute ! » En revanche, j'étais revenu à ma pratique habituelle lorsque le DVD s'était télétransporté je ne savais où, me bornant à lui parler de la disparition d'une pièce à conviction importante, sans en préciser la nature ni le contenu, afin surtout d'avoir son avis sur la conduite à tenir. Il avait bien essayé d'en savoir davantage, mais je suis encore plus têtu que lui. Il m'avait alors conseillé de recourir à l'esclandre, de dénoncer publiquement le fric-frac, de dire pourquoi il ne pouvait venir que du cœur du système.

— Je m'en souviens parfaitement. Et même qu'avec tes petits camarades, Clémence et Adam, vous avez une fois de plus choisi d'adopter un profil bas. Vous avez cru que rester irréprochables constituait pour vous la seule chance d'aller au bout. Alors que vous encouragiez les voyous d'État en refusant de répondre à un coup fourré par un coup fourré, en vous coupant les mains pour les garder propres.

— Nous n'avions pas le choix ; nous nous serions mis toute l'institution judiciaire à dos.

— Vous l'aviez déjà ! vous l'avez eue contre vous dès le moment où vous avez décidé d'agir, de cesser de faire semblant.

— Ç'aurait été pire : la guerre totale, l'annulation de toutes nos procédures sous un prétexte ou un autre.

— Elles ont été annulées.

— Pas toutes.

— Non, seulement celles qui comptent.

Je ne répondis rien. Il avait raison sur le constat. Je continue à penser qu'il avait tort sur le fond. Mais la voie que nous avions choisie nous avait effectivement désarmés ; l'autre ne nous aurait pas menés plus loin car, de toute façon, nous n'étions pas à la hauteur en termes de coups fourrés, sans compter que nous y aurions perdu notre âme. Notre seule justification résidait dans le droit ; si nous-mêmes le violions… retour à la vieille question sur la fin et les moyens.

— Eh bien, cette pièce à conviction était un DVD qui…

Mon Bel-Hermès m'écouta attentivement, en fronçant les sourcils.

— Pour une fois, mon Juju, je dois dire que je suis d'accord avec ce cochon de Perrault. Je ne peux pas croire que tu n'en aies pas fait faire une copie. Tu me le dirais, hein, si c'était le cas ?

— Je n'en ai pas fait faire.

Instinctivement, j'avais en même temps touché mon hématite ; et je compris, au regard de Nikos, que ce geste renforçait ses doutes.

Traduction des trois premiers feuillets en écriture phallique conservés à la *Bodleian Library* d'Oxford

Mon nom est Trophonios, fils aîné de Mélétos, citoyen romain, qui fut à six reprises archonte de Salamine ainsi que l'un des membres les plus écoutés du conseil de cette illustre cité de l'île de Chypre où je siège aujourd'hui à sa place. Je suis né dans la quatorzième année du règne du divin Tibère[1]*, César Auguste, alors qu'Évagoras, fils d'Eumolpos, était archonte de Salamine pour la troisième fois.*

J'ai grandi dans une famille qui a toujours témoigné de sa dévotion pour les dieux, de sa fidélité à l'empereur comme de son dévouement au Bien public et qui, pour cela, jouit du respect unanime des citoyens de ma cité ainsi que de la confiance de Rome. En outre, j'ai reçu de mes parents non seulement l'affection la plus attentive mais encore l'éducation la meilleure qu'un enfant puisse recevoir. Aussi bien n'ai-je aucune excuse, excepté le manque de jugement dû à mon jeune âge, pour les avoir trahis, jadis, au profit du Juif de Tarse nommé Saül et de la manière que je vais maintenant conter, sans rien cacher ni rien travestir de la vérité. Amen.

Tout a commencé dans la quatrième année du principat sage et bienfaisant du divin Claude[2]*, César Auguste. J'avais alors dix-sept ans et Saül avait passé les trente-cinq, lorsqu'il débarqua au port de notre ville, en provenance d'Antioche et piaffant d'impatience de n'être encore que le second de l'homme dont il suivait les pas, Barnabé, un Juif né dans notre cité de Salamine, qui le dépassait en âge et de beaucoup en renommée parmi ceux de cette religion qui croient que le fils de leur dieu, envoyé sur Terre, a été crucifié et est ressuscité il y a quelques années dans la ville de Jérusalem.*

---

1 - Soit en 28 de notre ère (note rédigée par Julien Bergeret, en vue de la publication du *Manuscrit en écriture phallique des actes de Paul*; ces notes seront désormais signalées comme « note de JB »).

2 - Soit en 45 de notre ère (note de JB).

Ayant entrepris le voyage de Salamine pour convertir les Juifs d'ici à cette nouvelle foi, Barnabé et Saül étaient en outre accompagnés du cousin du premier, âgé de vingt-cinq ans, et que les deux autres appelaient tantôt Yohanân en hébreu, tantôt Marc[3] *lorsqu'ils parlaient en grec. Amen.*

Dans le livre qu'il a consacré aux actes de Saül et de ses semblables, Luc, un des leurs que j'ai bien connu et qui ne cesse, dans ses écrits, d'oublier ce qui le gêne et de déformer le reste, note que ce Marc était le serviteur de Barnabé et de Saül. Mais il se garde bien de préciser quel genre de services Marc rendait à Saül, des services dont je puis parler mieux que quiconque, moi qui ai succédé à Marc dans son rôle, avant d'y être à mon tour remplacé, douze ans plus tard, par Eutyche de Troas, qui avait alors l'âge que j'avais moi-même quand Saül congédia Marc pour me prendre à son service.

Lorsque je rencontrai Saül, Barnabé et lui venaient d'être rossés et chassés par les Juifs de notre cité, lesquels avaient promis de leur faire rentrer leurs blasphèmes dans la gorge s'ils s'approchaient à nouveau de la synagogue. Aussi, devant ce cuisant échec, Saül avait-il résolu de se rendre à Paphos pour tenter d'y circonvenir le proconsul. Mais auparavant, il voulut prêcher sa foi aux Grecs de ma cité, contre l'avis de Barnabé qui défendait que la révélation de leur dieu et le message porté par son fils s'adressaient aux seuls Juifs.

Passant outre et pour ce faire, Saül s'installa non loin du gymnase et se mit à haranguer les passants ainsi que font les paysans pour vendre leurs fromages sur l'agora. Comme j'étais, ce jour-là, venu m'exercer à la lutte avec deux amis, que j'avais passé avec eux une partie de l'après-midi aux thermes, à nous racler mutuellement l'huile et la poussière collées à notre peau, à discuter, à rire et à nous faire masser, j'en sortis dans cet état de fatigue du corps et de paix de l'âme que procurent l'exercice physique et la détente du bain.

3 - Il s'agit de l'évangéliste (note de JB).

Sans méfiance et par simple curiosité, nous nous joignîmes au maigre groupe des badauds qui écoutaient Saül. La plupart ricanaient, et moi aussi, jusqu'à l'instant où les yeux de Saül se fixèrent dans les miens, provoquant sur moi l'effet d'une torche jetée sur un ballot d'étoupe. Pourquoi un jeune homme tombe-t-il amoureux? Moins que personne, je ne saurais répondre à cette question. Saül n'était pas laid et il était dans la force de l'âge; mais, à Salamine, il y avait nombre d'hommes mûrs bien mieux rompus que lui aux disciplines du corps et de l'esprit, bien plus dignes de susciter l'attachement d'un garçon aussi bien né et bien tourné que je l'étais alors.

Sur ce qui suivit, il est inutile d'insister; Saül poussa son avantage sans me laisser le temps de me reprendre. Abandonnant la parole à Barnabé qui la prit à regret, il m'entraîna à part et me subjugua comme un serpent hypnotise sa proie. Non par son discours, car je n'ai jamais accordé de crédit à ses fadaises qu'à cause de la bouche dont elles sortaient; bien plutôt par l'énergie qui se dégageait de Saül, une énergie à séduire dont je n'ai pas su me garder et que j'ai vu agir maintes fois sur d'autres que moi. Car Saül ne s'adressait jamais à l'esprit, il s'emparait du siège des sentiments et des passions[4]*. Amen.*

Ainsi, lors de notre première rencontre, me convainquit-il sans difficulté, comme s'il avait usé de magie, de le rejoindre le soir même dans son logis, m'attachant alors à lui par son deuxième talent, celui qui me retint durant douze années à son côté malgré toutes les avanies qu'il m'infligea. Car Saül pratiquait à merveille l'art des sens au service de cet amour qu'il a si durement et si souvent conda...

4 - Opposition classique, en grec, entre noûs et psychè (note de JB).

XXXIII

Notre ouiquende londonien s'était terminé dans l'euphorie ; mes deux jours de travail à la *Bodleian Library* m'avaient apporté bien plus que je ne pouvais espérer. Le manuscrit de la Nationale m'avait donné la fin de ce que j'appelais désormais le *Manuscrit phallique des actes de Paul*, celui d'Oxford m'en dévoilait le début et l'identité de son auteur — un témoin de première main, si on l'en croyait.

Nikos et moi, nous courûmes les endroits libertins de la capitale britannique, où je manifestai une énergie que je n'avais pas ressentie en moi depuis longtemps. J'étais heureux, plein de désirs pour tous les beaux garçons que nous croisions dans la rue, les parcs ou sur les pistes de danse. Je me sentais optimiste. En passe de dépasser le passé — pour de bon : Miss.Tic avait peut-être tort de croire que c'était chose si compliquée.

— Tu pètes le feu, mon poulet ! on dirait que ça te réussit plutôt bien les bites byzantines !

— Tu ne trouves pas ça génial de découvrir que celui qui est la source principale de deux mille ans d'homophobie, de honte de soi, de suicides, d'enfants reniés par leurs parents, de bûchers et de meurtres, que ce salaud de Paul sur l'enseignement duquel repose toute l'Église catholique, apostolique et romaine n'était qu'une honteuse fourbe et dévorée d'ambition, un cynique jetant ses amants quand ils n'étaient plus assez jeunes à son goût, un de ces refoulés hypocrites du « fais ce que je dis, mais ne fais pas ce que je fais » ?

— J'ai toujours pensé que tu étais un redresseur de torts dans l'âme, mon Juju. Maintenant que tu as renoncé à boucler tes contemporains, tu te mets à l'*outing* paléochrétien : c'est inattendu mais d'une logique imparable !

Outing paléochrétien ! je l'adore aussi pour ce genre de raccourci, mon Nicolas. Il était heureux de me voir aussi dynamique, pour la première fois peut-être depuis mon opération.

Tomas Watson, un peintre anglais que nous avions connu à Parigoros où il est installé, exposait à la *Jill George Gallery*, en plein Soho. Nous tombâmes en arrêt devant une toile d'un mètre quarante de haut représentant un homme debout sur l'appui d'une fenêtre ouverte. Au premier plan, la pièce est sombre ; l'homme, nu, de dos, le buste penché en avant ; la lumière qui vient du dehors ; dehors ? le vide ; va-t-il s'y engloutir ?

Le prix nous convenait, l'affaire fut rondement menée : dans un mois, après la fin de l'expo, nous n'aurions qu'à passer à la galerie parisienne correspondante, rue de Penthièvre, pour prendre livraison de la toile.

C'est en sortant dans Lexington street que je me demandai fugacement si je n'avais pas déjà vu ce type qui marchait dans notre direction. Suivis ? Je dus me rembrunir.

— Qu'est-ce qui t'arrive ? Tu regrettes déjà d'avoir lâché ton fric ? Mais ne sois pas si pingre ! Ton *Saint Paul, avorton inverti de Dieu* se vendra mieux que les petits pains de Tibériade et le *Da Vinci Code* réunis !

Quant au type, je crus encore le reconnaître dans la salle d'embarquement de l'Eurostar, à Waterloo Station.

À peine Nikos avait-il refermé la porte de l'appartement derrière nous que la sonnerie du téléphone retentit.

— Merde ! on ne peut donc jamais avoir cinq minutes de tranquillité.

Et en même temps je pensai que c'était comme si quelqu'un nous avait surveillés, nous appelait à la seconde même suivant celle où nous n'aurions pu répondre. Je me sermonnai : prends garde, Julien, à ne pas devenir complètement parano !

— Allô ?

— Monsieur Julien Bergeret ?

— C'est lui-même. À qui ai-je l'honneur ?

— Éditions Priscus… ne quittez pas, s'il vous plaît. Monsieur André-Marie Lantaigne souhaiterait s'entretenir avec vous.

Éditions Priscus ? Jamais entendu parler ; et encore moins de ce Lantaigne. Quelques secondes s'écoulèrent, pendant lesquelles je me demandai si les bruits de fond, à l'autre bout du fil, étaient dus à un standard cacochyme ou s'ils ne s'apparentaient pas plutôt à ceux que j'avais appris à reconnaître assez rapidement à cette époque où chaque mot prononcé dans mon téléphone se répercutait dans ces cabinets de la République où l'on guette au trou des latrines de l'État.

Non, non, il fallait que je me surveille davantage ! Ma main libre tripotait machinalement le pendentif en hématite.

— Monsieur Bergeret, je suis très heureux de pouvoir vous parler.

La voix de mon interlocuteur était claire et décidée. Franche. Sa manière de présenter l'objet de son appel donnait l'impression d'un homme ayant davantage l'habitude d'ordonner ou refuser que demander ou négocier. Il disait avoir lu mon livre, souhaitait m'en parler en tête-à-tête, avait une proposition à me soumettre, dont il précisa qu'elle comportait un volet financier loin d'être négligeable.

Je lui répondis que ce bouquin était pour moi le dernier du genre, que j'y avais livré à la réflexion de mes concitoyens tout ce que je souhaitais et pouvais écrire sur ce sujet, que je me consacrais désormais à des activités bien différentes, que j'aurais peut-être un jour besoin d'un éditeur mais que j'avais devant moi encore bien du travail avant d'en arriver à ce stade-là. André-Marie Lantaigne se garda de me contredire, son but n'était pas ce que je croyais et son projet n'avait rien d'inconciliable ni avec mes résolutions ni avec mes activités actuelles (qu'en savait-il au juste ? je ne lui en avais rien dit de précis). Il voulait me rencontrer, que je lui laisse une chance de me convaincre ; il m'invitait à déjeuner chez Lapérouse. J'ai toujours été une fine gueule et déjeuner aux frais d'un éditeur ne m'engageait à rien. Nous prîmes rendez-vous pour le surlendemain à douze heures trente.

Puis j'ouvris mon courrier. Une des lettres m'apprit que la Bibliothèque nationale russe de Saint-Pétersbourg possédait sept feuillets du *Manuscrit phallique des actes de Paul* et que la Vaticane, sans préciser si elle en détenait ou non, me refusait tout accès à son fonds. Quant à ma boîte aux lettres d'internaute, elle contenait elle aussi une nouvelle excitante : le courriel d'un conservateur de la *Dumbarton Oaks Research Library and Collection*, très proche ami de Jean Lemoine qui avait été plusieurs fois professeur invité dans ce très réputé centre d'études byzantines du district de Columbia. Charles Smut s'y montrait chaleureux et direct, m'informant en outre qu'il avait obtenu de son administration l'autorisation de m'envoyer ultérieurement l'image scannée des six pages du manuscrit que possédait son institution, si j'acceptais en échange de publier dans les *Dumbarton Oaks Papers* un article sur les premiers résultats de ma recherche.

J'acceptai immédiatement le marché et précisai que je pourrais sans doute lui proposer un texte dans les trois mois : depuis Oxford, la plume commençait sérieusement à me démanger.

Ce n'est qu'après la douche et le dîner que je me décidai à regarder le site Internet des éditions Priscus : la page d'accueil précisait que Priscus était un évêque de Capoue martyrisé sous Néron, presque en même temps que Paul. Quant au catalogue...

— Nikos ! viens voir.

Mon Bel-Hermès grommela quelques insanités exprimant son refus de s'arracher à la rediffusion, sur Pink TV, d'un épisode de la dernière saison de *Queer as Folk* qui lui avait échappé.

— Viens, je te dis !

Il finit par se lever et vint se planter derrière moi. Il posa sa grosse patte sur mon épaule droite.

— Alors qu'est-ce qu'il y a de si urgent, votre honneur ?

— Regarde un peu ça. Tu comprends, toi, ce que peut vouloir me proposer le patron d'une telle boîte ?

Nikos se mit à scruter l'écran, tout en me massant divinement les trapèzes : « Nouveauté : *Pie XIII, ultime espoir d'un monde en désespérance* », « Collection "Les Indispensables de Priscus" : *Saint Paul et les fondements de la morale universelle* est enfin de nouveau disponible ; prochaine sortie : *Louis Veuillot, Écrits de combat ou Du poison de la tolérance* », « Collection "Nos amis les saints" : *La Vie édifiante de sainte Cunégonde de Ratisbonne* », « Collection "J'élève mon enfant dans la foi", bientôt en librairie : *L'Immaculée Conception expliquée à ma fille* et *Moi, Pontique, martyr chrétien de quinze ans* ».

— À part te faire écrire un *Comment j'ai choisi la lobotomie pour guérir mes penchants sodomites*, franchement je ne vois pas.

Il cliqua sur la collection : « L'Épanouissement dans le mariage chrétien ».

— C'est quoi la méthode de la glaire ?

— La méthode de quoi ?

— Ben tu ne vois pas, le titre, là ? *Pour une contraception pleinement chrétienne : la méthode de la glaire.*

Traduction des trois derniers feuillets du *Manuscrit phallique des actes de Paul* conservés à la *Bodleian Library* d'Oxford

Dès que je sortis de la chambre de Saül, je compris que j'en avais évincé Marc et que celui-ci ne me le pardonnerait pas. Ce qui ne m'empêcha pas de passer avec Saül les trois nuits suivantes. C'est au cours de la dernière d'entre elles que, dans ma frénésie de lui plaire, je me déclarai prêt à me convertir à sa foi, bien que je n'en susse rien. Puis que je le convainquis d'abandonner le nom de Saül[1]*, en lui expliquant que ce nom ne pouvait que nuire à sa parole, puisqu'aux Hellènes il sert à désigner non un homme qui pratique le bel amour viril des dieux et des héros, celui que Paul et moi nous pratiquions depuis quatre nuits, mais un homme qui adopte l'allure et les manières des femmes. Ensuite de quoi Saül se fit désormais appeler Paul. Amen.*

Cependant, au matin qui suivit, il prit avec Barnabé et Marc la route de Paphos. Non sans que je lui fisse le serment de lier ma vie à la sienne, et que lui me promît en retour de me faire savoir, si je ne pouvais le rejoindre avant son départ de Chypre, vers quelle cité il se dirigerait ensuite.

Sachant que mon père s'opposerait par tous les moyens à mon projet de suivre les pas de Paul, je me gardai bien de le lui révéler et entrepris au contraire de hâter la réalisation des desseins qu'il avait formés quant à mon avenir. En effet, cet homme sage avait prévu de m'envoyer étudier auprès des meilleurs maîtres de Rhodes, c'est-à-dire les meilleurs au monde. Feignant l'impatience, je mis tout en œuvre pour le convaincre de me laisser partir plus vite qu'il ne l'avait envisagé, de sorte que ce père aimant écrivit bientôt au parent qui devait m'accueillir là-bas et que je pus m'embarquer quelques jours seulement après que Paul eut quitté Paphos en me

---

1 - Saül, en grec, se dit Saulos. Mais *saulos* est aussi l'adjectif à connotation péjorative qui signifie efféminé (note de JB).

faisant dire qu'il s'arrêterait à Pergè de Pamphylie[2]*, là où mon propre bateau devait précisément faire escale sur la route de Rhodes. Amen.*

Entre-temps, Paul et Barnabé avaient provoqué la colère des Paphiens en insultant comme immoral et impudique le culte antique et révéré d'Aphrodite, la grande déesse née de l'onde sur les rivages de notre île. Cette colère sur laquelle Luc fait silence leur valut d'être tous deux attachés à une colonne et flagellés. Car si les gens de Paphos sont pacifiques et n'ont jamais forcé aucun étranger à sacrifier à leurs dieux, ils prirent fort mal que des étrangers les outrageassent au nom du soi-disant fils d'un dieu mort de la manière la plus infamante.

C'est juste après cet épisode que Barnabé, Paul et Marc parvinrent à s'introduire chez le proconsul, Sergius Paulus, homme curieux de toutes les nouveautés et dont la bonté naturelle passait pour confiner à la crédulité. Cette réputation lui était venue après qu'il se fut entiché d'un certain Bar-Jésus, le proconsul ayant pris les tours de foire de ce Juif pour de la haute magie et fait de lui son principal conseiller. Amen.

« Ses yeux fichés dans ceux de Bar-Jésus et inspiré par l'Esprit saint, écrit ce grand menteur de Luc, Saül, ou bien Paul, lui dit alors : "Créature pleine de ruse et d'abjections, fils du Démon, ne cesseras-tu pas de transformer en sentes tortueuses les droits chemins tracés par le Seigneur ? À compter de cet instant, la main du Tout-Puissant est sur toi : que tu deviennes aveugle !" » Et Luc d'ajouter que le prodige s'accomplit, entraînant la conversion de notre candide proconsul.

Mais ce qu'il ne dit pas, ce falsificateur de génie, c'est ce que m'a raconté plus tard un conseiller de Sergius Paulus et ami de mon père, Cimon, fils de Teukros, qui assistait à la scène. Car Paul, me

---

2 - Près de l'actuelle Antalya (note de JB).

confia cet homme de bien, tout en invoquant son dieu, appliqua ses mains avec violence sur les yeux de Bar-Jésus qui se mit à crier horriblement, puis à se lamenter qu'il n'y voyait plus. L'émoi de notre naïf proconsul fut tel qu'il ne prêta aucune attention à Cimon, lequel, soupçonnant quelque stratagème, demandait que le physicien de la cour examinât les mains du soi-disant thaumaturge. Et Sergius Paulus se mit à croire à ce que lui racontait Paul, avec autant de ferveur et de sincérité qu'il avait cru avant lui Bar-Jésus et qu'il croirait encore, avant son départ de notre île, une demi-douzaine d'autres charlatans attirés à la cour de Paphos par sa renommée. Amen.

Toutefois, pour Paul, cette prétendue conversion dont il se flatta sans mesure revêtait une importance fondamentale, d'abord parce qu'elle lui montrait la voie qu'il allait suivre désormais : plutôt qu'aux Juifs, il lui fallait s'adresser aux Romains et aux Grecs parce que c'étaient eux qui détenaient le pouvoir et la richesse. Ensuite parce que cette faveur passagère du proconsul, et l'habileté avec laquelle Paul l'exploita, lui permirent d'affirmer son ascendant sur le vénérable Barnabé que, dès lors, il n'eut de cesse d'éclipser complètement.

C'est d'ailleurs Barnabé qui, revenu vivre ses dernières années à Salamine, m'apprit l'artifice qu'employa Paul pour que la parole de son dieu aveuglât le pauvre Bar-Jésus : il s'était préalablement frotté les mains avec la poudre de ce piment capsique de Libye dont il gardait toujours avec lui une provision parce que, mêlée à la nourriture, elle est réputée constituer un remède souverain contre les hémorroïdes qui torturaient Paul si souvent, tandis qu'elle devient poison violent qui provoque la cécité si jamais elle entre en contact avec les yeux. Amen.

Quant à moi, dès que je fus débarqué à Pergè, je me mis en quête de Paul et des siens. Je les retrouvai très démoralisés parce qu'ils venaient de subir un nouvel et cuisant échec. La tension était vive entre Paul et Barnabé, mais surtout, je vis tout de suite que Marc était furieux de mon arrivée.

« Yohanân (Marc) s'est séparé d'eux ; il est reparti à Jérusalem » se contente d'écrire le cher Luc. Oui certes, Marc nous quitta avant que nous ayons pris la route d'Antioche de Pisidie. Mais pourquoi Luc n'en donne-t-il pas la raison ?

En vérité, Paul avait gardé Marc auprès de lui tant qu'il n'avait pas été certain que je le rejoindrais. Mais dès qu'il me vit venir à lui, jeune et fringant comme je l'étais et comme il aimait les garçons, Paul fut sommé par Marc de choisir entre lui et moi. Il s'ensuivit une violente dispute à l'issue de laquelle Paul renvoya Marc. Ce qui explique pourquoi les deux hommes se vouèrent dès lors une haine farouche, et pourquoi Marc, dans les querelles qui n'ont cessé d'agiter les fidèles du Christ, prit désormais toujours le parti de Pierre contre celui de Paul. Amen.

XXXIV

Nikos ne me laissa pas le loisir d'en apprendre davantage le soir même ; comme toute vie de couple, en dix ans la nôtre a connu des périodes de hautes et de basses pressions du désir, des mois entiers sous le régime des alizés, agréables et réguliers, des semaines de calme équatorial sans la moindre brise, aussi bien que de brusques bourrasques de vents violents et chauds, dans le genre foehn, khamsin ou sirocco, qui balayent tout sur leur passage, enflamment les corps et obsèdent les esprits : depuis la nuit qui avait précédé notre départ pour Londres, le khamsin soufflait plusieurs fois par jour, et la main de mon Bel-Hermès sur ma nuque venait de le libérer une fois de plus des outres d'Éole.

Lever tard, brunch, puis nouvel avis de coup de vent, fort à très fort, sur Maddalena, Elbe, nord-Baléares et ouest-Thermopyles, virant localement sous la douche à violente tempête force 11 (soit au moins 56… nœuds), avec passage de front chaud et orage sensuel. Si bien que je ne fus pas en mesure de reprendre mon enquête avant le début de l'après-midi qui s'annonçait plus calme, Nikos ayant décidé de tempérer son caractère par d'autres exercices et de reprendre d'arrache-pied son entraînement au club de gym.

Sur la méthode de la glaire, ce fut assez simple : Internet m'apprit en effet qu'il s'agissait d'un procédé considéré par l'Église catholique, apostolique et romaine, dans son infinie compréhension pour la nature humaine, comme un pis-aller vaguement acceptable au cas où un couple ne se sentirait pas suffisamment assuré de sa foi pour s'en tenir aux injonctions du Très-Haut disposant que l'acte de chair n'est légitime qu'aux seules fins de procréation ; et qu'à tout le moins l'« acte matrimonial doit rester ouvert à la transmission de la vie ». Ce que Nikos, pédagogue dans l'âme, féru de théologie et fils d'un custode du *Primum Agmen Christi*, résuma en ces quelques mots :

— Ben oui, quoi, c'est pourtant clair, mon Juju ! tu peux à la rigueur niquer ta nana sans avoir l'intention de lui coller un polichinelle dans le tiroir, mais pas prendre ton pied sans risquer de la foutre en cloque.

À l'intention de ces faibles, l'encyclique *Humanae vitae*, pointe extrême de l'ouverture d'esprit vaticane jamais outrepassée depuis 1968, précise en outre que les époux, évidemment seuls justifiés à copuler, ne sont « pas libres de procéder à leur guise, comme s'ils pouvaient déterminer de façon entièrement autonome les voies honnêtes à suivre, mais (...) doivent conformer leur conduite à l'intention créatrice de Dieu » — laquelle leur est communiquée par le pontife romain, en vertu « du mandat que le Christ [lui] a confié ».

Ainsi se trouve formellement prohibée toute action qui, « soit en prévision de l'acte conjugal, soit dans son déroulement, soit dans le développement de ses conséquences naturelles, se proposerait comme but ou comme moyen de rendre impossible la procréation ». Ainsi se trouvent tolérées, à la condition expresse qu'il existe dans un couple « de sérieux motifs » d'espacer les naissances, les méthodes « naturelles » permettant d'« user du mariage pendant les seules périodes inféconde ». Lesquelles méthodes sont au nombre de trois : celle du calendrier (ou Ogino), celle des températures, et celle de Billings encore dénommée... « de la glaire cervicale », aussi peu fiable mais nettement moins ragoûtante que les deux autres puisqu'elle est fondée sur le prélèvement et l'observation — avant de s'envoyer en l'air — d'échantillons du mucus visqueux (ou glaire) sécrété par les glandes de la cavité du col utérin (ou canal cervical), dont la quantité, la couleur et la consistance plus ou moins élastique sont censées indiquer si la dame est ou non en état de fécondité. Puisque, en principe, lorsque la glaire est épaisse et jaunâtre, elle oppose un obstacle réputé infranchissable à la migration des spermatozoïdes ; tandis que, lorsque la femme est en période d'ovulation, sa glaire devient, par la grâce de Dieu, translucide et liquide (elle est alors dite filante ou glissante) afin de faciliter leur transit.

Et l'homme qui publiait l'ouvrage de référence sur la méthode de la glaire cervicale souhaitait me compter parmi ses auteurs !!!

Mais qui était-il donc, celui-là ? Pour en savoir davantage, je tentais ma chance auprès de l'avocat (un des deux ténors du barreau parisien en matière d'édition) avec qui j'avais sympathisé lorsqu'il avait relu les épreuves de mon bouquin, afin d'en retrancher tout ce qui aurait pu donner lieu à une quelconque action en justice de Perrault ou de l'un de ses semblables. Il était 15 h 00, la secrétaire de l'avocat me dit que son patron n'était pas encore rentré de déjeuner, qu'il ne devrait plus tarder. En attendant de retenter ma chance, je consultai ma boîte aux lettres sur Internet : le scan des six feuillets du *Manuscrit phallique des actes de Paul* en provenance de Dumbarton Oaks venait d'arriver.

— Vous êtes certain que vous ne vous trompez pas, monsieur Bergeret ?

— Non je vous assure, maître. Pourquoi ?

— Il s'agit d'une maison d'édition très liée…

— À l'Église catholique, je sais.

— Le gros de leur production est constitué par des livres de dévotion plus ou moins anodins. Mais ils éditent aussi toutes sortes de bouquins d'apparence historique ou scientifique beaucoup moins inoffensifs, dénonçant le darwinisme, les monstrueuses persécutions religieuses pratiquées en France depuis 1905 ou la loi scélérate interdisant le port du voile à l'école.

— Tout cela n'est-il pas un peu contradictoire?

— Pas du tout: vous savez comme moi que le Vatican et l'Iran votent ensemble dans les conférences des Nations Unies sur le contrôle des naissances. Les catholiques version Pie XIII, l'Islam militant, les puritains américains et le judaïsme orthodoxe ne chassent pas sur les mêmes terres mais ils ont les mêmes cibles dans leur collimateur. Priscus est une des parties émergées de l'iceberg de cette Internationale noire.

— Je me méfie toujours des théories du complot.

— Je ne vous parle ni de complot ni de chef d'orchestre: il ne s'agit pas d'une organisation centralisée sur le modèle soviétique, mais d'une constellation unie, sur le mode libéral-capitaliste, par des convergences de nature et d'intérêts. Les trois révélations monothéistes ne pourront jamais accepter que la vérité unique qu'elles prétendent exprimer soit cantonnée à la sphère privée, relativisée, reléguée au rang d'une croyance parmi d'autres. Elles peuvent être rivales, avoir entre elles des contradictions secondaires, tactiques, mais elles ont des ennemis communs qui soudent leur alliance stratégique: la laïcité, la liberté de conscience, la libre disposition du corps, la philosophie matérialiste, l'hédonisme. Et c'est ce message-là, adapté en fonction de ses différents publics potentiels, que Priscus s'emploie à diffuser.

— Je veux bien vous croire, mais ils arrivent vraiment à gagner de l'argent avec ce genre de choses?

— Ça n'est pas la question. Avec Jean-Paul II, l'Église qui battait en retraite sur tous les fronts depuis les Lumières a cessé de reculer ; avec Pie XIII, elle repasse à l'offensive. Désormais, il s'agit pour elle de contaminer tous les débats avec ses problématiques, de promouvoir ses « élites », de s'affirmer comme un groupe de pression avec lequel il faudra compter chaque jour davantage. Priscus est une pièce capitale de ce jeu-là sur l'échiquier français : elle a assuré la logistique du mouvement de révolte « spontané » d'élus contre le pacs, elle relaye inlassablement les initiatives des sectes *pro life*, comme celles des associations dites familiales contre l'« invasion de la pornographie » ou la « banalisation de l'homosexualité », elle a publié l'hagiographie de Benoît Villefort, membre de l'Avant-garde du Christ et père de douze enfants, six mois avant qu'il n'obtienne son premier maroquin de secrétaire d'État aux Affaires sociales.

— Soit, mais pour cela, il faut tout de même de l'argent.

— Il y en a.

— Beaucoup d'argent.

— Il y en a plus encore.

— Et d'où vient-il ?

— De quelques actionnaires plus ou moins présentables : une ou deux congrégations ; le rejeton d'une noble famille illustrée par un ancêtre guillotiné, un général antidreyfusard et un membre de l'Institut qui aurait pu être tondu à la Libération ; un mandarin richissime, membre de l'Académie pontificale et pourfendeur de l'avortement ; un pieux marchand de canons…

— Ah oui, qui ça ?

— Le patron de la Navale de Défense Kalermis, ça vous dit quelque chose ?

— Mon compagnon s'appelle Nicolas Kalermis.

— Excusez-moi, j'ignorais…

— Ne vous excusez pas : il ne voit plus son père depuis longtemps. Mais tout cela suffit vraiment pour financer, en partie à fonds perdus si je vous comprends bien, une pareille entreprise ?

— Non, ça c'est le menu fretin. Pour la galerie. L'essentiel vient de l'actionnaire majoritaire.

— Qui est ?

— Un actionnaire secret.

— Secret ?

— Secret.

— Mais pas pour vous, maître.

— Je vois que vous avez gardé vos réflexes, monsieur Bergeret, mais vous me surestimez. Et vous êtes bien placé pour savoir que, dans notre monde, le secret financier est le seul à être encore réellement protégé.

— Mais on doit dire des choses, tout de même, dans le milieu de l'édition.

— On en dit. Mais cela ne signifie pas qu'elles soient vraies.

— Et qu'est-ce qu'on dit alors ?

Traduction des trois premiers feuillets du *Manuscrit phallique des actes de Paul* conservés à la *Dumbarton Oaks Library and Collection*

Nous sommes restés une année et demie à Corinthe, cité opulente entre toutes, aux riches campagnes et aux deux ports, Léchaion à l'occident et Kenchreai à l'orient, cité où se croisent sans cesse voyageurs, marchands et équipages, cité bénie des dieux où se déversent et s'échangent toutes les denrées et toutes les idées, où se mêlent toutes les langues de la terre. Car si l'Isthme, qui a fait la fortune des Corinthiens[1]*, appartient à Poséidon, dieu des mers et ébranleur des terres, Corinthe est aussi chérie d'Hermès, protecteur du commerce, et de la grande Aphrodite qui a fait de cette ville heureuse celle de ses prostituées sacrées, celle des centaines d'hétaïres et de beaux garçons à qui elle a enseigné tous les secrets de l'art d'aimer, si bien que celui qui n'est jamais allé à Corinthe ne peut savoir vraiment ce qu'est cet art-là. Amen.*

Jadis réduite en cendres[2]*, Corinthe avait depuis longtemps déjà retrouvé sa splendeur d'antan quand nous y avons débarqué, Paul et moi, durant l'hiver de la dixième année du bienfaisant principat du divin Claude*[3]*, César Auguste. Car Corinthe est aussi l'une des villes les plus belles et les mieux construites au monde, avec ses innombrables temples où l'encens ne cesse jamais de fumer, avec ses palestres et ses thermes, ses fontaines, son théâtre et son odéon, son stade et son hippodrome, ses larges rues, son agora dallée de marbre, bordée de magnifiques édifices civiques et de vastes portiques dont les boutiques regorgent des denrées les plus précieuses et les plus rares venues de tous les horizons du monde connu et inconnu.*

---

1 - Grâce au *diolkos,* une voie dallée sur laquelle, moyennant redevance, on halait les bateaux qui pouvaient ainsi passer de la mer Égée à l'Adriatique sans contourner le Péloponnèse (note de JB).

2 - En 146 avant notre ère, Corinthe est prise par Lucius Mummius, et rasée pour avoir été le centre de la résistance grecque à l'expansion romaine; un siècle plus tard, en 44, Jules César la ressuscite en fondant la *Colonia Laus Julia Corinthiensis* (note de JB).

3 - En 50-51 de notre ère (note de JB).

À vingt-trois ans, j'étais dans la force de l'âge et heureux de toucher à un pareil havre, après un lustre d'existence errante et misérable au côté de Paul que je continuai à aimer malgré tout — malgré sa vanité et ses inconséquences, ses continuelles colères et ses injustices à mon égard. Heureux d'arriver là, je l'étais aussi parce que, si je souffrais encore du sacrifice que Paul avait fini par obtenir de moi à Bérée, les onguents du médecin que j'avais pu consulter durant notre passage à Athènes, après que mon pauvre apôtre eut ridiculisé sa pauvre rhétorique face aux meilleurs orateurs et philosophes de cette patrie de la sagesse, commençaient à produire leurs effets. De telle sorte que, la fièvre étant tombée et le feu de la douleur s'apaisant, je commençais à espérer retrouver un jour prochain tous les usages de mon membre viril.

De fait, je guéris si complètement que, trois semaines après notre arrivée, je pus reprendre la lutte, depuis toujours ma discipline préférée, et que je participai même, quelques mois plus tard, contre la volonté de Paul qui considérait ces exercices comme indécents et immoraux parce que nous les pratiquons nus, aux Jeux Isthmiques institués par Sisyphe afin d'honorer la mémoire du fils d'Ino, ce Mélikertès qui fut aimé de Glaukos, et de célébrer Poséidon en son grand sanctuaire, là où son aimé, Pélops, gagna sa course de char contre Oïnomaos.

Il s'en fallut d'ailleurs de peu que je ne gagnasse la couronne de pin, vaincu seulement dans mon dernier combat, après douze victoires, par Dioklès de Nisyros. Car si j'avais perdu en technique, j'avais gagné en force durant ces cinq années de tribulations au gré desquelles j'avais tant de fois dû défendre la vie de Paul contre la juste exaspération des braves gens qu'il provoquait, partout où nous passions, en invectivant contre leurs dieux, leurs mœurs et leurs coutumes. Amen.

Nous logeâmes d'abord chez un couple de Juifs romains, Aquilas et Priscilla, établis là depuis que, l'année précédente, un édit du divin Claude avait banni de la Ville tous ceux de cette religion. L'atmosphère de Corinthe et le fait que Paul et moi fussions enfin seuls, puisque nous avions laissé Silas l'illuminé ainsi que cette peste de Timothée en Macédoine, me donnèrent alors le sentiment trompeur que, après de si nombreux échecs, après tant de raclées, sans même compter celles auxquelles nous avions échappé de justesse, après la prison de Philippes dont il n'était sorti que grâce à l'argent de mon père, j'étais sur le point d'obtenir de Paul qu'il renonçât pour de bon à ses absurdes fantasmagories ; j'espérais que nous allions pouvoir, lui et moi, vivre heureux et libres dans cette ville de tous les bonheurs et de toutes les libertés.

Ainsi recommença-t-il à travailler honnêtement avec Aquilas qui, contrairement à Silas, Timothée et autres Tite ou Luc, ne flattait pas son penchant maladif à se prendre pour le messager de son dieu. Avec Aquilas, Paul créa, comme l'écrit Luc, une entreprise fabriquant des tentes qui, après peu de temps, se révéla d'un excellent rapport. Quant à moi, je gagnai la confiance d'un compatriote de Salamine, Aristarque, qui connaissait bien mon père, désirait retourner pour quelque temps sur notre chère île de Chypre et qui me confia, pour la durée de son absence, sa maison ainsi que la direction de son comptoir corinthien. Amen.

XXXV

— On parle d'un des grands noms de l'industrie du plastique ou d'une famille royale régnante.

— Laquelle ?

— Il n'y en a plus tant qui soient catholiques. Mais, à vrai dire, on parle surtout du *Primum Agmen Christi*: Priscus est l'éditeur en français de don Figuera de Bayader et de toute la littérature produite par l'Institut supérieur de sciences économiques et managériales de Burgos.

Une fois le téléphone raccroché, je me remis à travailler avec passion sur le manuscrit de Dumbarton Oaks jusqu'au retour de Nikos ; lequel précéda de peu une nouvelle bourrasque de khamsin.

Au journal de 20 heures, on vit le président Larsouille, tout sourire, accueillir avec chaleur un Premier ministre turc qui venait de remanier son Gouvernement et de confier le ministère de l'Ordre public et des libertés individuelles au général Görsel. Le président français s'était une fois encore prononcé pour une conclusion rapide des négociations d'adhésion, quarante-huit heures après que le Premier turc eut, de nouveau et d'un ton sans réplique, refusé toute concession sur la question de Chypre, toute reconnaissance du génocide arménien, et accusé les Européens de masquer leur volonté de discrimination à l'égard de la Turquie derrière de mauvais prétextes — tel celui, avancé par de prétendus défenseurs des droits de l'homme, d'un prétendu massacre, une semaine plus tôt, de trois cents détenus révoltés dans la prison d'Erzurum.

Puis le journaliste en vint aux dossiers de politique intérieure, relevant la perplexité des principaux éditorialistes de la presse écrite face à un changement de Gouvernement donné pour imminent depuis plusieurs semaines et qui paraissait, depuis quelques jours, devoir être repoussé dans un futur indéterminé, sans qu'aucune conjecture sur les causes de ce sursis apparaisse réellement convaincante.

— Et toi, tu n'as pas une petite idée là-dessus ? m'interrogea Nikos avec son sourire ravageur.

— Arrête donc tes conneries, tu veux ?

Je touchai mon hématite.

Le lendemain, j'arrivais en avance chez Lapérouse. André-Marie Lantaigne n'était pas encore là mais un maître d'hôtel me conduisit jusqu'au salon particulier qu'il avait réservé. Quelques minutes, et le sommelier entra, armé d'une bouteille de Dom Ruinart, blanc de blanc, millésime 1990 : bien que cul-bénit, M. Lantaigne savait vivre ! Et cette constatation, je dois l'avouer, m'inclinait à me montrer moins intraitable que je n'y étais résolu une demi-heure auparavant : si la musique adoucit les mœurs, le vin de Champagne, quand il est de la qualité de celui dont j'avais le bonheur de me régaler, incite à la bénévolence.

Drôle d'endroit tout de même, pensai-je, pour les rendez-vous d'affaires d'un éditeur catholique para-intégriste. Certes, cette maison redevenue depuis quelques années une des grandes tables de Paris avait un passé littéraire chargé : Hugo et Dumas, Flaubert, Zola et Maupassant, George Sand ou Colette, Swan et Maigret... Mais le luxe ouaté de ses cabinets particuliers aménagés dans les anciens appartements d'un limonadier de Louis XIV collait assez peu à l'idée que je me faisais d'un croisé de l'ordre moral. Sans compter qu'il ne nous avait choisi ni le salon des Anges, ni celui des Sénateurs, mais celui de la Belle Otéro, une cocotte de haut vol qui passa des bras du futur Édouard VII à ceux de Léopold II et d'Aristide Briand... quitte à devoir mettre en œuvre d'autres moyens contraceptifs que celui de la glaire cervicale.

Lambris précieux marquetés d'arabesques, tentures épaisses, lumière tamisée et miroirs où l'on voit encore des initiales, gravées sur le verre par de belles Otéros de moindre envergure, soucieuses de vérifier si le diamant tout juste offert était bien authentique et justifiait qu'on mît tout son... cœur à... cet ouvrage que le donateur requerrait entre deux plats ou après le souper : le propagandiste apostolique et romain n'aurait tout de même pas sur moi de ces visées inavouables !?

L'esprit des lieux et le Dom Ruinart m'avaient conduit jusqu'à cette divagation incongrue lorsque le très pieux André-Marie poussa la porte.

— Cher monsieur Bergeret, comme je suis heureux de faire votre connaissance ! et comme je vous suis obligé d'avoir consenti à distraire un peu de votre précieux temps pour répondre à mon invitation.

Le propos frôlait l'obséquiosité, et pourtant, comme au téléphone, la voix rendait une tonalité sincère ; impression confirmée par une poignée de main ferme et franche.

— C'est plutôt moi, cher monsieur, qui devrais vous remercier : le lieu est magique et ce vin de Champagne somptueux.

— Il n'est pas mauvais en effet, mais attendez de goûter la cuisine d'Alain Hacquard : c'est une merveille d'alliance entre l'héritage du grand Escoffier — vous savez qu'il a été chef dans cette illustre maison, bien sûr — et ce que la modernité peut avoir de plus inventif.

— La modernité saurait-elle parfois vous séduire ?

— Ah, ah, ah ! je vois qu'on vous aura prévenu contre moi. Mais je vous assure que je ne suis pas ennemi de l'innovation par principe — en gastronomie tout du moins et lorsqu'elle s'enracine dans la tradition. Or chez ce chef, avant même les saveurs ou les produits, tout n'est qu'équilibre entre une culture parfaitement maîtrisée et un instinct des plus sûrs, une affaire d'esprit, en somme, au sens d'un Rivarol…

— Ou d'un Voltaire.

— Ne vous croyez donc pas obligé, cher monsieur Bergeret, de me rappeler à chaque phrase que nous n'avons pas les mêmes valeurs — il sourit franchement. Si les idées séparent, la table, elle, rapproche.

— Sans risquer le péché de gourmandise ?

— Bah ! je vous emmènerai à confesse après l'armagnac. Là aussi, je connais les bonnes adresses. Figurez-vous que j'ai dans mes cartons un projet de guide des confesseurs parisiens. Quatre bénitiers à Saint-Eustache pour le péché de chair : on y est nettement plus accommodant qu'à Saint-Pierre-du-Gros-Caillou ; mais évitez Saint-Honoré-d'Eylau si vous avez une petite radinerie à vous faire pardonner, le curé a trop de paroissiens fortunés et avaricieux : il est draconien sur le sujet.

La tenue de l'homme ne dénotait pas la moindre fantaisie (costume trois-pièces gris, chemise bleue, cravate sombre, cheveux blancs coupés en brosse courte) ; grand, plutôt athlétique, la quarantaine, son visage évoquait davantage l'ascète que le bon vivant, mais ses yeux verts pétillaient autant que le Ruinart, et sa liberté de ton me surprenait agréablement. Ce catholique intégral savait séduire.

— Et pour la gourmandise alors, où vaut-il mieux aller ?

— Oh ! vous ne risquez plus vraiment de pénitence bien méchante pour ce genre de péché. Vatican II et la désertification de nos églises ont incliné nos prêtres à un regrettable laxisme :

ils ont trop peur d'effaroucher le peu de chalands qui juge encore utile de remplir ses devoirs de bon chrétien, en ces temps où chacun, même parmi ceux qui se disent et se croient encore catholiques, pense être justifié à bricoler sa petite religion personnelle, à déterminer ce qui, en matière de dogme comme de discipline, lui convient ou pas.

— Vous le regrettez ?

— Je me borne à constater que c'est absolument contraire à l'enseignement de l'Église : le magistère pontifical s'impose à tous. L'homme a son libre arbitre : il peut obéir à Dieu ou lui désobéir ; mais le libre examen et le relativisme sont de funestes tromperies inventées par les mécréants de votre espèce, ajouta-t-il en souriant de nouveau. La vérité qui, nous dit Jean, peut seule nous rendre libres, ne tolère ni restriction ni négociation. Allez, exercez donc plutôt votre libre arbitre sur cette carte *divine.*

Lorsque nous nous fûmes décidés, André-Marie Lantaigne fit venir le maître d'hôtel ; il avait choisi le « service à la sonnette » qui avait permis à tant de complots politiques, adultères demi-mondains et conjurations financières de s'ébaucher, se consommer et se conclure entre ces murs, sans être troublés par l'irruption inopinée d'un serveur ou d'un sommelier. Après bien des hésitations, je tranchai en faveur du foie gras poché dans son consommé épicé de gingembre, de la légendaire poularde docteur (imbibée de porto et mijotée dans un jus de veau relevé d'estragon), ainsi baptisée en l'honneur d'un habitué, médecin légiste et gastronome, puis pour le soufflé à l'eau-de-vie de framboise sauvage. Mon commensal, lui, s'était arrêté sur la friandise de petits-gris anisés à la crème de persil mousseuse, que suivraient un cassoulet de homard à l'estragon sauce américaine et un gratin de poire aux épices assorti de sa truffe glacée à la pistache. Quant au vin, nous nous accordâmes pour ne pas faire d'infidélité à ce Dom Ruinart qui méritait tant qu'on lui restât fidèle.

L'entrée fut accompagnée d'une salve de compliments sur mon bouquin et ma personne : le style, l'éthique, le courage, le souci de l'intérêt général, tout y passa. L'hommage frisait cette fois la flagornerie. Mais je ne parvenais pas à voir où Lantaigne voulait en venir. Lui et moi, me disait-il, bien que nous ne partagions pas les mêmes options métaphysiques, nous avions des exigences identiques, une semblable rigueur morale ; je tentais avec difficulté de me dépatouiller de cette mélasse dans laquelle il s'évertuait à m'engluer. Je répondis que je parlais de droit, pas de morale ; de contrat social, pas d'ordre naturel ; que je ne condamnais pas l'infraction de croyants à un quelconque décalogue, mais que j'alertais des citoyens sur les dangers que courait la démocratie lorsque celle-ci bafoue ses propres principes en donnant licence à certains de bafouer impunément ses lois.

Il esquiva l'attaque, refusa le combat et, pour mettre un terme à cette ébauche de controverse, provoqua d'un coup de sonnette l'entrée en scène de la poularde et du homard.

— Et vos études actuelles, comment avancent-elles ?

Une fois encore, il me désarçonnait. J'attendais qu'il en vînt enfin au sujet de notre rencontre ; apparemment, il ne jugeait pas encore le moment opportun.

— Très bien merci. Je viens de découvrir deux nouveaux fragments du manuscrit sur lequel je travaille depuis cet été.

— Mais dites-moi, vous y croyez vraiment ?

— À quoi donc ?

— À cette histoire ridicule qui ferait de saint Paul un sodomite ?

Soudain, la voix d'André-Marie Lantaigne rendait un son plus dur.

— Comment pouvez-vous savoir ?

— Vous avez envoyé une demande d'agrément pour faire des recherches à la Bibliothèque vaticane, non ? Vous pensez que nos savants ne sont pas capables de parcourir le même chemin que vous : gare au péché d'orgueil, cette fois, cher monsieur Bergeret !

— Vous voulez dire que la Vaticane possède des fragments de ce document ?

Traduction des trois derniers feuillets du *Manuscrit phallique des actes de Paul* conservés à la *Dumbarton Oaks Library and Collection*

Ces mois-là furent parmi les plus heureux de mon existence : nous avions de l'argent en suffisance, Aristarque m'avait laissé l'usage de deux esclaves en plus de sa maison, où Paul habitait avec moi, ce que cache Luc, prétendant qu'il résidait alors chez Titius Justus. Je retrouvais enfin les plaisirs de la vie d'un Grec, après cinq années où j'avais mené celle d'un mendiant sans toit, celle d'un barbare toujours crotté, sur les chemins de Lycaonie, de Galatie ou de Macédoine. Je retrouvais enfin les plaisirs de la palestre, ceux d'être propre, massé et oint d'huiles aux parfums délicats par les mains expertes d'un esclave, les plaisirs de la tragédie et de la comédie, de la musique, de la conversation et de la danse. Certes, Paul me traitait toujours d'infâme idolâtre ou de païen immoral lorsque je préférais aller sacrifier au temple ou lutter à la palestre, me divertir au théâtre ou partager l'amitié cultivée des convives d'un banquet, plutôt que de prier ou chanter les louanges de son dieu, mais il le faisait sur un ton plus doux que naguère, et davantage par habitude que par conviction.

Luc affirme également que, durant ces dix-huit mois, « Paul se consacra entièrement à enseigner la Parole ». Mais ce n'est qu'un mensonge de plus ! Car s'il allait effectivement chaque sabbat à la synagogue où il essayait, mais assez mollement, d'amener des Juifs à ses croyances, le reste du temps il vivait en paix, sans plus chercher à se faire reconnaître pour dépositaire exclusif des volontés de son dieu, sans plus insulter ceux d'autrui, vitupérer les mœurs de nos pères, ni menacer des pires tourments quiconque ne croirait pas en son Christ et n'ordonnerait pas son existence en fonction des règles édictées par Paul. Amen.

Hélas ! cette période bienheureuse s'acheva lorsque nous rejoignirent Silas et Timothée, ces deux malfaisants qui s'employèrent désormais sans relâche à détourner Paul de cette vie sage et paisible ainsi qu'à le monter contre moi. Ils excitèrent d'ailleurs si bien son orgueil, en vérité démesuré, que Paul ne tarda guère à reprendre ses harangues et ses menaces contre tout et n'importe qui. Avec les mêmes et néfastes conséquences que nous avions éprouvées tant de fois en tant de lieux : la moquerie des Grecs, la colère des Juifs et la lassitude des autorités romaines devant les désordres qu'il ne cesserait plus de provoquer.

Aussi notre douce vie corinthienne ne tarda-t-elle pas à se transformer en cauchemar, jusqu'à ce que, six mois plus tard, nous soit intimé l'ordre de quitter sans délai les bienheureux rivages de la Corinthie.

Nous nous embarquâmes à Kenchreai où Paul se fit raser la tête, décision étrange que Luc attribue à un vœu dont il se garde de préciser la nature, alors qu'elle fut le résultat d'un pari perdu. Le samedi précédent, Paul avait en effet croisé à la synagogue un jeune et très beau pharisien récemment débarqué d'Alexandrie, dont il avait résolu de faire non seulement un disciple de Christ mais aussi un amant de Paul, jurant de me sacrifier sa chevelure s'il ne parvenait pas à ses fins. C'était sans compter avec le caractère ombrageux du jeune Juif qui, scandalisé par les propositions théologiques de mon apôtre qu'il trouva blasphématoires autant que par les autres qu'il jugea honteuses, ameuta contre Paul ses coreligionnaires déjà singulièrement fatigués de lui, provoquant une rixe et un tumulte qui convainquirent le proconsul d'avoir été trop patient avec ce fauteur de troubles bientôt mis en demeure de faire son baluchon et de vider les lieux sans plus attendre. Amen.

Mais en quittant Corinthe, Paul n'abandonnait pas que ses cheveux ; il laissait aussi derrière lui ce qu'il appelait pompeusement une église, c'est-à-dire quelques dizaines d'esprits obtus dont il avait réussi à faire, durant les derniers temps de notre séjour, ce qu'il nommait avec une ridicule componction des « craignant dieu ». Comme s'il était, pour un homme libre, enviable ou même acceptable de vivre dans et par une perpétuelle crainte. Quant à ceux qu'il avait convertis à ce dieu qu'il fallait craindre, ils se distinguaient moins par leurs vertus, leurs connaissances ou leur sagesse que par leur manque absolu de sens commun et leur goût immodéré de la chicane. Tant et si bien qu'il fallut à Paul refaire deux fois le voyage de Corinthe et les sermonner durement par écrit, à quatre reprises, pour les empêcher de s'entre-tuer au nom de leur dieu d'amour. Amen.

C'est d'ailleurs à la lecture qu'il me fit de la deuxième de ces lettres[1], avant de la leur envoyer d'Éphèse où nous séjournions, qu'éclata une de nos plus violentes disputes. Car lorsque je l'entendis me lire que « ceux qui se livrent à la débauche, adorent les idoles, pratiquent l'adultère, les mous efféminés, et les mâles qui se vautrent avec des mâles dans le même lit, les voleurs, les avaricieux, les ivrognes, ceux qui blasphèment et font preuve de cupidité, aucun de ceux-là n'héritera du royaume de Dieu », je ne pus me retenir de lui jeter au visage qu'il était décidément le roi des hypocrites, lui qui se vautrait avec moi chaque nuit dans le même lit — tantôt époux, tantôt épouse —, lui que j'ai vu tant de fois rôder, partagé entre la honte et l'excitation, autour des palestres ou sur les ports, avant de ramener au logis un jeune athlète, un portefaix ou un marin, et ceci dans le but de sacrifier avec eux à Priape et Aphrodite plus que d'en faire des frères en son Christ, lui dont le…

1 - Il s'agit en fait de « notre » première épître aux Corinthiens, la véritable première et la troisième ayant été perdues (note de JB).

XXXVI

Le temps avait changé durant le déjeuner. Le ciel s'était couvert. Il était devenu menaçant. Des nuées noires s'amoncelaient. Le vent se déchaînait en violentes rafales qui soufflaient sur la Seine depuis l'ouest. Avis de tempête. Je décidai néanmoins d'aller à pied prendre mon métro aux Invalides — direct, ensuite, jusqu'à Pernety. Le bruit de la circulation est infernal à cet endroit, l'un des plus beaux du monde, les plus chargés d'histoire, entre coupole de l'Institut, pont Neuf et Louvre, transformé en autoroute par un demi-siècle d'abdication devant la bagnole. Pourtant, ce jour-là, je n'entendais rien du vacarme, tant ma tête était pleine des propos dont Lantaigne avait accompagné le dessert.

J'étais médusé ; un peu anéanti aussi : j'avais quitté la magistrature pour jouir du calme des bibliothèques, de la tranquillité d'âme du savant, et je me retrouvais de nouveau dans une situation impossible.

Car si Lantaigne avait refusé de me confirmer ou non que la Vaticane possédait une partie du *Manuscrit phallique des actes de Paul*, ce refus valait mille confirmations : ma demande avait intrigué, on avait probablement cherché et trouvé ce manuscrit étrange, enterré là depuis des siècles dans l'indifférence générale. Pourquoi *diable* quelqu'un s'intéressait-il à ces alignements de phallus ? On s'était renseigné par téléphone ; je le vérifierais auprès de l'higoumène Séraphim, et de Lemoine à la Nationale.

On avait appris qu'il s'agissait d'une écriture codée, qu'il était question de Paul ; « je n'ai rien dit de plus » m'assureraient Sa Béatitude aussi bien que le conservateur. Mais avec ces indices et des moyens incomparables aux miens, le *monsignore* qu'on avait mis sur le coup n'avait sans doute pas éprouvé beaucoup de difficultés à casser le mystère de mes bites.

Le successeur de Pierre savait donc parfaitement ce que j'avais découvert sur Paul. Or, dans sa première encyclique, *Coercendus est progressus operum diaboli* (autrement dit : *Les Progrès des œuvres du diable devant être arrêtés*), Pie XIII avait accordé une place de choix à l'homosexualité. L'Église s'était fourvoyée en multipliant les concessions au siècle, en voulant « s'adapter » aux prétendues attentes de la société ; Jean-Paul II avait redressé la barre que de mauvais pilotes avaient laissé échapper lors du concile Vatican II. Il avait stoppé la débâcle, puis le bref règne de Benoît XVI avait consolidé les digues ; Pie XIII entamait la reconquête, en suivant la voie tracée par saint Paul, par la Contre-Réforme catholique du XVIIe siècle comme par les réactions islamiste ou américano-puritaine de la fin du XXe : on n'entraîne pas par le relativisme, le compromis ou l'exégèse ; il faut endoctriner, exiger, menacer, revenir à la pureté du Dogme et à l'infaillibilité de la Tradition — hors desquelles il ne peut y avoir de salut.

Ce que l'Église n'avait cessé de confesser sans plus oser l'exiger redevenait donc le credo crânement assumé par le nouveau pontife : le divorce est un péché mortel interdisant à quiconque l'a commis de s'approcher, pour le reste de son existence, de la Sainte-Table ; la contraception est une œuvre de mort qui conduit droit en enfer ; le suicide équivaut à un meurtre, plus impardonnable que le meurtre, et impose le refus des obsèques chrétiennes ; l'avortement est un crime qui justifie les pires tourments pour la mère infanticide. Quant à l'homosexualité… il suffisait de lire le passage sur le châtiment réservé à Sodome dans *La Genèse*, ou mieux, *Le Lévitique* (18, 22-23) qui qualifie d'abomination le fait pour un homme de « coucher avec un homme comme on le fait avec une femme », avant de préciser (20, 13) que : « Si un homme prend un homme comme on prend une femme, ils ont commis tous deux une abomination et seront punis de mort ; leur sang retombera sur eux. »

Bien sûr et en outre, l'encyclique renvoyait à Paul dont l'épître aux Romains et la première aux Corinthiens (celle dont Trophonios parlait dans le manuscrit de Dumbarton Oaks) étaient citées en toutes lettres : « pratiques infâmes », exclusion à jamais du royaume de Dieu, « ceux-là méritent la mort ». Ensuite de quoi, Pie XIII en appelait à l'enseignement des Pères dont il se bornait à prendre pour exemple l'*Apologie de la vie monastique* de saint Jean Chrysostome, lequel qualifiait sobrement le commerce charnel entre hommes de « monstruosité » et de « pire des pestes », réservant à ceux qui s'y livrent « un feu plus terrible » que celui de Sodome et « un châtiment qui n'aura pas de fin ».

Foin donc de l'hypocrite compassion pour les « blessés de la vie », encore affichée quelques années plus tôt ! On en revenait aux fondamentaux — à l'essence même du catholicisme, dont tous les replis, toutes les concessions au siècle ne sont toujours que tactiques, en attendant les jours meilleurs où l'Église pourra de nouveau contraindre.

Mais du coup, ce retour aux sources rendait ma découverte mille fois plus explosive. Quoi ? six mois après ce nouveau Syllabus, Paul se trouverait accusé de cette abomination qu'il dénonçait (sans même parler d'une duplicité littéralement démoniaque), de cette monstruosité passible du feu éternel dans lequel, en toute logique et si on en croyait l'auteur du *Manuscrit phallique*, il devait rôtir depuis sa mort et pour l'éternité des temps. C'était évidemment inacceptable.

Pouvait-on seulement laisser dire que le vrai fondateur de l'Église était un sodomite et un menteur ? Peu importait ensuite les controverses savantes, le Mal aurait fait son œuvre — comme une mise en examen annoncée sur cinq colonnes à la une, alors que le non-lieu ou l'acquittement le serait trois ans plus tard dans un entrefilet de la rubrique judiciaire, en bas à gauche de la page huit. Il ne fallait à aucun prix que la découverte fût rendue publique.

Un prix dont, justement, André-Marie Lantaigne avait été chargé de m'entretenir : Priscus me verserait l'à-valoir que je fixerais, pour un livre à ne pas paraître et sous la condition que je n'écrivisse pas la moindre ligne sur le sujet ; les autres manuscrits dispersés dans le monde étaient déjà en cours de rachat. On ne mégoterait ni sur les espèces ni sur les à-côtés ; la Vaticane m'ouvrirait toutes grandes ses portes, afin que je choisisse le trésor sur lequel je souhaiterais travailler et dont la publication me garantirait une renommée comparable à celle dont je faisais le sacrifice à l'Église ; avec en prime une indulgence plénière, une généreuse bourse d'un institut pontifical et l'usage d'un appartement à Rome avec terrasse et vue plongeante sur la piazza di Spagna…

— …le temps que vos recherches le nécessiteront. Sans parler du laissez-passer qui vous permettra de visiter le moindre recoin du Vatican, de ses jardins… et même la caserne des gardes suisses, ajouta le patron de Priscus avec un clin d'œil qui se voulait complice.

Décidément, cela devenait une habitude, dans ce pays, de vouloir acheter mon silence. J'avais joué le jeu, je l'avais laissé s'avancer à découvert :

— Pourquoi pas après tout ? répondis-je même d'un air pensif.

André-Marie Lantaigne m'avait de nouveau gratifié d'un large sourire, avant de boire une longue gorgée de Dom Ruinart. Il semblait soulagé.

À vrai dire, je songeais sérieusement à accepter sa proposition. Que tirerais-je de cette publication ? Un scandale. Qui servirait à qui et à quoi ? À dénoncer que l'amour grec, sexualité alternative naturelle, associée au courage, à la vertu, à l'amitié virile la plus noble, ne s'était transformé en abomination chrétienne, fondatrice et légitimatrice de toutes les homophobies, qu'à cause de l'imposture d'un pharisien borné, complexé et retors, habité par une haine furieuse de ses propres pulsions auxquelles il ne pouvait résister, par une tenace haine de soi transférée sur ceux qu'il désirait et abhorrait à la fois, parce qu'il avait appris par cœur, jusqu'à l'intérioriser complètement, ce *Lévitique* qui est sans doute le texte le plus cruel et le plus stupide de toute l'histoire de l'humanité. Et alors ? quelle importance dans un monde tout entier gouverné par l'imposture ?

J'avais quitté Lantaigne en lui disant que je réfléchirais, que je lui donnerais ma réponse sous quarante-huit heures. J'avançai avec peine contre le vent furieux, légèrement courbé, les yeux fixés au sol ; je tentais de me convaincre que j'étais prêt à me vendre.

— Et si je refuse ? avais-je tout de même demandé à l'émissaire vatican.

— Vous emprunteriez une voie fort périlleuse.

Les mêmes mots que ceux de Perrault durant notre entretien dans le bureau du président d'Orsay.

— Est-ce une menace ?

— C'en est une, m'avait répondu Lantaigne, plus franchement que l'ex et futur ministre.

Au moins, dans cette partie-là avais-je toutes les cartes en main pour décider de mon jeu. J'approchais de la rue du Bac, je levai la tête : j'étais au pied de la maison où mourut Voltaire. Voltaire, maître d'irrévérence et d'ironie, révolté par la mort du chevalier de la Barre, exécuté parce qu'il avait refusé de se découvrir devant une procession catholique, par celle de Calas, roué à mort pour avoir eu le tort d'être protestant… Bien sûr qu'il fallait le publier mon manuscrit à bites, dénoncer l'imposture paulinienne ! Décidément, chère Miss.Tic, il n'est pas si facile de dépasser le passé.

Je repris mon chemin dans la bourrasque qui forcissait à chaque minute ; je me retournai machinalement juste après avoir traversé la rue de Solférino. Déjà en arrivant chez Lapérouse, j'avais eu le sentiment, à nouveau, d'être suivi. Et en ressortant, je m'étais demandé si le type qui allumait une cigarette, un peu plus loin sur le trottoir, n'était pas celui de Londres. Or, le même homme était encore derrière moi, cette fois j'en étais certain ; il s'apprêtait à traverser la rue. Mais il se ravisa, en voyant que je l'avais remarqué, et tourna finalement dans la rue de Solférino. Je n'avais donc pas rêvé, j'étais bien filé ; mais par qui ?

Pas question d'inquiéter Nikos avec ça ; je ne pouvais cependant lui cacher ma conversation avec Lantaigne. Devant la perspective de nouvelles embrouilles, sûr qu'il allait essayer de me dissuader d'entreprendre ce énième combat contre les moulins à vent : il allait falloir jouer serré.

Les nuages noirs qui s'étaient amoncelés au-dessus de ma tête éclatèrent soudain en cataractes. Je m'engouffrai trempé comme une soupe dans la bouche du métro Invalides.

— Et alors, tu vas faire quoi ?

— Bien franchement, je ne sais pas.

— Comment ça, tu ne sais pas ? tu vas te laisser impressionner ?

— Ah bon, tu es pour que je continue ? Je croyais…

— Mais tu me prends pour quoi, au juste, mon Juju, pour une couille molle ? Tu t'imagines tous les pédés que tu vas venger, ceux qu'on a brûlés, torturés, massacrés, ceux qui se sont suicidés et ceux qui sont morts de honte, ceux qui se sont fait foutre dehors de chez leurs parents, ceux qui ont crevé à petit feu de ne pas pouvoir vivre leur vie, ceux qui ont porté le triangle rose et qu'on a fait déchiqueter vivants par des chiens, ceux qu'on a enfermés à l'asile, camisolés, castrés, lobotomisés, ceux que les bons catholiques ont regardés mourir du sida en pensant que c'était la punition de Dieu, ceux que le pape a assassinés en excommuniant la capote. Eux tous, tous des enfants de Paul !

— Alors on part à Saint-Pétersbourg mardi prochain comme prévu ?

— Bien sûr. Et puis de toute façon, qu'est-ce que tu veux qu'ils te fassent ? Ils ne vont pas te crucifier tout de même !

Un frisson me parcourut l'échine ; je me rappelai la voix de l'higoumène Séraphim me recommandant la prudence la plus extrême. Oui, mon hématite était bien là, autour de mon cou.

— Tiens, pour changer de sujet, j'ai entendu à la radio que mon très cher père était renvoyé en correctionnelle…

Par miracle, l'affaire qu'Adam avait commencé d'instruire parvenait donc à son terme. Les politiques étaient passés à travers, comme d'habitude, mais les industriels, eux, avaient été victimes de leur comptabilité.

— Non seulement tu as détourné son fils du droit chemin, mais en plus, grâce à toi, le voilà dans la peau d'un repris de justice : il doit t'en vouloir à mort !

Traduction des trois premiers feuillets du *Manuscrit phallique des actes de Paul* conservés à la Bibliothèque nationale de Russie à Saint-Pétersbourg

Au printemps de la huitième année du bénéfique principat du divin Claude[1]*, César Auguste, nous rentrâmes, Barnabé, Paul et moi à Antioche où nous passâmes quelques mois.*

Je profitai de ce répit pour me rendre à Salamine, voir mon père à qui j'avais écrit plusieurs fois depuis que j'avais trahi sa confiance, afin de tenter de justifier à ses yeux mes folies. Mais, contrairement à ce que je redoutais, je ne le trouvai pas courroucé contre moi. Ce parfait disciple de Zénon[2] *m'accueillit en effet avec des mots pleins d'amour, d'humanité et de compréhension : « Chacun doit découvrir sa voie, mon fils, me dit-il, pour parvenir au souverain bien, pour apprivoiser les quatre passions qui empêchent de vivre en harmonie avec la nature et selon la raison : le désir, le plaisir, l'inquiétude et la crainte. Ulysse a erré longtemps et les a maintes fois éprouvées avant de les dompter, avant d'aborder à Ithaque ; toi aussi tu as choisi l'errance, mais je suis certain que toi aussi tu parviendras un jour à ton Ithaque. J'ai la conviction que le maître que tu as élu est un charlatan sans vertu — je me suis renseigné sur lui. Tu ne peux pas l'admettre aujourd'hui, mais tu t'en rendras compte un jour. D'ailleurs cela importe peu puisque, pour avancer, nous avons tous besoin d'un maître, bon ou mauvais, et puisqu'en choisissant ce mauvais maître, tes intentions, elles, étaient bonnes — j'entends qu'elles ne tenaient ni à la lâcheté ni à l'intérêt. »*

---

1 - Soit en 49 de notre ère, quatre ans après la rencontre de Paul et Trophonios à Salamine de Chypre, et deux ans avant leur installation à Corinthe (note de JB).

2 - Zénon est né à Chypre, dans la ville de Kition (l'actuelle Larnaca). Il enseigne à partir de 312 avant notre ère sous la *stoa* (d'où le nom de stoïcisme qu'on donne à sa philosophie), c'est-à-dire le portique (mot qui désigne également son école, comme l'académie celle de Platon, le lycée celle d'Aristote, ou le jardin celle d'Épicure), qui borde au nord l'agora d'Athènes (note de JB).

Grands dieux! quelle sagesse, quand j'y repense à présent, mille fois plus grande que celle de Paul qui ne savait qu'invectiver et menacer quiconque ne croyait pas ce qu'il croyait, quiconque n'agissait pas comme il l'avait prescrit. Et combien il faut plus de vertu pour tenir le discours de mon père ce jour-là, que pour s'abandonner, comme Paul, au plaisir de croire détenir la vérité, au désir de gagner son salut, à l'inquiétude du péché et à la crainte d'un dieu! Amen.

Quant à ma mère, elle pleura beaucoup en me voyant de retour, et plus encore lorsqu'elle sut que j'étais seulement de passage.

Pour me fêter, mon père convia mes amis et les siens à un somptueux banquet où il me présenta le très beau jeune homme qui, me dit-il, illuminait sa vie depuis trois ans. Issu d'un noble et très ancien lignage de Cyrène en Libye, Battos suivait les cours du grand médecin Dioscoride en Alexandrie lorsque mon père, qui s'était rendu là-bas pour affaires, l'avait rencontré dans un banquet donné par des amis communs. Depuis trois ans, Battos avait choisi d'exercer son art à Salamine, tout en tenant au côté de mon père la place que j'aurais dû occuper pour l'aider à gérer nos domaines. Battos se rasait entièrement pour satisfaire au précepte du Portique selon lequel un homme ne peut être l'aimé d'un autre à partir du moment où le poil est apparu sur son corps, et tempérait en général ce que le stoïcisme paternel aurait pu avoir d'excessivement austère par sa joie de vivre et les idées d'Aristippe, ce philosophe né dans sa cité de Cyrène, qui enseigna jadis que l'homme se devait de rechercher le maximum de plaisirs en évitant le plus possible les douleurs — ce qui est aujourd'hui, pour moi aussi, le souverain bien. Ainsi fus-je heureux de constater que, si mon père avait banni l'inquiétude et la crainte de son existence, désir et plaisir d'Aristippe, harmonieusement conjugués avec la raison de Zénon, y conservaient leur place grâce à ce bel et bon Battos; Battos qui me parla comme si j'étais son meilleur ami revenu d'un long voyage, et que je traitai, moi, comme s'il eût été mon frère.

Je ne demeurai que dix jours à Salamine, non seulement parce que Paul me manquait mais aussi par peur de m'avouer que je m'étais fourvoyé. Battos, seul, m'accompagna au port et essaya de me convaincre de rester. Mon départ, me dit-il, brisait une seconde fois le cœur de mon père, bien que celui-ci se refusât à entraver ma liberté. Mais moi, fou que j'étais, je restai sourd à ses exhortations. Alors, juste avant que j'embarque, Battos me remit une importante somme d'argent de la part de mon père afin de me garder des vicissitudes de la vie. Car cet homme si sage était aussi profondément bon. Amen.

Sitôt de retour à Antioche, je fus la cause d'un grave conflit entre Paul et Pierre, qui y était arrivé pendant mon absence. Car si Pierre avait en principe accepté que les incirconcis pussent être adeptes de la religion de leur Christ, il savait que cela déplaisait à nombre de Juifs qui voulaient bien croire à son messie, mais non que celui-ci se fût adressé à d'autres qu'au peuple élu, ni que sa venue eût aboli les préceptes de l'antique loi régissant l'alliance de ce peuple avec son dieu.

Aussi, et tandis que Marc (qui ne m'avait pas pardonné de l'avoir évincé de la couche de Paul, ni à Paul de m'avoir préféré à lui) avait sans doute dénoncé à Pierre le « commerce abominable » que Paul et moi entretenions, Pierre refusa-t-il tout contact avec moi, et plus encore de se mettre à table en ma compagnie. Ce qui provoqua la colère de Paul et, entre eux, un éclat tel qu'ils en vinrent aux mains et se menacèrent mutuellement de l'enfer. Paul traita Pierre d'esprit obtus, fermé au Souffle divin, de pleutre qui avait trahi Jésus; l'autre accusa Paul d'être un faux apôtre, un intrigant et un menteur sodomite — ce que Paul n'oublia jamais, même après que, quelques semaines plus tard, à Jérusalem, il eut obtenu de Pierre et des autres la licence de baptiser des incirconcis et de ne pas exiger d'eux qu'ils respectassent la loi mosaïque. Ce qui ne l'empêcha pas de me réclamer, avec plus d'insistance encore que par le passé, que je lui sacrifiasse mon prépuce comme preuve que je l'aimais autant que je le prétendais. Ainsi éviterait-il — au moins était-ce ce qu'il prétendait — d'avoir toujours à se justifier devant les Juifs à qui il s'adressait en premier lieu lorsque nous arrivions dans une nouvelle cité, lesquels se scandalisaient de voir Paul partager sa vie et ses repas avec un incirconcis. Et encore ne se doutaient-ils pas que nous partagions bien d'autres choses !

Après la sérénité philosophique et le respect d'autrui que je venais de contempler dans ma douce patrie, comment n'ai-je pas pris la fuite devant de pareilles querelles, aussi insanes que haineuses, entre ces deux hommes dont chaque mot disait le contraire de l'amour qu'ils prétendaient prêcher ? Je me le demande encore. Amen.

XXXVII

Difficile de dire quelque chose d'original sur une ville comme Saint-Pétersbourg, que nous ne connaissions pas et où nous débarquâmes, Nicolas et moi, vers la mi-décembre. Aussi difficile que d'aligner trois mots originaux sur Venise, avec qui elle partage ce charme si particulier des villes construites sur l'eau. Mais la Sérénissime, Bruges ou Amsterdam sont des vaisseaux marchands échoués, venus du large, qu'une aristocratie maritime a façonnés, au fil des siècles, à son image ; tandis que Pétersbourg est la conquête sur l'eau d'un tyran continental, le rêve de pierre sorti tout armé du crâne d'un autocrate infanticide.

Les arbres s'étaient habillés de givre, une bise glaciale soufflait à perdre haleine, si bien qu'il semblait faire dix degrés de moins que les sept ou huit en dessous de zéro affichés par le thermomètre. La neige drapait la ville d'une gaze légère, visible seulement par places, mais elle ne l'avait pas encore recouverte d'un épais manteau de martre, et la Néva ne faisait que charrier d'énormes glaçons. Les austères colonnades classiques, les bulbes lisses et dorés, ou torsadés et multicolores, les flèches et les coupoles, les caryatides, barbares captifs et autres putti baroques, les façades jaunes, framboise ou vert amande, nous offraient un spectacle dont la splendeur n'avait rien à envier à Vienne, Prague ou Palerme. Une splendeur qui, pourtant, m'apparut tout de suite maléfique.

Et pas seulement parce que, dès nos premiers pas pour aller de notre hôtel, l'Astoria, jusqu'à l'Ermitage, je faillis me casser une jambe en glissant sur une plaque de verglas de la place Saint-Isaac. Ni parce que, cinquante mètres plus loin, sur la perspective Maïorova, une stalactite d'au moins deux kilos se détacha, sans raison apparente, d'une gouttière pour s'écraser dans un bruit de verre cassé devant les pieds de Nikos — qu'elle aurait pu tuer quelques secondes plus tard.

Non, mon malaise venait plutôt de l'impression à la fois diffuse et tenace de me trouver dans une ville-éponge, l'exact contraire de villes-accumulateurs comme New York ou Athènes, qui produisent sans cesse plus d'énergie à partir de celles qui s'y dépensent, ou de Rome qui, par une mystérieuse opération alchimique, les transforme en nonchalante euphorie. L'impression d'être au bord d'un trou noir où les forces vitales s'engloutissent dans le néant, de m'être jeté dans la gueule d'une cité-vampire anémiante et morbide. Peut-être parce que Pétersbourg est construite sur des marécages, et que le froid, toujours humide, y est aussi peu tonique, aussi débilitant que la moiteur d'Aden ou Saint-Laurent-du-Maroni. Peut-être parce que la beauté vénéneuse de cette magnifique orchidée pue la charogne sur laquelle elle a prospéré.

Car Saint-Pétersbourg, la Ville-de-saint-Pierre, la sublime orchidée carnivore, a poussé sur un amoncellement de cadavres, arrosée dès sa naissance par Pierre Ier le Grand avec le sang de son propre fils, torturé à mort entre les murs à peine achevés de la forteresse Pierre-et-... Paul ; nourrie par l'engrais des cent cinquante mille pauvres hères qui, en quinze ans, crevèrent de faim ou de maladie, dans le froid et sous le knout, pour la faire sortir de la puanteur et des miasmes du marais insalubre ; cultivée par Staline qui lui immola Kirov dont l'assassinat donna le signal de nouvelles bacchanales meurtricoles ; gavée par Hitler, à la *faveur* de trente et un mois d'un siège hallucinant, avec les corps d'un million huit cent mille Russes et deux cent mille Allemands…

Peut-être était-ce à cause de ces innombrables fantômes, auquel il convient d'ajouter celui de l'usurière massacrée par Raskolnikov pour se prouver qu'il était libre, et celui de Tchaïkovski victime du choléra ou suicidé sur ordre parce qu'il était pédé, mais, chaque nuit, je me réveillais en sursaut vers trois heures, trempé, hagard, avec la tête farcie — moi qui ne me souviens jamais de mes rêves — de cris épouvantables et de morts immondes, espérées comme une libération par des damnés que tourmentaient des tortionnaires méticuleux, aux mains expertes et aux visages inexistants.

La mort ne m'a jamais effrayé vraiment — Morganella m'en est témoin ; mais la torture m'a toujours terrorisé. Dès mon enfance. Je me rappelle ma peur panique, à douze ou treize ans, lorsque les Dossiers de l'écran ont diffusé *Le Franciscain de Bourges*, mon incapacité à regarder ce film, puis, seul dans ma chambre, la première nuit blanche de ma vie. Comme si j'étais en cause, comme si ces souffrances-là me menaçaient, comme si elles étaient miennes.

Heureusement, à Pétersbourg, j'avais Nikos à mon côté. Sitôt réveillé, je me blottissais contre lui, sa présence m'apaisait et je plongeais alors, pour quelques heures, dans un véritable sommeil qui me permettait, au matin, de faire à peu près bonne figure.

Nous restâmes six jours à Pétersbourg ; nous en passâmes quatre à explorer l'Ermitage, écumer les églises et débusquer les musées étranges, les seuls que Nikos affectionne vraiment : le Cabinet commémoratif de S.V. Lebedev à l'Institut du caoutchouc synthétique, ou le Cabinet des curiosités de Pierre le Grand, la Kounstkamera, avec ses huit cents « préparations » anatomiques de monstres — dont un/une fils/fille d'Hermès et Aphrodite. Six jours à nous geler en promenades, avant que ne tombe la nuit, vers quinze heures, et à nous réchauffer autour de grandes tasses de thé noir ou de petits verres de vodka.

Quant aux deux autres jours, ils me furent nécessaires pour accéder aux sept pages du *Manuscrit phallique des actes de Paul* de la Bibliothèque nationale, sise au coin de la perspective Nevski et de la place Ostrovski où trône la statue de Catherine II, elle-même amatrice éclairée de livres rares et de membres virils, grâce à qui la bibliothèque de Voltaire est également conservée dans l'imposant palais où je parcourus deux bons kilomètres de couloirs et d'escaliers, sous la conduite du conservateur chargé de me recevoir, avant de parvenir dans un minuscule bureau sombre aux murs sales, quelque part sous les combles.

Sympathique et jovial, Léonide était un amoureux fou de Paris. Et son idée fixe était de s'y rendre dès qu'il le pouvait, à titre professionnel ou à titre privé. Il avait appris la géographie de la ville bien avant d'y avoir mis un pied, et ne rêvait que d'y retourner sitôt qu'il en était parti — il y avait déjà trois ans, hélas, la dernière fois… Car même si Lemoine l'hébergeait, soupira-t-il à fendre le cœur le plus endurci, il était quasi impossible, aujourd'hui, d'économiser sur un salaire de fonctionnaire.

Le visage de mon interlocuteur s'était fait plus grave. Il me proposa du thé qui restait au chaud dans un samovar posé sur le dessus d'une bibliothèque vitrée d'un mètre cinquante de haut, datant de l'époque soviétique, dont un pied cassé était suppléé par un volume dans le genre dictionnaire. Il me fit asseoir sur la seule chaise, face au bureau, elle aussi design soviétique années soixante, nous servit, but une première gorgée : malheureusement, il n'allait pas pouvoir accéder à ma demande.

Je m'étonnai, j'avais pourtant reçu une lettre d'accord, et lui-même, au téléphone… Il n'en disconvenait pas, mais il y avait eu du nouveau depuis : une bibliothèque étrangère proposait d'acheter ce manuscrit pour une somme qui, dans une institution dont le budget est aussi misérable que le fonds inestimable, tenait de la manne céleste ; d'autant que la transaction prévoyait également le don, en retour, d'un évangéliaire byzantin du IXe siècle. Mais il y avait une condition à ce marché tellement exceptionnel : que le document en question ne soit communiqué à personne avant que la vente fût finalisée.

Lantaigne n'avait donc pas bluffé ; sur ce chapitre-là du moins.

Je tentai de fléchir Léonide. Peine perdue : enfreindre les consignes lui coûterait sa place. J'insistai ; en vain. J'étais effroyablement déçu en le quittant. Lui aussi me sembla-t-il…

— Ne me dis pas que tu es vraiment naïf au point de ne pas avoir pigé pourquoi ! Tu lui as proposé combien ?

Dans notre chambre du dernier étage de l'Astoria, après un bain chaud, je racontai tout à Nikos pendant qu'il me dispensait mon massage quotidien. Divin.

— Combien de quoi ?

— Ben, il attend son pourboire, voyons, Juju ! comme ton Perrault de mon cher papa quand il lui fait vendre quelques missiles.

— Tu crois ?

— Tu les veux vraiment tes bites byzantino-pétersbourgeoises ?

— Évidemment.

— Alors tu appelles ton Léonide, tu l'invites à dîner dès ce soir, avec sa bourgeoise et, pour le reste, tu me laisses faire. Ce ne sera même pas vous le corrupteur, m'sieur l'juge !

Quatre heures plus tard, nous nous installions à l'une des meilleures tables de la ville, au Nid de la noblesse (*Dvorianskoïe Gnezdo*), logé dans le pavillon de thé du palais Youssoupoff. Le dîner fut exquis : caviar et vodka, blinis, poissons fumés et crème sure, gibier aux baies de la toundra arrosé d'un sublissime aloxe-corton 1959…

Les allusions de mon Bel-Hermès, dieu de la ruse, des beaux parleurs et des malfrats, furent légères mais nombreuses. Et nous apprîmes, à mesure que s'affirmait la conviction de Léonide d'en avoir bien saisi le sens, que les autorités de la bibliothèque n'avaient pas encore donné la moindre instruction, puis que le conservateur en chef était un orthodoxe convaincu, familier du métropolite de Saint-Pétersbourg-et-Ladoga, lequel s'était déclaré publiquement, à plusieurs reprises, opposé à toute cession de la moindre parcelle du patrimoine russe. Que les membres de l'administration présidentielle chargés des biens culturels étaient sur la même ligne. Et que donc, l'offre avait beau être des plus alléchantes, elle n'avait pas la moindre chance d'aboutir, d'autant que l'acheteur (sur lequel Léonide s'était dit, jusque-là, tenu au secret) était… le Vatican — autant dire le diable, pour tout fidèle du patriarcat de Moscou !

Ce fut juste avant le dessert que Léonide nous pria de l'excuser quelques instants et que, trente secondes plus tard, Nikos fut lui aussi saisi d'un besoin pressant. Tatiana m'adressa un grand sourire en me demandant si, par hasard, de retour à Paris, je ne pourrais pas lui envoyer deux ou trois flacons de son parfum préféré. Je m'y engageai ; puis elle me parla d'un lecteur-graveur de DVD… Enfin, Léonide et Nikos nous rejoignirent. Leur négociation avait été rapidement conclue ; par bonheur car la grosse femme se montrait insatiable et je n'étais manifestement pas doué pour le métier de corrupteur. Au moins du point de vue de Nikos :

— Ben dis donc, heureusement que t'étais pas à Yalta, toi! sinon l'Europe soviétique s'installait de l'Oural à l'Atlantique!

Au total, le prix ne serait pas insignifiant, mais il demeurait raisonnable et le *Blitzkrieg* de Nikos se soldait par une victoire dont j'avais tout lieu de me féliciter. Et pourtant, cette nuit-là fut pour moi la plus exécrable. Car même après m'être réveillé, blotti contre mon homme et rendormi, les cauchemars étaient revenus me hanter. Était-ce à cause du fantôme de Raspoutine qui, invité dans ce palais Youssoupoff où nous avions dîné, avait été gavé de plus de poison qu'il n'en faut pour occire un régiment de solides gaillards; qui, révolvérisé et enveloppé dans une peau d'ours, en avait surgi pour sauter à la gorge de ses assassins; qui, matraqué et de nouveau tiré comme un lapin parce qu'il tentait malgré tout de s'échapper, avait finalement été jeté dans la Néva d'où on retira son corps, trois jours plus tard, pour constater que le *starets* était mort par noyade et à cause du froid?

En tout cas, je me réveillai de nouveau, suant et transi, épuisé, la bouche sèche. Debout devant la fenêtre dont j'écartai les rideaux, en écoutant le souffle régulier de Nikos pour tenter de me rassurer, en vidant les six petites bouteilles de vodka du minibar pour tenter de m'assommer, je contemplai longuement la sublime orchidée anthropophage qui, au rythme irrégulier des nuages masquant la lune, passait d'une lumière blafarde à la plus épaisse des obscurités. Puis je me recouchai et m'endormis enfin d'un sommeil de plomb. Enfin vide.

Nikos s'inquiéta de ma mine. Je ne lui racontai rien de mes rêves, dans lesquels Raspoutine avait mes traits. Pas plus que je ne lui avais raconté mes autres cauchemars. J'avais dû mal digérer ou trop boire; à moins que j'eusse pris un coup de froid.

J'avalai un litre et demi de thé au petit-déjeuner. Rien d'autre. Nikos m'accompagna jusqu'aux bureaux de l'American Express où je retirai la somme convenue, puis il m'escorta jusqu'à la bibliothèque. Je parcourus comme un spectre les interminables couloirs au bout desquels Léonide me communiqua les sept pages que je recopiai scrupuleusement. Tout en éprouvant un mal fou à me concentrer, tant les images de la nuit continuaient à m'obséder. Tant j'étais persuadé, au tréfonds de moi, qu'il ne s'agissait pas de simples rêves.

Mais de quoi donc alors ?

Traduction des quatre derniers feuillets du *Manuscrit phallique des actes de Paul* conservés à la Bibliothèque nationale de Russie à Saint-Pétersbourg

Le récit que donne Luc de notre passage à Philippes[1]*, cité chérie du divin Octave, César Auguste, n'est une fois encore qu'un honteux mensonge. Il prétend*[2] *en effet qu'une servante aux talents de pythonisse que ses maîtres exploitaient à prix d'or, se mit à nous suivre en criant : « ces hommes sont les serviteurs du dieu très haut ! ils vous montrent la voie du salut ! » Puis il ajoute que, après plusieurs jours, « Paul en fut excédé, se tourna vers elle et s'attaqua ainsi à l'esprit qui parlait par sa bouche : je t'ordonne, au nom de Jésus Christ, de sortir de cette femme ! » Sur ces entrefaites, la devineresse aurait cessé de prophétiser, ses maîtres, privés des revenus de ses oracles, auraient ameuté la foule, et celle-ci aurait battu Paul et Silas avant de les faire emprisonner.*

Les deux infortunés, nous raconte encore ce cher Luc à l'imagination décidément féconde, se seraient alors abîmés en prière avec tant de ferveur que leur dieu aurait provoqué un tremblement de terre qui, non seulement ouvrit les portes de leur cachot, mais jeta également le geôlier à leurs pieds. Conduits chez ce dernier avec déférence, ils y auraient reçu, au petit matin, l'ordre d'élargissement des magistrats de la cité, dont Paul aurait en outre exigé et obtenu des excuses sous le prétexte qu'il n'avait pas été traité comme le citoyen romain qu'il était.

Belle fable, en vérité ! et qui me ferait rire de bon cœur si son but n'était d'égarer les esprits trop crédules et d'étendre sur le monde le pouvoir d'une funeste doctrine ! Amen.

---

1 - Krénidès, colonie de Thasos située au nord de l'actuelle Kavala, devient Philippes après sa prise par Philippe II de Macédoine. Cassius et Brutus, deux des assassins de César qui commandent les troupes favorables à la République, y sont battus en 42 avant notre ère par Marc Antoine et Octave, lequel, devenu empereur, témoignera dès lors à Philippes une faveur persistante (note de JB).
2 - *Actes des apôtres*, 16, 12-34 (note de JB).

Mais la vérité est tout autre. En effet, lorsque Paul commença de prêcher à Philippes, il ne rencontra, comme partout, que l'irritation des Juifs et l'ironie des Grecs. Sauf de la part d'une vierge déjà âgée, passablement laide, dont l'esprit était resté dans l'enfance, et qui s'amouracha de Paul dès qu'elle le vit. Issue d'une excellente famille, elle était escortée de sa nourrice, une vieille esclave thrace qui veillait sur elle depuis sa naissance avec dévouement et affection.

Voulant plaire à son bien-aimé, l'infortunée se mit à nous suivre et à répéter, comme il est commun chez les esprits faibles, les mots qu'elle entendait tomber de la bouche de Paul. Mais aux yeux de la pauvre fille, comme l'avaient déjà cru les gens de Lystra[3]*, le dieu très haut et très puissant dont parlait Paul ne pouvait être que Zeus qui commande à la foudre, et Paul lui-même, qui se disait son messager, le dieu Hermès en personne. Ce qu'entendant, les passants éclataient de rire en nous lançant force quolibets dont mon apôtre prit rapidement ombrage. Amen.*

Or, ainsi qu'on l'a déjà vu en maintes occasions et comme Luc lui-même le suggère, la patience n'a jamais été le fort de Paul, que j'ai toujours vu incapable de contrôler ses emportements. Aussi ce ne fut pas au terme de plusieurs jours mais après moins d'une heure qu'il se mit à morigéner rudement la nourrice, la sommant de ramener sa maîtresse à la maison. Bien que celle-ci eût déjà tout tenté, elle redoubla d'efforts, mais sans succès, et Paul s'en prit alors à la pauvre en esprit, dont son Christ avait pourtant enseigné que le royaume des cieux était promis à ses semblables, lui hurlant de se taire et de déguerpir, l'insultant avec des mots qui auraient fait

3 - Lors de leur passage à Lystra, que Barnabé et Paul visitent après Chypre, Pergè, Antioche de Pisidie et Iconium, les *Actes des apôtres* (14, 12-23) rapportent qu'à la suite d'un miracle, la foule crut que les deux visiteurs étaient des dieux descendus sur Terre, que « Barnabé fut appelé Zeus, et Paul Hermès parce qu'il est celui qui délivre le message » (note de JB).

rougir les pensionnaires d'une maison de plaisirs, la menaçant même de sa main, si bien qu'elle demeura un instant interdite, à se demander pourquoi l'homme chéri dont elle parlait à tous avec tant de flamme se mettait ainsi en colère contre elle. Jusqu'à ce que, pour son malheur, elle crût comprendre qu'il lui reprochait de ne pas manifester assez de zèle et qu'elle se remît à vaticiner avec plus d'ardeur encore.

Hors de lui, ayant perdu ce qui lui restait d'empire sur soi, Paul se rua alors sur cette innocente créature et la gifla violemment ; horrifiée, la nourrice s'interposa et reçut elle aussi des horions. Ameutés par les pleurs de l'idiote et les imprécations de la vieille, d'abord stupéfaits puis indignés, des passants s'arrêtèrent, l'un d'eux retint le bras de Paul qui s'apprêtait à frapper de nouveau, et d'autres entreprirent bientôt de lui administrer, ainsi qu'à Silas qui avait regardé son compère en ricanant, sans rien tenter pour l'arrêter, la correction qu'ils avaient méritée, avant de les traîner chez les magistrats de la cité qui les firent emprisonner en attendant de les juger. Amen.

Quant à moi, ayant essayé de retenir Paul, j'avais écopé d'un coup de son genou dans mes parties viriles qui m'avait plié en deux et laissé hors de la bagarre, si bien que j'échappai à la juste colère des braves Philippiens. Aussi, une fois le tumulte apaisé, allai-je voir le principal magistrat et lui proposai-je de payer immédiatement l'amende qu'il jugerait équitable en échange de la libération de mes compagnons. Il accepta pourvu que nous partions dans l'heure.

Je lui versai la somme convenue, soit les deux tiers du pécule que Battos m'avait remis de la part de mon père, achetai trois bonnes mules et, à la nuit tombée, je me rendis à la prison avec l'ordre écrit du magistrat afin de faire élargir Paul et Silas. Puis, sitôt mes compagnons rendus à la liberté, nous prîmes la route en direction de Thessalonique, sans que Paul m'adressât rien d'autre que des paroles aigres sur ma couardise durant la bagarre et sur mon peu de confiance en son dieu d'amour qui, de toute façon, les aurait délivrés, ajoutant que j'avais donc dépensé mon argent bien mal à propos. Amen.

À Thessalonique, Timothée nous rejoignit, mais nous dûmes fuir la ville trois semaines plus tard, devant la colère du peuple que Paul avait à nouveau déchaînée par ses insultes aux dieux des Grecs et ses invectives contre les Juifs qui refusaient de l'écouter. C'est alors, à Bérée[4]*, que Paul se mit à me reprocher, avec plus de véhémence que jamais, d'être le seul responsable de ses échecs auprès des Juifs, par mon refus obstiné de me faire circoncire. Ce fourbe de Timothée qui, lui, avait tout de suite sacrifié son prépuce à Paul, ce jaloux qui voulait ma place bien que ses talents au lit fussent loin d'égaler ma science, l'avait tellement monté contre moi, mettant en évidence son dévouement en regard de mon ingratitude, que Paul menaça de me renvoyer si je ne me résolvais pas sur-le-champ à cette mutilation.*

Cédant à la menace, je finis par accepter que Silas pratiquât sur moi ce rite barbare, lequel me fit horriblement souffrir, sans que ma douleur provoquât de la part de Paul la moindre parole de réconfort ni de compassion. Surtout, après deux jours, la fièvre me saisit, ainsi qu'une douleur plus terrible encore, et mon membre se gorgea d'humeurs malignes. Heureusement pour moi, des Thessaloniciens vinrent alors à Bérée pour mettre en garde les habitants de cette ville contre Paul, si bien qu'il nous fallut, une fois de plus, lever le camp en catastrophe. Arrivés sur la côte, nous embarquâmes aussitôt pour Athènes où je trouvai, par bonheur pour moi, un habile médecin qui, avec l'aide d'Asklèpios — grâces éternelles leur soient rendues ! —, m'empêcha de succomber et me permit de rester un homme. Amen.

4 - L'actuelle Vèria (note de JB).

XXXVIII

J'aurais dû me méfier!

Lorsque nous sommes rentrés de Pétersbourg notre appartement avait été cambriolé.

Mis à sac serait plus juste.

Tout était sens dessus dessous.

Saccagé.

Les tiroirs vidés, les vêtements lacérés, le canapé et les matelas éventrés.

Ils avaient emporté tout ce qui avait un peu de valeur et qui était transportable: la télé, la hi-fi, le lecteur de DVD...

L'ordinateur de bureau également.

Heureusement, j'avais tout mon travail en double sur le portable.

Une fois de plus, on a pensé tous les deux la même chose, Nikos et moi.

En même temps.

« Tu crois qu'ils sont venus pour voler? ou qu'ils ont aussi volé pour pas qu'on pense qu'ils cherchaient autre chose? »

Ce qu'il y avait dans mon ordinateur par exemple. Ou bien un DVD.

Ils avaient bombé en rouge des inscriptions obscènes sur les murs; même sur le tableau de Watson que nous avions acheté à Londres.

Des barbares !

Ça puait l'urine, la bière, la bouffe qui commence à dauber.

Ils avaient pissé à plusieurs endroits, débranché le congélateur, vidé le frigo, cassé les bouteilles, la vaisselle.

Il y avait même un étron sur la table de nuit de Nicolas.

Après avoir fait un tour de l'appartement, on est restés un long moment debout, tous les deux, au milieu du salon, les bras ballants, comme des cons, effarés, anéantis.

On ne savait pas quoi faire.

Par où commencer.

Je me suis mis à chialer.

Pas à cause de ce qu'ils avaient pris ou détruit, mais parce qu'ils nous avaient humiliés, insultés, violés — et que nous étions impuissants.

C'est Nikos qui a appelé la police, l'assurance, Clémence.

L'étron me fascinait.

Un « objet » maléfique.

Ma main s'est crispée sur mon hématite.

Un des flics, en civil, nous a dit qu'on n'était pas les premiers dans le quartier, qu'il y avait une bande qui procédait selon ce mode opératoire.

Ça nous a un peu rassurés.

Peut-être, finalement, qu'ils n'étaient pas venus chercher l'ordinateur, ou le DVD du Turc.

Mais un deuxième flic a aussitôt répliqué, en regardant l'autre de travers, qu'en général ça se passait pendant les vacances d'été, ce genre de choses — pas maintenant.

Comme Clémence partait le lendemain pour Bruxelles, elle nous a installés chez elle, en attendant le passage de l'expert et la remise en état.

Dans les jours qui ont suivi, j'ai eu plusieurs coups de téléphone, de Lantaigne et de Perrault.

Tous les deux ont encore essayé de me faire changer d'avis.

Y avait-il un lien entre le saccage et l'un d'entre eux ?

Était-ce un coup de semonce ? et si oui, duquel ?

L'un et l'autre ne m'avaient-ils pas prévenu que j'entrerais dans une zone de turbulences si je refusais de me vendre ?

Naturellement, l'enquête n'a rien donné.

Et la vie a repris son cours.

C'était un peu comme après l'opération ; comme une convalescence.

L'assurance n'a pas été trop chienne.

Les plâtriers se sont mis au travail.

On a passé Noël chez mes parents, comme d'habitude ; et le nouvel an à Bruxelles, avec Clémence.

C'était bien.

C'est une fille épatante, Clémence ; qui m'aimera toujours, quoi que je fasse ; aux yeux de qui j'aurai toujours raison.

J'ai eu une chance folle dans ma vie : des parents qui m'ont prodigué tout l'amour que peut espérer un homme ; un amour qui, pour le reste de l'existence, procure une force incroyable, permet de se construire une colonne vertébrale, de conserver, aux pires moments de doute, une confiance viscérale dans l'avenir ; j'ai rencontré Nikos et on s'est aimés, tellement, tellement bien, sans s'étouffer, sans exiger de l'autre ce qu'il ne pouvait pas donner ; on s'est aimés avec tendresse et dérision, on s'est aimés de corps et d'âme, avec humour et détermination ; on s'est aimés dans la durée et la stupéfaction mutuelle d'avoir eu l'incroyable veine de s'être trouvés, et l'incroyable talent de ne plus se lâcher ; et puis j'ai eu Clémence, la chaleur de l'amitié la plus sincère, qui aurait souhaité plus mais qui ne m'en a jamais voulu de ne pouvoir lui offrir davantage ; Clémence qui, dans la pire des purées de pois, indique le nord mieux qu'une boussole ; Clémence la juste, l'énergique, toujours maîtresse d'elle-même et de ses passions, la femme la plus digne d'amour qui soit mais qui ne désirait que le mien ; Clémence qui m'aimait tant qu'elle parvenait à être heureuse de mon bonheur sans elle.

Oui, j'ai eu de la chance dans ma vie.

Jusqu'au 6 avril — la veille de ma mort.

Non, ce n'est pas une plaisanterie : si je parle au passé, c'est que je suis mort, le 7, alors que l'aurore rosissait enfin l'horizon.

Le 25 février, nous étions rentrés dans nos meubles, rue des Thermopyles. L'appartement avait été repeint en jaune, couleur de soleil, d'optimisme retrouvé. Le 28, le procès du père de Nikos se terminait, jugement mis en délibéré ; le procureur avait requis une forte amende et quelques mois de prison avec sursis contre chacun des industriels jugés. Mais aucun nom d'homme politique n'avait été prononcé ; Perrault n'avait pas même été cité comme témoin. Tout était nominal : dans notre République, il vaut décidément mieux être corrompu que corrupteur.

Le 11 mars, Smut, le responsable des *Dumbarton Oaks Papers*, m'avait téléphoné, très gêné, pour m'avertir qu'il ne pourrait pas publier l'article qu'il m'avait demandé et que je lui avais envoyé quinze jours plus tôt. Ni le sérieux ni l'intérêt de mon travail n'étaient en cause ; mais, comme toute institution scientifique dans un paradis libéral, la revue était financée par de l'argent privé ; en l'occurrence, le représentant au conseil de rédaction d'un des principaux bailleurs de fonds, la *Biblical Foundation for a Christian Society*, avait menacé de couper les vivres si le périodique accueillait dans ses colonnes cette répugnante et blasphématoire apologie de l'abomination.

Puis Smut ajouta qu'il avait pris contact avec un de ses excellents amis, organisateur du Forum mondial pour l'Intelligence et la Beauté, et que celui-ci lui avait promis de me faire inviter à ce Davos de la pensée pour que j'y présente une communication. Ce serait d'ailleurs une tribune qui donnerait à mon propos une audience bien plus large qu'un article dans une publication confidentielle réservée à des spécialistes.

Je n'ai reçu aucune invitation avant ma mort.

Mais une semaine après, le 13 avril, entre un discours écolo-extrémiste sur l'urgence des mesures à prendre contre le réchauffement de la planète et une déclaration sur l'indispensable taxation des spéculations financières internationales, après avoir signé une loi portant diverses mesures d'ordre économique dont l'article 12 écartait, pour cause de concurrence, toute application à l'industrie du principe pollueur-payeur, et dont l'article 43 abaissait, en application d'une directive européenne, la TVA sur les frais de courtage en bourse de 19,60 à 8,5 %, le président Larsouille nommait Alain Perrault Premier ministre.

Quant au 6 avril, il s'était agi d'une superbe journée, douce, ensoleillée, allègre ; une des premières vraies journées de printemps où la rue des Thermopyles, comme le jour où mon Bel-Hermès avait emménagé chez moi, dix ans plus tôt, embaumait la glycine et le lilas. Une journée dont on sait, dès le matin, qu'elle ne peut rien engendrer de mauvais. Une journée dont j'ai su très tôt qu'elle se terminerait par une chasse à l'homme. Mais je ne pensais pas être le gibier, je ne pensais pas à une chasse sanglante ; je pensais à une chasse sensuelle, une chasse à corps.

Nikos, lui, n'était pas d'humeur libertine. Il m'a regardé me harnacher avec un léger sourire — « mais oui, tu es le plus beau, mon Juju, tu vas faire des ravages » — et puis, comme d'habitude, il m'a recommandé d'être prudent — « t'as pris tes capotes ? et pas le moindre risque, hein, sinon je te tue ! » J'ai laissé mon hématite à la maison, comme toujours pour ce genre d'expéditions, et je suis parti vers mon bordel préféré.

J'ai jeté un long coup d'œil aux deux Miss.Tic, avant d'aller prendre le métro à Pernety. Suivi? oh non, tu ne vas pas recommencer? ça tourne à l'obsession, mon vieux!

La chasse a été bonne; il y a des soirs, comme ça, où tout vous réussit; question de karma: vous n'êtes pas plus beau que les soirs où tout le monde vous ignore, vous repousse mais, des soirs comme celui-là, les mecs qui vous semblent les plus inaccessibles vous trouvent un charme irrésistible, vous tombent dans les bras sans que vous ayez même à lever le petit doigt.

Je ressors du bordel.

Gavé, comblé; l'air est frais, léger.

Il fait bon vivre.

Et soudain c'est la foudre; dans la rue déserte, ils me tombent dessus.

Ils sont quatre: un coup de genou dans les parties, un coup de matraque sur la nuque.

Je me réveille, combien de temps après? une sablière? un trou d'eau…

Décor planté pour un martyre.

Il sera long; je ne mourrai — enfin — qu'au point du jour.

Avaient-ils l'intention de me tuer ou voulaient-ils juste me faire peur, me donner une leçon, se payer un pédé comme d'autres un Arabe ou un Juif?

Le meurtre était-il prémédité? ou bien ont-ils dérapé, ont-ils été incapables de s'arrêter, affolés comme certains fauves par l'odeur du sang?

Peu m'importe, à vrai dire.

« Pédé, tantouze, sac à foutre, enculé…, allez suce-la, sale pute! »

Je les ai toutes entendues, les insultes inventées depuis *Le Lévitique* et saint Paul pour nous stigmatiser, nous humilier, justifier notre mise à mort.

Que voulaient-ils ?

Que je me repente ?

Que j'avoue ?

Que j'expie ?

Je ne sais pas, parce que très vite après un des coups de rangers que j'ai reçus dans la tempe droite, je n'ai plus rien entendu.

Et puis cela m'est indifférent, à présent.

Tout ce que je sais, c'est pourquoi, depuis mon plus jeune âge, j'avais eu peur de la torture.

On appelle ça un pressentiment.

J'ai tout subi : coups de pied, de poing. La batte de base-ball et son manche. La tête plongée dans le trou d'eau jusqu'à l'étouffement, cinq fois, dix fois, quinze fois ; le couteau qui m'entaille, me lacère le visage, l'aine ou le pectoral…

Je n'étais plus que plaies ; je n'étais plus que douleurs.

Je suis mort d'une hémorragie interne — le manche de la batte, sans doute ; mon intestin est fragile depuis l'opération.

Ai-je pleuré ? crié ? supplié ? en ai-je appelé à Dieu, à leur humanité ?

Je ne sais plus, je ne me rappelle plus.

Ce dont je me souviens, c'est d'avoir désespérément cherché à rentrer en moi-même pour avoir moins mal ; c'est d'avoir appelé la mort de tout mon être.

Qui étaient-ils ? des homophobes *ordinaires*, comme ceux qui, à Courbevoie, dans la nuit du 4 au 5 avril 1998, ont brûlé au fer à repasser (12 % de la surface de sa peau) Patrick Olivier avant de le larder de coups de couteau au visage et partout sur le corps, avant de le laisser s'étouffer dans son sang ; comme ceux qui ont torturé et tué Alain Masle à Créteil le 9 avril 1999, battu à mort Jean Hardy le 4 juillet de la même année au Havre, ou François Chenu, à Reims, dans la nuit du 13 au 14 septembre 2002 ; comme ceux qui ont noyé Jean-Pierre Humblot à Nancy, le 1er août 2003, ou tenté, à Nœux-les-Mines, le 16 janvier 2004, de brûler vif Sébastien Nouchet, fidèles en cela à l'esprit de saint Paul, comme au *mode opératoire* mis en œuvre par ses héritiers spirituels depuis l'édit du grand empereur chrétien Théodose, en l'an 390 ?

Ou bien étaient-ils des assassins d'État dont la sauvagerie fut décuplée par la nature de la victime qu'on leur avait désignée ? De ceux qui, en d'autres temps, auraient joui à la vue d'un triangle rose dévoré vif par leurs chiens.

Je n'en sais rien.

Ils portaient tous des passe-montagnes et si, avant le coup de rangers dans la tempe, j'ai cru reconnaître la voix de leur chef, celle qui ordonnait de taper plus fort, je ne suis pas certain qu'il se soit vraiment agi de celle du flic qui, à la maison, après le saccage, avait parlé du « mode opératoire ». Mais ce dont je suis sûr, en revanche, c'est d'avoir entendu cette voix-là de nouveau, quand l'audition est revenue brièvement, juste avant la fin :

— Mais vas-y donc, bordel ! de toute manière, elle n'aura plus rien à voir d'intéressant, cette sale lope !

Cette voix qui répondait à une autre, vaguement suppliante :

— Oh, non, tout de même... pas les yeux !

Puis j'ai senti une lame froide rentrer dans mon orbite — à gauche.

Grâce aux dieux, j'ai perdu connaissance la seconde d'après.

Définitivement.

Je ne sais pas qui ils étaient, mais je sais qu'ils étaient tous des enfants du *Lévitique* et de Paul, comme tous ceux qui, en Occident, depuis deux mille ans, méprisent, insultent, rossent, cassent, torturent ou tuent du pédé.

Tout ce que je sais, c'est que là où je suis, il n'y a pas de Dieu unique ; c'est que Paul avait tort, sur ce point-là aussi.

Ce que je sais, c'est que je ne suis pas plus chrétien mort que vivant.

Que je ne pardonne pas.

Et qu'il n'y a pas assez de haine dans le monde que j'ai quitté.

Pas assez de haine contre ceux qui sont capables de faire ça.

Tout ce que je sais, c'est que mes mânes réclament justice ; et plus encore : qu'elles crient vengeance.

Contre ceux qui ont fait ça, bien sûr ; mais surtout contre les vrais responsables.

QUATRIÈME PARTIE

Une vengeance

Malgré tous mes chagrins, toutes mes tortures, je te montre aujourd'hui un visage que le bonheur de la vengeance rajeunit.

Alexandre Dumas,
Le Comte de Monte-Cristo

XXXIX

Inquiet de ne pas voir rentrer Julien, Nicolas est allé se coucher, à regret, vers une heure trente du matin. Bien sûr, dans leurs conventions, rien ne prévoit qu'ils s'interdisent de finir une nuit de chasse, avec une proie, dans sa tanière. Mais ça n'est pas dans leurs habitudes. En général, une fois rassasié, le chasseur rentre au bercail.

Il devrait être là ; en tout cas, il ne devrait plus tarder, ne cesse de se répéter Nikos qui éprouve un mal fou à s'endormir. Mais il est toujours seul dans le grand lit lorsqu'il se réveille à trois heures. Et à quatre. Il se tourne, se retourne, sombre à nouveau dans un sommeil agité dont il émerge, fébrile et anxieux, bien plus tôt que d'habitude.

Pas un coup de fil. Et son portable qui est toujours éteint : mon Juju a vraiment dû tomber sur un coup d'exception ! N'empêche, il exagère : il pourrait prévenir ; il va m'entendre, en rentrant, le salaud, tente de s'énerver Nikos afin de dissimuler son malaise, de dissiper ses appréhensions — tout en préparant son petit-déjeuner. Mais il n'a pas faim, il pignoche dans son bol de céréales — tout en écoutant le bulletin d'informations à la radio :

...le Vatican a fait savoir hier dans la soirée que, pour la première visite en France de son pontificat, le Saint-Père présiderait, le 15 août prochain, les cérémonies du grand pèlerinage en l'honneur de la Vierge noire de Castillon-sur-Vezangle. Nous venons de recueillir la réaction d'Alain Perrault, le député de la ville...

À dix heures, Nikos se dit que si Julien ne se manifeste pas dans les quinze minutes, il va se mettre à appeler les hôpitaux... Mais quelques instants plus tard le téléphone sonne enfin. Nikos bondit sur l'appareil tandis que son cœur bondit dans sa poitrine.

— Allô, monsieur Kalermis ?

— C'est lui-même. Qui est à l'appareil ?

— Commissaire Carré, de la brigade criminelle...

Soudain, la vie de Nikos bascule dans la tragédie. Une tragédie qu'il n'avait plus envisagée depuis ce jour où il s'était retrouvé sur le trottoir de l'hôpital Baudouin Bramant avec un sac poubelle noir dans la main, sans savoir si son compagnon était mort ou vif. Mais une tragédie bien plus terrible encore que si Morganella avait eu la peau d'un Julien apaisé par la morphine, dans le lit d'un service de soins intensifs, entouré des siens. Une tragédie où la douleur d'avoir perdu l'être aimé est rendue infiniment plus cruelle par l'épreuve ignoble que cet être-là a dû affronter avant d'accéder enfin au trépas, par les souffrances qu'il a dû endurer, par ce qu'on en imagine faute de certitude.

Nikos accepte de reconnaître le corps, afin d'éviter au moins cette épreuve aux parents de Julien. Et ce qu'il est obligé de regarder — les stigmates inscrits dans la chair de son compagnon, son masque de supplicié — bouleverse de fond en comble tout ce qu'il était auparavant ; en sortant de la morgue, une partie de lui, de son humanité, est morte. Irrémédiablement. Comment a-t-on pu martyriser ainsi son Juju ? Comment est-il possible que son amour ait dû subir... ça ? Comment, lui, Nikos, a-t-il pu ne pas être là pour le protéger ? Pourquoi l'a-t-il laissé partir ? partir seul ?

Nikos étouffe, il sent son crâne tout près d'imploser. La mort de Julien est déjà une chose inconcevable, bien que, souvent, ils aient évoqué ensemble leur disparition, pour s'interdire mutuellement de partir le premier. Car pour Nikos il est inconcevable *en soi* de ne plus entendre la voix de Julien l'appeler son Bel-Hermès, inconcevable de ne plus se pelotonner l'un contre l'autre, le soir, sur le canapé pour regarder une connerie à la télévision, inconcevable de ne plus l'embrasser, de ne plus lui pincer la nuque lors d'un départ en voyage, de ne plus sentir ses mains sur sa peau, sa chaleur contre lui le matin au réveil… Mais la souffrance endurée par Julien!… ça, c'est insupportable, c'est une véritable… torture pour Nikos, une parfaite… abomination qu'il ne peut ni accepter ni refouler, devant laquelle il sent sa raison vaciller.

Accomplir les démarches administratives, organiser la cérémonie de crémation, épauler les parents de Julien, effondrés, qui ne comprennent rien, tout cela tient Nikos debout. Mais après?

C'est chez le notaire de la rue de Vaugirard, là où ils ont signé leur contrat de pacs et déposé leurs testaments croisés, naguère, que Nikos se sent arrivé au bout du rouleau. Il y a là monsieur et madame Bergeret, et puis Clémence bien sûr, qui est rentrée à Paris quarante-huit heures après le meurtre, qui a pris un congé afin d'être au côté de Nikos. Nikos qui fait d'incommensurables efforts sur lui-même pour ne pas éclater en sanglots en entendant ce texte écrit par son Julien, à l'hôpital, alors qu'il était convaincu d'avoir un cancer en phase terminale; un texte dans lequel Julien lui interdit ce suicide que, justement, Nikos espère comme une libération.

Nicolas est atterré, mais cela ne changera rien à sa résolution: Julien a tous les droits sauf celui-là; et puis d'ailleurs si son interdiction pouvait éventuellement valoir dans le cas de « l'autre » mort, les choses sont rendues radicalement différentes par les conditions de celle-là.

— Je dois maintenant vous lire le codicille que monsieur Bergeret a fait enregistrer à mon étude le 23 décembre de l'année dernière.

Le 23 décembre?! le lendemain de notre retour de Saint-Pétersbourg, pense Nikos, le lendemain de la découverte de la profanation de notre appartement; mais il ne m'avait pas dit qu'il avait modifié son testament; ni même qu'il songeait à le faire.

Constatant que, depuis plusieurs mois, je fais l'objet de menaces, de pressions et que, peut-être en manière d'avertissement, le domicile que je partage avec Nicolas Kalermis vient d'être mis à sac, je veux dire ici à mes proches et, à travers eux, à la justice du pays d'Alexandre Stavisky, François Groulin, Joseph de Fossouvre et Robert Bontannet que rien ne m'est étranger comme l'idée du suicide, et que je suis d'une extrême prudence dans mes déplacements sur la voie publique… ainsi que peuvent en attester ceux qui me filent depuis des semaines.

J'ignore si je dois ces intimidations à mes activités passées ou à mes études présentes, mais je sais que, du duc de Creuil à la député Yvonne Piot, le règlement de comptes politiques par malfrats interposés n'est plus, depuis longtemps déjà, l'exclusivité de certaines contrées méridionales; et je sais aussi que la gloire de Dieu et le salut du monde, les doutes sur l'aptitude à régner d'un pape nouvellement élu, le krach du Banco Ambrosetto ou l'hétérosexualité vacillante de quelques gardes suisses peuvent parfois conduire une sainte main à égorger la brebis égarée ou galeuse.

Quant à toi, mon Nikos, je te répète qu'il te faut vivre et j'ajoute, avec Dumas, que c'est l'abbé Faria qui donne à Dantès le moyen de faire éclater la vérité. Une vérité qui, ainsi que me le rappela M. Lantaigne citant l'Évangile de Jean, nous rendra libres.

XL

Abasourdi, Nikos.

— Comment a-t-il pu se croire à ce point menacé et ne me parler de rien ?

— Il n'a pas voulu t'inquiéter. Tu sais comment il était.

Clémence et Nikos marchent lentement dans la rue de la Procession. Il est plus grand qu'elle d'au moins deux têtes ; elle le tient par la taille et lui, il la tient par l'épaule ; ils se serrent instinctivement l'un contre l'autre.

— Et à toi, il t'a dit quelque chose ?

— Rien.

— Mais merde ! pourquoi est-ce qu'il n'a pas demandé une protection rapprochée ? Il y avait droit avec les affaires qu'il avait traitées, non ?

— Bien sûr, mais il a dû penser que les choses finiraient par se tasser. Et puis il avait claqué la porte ; il n'a sans doute pas voulu revenir quémander quoi que ce soit. Tu sais comment il était.

Clémence se dit que ces cinq mots, « tu sais comment il était », risquent de devenir le refrain de leurs conversations. Cinq mots qui, désormais, les soudent l'un à l'autre. Mieux que n'importe quel amour, n'importe quelle amitié, n'importe quel pacte ou communauté d'intérêts. Puisque Nikos et elle sont, sur terre, les seuls à avoir vraiment connu Julien, les seuls à savoir vraiment comment il était.

— Tu es certain que tu veux rentrer chez…

Elle hésite : « chez toi », « chez vous » ? lequel lui fera le moins mal ?

— Vous.

Elle sent, contre elle, le corps de Nikos frémir.

— Viens plutôt coucher à la maison. Je repars dans deux jours ; tu t'y installes le temps que tu veux, en attendant…

— En attendant quoi ? Je n'attends plus rien ni personne, Clémence. Tu as pu savoir quelque chose sur l'enquête ?

— C'est très délicat…

— Ne me raconte pas d'histoires, s'il te plaît. Délicat ou pas, tu es de taille à te débrouiller.

Clémence ne nie pas. Depuis deux jours, elle cherche le moyen de dire à Nikos ce qu'elle a appris. Elle ne l'a pas trouvé. Elle hésite encore.

— Un seul témoin s'est présenté spontanément. Il aurait vu sortir Julien du sex-club avec trois loulous de banlieue. Ce type prétend que le trio et Julien avaient déjà baisé ensemble au sous-sol, que lui-même avait voulu se joindre à eux et qu'il s'était fait jeter. Il dit qu'ils riaient tous les quatre en partant.

— C'est tout ?

— Oui. Le caissier ne se souvient de rien, ni les autres membres du personnel présents ce soir-là. À moins qu'on les ait priés d'oublier : ça se ferme vite, un endroit pareil, si on n'est pas au mieux avec la police. Quant à retrouver d'autres clients… j'imagine qu'ils laissent assez rarement leur adresse et qu'ils ne payent pas davantage en chèque.

— Et alors, ils en tirent quelles conclusions, les flics ?

— Banale affaire de mœurs : Julien avait envie d'émotions fortes, il a suivi les types, sans doute dans la perspective d'une partouze à tendance SM — il paraît que l'endroit où on a retrouvé son corps est un lieu réputé pour ce genre de…

— Julien ? SM ! mais c'est du délire ! Tout ça ne l'a jamais tenté le moins du monde.

— Toujours est-il que, pour l'instant, c'est la thèse privilégiée par les enquêteurs… ou plutôt la seule, si j'ai bien compris l'inspecteur que je connais un peu. Quant au juge d'instruction, c'est un type qui ne contredira pas les flics. Et qui n'a aucun intérêt à « compliquer » les choses : il attend sa nomination à la Cour de cassation.

— Mais même si on admet cette hypothèse stupide du trip SM, comment tout cela aurait-il soudain dérapé dans l'horreur la plus absolue ?

— Parce que les types, eux, en auraient eu après son fric.

— Il n'en prend jamais sur lui pour ce genre de virée.

Nikos n'a pas encore accepté de parler au passé. Comme si rien n'était irrémédiable.

— Sa carte bancaire : ils l'auraient torturé pour obtenir son code.

— Impossible ; il ne la prend pas non plus.

— Pourtant il l'avait. On l'a retrouvée à quelques mètres du corps. Ils supposent que Julien n'a rien voulu dire ; ils l'ont achevé et ont balancé la carte.

Nikos se souvient que, effectivement, il n'y avait pas assez de liquide à la maison, ce soir-là, pour le carnet de tickets de métro, l'entrée du club et le retour en taxi. Nikos s'arrête, se retourne à demi vers Clémence.

— Et il se serait laissé torturer à mort, il se serait laissé mettre en pièces pour du fric ? C'est absurde !

— Ça leur fait un mobile très acceptable : le redresseur de torts était un « homosexuel notoire » ; il a passé une partie de la nuit à se faire sauter dans un lieu de perdition par des Beurs dont le témoin providentiel a donné un portrait-robot qui peut correspondre aux quatre cinquièmes de la population mâle des cités entre dix-huit et vingt-cinq ans ; ils sont partis ensemble pour prolonger leurs ébats ailleurs ; mais voilà, les petits Arabes avaient d'autres projets et, comme le pigeon a refusé de se laisser plumer, ils l'ont saigné.

— Tu rigoles ?

— Hélas non ! L'issue est même inespérée : d'un coup d'un seul, on fait passer l'inflexible juge au mieux pour un érotomane, au pire pour un détraqué, on jette une présomption de discrédit sur son travail passé, on se donne un alibi en or pour éviter d'aller fouiner ailleurs et de se poser des questions gênantes, on élimine l'hypothèse contrariante d'un meurtre homophobe et, cerise sur le gâteau, on en remet une couche sur la violence des classes dangereuses.

— Mais rien de tout cela ne colle, nom de Dieu !

— Peu importe, Nikos, et tu le sais bien. L'important, c'est de se mettre dans la poche les bonnes gens — ceux qui n'en veulent pas spécialement aux pédés, mais qui pensent que, malgré tout, quand on a ce genre de vie, ce genre de fin est dans l'ordre des choses, comme un dévissage fatal pour un alpiniste, ou la noyade pour un marin qui fait le tour du monde en solitaire ; sans parler de ceux qui ricaneront que c'est bien fait pour sa gueule, qu'un bon pédé est un pédé mort et qu'il a été puni par où il avait péché. On va faire tout un foin, tu vas même peut-être avoir droit à une lettre de Larsouille en personne, qui prouvera son ouverture d'esprit en t'exprimant la solidarité de la nation, sa compassion personnelle et celle de madame, ainsi que la résolution des pouvoirs publics à obtenir un châtiment exemplaire des coupables de ce meurtre abject d'un serviteur exemplaire de l'État ; on va lancer une grande battue aux assassins qu'on ne trouvera pas parce que le « témoin » est probablement un comparse qui a inventé l'histoire comme les protagonistes qu'il a décrits… et puis, dans quelques semaines, quelques mois ou quelques années, on classera sans suite.

— Tu veux dire qu'ils vont me le tuer une seconde fois ?

Nikos a prononcé ces mots avec une nuance d'indicible souffrance dans la voix. Il s'est tu. Devant chez… eux, il s'arrête. Face au Miss.Tic : l'émoi passe. Deux grosses larmes roulent sur ses joues. Il les essuie du revers de la main.

— On pourrait peut-être essayer de sortir le codicille dans le *Canard* pour tenter de faire comprendre aux gens qu'il s'agit d'un rideau de fumée. Tu veux que je sonde mon contact ?

— Fais comme tu l'entends, Clémence. De toute façon ce sera bien fait. Tu sais, depuis qu'il est mort, je me dis souvent que, s'il avait vécu avec toi, toi tu aurais su le garder vivant…

— Ne dis pas des choses pareilles. Tu l'as rendu bien plus heureux que je n'aurais su le faire. Il m'a dit des milliers de fois combien…

— Arrête, s'il te plaît.

— Tu es sûr que tu ne veux pas que je reste avec toi, cette nuit ?

— Non, Clémence, merci. J'ai besoin d'être seul.

— Je passe demain pour te dire, dès que j'ai la réaction du *Canard*.

— Si tu veux.

— À quelle heure ?

— Peu importe.

Clémence embrasse Nikos sur ses joues humides, elle le serre très fort dans ses bras et lui dit au revoir. Puis elle se dirige vers le métro Pernety. Trois quarts d'heure plus tard, elle pousse la porte de son appartement du quai de Jemmapes, se déchausse, se sert un whisky au fort goût de tourbe et s'affale dans un fauteuil.

Elle boit d'un trait le contenu du verre, comme si elle se désaltérait d'eau fraîche, s'en sert un deuxième, bien tassé ; elle passe en revue le film de ces derniers jours, tente de mettre en ordre ses idées, ses soupçons, d'estimer leurs chances d'empêcher, aujourd'hui, qu'on étouffe cet assassinat sous le même édredon que les affaires politico-financières d'hier. Elle repense au codicille, qu'elle a oublié de demander à Nikos s'il avait compris ce que signifiait l'allusion de la dernière phrase, sur Dantès et Faria.

Elle décroche son téléphone. Mais Nikos ne répond pas. Elle essaye alors le vieux code qu'ils avaient mis au point, elle et Julien, pour s'avertir de qui était à l'autre bout du fil, qu'il s'agissait d'un message urgent — un code sur lequel Nikos ne peut pas se méprendre. Elle laisse sonner deux fois, raccroche, rappelle, laisse sonner trois fois, raccroche, rappelle. Il doit répondre à présent… Aurait-il débranché ?

Clémence se remémore la fin de leur conversation : cette passivité tellement inhabituelle chez Nicolas, sa voix blanche, son sentiment de culpabilité, sa presque résignation — comme s'il était déjà étranger à tout cela, comme s'il était déjà…

— Espèce de conne ! Comment as-tu pu le laisser seul ce soir ?

Clémence avale d'un trait le reste de son deuxième whisky, se rechausse, se jette dans l'escalier ; elle se tord la cheville plusieurs fois en courant dans la rue de Lancry, avant d'arriver sur le boulevard Magenta. Elle trouve presque tout de suite un taxi, elle a le cœur qui cogne, elle demande au chauffeur de faire le plus vite possible, lui dit qu'elle est juge, qu'elle le couvrira en cas de pépin — ce qu'elle n'a jamais dit à quiconque, dans aucune circonstance de sa vie.

Rue des Thermopyles, elle bondit hors de la voiture, grimpe l'escalier en courant. Elle arrive hors d'haleine sur le palier. Elle sonne. Rien. Elle frappe, elle appelle. Rien. Elle prête l'oreille. Pas un bruit à l'intérieur. Elle a dans la main la clef que Julien lui a donnée, après la remise en état de l'appartement. Elle hésite, un instant seulement, puis l'introduit dans la serrure. Elle pousse la porte…

XLI

Cette fois, c'est Clémence qui fait les cent pas devant la porte des soins intensifs de l'hôpital Baudouin Bramant. Et c'est le Bel-Hermès qui s'y trouve entre la vie et la mort.

Rue des Thermopyles, elle l'a découvert allongé sur le canapé. Dans le casque de la chaîne hi-fi posé sur ses oreilles, passait en boucle l'enregistrement de *Tosca* par Callas, di Stefano et Tito Gobbi, un des opéras préférés de Julien — le second CD, celui des deuxième et troisième actes, où Scarpia fait torturer Cavaradossi, l'amant de Tosca, où celle-ci poignarde le tortionnaire, avant de se suicider lorsqu'elle se rend compte qu'elle a échoué à sauver l'homme qu'elle aime.

> *Cavaradossi : Ah ! ses doux baisers, ses tendres caresses,*
> *Et je tremblais*
> *Tandis qu'elle me révélait toute sa beauté.*
> *À jamais enfui mon rêve d'amour…*
> *L'heure s'achève,*
> *Je meurs désespéré.*
> *Et jamais je n'ai tant aimé la vie !*
> *(*Tosca, *livret de Luigi Illica et Giuseppe Giacosa, troisième acte.)*

À côté de lui, le reste d'un joint dans le cendrier, deux bouteilles de raki artisanal rapportées de Parigoros ainsi qu'une dizaine de boîtes de médicaments — vides. Nikos avait dégoté la recette du coquetèle sur Internet et il était allé consulter cinq médecins différents, dans les jours précédents, afin de s'en faire prescrire tous les ingrédients. Lorsque les pompiers ont envahi l'appartement, son pouls n'était plus guère perceptible et les médecins, à l'hôpital, réservent encore leur pronostic. Aussi Clémence juge-t-elle que son premier devoir est de prévenir le père de Nicolas.

— Et alors ! le suicide, pour un monstre de son espèce, c'est l'issue logique, non ? Lorsque votre abomination vous rend odieux même à vos propres yeux, soit vous vous repentez et vous implorez le pardon de Dieu — mais il y faut le courage de l'humilité —, soit l'orgueil vous conduit à L'insulter une dernière fois en vous ôtant la vie que Lui seul a le droit de reprendre. Le choix de ce dégénéré, qui ne m'est plus rien depuis longtemps, ne m'étonne pas davantage qu'il ne m'attriste. Et je vous serais reconnaissant, madame, de ne plus m'importuner avec ses turpitudes. Il brave depuis trop longtemps les décrets du Seigneur, sa place est en enfer : peu m'importe l'heure où il la rejoindra !

Et Michel Kalermis de raccrocher sans laisser à Clémence le loisir d'ajouter un seul mot. Le fond du propos ne la surprend pas outre mesure — elle a souvent entendu Nikos parler de son père —, mais sa violence… Elle rappelle dans l'instant :

— Espèce de sale con ! je ne sais pas si votre Dieu, ou un autre, existe, mais je sais que, s'il existe et qu'il n'est pas un parfait abruti, c'est vous qu'il fera macérer, pour les siècles des siècles, dans le fiel et la merde qui vous servent de matière grise.

Puis elle raccroche à son tour — soulagée. Quant au frère, dans sa Californie, il ne peut être d'un grand secours. Il invite bien Nikos, une fois remis, à venir panser ses plaies au soleil pour le temps qu'il voudra. Mais Nikos se remettra-t-il ?

En attendant de le savoir, Clémence a tout le temps de se ronger les sangs — et les ongles —, de se reprocher de l'avoir laissé seul, de n'avoir pas alerté les pompiers avant de quitter le quai de Jemmapes. Elle se les ronge, les sangs — et les ongles : méthodiquement, jusqu'au sang — pendant d'interminables heures, avant que les médecins ne déclarent enfin Nicolas hors de danger. Clémence a prolongé son congé pour demeurer à son chevet le temps qu'il faudra ; puis, à sa sortie de l'hôpital, elle l'embarque pour Bruxelles, sans se laisser, cette fois, impressionner par son refus. Elle l'installe dans le grand appartement qu'elle a loué à Etterbeek, dont les fenêtres donnent sur le très charmant parc Félix Hap.

Maintenant, tout repose sur ses épaules ; il faut qu'elle découvre le moyen de ramener Nicolas à la vie. Car malgré les antidépresseurs, l'espiègle Nikos ne sourit plus, l'athlète refuse d'aller à la gym, le bon vivant chipote dans son assiette et le chaud lapin ne se retourne même plus sur le moindre mec. Il aurait du mal d'ailleurs, puisqu'il passe le plus clair de ses journées enfermé entre les quatre murs d'Etterbeek, mutique, devant la télévision ou, pire, les bras ballants et les yeux dans le vague. Il n'y a guère que le shit et la vodka, ou le gin, suivant les jours et l'état des réserves, qui ne le laissent pas indifférent.

Une semaine, deux… presque un mois ont passé ; Clémence doit toujours se battre pour l'emmener en balade à la mer un ouiquende, pour qu'il prononce trois mots pendant le dîner, se lève le matin, prenne sa douche et avale au moins une tasse de thé et une tartine avant qu'elle ne parte au boulot. Et puis un soir, Nikos lui annonce avec un pâle sourire qu'il a vu à la télévision la présentation du dernier spectacle de la saison au théâtre de la Monnaie et, lui que l'opéra a toujours barbé, il est allé prendre deux billets pour la représentation de *Tosca*, trois jours plus tard.

Elle voit des larmes rouler sur ses joues, à plusieurs reprises durant le spectacle. Elle est inquiète, mais elle se dit en même temps que c'est peut-être la catharsis du vieil Aristote qui s'enclenche.

> *La tragédie est l'imitation d'une situation dramatique et complexe (...) exposée non par une narration mais par le moyen de personnages qui agissent, elle provoque par la pitié et la terreur la purgation des passions d'une nature analogue à celles qui sont représentées. (Aristote,* Poétique, *VI, 2; traduction Olivier Dhellemmes.)*

De fait, aux Armes de Bruxelles où Clémence a réservé une table pour le souper, Nicolas attaque avec appétit sa salade de chicons aux lardons et roquefort; sans mollir sur son anguille au vert. Clémence ne reprend pas espoir — car elle n'est pas femme à le perdre, elle est femme à se battre contre le sort aussi longtemps que le sort lui résiste — mais, en voyant s'empourprer légèrement, sous l'effet du vin, ses joues restées blêmes tandis qu'il avalait tristement l'alcool domestique, elle se dit que, ce soir, Nikos a peut-être enfin doublé le cap qui le séparait de la vie.

Ils parlent presque normalement; il lui sourit. Il lui raconte que c'est là, à la Monnaie de Bruxelles, que Séraphim, l'higoumène du très saint monastère *Aghios-Pantèleïmon* de Parigoros, alors qu'il s'appelait encore Andrèas, a chanté pour la dernière fois. Et que, pendant qu'il chantait, ici, Pinkerton dans *Madame Butterfly*, à Bordeaux, dans l'ancienne base allemande des sous-marins, Philippe, l'amour de sa vie, se faisait massacrer par des barbares homophobes. Que Sa Béatitude n'a jamais rechanté l'opéra depuis. Il lui demande, à elle qui est allée tant de fois avec Julien entendre ces opéras auxquels, pour rien au monde, Nikos ne l'eût accompagné, ce que le disparu aurait pensé de la mise en scène, s'il aurait apprécié la voix de Tosca, le jeu de Scarpia.

Clémence répond ; elle appréhende que Nicolas ne se mette à dérailler autrement, qu'il passe du rejet à la fixation mais, pour l'heure, rien ne lui semble plus important que de le voir renouer avec l'apparence de la normalité, avec la sociabilité. Clémence a lu dix fois *Autant en emporte le vent* et, de Scarlett, elle a retenu deux leçons : la première c'est qu'il faut du temps pour reconstruire Tara ; la seconde c'est que « demain est un autre jour ».

Et puis, même si Clémence n'est pas mère et que Nikos n'est pas son fils, elle l'aime désormais comme s'il l'était et retrouve face à lui l'atavisme de toute femelle du règne animal confrontée au dépérissement d'un de ses petits : il faut qu'il mange pour reprendre des forces, s'il *se* remet à *se* nourrir c'est qu'il s'accroche à la vie, et alors la partie est plus qu'à moitié gagnée.

En sortant du restaurant, la main de Nikos vient se poser sur l'épaule de Clémence, elle passe un bras autour de sa taille et ils marchent ainsi, en silence, comme deux amoureux, jusqu'à ce qu'ils trouvent un taxi.

Clémence est couchée depuis une demi-heure quand elle entend grincer la porte de la chambre où dort Nikos. Des pas. Qui s'arrêtent. Et la porte de sa chambre à elle qui, après cinq longues minutes, s'ouvre à son tour. Nikos s'avance. Il est nu. Il hésite encore avant de se glisser dans son lit, de l'attirer à lui, de l'embrasser comme il n'a jamais embrassé une femme. Et de lui faire l'amour comme il ne l'a jamais fait qu'à des hommes.

Clémence n'a même pas pensé à le repousser. Souvent, depuis qu'ils se connaissent, elle s'est dit que ce corps était désirable ; et puis elle a tellement craint pour lui, elle est si heureuse depuis tout à l'heure, au restaurant, de voir revenir la vie en lui ; elle est un peu grise aussi ; elle s'abandonne avec volupté à ses mains, si puissantes et si douces, au Bel-Hermès de son Julien…

Lorsque le réveil sonne, elle cherche Nicolas à son côté ; elle ne trouve que le vide. Elle se lève. La table du petit-déjeuner est mise, les oranges pressées. Mais l'appartement est désert. Elle est inquiète. Sous la douche, elle se dit qu'elle n'aurait pas dû, que cela ne rime à rien, ne fait qu'embrouiller une situation qui l'est déjà trop. Elle ferme les yeux et penche la tête en arrière afin que l'eau lui fouette le visage ; elle se souvient qu'après l'étreinte, avant qu'ils ne s'endorment dans les bras l'un de l'autre, Nikos lui a soufflé quelque chose à l'oreille, que c'était en somme la première fois qu'ils faisaient l'amour ensemble… tous les trois, Clémence, lui… et Julien.

Elle entend claquer à la volée la porte de l'appartement. Elle arrête l'eau, s'enveloppe dans son peignoir en tissu éponge lilas, assorti à ses yeux. Elle se demande comment elle va faire pour sortir de ce faux pas sans le blesser, sans le tromper. Sur la table de la cuisine, une corbeille déborde à présent de viennoiseries. Nikos est debout, en short noir, torse nu ; il a fait un long jogging dans le parc Félix Hap, sa peau est luisante d'une buée d'effort. Il prépare le thé, il lui tourne le dos ; il est superbe, son corps respire à la fois la puissance et la souplesse : un étalon après la course, comme une réplique — ou le modèle ? — de l'Hermès exposé au musée archéologique de Parigoros, que les savants attribuent au ciseau de Praxitèle.

— Bonjour, dit-elle d'une voix incertaine.

Nikos tourne la tête, la gratifie d'un large sourire.

— Bonjour, ma belle. Et merci. Parce que non seulement c'est grâce à toi que je suis encore en vie mais, en plus, c'est grâce à toi que je revis.

— Justement, Nikos, je voulais te dire… pour cette nuit…

— Non, Clémence, rassure-toi, je ne vais pas m'imaginer tomber amoureux de toi. J'en avais besoin pour revenir au jour. Pourquoi ? pour sceller notre alliance ? Je ne sais pas. Je m'en occuperai plus tard. Peut-être. Quand nous en aurons fini, avec le reste. Parce que maintenant, il va falloir nous battre, tous les deux, ensemble, pour que, d'une manière ou d'une autre, justice lui soit rendue.

> *Tosca : Comme tu as souffert,*
> *Corps et âme ! Mais*
> *Ces horribles espions*
> *Vont payer !*
> *(*Tosca, *livret de Luigi Illica et Giuseppe Giacosa, deuxième acte.)*

La métamorphose est telle, si soudaine, si radicale, que Clémence hésite à croire ce qu'elle voit, ce qu'elle entend. Puis elle s'approche de lui, enlace de nouveau sa taille.

— Embrasse-moi. Mais sur la joue, hein !

Il se penche vers elle pour s'exécuter, puis ils s'attablent et dévorent, chacun, les deux croissants, le pain aux raisins et le pain au chocolat encore tièdes que Nicolas a rapportés… de son voyage depuis la rue des Thermopyles jusqu'à Etterbeek. En passant par les soins intensifs de l'hôpital Baudouin Bramant et par un petit tour sur les rives de l'Achéron.

> *Hermès est aussi le dieu psychopompe (convoyeur des âmes) du panthéon hellénique, celui qui conduit avec douceur, vers les enfers, les défunts comme les vivants auxquels le destin a imposé l'épreuve initiatique d'un voyage au royaume d'Hadès, parmi les morts. Mais, en sens inverse — toujours l'ambivalence —, il guide aussi ceux des trépassés qui ont obtenu de remonter depuis les sombres bords de ce fleuve Achéron, qui sépare le monde des morts de celui des vivants, jusqu'à la lumière du jour. (Henri Tourtois,* Dictionnaire gay de la mythologie grecque*).*

Dans les semaines qui suivent, ils retournent trois fois à la Monnaie et aux Armes de Bruxelles ; mais sans « after » à deux plus un fantôme. Et puis ils commencent à reparler vraiment, de Julien, de sa mort, de ce qu'ils vont entreprendre.

— Qu'est-ce qu'ils t'ont dit au *Canard*?

— Ça les intéresse. Ils commencent à fouiller du côté de Perrault et de Priscus, mais ils veulent te rencontrer avant de sortir quoi que ce soit.

— Pas de problème, je les appelle cet après-midi. Tu sais ? Je crois que j'ai une idée à propos de l'abbé Faria.

C'est le lendemain, le soir de la dernière, de leur quatrième *Tosca*, qu'une surprise les attend au restaurant.

— J'ai déjà installé le monsieur qui soupe avec vous.

Clémence et Nicolas s'interrogent du regard. Ni l'un ni l'autre n'a lancé la moindre invitation ; qui pouvait savoir ? Les embrouilles qui recommencent ?

Un homme dans la quarantaine et dans le genre armoire normande, au visage taillé à la serpe, au teint mat, aux cheveux bruns coupés en brosse, à peine grisonnants sur les tempes, se lève de sa chaise lorsqu'il les voit approcher. Il s'incline légèrement devant Clémence :

— Commissaire principal Justin Némèse, mes hommages madame le juge.

Puis il donne à Nikos une vigoureuse poignée de main et, sans plus de cérémonie :

— Si j'ai pris la liberté de m'inviter à votre table ce soir, c'est que je suis en possession de renseignements sur le meurtre du juge Bergeret dont je pense qu'ils sont susceptibles de vous intéresser.

XLII

Le commissaire principal Némèse appartient à la sous-direction de la recherche des Renseignements généraux. Ou plutôt il lui appartenait, car il a récemment obtenu sa mise en disponibilité.

— Cette affaire-là, c'était l'affaire de trop, précise-t-il, entre sa tête de veau pressée aux fines herbes, accompagnée de sauce tartare, et sa carbonade de bœuf à la gueuse. Passe encore qu'on nous emploie à protéger des escrocs, mais couvrir des meurtriers !

Pour l'heure, aux Armes de Bruxelles, l'ex-commissaire et tout neuf créateur d'une agence de sécurité spécialisée dans le lucratif secteur de la protection rapprochée de personnalités, se contente d'évoquer un passé plus lointain. Lorsque Julien était juge au pool anticorruption, et que Justin Némèse était, selon ses dires, chargé d'informer le directeur central des RG (autant dire le ministre de l'Intérieur en personne) du développement des affaires dans lesquelles Perrault se trouvait mis en cause. Ceci dans une période délicate où le ministre de l'Intérieur, Georges Czarblansky, descendant d'une illustre famille de l'aristocratie polonaise exilée en 46, et celui de la Défense, auquel Perrault avait forcé la main dans le transfert de technologies lié au marché turc, avaient conjugué leurs efforts pour évincer de la direction du MUD les fidèles que Perrault y avait placés afin de conserver le contrôle du parti majoritaire pendant la durée de ses démêlés judiciaires, jusqu'à… son éventuelle candidature présidentielle — dans le cas où Larsouille renoncerait à briguer un troisième mandat.

Autant dire que, sans avoir jamais été présenté à Clémence, Nikos ou Julien, le commissaire Némèse savait à peu près tout de leurs vies. C'était lui, ajouta-t-il, qui avait fait « sonoriser » le cabinet du juge Bergeret, qui rédigeait la synthèse quotidienne des écoutes dont il recevait le verbatim, et qui mettait en œuvre les instructions de sa hiérarchie sur les compléments d'information nocturnes à diligenter, sur la migration fortuite d'une pièce de la procédure vers telle feuille confidentielle ou sur la fuite en direction de tel journaliste, après le tri sélectif opéré dans un dossier ou l'auscultation d'un disque dur.

Aussi, à l'en croire, Némèse n'avait-il pas tardé à se retrouver au placard lorsque, parvenu à Matignon, Perrault avait convaincu le président de nommer place Beauvau Édouard de Morcerf, un de ses plus fidèles amis ; lequel n'avait pas eu de tâche plus urgente que de limoger le directeur général des RG et de faire le ménage dans ses services. En effet, le nouveau Premier ministre estimait que Czarblansky n'avait cessé de jouer en sous-main contre lui, qu'il n'avait cherché qu'à l'enfoncer tout en prétendant le soutenir. Il le soupçonnait même d'un ou deux coups fourrés très précis et était en tout cas décidé à ne pas attendre la veille de la présidentielle pour « dézinguer le Polack », comme il disait élégamment devant ses intimes. C'est la raison pour laquelle il avait obtenu du président que ce pilier du larsouillisme fût exilé à l'Éducation nationale. Czarblansky avait accepté la mort dans l'âme ce ministère dont on ne peut sortir vivant qu'en n'y bougeant pas le petit doigt, un peu parce qu'il se pensait de taille à réussir là où tout le monde avait échoué, et aussi parce qu'en bon nomenklaturiste, il ne pouvait renoncer aux privilèges liés à un maroquin sans avoir le sentiment de cesser d'exister. Enfin et surtout parce qu'il voulait conserver un accès direct au président afin de pouvoir lui démontrer, le moment venu, qu'il fallait « couper les couilles à ce faux-cul de grand vizir qui se prend déjà pour le calife », ainsi qu'il le confiait à ses proches avec une distinction toute aristocratique, lui qui était un fervent adversaire de l'entrée de la Turquie dans l'Union européenne — d'abord parce que Perrault en était le plus chaud partisan.

Bref, Némèse avait été l'une des premières victimes des règlements de comptes pré-présidentiels entre les clans du MUD qu'un Larsouille vieillissant ne semblait plus tenir comme autrefois sous sa férule. Mais était-il à Bruxelles de son propre chef et pour son propre compte, policier intègre dégoûté par ce qu'on lui avait demandé ? ou bien avait-il décidé de torpiller ceux qui avaient mis fin (peut-être seulement de manière provisoire) à son ascension ? À moins qu'il ne soit, en service commandé, l'instrument conscient d'un énième coup tordu dans la lutte pour la possession du marigot qui se terminerait forcément par la mort politique d'un des deux crocodiles prétendant à l'héritage du vieux mâle dominant ?

Ce qui, au vrai, importe peu, dans l'immédiat au moins, à Clémence et Nicolas. Aussi, une fois avalés café et genièvre, acceptent-ils que Némèse les raccompagne en voiture à Etterbeek.

— C'est avant même votre retour de Grèce que le cabinet nous a demandé ce qui se tramait autour de votre ami : Czarblansky a ses taupes chez Perrault. Il ne nous a pas fallu très longtemps pour apprendre le voyage de Grimm. On le connaît bien, le coco : il était aux Stups dans les années 90 ; on n'a jamais rien pu prouver contre lui mais les soupçons étaient suffisants pour qu'on l'ait prié poliment de démissionner.

Les RG avaient alors mis Julien sous surveillance.

— On savait parfaitement ce que Perrault voulait récupérer.

— Le DVD du pauvre type assassiné à Trabzon qui l'accusait d'être mouillé dans les trafics de drogue de l'armée turque ? demande Nikos pour la forme.

— Un DVD que Perrault ne pouvait pas laisser dans la nature en entrant à Matignon.

— Et c'est vous qui l'avez ?

— Nous l'avons eu. Enfin, nous en avons eu un.

— Comment cela, il y en a plusieurs ?

— Nous n'en sommes pas certains mais c'est possible. En tout cas, Perrault était persuadé que le juge Bergeret en possédait une copie.

Némèse venait-il aussi aux renseignements ? Il en serait pour ses frais.

— Et le « vôtre » ?

— C'était l'original, celui qui a disparu de l'armoire blindée. Mais nous ne l'avons pas conservé longtemps : Czarblansky l'a remis à Perrault quelques jours plus tard, afin de lui prouver sa bonne foi. Bref, Grimm n'ayant rien obtenu de M. Bergeret, il y a eu la rencontre au Musée d'Orsay, vos voyages à Londres puis à Saint-Pétersbourg.

— Et le saccage de notre appartement…

— Tout juste.

La voiture tourne à présent autour du parc du Cinquantenaire.

— C'est à ce moment-là que les équipes ont changé.

— Comment cela ?

— À l'intérieur de la maison, il y a quelqu'un qui, sentant le vent tourner et décidé à ménager ses arrières, a fait des offres de service à Perrault…

— RG ou DST ?

Cette fois, c'est Clémence qui a posé la question.

— Peu importe, et ne me demandez pas de balancer un collègue. De toute façon, ce sont les commanditaires qui vous intéressent, non ? pas les exécutants.

— Les exécutants aussi nous intéressent, reprend Clémence d'une voix glaciale et tranchante. Je n'ose pas imaginer qu'on ait requis d'eux la sauvagerie dont ils ont fait preuve.

— Tout ce que je peux vous dire, c'est que le collègue en question avait eu une promotion aussi fulgurante que mystérieuse sous le deuxième règne de Pascal Campionetti place Beauvau, et que ni les socialistes ni Czarblansky n'ont remis en cause sa situation. Quant à Morcerf, il le tient, semble-t-il, dans la plus haute estime.

— Était-il présent sur la scène du meurtre ?

Clémence est redevenue juge d'instruction.

— Je ne sais pas, mais je sais qu'il était parmi les policiers qui sont venus chez vous après le cambriolage (Nikos se rappelle ce type parlant d'une bande qui « avait ce mode opératoire », vite contredit par les autres flics qui le regardaient de travers). C'est lui qui a recruté l'équipe, des skinheads d'extrême droite — dans ce milieu-là, on lui doit quelques services. La même qui a agi pour le cambriolage et l'assassinat : des supporters du Paris-Saint-Germain et défenseurs de la race blanche, pour qui casser un Arabe ou un homosexuel relève autant du divertissement que de la salubrité publique. Quant à l'ordre, il était triple : savoir si une copie du DVD existait ; si oui, où elle se trouvait ; et enfin supprimer son détenteur.

— Vous prétendez que c'est Perrault le donneur d'ordre ?

— Pas seulement.

— Comment ça ?

— Ils sont trois.

— Trois ?

Nikos et Clémence ont réagi avec une synchronisation parfaite et la même nuance de stupéfaction dans la voix. Némèse tire de la poche intérieure de sa veste une cassette audio.

— Ça, c'est l'enregistrement de la discussion déterminante. Nous avions « sonorisé » le salon particulier où le sort de M. Bergeret a été scellé, autour d'un excellent déjeuner. Chez Lapérouse.

— Chez Lapérouse ?! s'exclame Nikos — seul, cette fois.

— Oui, vous m'avez bien entendu, chez Lapérouse. À l'initiative du même homme qui y avait invité Julien Bergeret, et dans le même salon où ils avaient déjeuné en tête-à-tête.

— Lantaigne !?

Scarpia ! bigot sadique qui mêle
À la religion ses pratiques
Libertines et joue de ses talents lascifs
Pour être à la fois le confesseur et le bourreau !
*(*Tosca, *livret de Luigi Illica et Giuseppe Giacosa, premier acte.)*

— Oui.

— Mais pourquoi ?

— Je ne vous apprendrai rien, surtout à vous monsieur Kalermis, sur le *Primum Agmen Christi*, ce mouvement qui appartient à l'Église catholique — à moins qu'il ne faille dire aujourd'hui que l'Église catholique lui appartient — mais que plusieurs États européens ont rangé parmi les sectes. Son fondateur, don Figuera de Bayader, n'a jamais caché que la pitié pour ceux qui s'opposent aux desseins de Dieu est une impardonnable faiblesse. Une faiblesse dont les combattants de l'Avant-Garde sont encore plus coupables que les fautifs eux-mêmes, s'ils mesurent l'importance du mal sans prendre les moyens de l'éradiquer. Or, Alain Perrault entretient les meilleures relations avec le *Primum Agmen*, à tel point qu'il vient de faire d'un de ses membres, Benoît Villefort, son garde des Sceaux. Sans compter que l'appui d'un tel groupe d'influence peut être déterminant dans une présidentielle. Souvenez-vous du rôle qu'ont joué les intégristes protestants dans la réélection de Bush, et que le pape vient de choisir la ville de Perrault pour son premier voyage en France ; un pape qui est lui-même issu des rangs du *Primum Agmen*. Il y a une incontestable communauté d'intérêts entre l'Avant-Garde et Perrault : c'est ce que Lantaigne était chargé de faire comprendre à son interlocuteur, en même temps qu'il lui demandait de prendre en charge la logistique de l'opération consistant à éliminer le danger que M. Bergeret représentait à la fois pour César, à cause du DVD, et pour Dieu, à cause de ses études blasphématoires.

— Vous saviez cela aussi…

— Notre police est bien faite.

— Je m'en rends compte. Et le troisième alors, qui est-ce ?

— Le financier. Lui avait plusieurs raisons d'en vouloir au juge d'une part, et de l'autre à Julien Bergeret en tant qu'individu. Custode de l'Avant-Garde depuis des années, devenu *præcursor* à la mort de sa femme, il est lié à l'ordre par un vœu d'obéissance absolue. Et il pouvait d'autant moins refuser de financer l'opération, s'il en avait eu la velléité, qu'il doit tout, à commencer par sa fortune, à l'Avant-Garde qui lui a permis de transformer une petite entreprise familiale vieillissante en un fleuron *high-tech* de notre industrie d'armement…

— Non ! s'exclame Nikos, horrifié, ne me dites pas…

XLIII

Électrochoc. Comparable à celui qu'avait produit sur Julien, dans son lit de l'hôpital Baudouin Bramant, la visite du ratichon venu lui prêcher la contrition ; électrochoc de la révélation que, face à l'imposture triomphante de Perrault et de ses semblables, son premier devoir était de sauver sa peau et sa vie avec Nikos. Il avait cru s'échapper, mais il avait rencontré sur son chemin une deuxième révélation : celle de l'imposture de Paul.

Électrochoc de cette troisième révélation dont Némèse est le messager : l'alliance des imposteurs meurtriers dont le financier est le propre père du Bel-Hermès. Si Nikos éprouvait encore la tentation du suicide, cette révélation-là lève radicalement l'hypothèque, tant il est vrai que la haine donne d'excellentes raisons de vivre.

L'accablement n'a pas été long à s'effacer devant l'indignation — avec quelques secondes d'avance chez Clémence.

— Mais si vous saviez tout, pourquoi n'avez-vous rien empêché ?

Nikos voit dans ses yeux le même feu qu'il a senti s'allumer en lui. Il sait, dès cet instant, qu'ils sont d'accord, qu'il n'y aura pas de pitié.

— Nous connaissions leurs intentions, pas leur calendrier. Et puis, une semaine avant le meurtre, j'ai reçu l'ordre de lever la surveillance de M. Bergeret.

— Pourquoi ça ?

— Le sommet européen de Senlis, la proposition de la Commission d'accélérer l'adhésion de la Turquie qui devait y être entérinée, les manifestations que risquait de provoquer, dans la foulée, l'annonce de la décision du président Larsouille de modifier la Constitution pour éviter un référendum trop périlleux sur la question. Il fallait mobiliser tous les moyens disponibles, dégager tous ceux qui n'étaient pas engagés dans des opérations ultraprioritaires.

Clémence et Nikos se coucheront très tard ; ils écoutent d'abord la cassette audio de Némèse. Elle reconnaît aussitôt la voix de Perrault, et lui ne peut se tromper sur celle de son père. Quant aux propos de table, ils ne laissent pas le plus léger doute sur les intentions des convives de ce mortel déjeuner. Et pourtant, Clémence s'efforce de formuler toutes les objections possibles :

— D'abord, ni toi ni moi ne connaissons Lantaigne.

— Erreur : je l'ai croisé en mars dernier, à la soirée d'inauguration du salon du livre, et ce qu'il a dit à Julien, en lui tendant une flûte de champagne, me restera gravé dans le crâne jusqu'à ma propre mort : « Vous avez tort de vous entêter, M. Bergeret. Vous savez mieux que moi ce que Paul écrit aux Romains : *Pour ceux qui, par esprit de révolte, refusent obéissance à la vérité et obéissent à l'injustice, il n'y aura que colère et fureur* ». Et puis tu entends Perrault comme moi lui donner du « cher monsieur Lantaigne » long comme le bras, lui baver que parmi ses priorités, au cas où il obtiendrait Matignon, figureraient à coup sûr « la révision d'une législation bien laxiste sur l'avortement » et la création d'un groupe d'étude sur la rénovation de la laïcité, dans lequel « les lumières d'un grand éditeur catholique seront des plus précieuses ». Les lumières ! espèce d'enfoiré...

— Je te concède que ce sont de sérieuses présomptions, mais aujourd'hui, avec n'importe quel ordinateur un peu évolué et des voix enregistrées, on peut faire dire n'importe quoi à n'importe qui.

— Tu penses vraiment qu'il peut s'agir d'un bidonnage ?

— Je pense que Némèse et ceux qui ont intérêt à sa démarche, ou qui le téléguident, n'ont pas forcément des motifs plus nobles que leurs ennemis. Et qu'ils n'ont pas davantage de scrupules.

Némèse avait prévu cette réaction. Il savait qu'il faudrait autre chose à une femme de la trempe de Clémence. Mais il a choisi de ne pas brûler toutes ses cartouches dès la première salve.

Quarante-huit heures plus tard, l'enveloppe qui arrive à Etterbeek contient la photocopie de deux notes du restaurant Lapérouse, portant la signature de Lantaigne et tamponnées par la comptabilité de Priscus : celle du déjeuner de Julien et celle d'un autre, de trois couverts, correspondant à ce que l'écoute de la bande indiquait du menu, arrosé du même Dom Ruinart 1990 dont Julien avait parlé avec émotion à Nikos — de toute évidence, un des péchés mignons de Lantaigne.

Puis, à la fin de la semaine, Clémence et Nikos reçoivent une sélection de photos, prises au téléobjectif, où l'on voit les trois convives entrer l'un après l'autre dans le restaurant ; en ressortir ensemble, souriants ; échanger de chaleureuses poignées de main ; avec un agrandissement des plaques minéralogiques de deux voitures dont Clémence n'aura aucun mal à faire vérifier qu'elles sont la propriété de Perrault et Kalermis.

La livraison suivante, trois jours plus tard, contient des clichés elle aussi, d'une tribune durant un match du PSG, avec trois visages cerclés de rouge qu'on retrouve sur d'autres tirages : membres du « service d'ordre » dans une manifestation de l'Alliance nationale, vociférant devant la mairie lors du mariage de Bègles, protégeant l'ancien ministre de l'Intérieur, Pascal Campionetti, pendant une visite sur le marché d'une ville rouge de sa circonscription, et puis encore, mais cette fois en blazers et cravates, à la sortie d'un office intégriste de Saint-Nicolas-du-Chardonnet.

C'est sur ce dernier cliché que Nikos remarque un détail. Capital. Il scanne la photo, zoome — sa main se referme sur l'hématite qui ne quitte plus son cou depuis la mort de Julien.

— Alors tu la vois ?

— Oui.

— Et qu'est-ce que tu en dis ?

— Qu'elle est d'un chic assez spécial… tout de finesse et de discrétion.

La chose, en métal argenté, représente deux serpents entrelacés ; sur le corps de chacun d'eux, quatre petites pierres vertes, des rouges pour les yeux et deux petites ailes bleues : c'est une épingle de cravate.

— Je ne te dirai pas le contraire. Mais ça t'évoque quoi ?

— Un caducée bien sûr.

— Et le caducée c'est l'emblème de ?

Il faut distinguer le caducée d'Hermès, surmonté de deux ailes, autour duquel s'entrelacent deux serpents, et celui d'Asklèpios, dieu de la médecine, sur lequel s'enroule la couleuvre arboricole associée à son culte, elaphe longissima, *commune dans la région de Kos, île natale d'Hippocrate et siège d'un des plus importants sanctuaires d'Asklèpios.*
C'est donc par l'effet d'une confusion que les États-Unis ont fautivement choisi le caducée ailé à deux serpents (celui d'Hermès) comme emblème des services de santé de leur armée, tandis que le symbole du dollar ($) pourrait trouver son origine, par une erreur symétrique, dans la stylisation du caducée médical (un serpent), alors qu'il aurait dû s'inspirer de celui d'Hermès, protecteur des échanges. (Henri Tourtois, Dictionnaire gay de la mythologie grecque.*)*

— Eh bien vois-tu, lors de nos premières vacances ensemble, il y a dix ans, nous sommes passés à Kos. C'est là que j'ai acheté cette hématite à Julien qui, du coup, s'est aussitôt mis en chasse d'un cadeau à me faire en retour. Il a écumé toutes les boutiques à touristes et a fini par dégotter ce chef-d'œuvre digne d'un joaillier de la place Vendôme : un caducée d'Hermès à deux serpents transformé en souvenir de l'île d'Asklèpios à l'usage des touristes texans.

— Cela ne m'explique pas comment cette épingle est arrivée sur la cravate de ce type.

— Allons, Clémence, ça n'est pas moi le juge tout de même ! On ne s'est pas rendu compte immédiatement de sa disparition : tu ne me l'as jamais vu porter ; tu peux te douter que je ne la mettais pas tous les jours. Seulement dans les grandes occasions et, justement, le soir de l'inauguration du salon du livre, comme je savais que Julien voulait passer chez Priscus, j'avais soigné mon look — un subtil équilibre : moitié Priscilla, moitié macho cuir — dont l'épingle en question devait être l'indispensable touche finale.

— Mais impossible de remettre la main dessus…

— Exactement. On en a déduit qu'en plus de leurs tendances scatologiques, nos cambrioleurs avaient un goût de chiotte. Mais la liste des objets disparus était depuis longtemps déposée chez l'assureur. Et puis la chose avait une valeur essentiellement… sentimentale.

— Donc, personne ne peut savoir que cette épingle t'appartient.

— Personne. Sauf moi et Julien.

— En tout cas pas Némèse.

— Donc, toute cette histoire n'est pas un bateau monté par lui, et ces types sont bien ceux qui ont mis à sac notre appart.

— Or, si on admet que Némèse nous a dit la vérité là-dessus…

— On peut admettre aussi que — quelle qu'en soit la raison et fût-elle inavouable...

— Ce qui n'est pas notre affaire...

— Il dit également la vérité sur le reste.

— D'où il appert...

— Qu'on fait comme on a dit.

Dès la nuit de leur rencontre avec Némèse, Clémence et Julien avaient envisagé toutes les hypothèses. Transmettre à la police les éléments dont ils disposaient, c'était à coup sûr courir à la catastrophe ; c'était même, peut-être, aller au devant de graves ennuis de santé, d'une mauvaise rencontre ou d'un accident de la circulation. De toute façon, en l'état, ces éléments ne pouvaient devenir des preuves que s'ils étaient exploités par une enquête sincère... conduite par les services placés sous l'autorité de Morcerf, le fidèle entre les fidèles de Perrault, et alors que Clémence venait d'apprendre, par un ami de la Chancellerie, que Villefort, le garde des Sceaux membre du *Primum Agmen Christi*, avait fait savoir par une voie discrète au juge d'instruction que sa nomination à la Cour de cassation était en très bonne voie, pourvu qu'il ne s'égare pas en vaines investigations et que tout soit mis en œuvre pour retrouver les trois individus dont le portrait-robot avait été dressé par le témoin.

Les voies normales par lesquelles devait s'exercer la justice étaient en conséquence impraticables. Il fallait donc en trouver d'autres. Clémence et Nikos avaient plus que des idées vagues sur ce qu'elles pourraient être. Et Némèse avait promis son concours sur un des dossiers — si un certain DVD refaisait surface.

— Primo : rencontrer l'abbé Faria, pour vérifier si j'ai bien compris mon Juju.

XLIV

Deux jours plus tard, en fin de matinée, Nikos débarque à l'aéroport Vènizèlos. Le juge Palamidès a insisté pour que Nikos descende chez lui. Mais il ne rentrera que ce soir : il est parti deux jours à Thessalonique pour un colloque ; aussi, la Serbe d'une cinquantaine d'années qui tient sa maison depuis son veuvage, il y a quatre ans, est-elle seule pour accueillir Nikos. Du balcon de la chambre, la vue est saisissante sur la pieuvre urbaine qui étend ses tentacules à perte de vue, jusqu'à la mer et autour de l'Hymette bleuté où, malgré les hommes, malgré les bagnoles et la pollution, malgré tout, les abeilles continuent à fabriquer leur miel — le seul qui soit digne des dieux.

L'immeuble est situé dans les hauts de Kolonaki, à trois minutes d'une place ovale bordée de cafés, une manière de Saint-Germain-des-Prés que les Athéniens surnomment poétiquement le bidet. L'appartement est vaste, le mobilier sobre et contemporain, à l'exception de quelques meubles traditionnels en bois sculpté et, au sol ou sur les murs, de quelques tapis aux couleurs vives, venant les uns et les autres de Parigoros. Dans le salon, une vitrine présente une jolie collection d'antiques : un fragment de bas-relief funéraire figurant un jeune homme accompagné de son chien, un petit bronze archaïque (moins de dix centimètres) de Zeus brandissant son foudre, et un autre, deux fois plus grand, du plus pur classicisme, représentant Artémis chasseresse ; une monnaie d'argent de Milet portant un profil d'Apollon impérieux et serein, coiffé d'une couronne de laurier et dont les cheveux s'écoulent en longues mèches sur sa nuque. Et puis il y a des céramiques: deux tanagras et une coupe à figures noires, remarquablement conservée, sur laquelle se succèdent trois scènes illustrant la légende d'Io, jeune fille aimée de Zeus que le roi des dieux transforma en génisse pour égarer la jalousie d'Héra, son épouse. Mais celle-ci n'étant pas tombée de la dernière pluie et ayant exigé qu'on lui consacrât cette bête digne de celles dont le président Larsouille aime tant à flatter la croupe dans les comices agricoles, elle en confia la garde à son berger Argos, dont la vigilance était impossible à tromper du fait des cent yeux disposés tout autour de sa tête. Impossible? pour tout autre qu'Hermès bien sûr, lequel, envoyé en service commandé par Zeus, apparaît sur la face extérieure de la coupe en train de jouer de sa syrinx pour charmer Argos jusqu'à l'endormir; puis de lui toucher les yeux de son caducée afin qu'il ne se réveille point, avant de... lui trancher la tête (tant il est vrai qu'Hermès peut parfois se montrer implacable); alors qu'à l'intérieur de la coupe, au centre, on voit Héra semer les yeux de son serviteur défaillant sur la queue de son oiseau favori — le paon.

Et puis il y a encore un gros tesson, provenant d'un cratère à figures rouges, le vase dans lequel on mélangeait l'eau et le vin, trop fort pour être bu pur; on y voit trois femmes terrifiantes à chevelure de serpents, armées de fouets et de torches. Morganella? non! il s'agit d'Alecto, Tisiphonè et Mégère, les Érinyes jetées à la poursuite d'un criminel dont la cassure du vase empêche pour jamais de connaître l'identité.

Lorsqu'un meurtrier (...) dissimule ses mains trempées de sang, nous, témoins de vérité, surgissons devant lui, au nom des morts, pour lui réclamer, sans merci ni pitié, le prix de ce sang qu'il a répandu. (...) Sur lui notre chant s'abat; chant de panique, qui épouvante, qui ébranle l'esprit, hymne des Érinyes qui asservit les âmes, hymne sans lyre qui pétrifie de terreur les mortels. (Eschyle, Les Euménides, *traduction Olivier Dhellemmes.)*

La gouvernante serbe a préparé un en-cas que le Bel-Hermès dévore à belles dents. Il fait une courte sieste — il n'a jamais fait la sieste qu'en Grèce, mais dès qu'il est en Grèce il ne peut s'en passer — puis il décide de retourner à l'Acropole où Julien et lui sont montés si souvent. Ensemble. Ce matin, en débarquant de l'avion, il a eu pour la première fois l'impression de revenir chez lui. Leur relation à la Grèce, à Julien et à lui, était étrange. Nicolas n'avait jamais ressenti d'émotion particulière en arrivant pour les vacances dans le pays de ses origines, tandis que Julien, dont les affinités avec cette terre étaient purement électives, affirmait que, s'il avait cru à la réincarnation, il aurait été certain d'avoir vécu là plus d'une de ses vies antérieures, tant il éprouvait, chaque année avec la même intensité, le sentiment de rentrer à son port d'attache.

Depuis ce matin seulement, Nikos comprend ce que Julien lui a tant de fois expliqué, en même temps qu'il doit réapprivoiser cette ville qu'il connaît bien, mais qu'il n'a jamais connue seul, qu'il a toujours connue avec Julien. Il se sent comme Durrell à Istanbul, dans *Tunc,* ce livre que Julien lui a fait lire, après tant d'autres...

Il ne m'est plus possible d'évoquer Polis sans voir le visage de Bénédicta superposé aux mosquées, aux cimetières, à la forêt oscillante de mâts sur la Corne d'or, à n'importe quoi.

Son cœur bat fort en montant la rampe qui conduit aux propylées. Et pas seulement parce que la lumière déclinante donne au marbre la nuance et le velouté de la peau d'un être aimé. Un instant, il pense que le miracle va se produire, qu'il va retrouver Julien là-haut ; que Julien l'attend, derrière une colonne, assis sur un bloc de marbre, depuis dieu sait quand. Une larme roule sur la joue de Nikos. Il ne l'essuie pas. Il erre, au hasard, sur la colline sacrée. Il entre au musée et file droit vers la statue du moscophore, le porteur de veau, Hermès peut-être, que Julien aimait tant ; il ressort. Il va s'asseoir derrière l'Érechteion, dont la base des colonnes est gravée d'un entrelacs d'une incroyable délicatesse que Julien a caressé de ses doigts lors de leur dernière visite, il y a un an. Et là, pour la première fois depuis la mort de son compagnon, Nikos se met à prier.

Qui ? Le sait-il ? Les dieux que les hommes se sont choisis dans ce moment unique de l'histoire où ils ont décidé de se rendre libres ? Les dieux qui, dans ce lieu, ont entériné les lois que, pour la première fois, les hommes se sont données, non pour encadrer l'arbitraire d'un despote, mais pour garantir le droit du faible face au puissant, pour que soit puni même le puissant qui violerait la loi.

Le soleil lui-même ne doit pas dépasser les limites ; sinon les Érinyes, servantes de la justice, sauront le débusquer. (Héraclite d'Éphèse, traduction Olivier Dhellemmes.)

Nikos prie la sage Athéna de lui conserver la raison dans ce qu'il va entreprendre, elle qui, sur l'Aréopage, la colline d'en face, a établi le premier tribunal criminel composé de jurés citoyens, afin de juger Oreste pour le meurtre de sa mère, un meurtre commis par Oreste parce qu'il n'avait pu laisser impuni le meurtre de son père.

Oreste : Et maintenant, Apollon, explique si j'ai agi conformément à la justice quand je l'ai tuée ; parce que ce fait-là, je ne le nierai point. (Eschyle, Les Euménides*, traduction Olivier Dhellemmes.)*

Il prie Apollon qui plaida le meurtre juste et obtint, grâce à l'égalité des suffrages et à la voix d'Athéna, l'acquittement d'Oreste. Il prie Hermès, le dieu des avocats, de lui inspirer les mots qui feront triompher la cause qu'il doit défendre ; il prie Héra qui protège les unions et Aphrodite qui veille sur les amoureux, Artémis dont les flèches ne manquent jamais leur cible, Arès qui donne la force et l'audace aux guerriers... Mais il ne prie pas le dieu de Paul qui s'est abattu sur l'humanité comme une malédiction, en substituant le binaire à la complexité, l'obéissance à la quête de sagesse, la moraline à la vertu, en fondant tous les totalitarismes par la soumission à l'Unique, en avançant masqué derrière l'impossible pardon et l'inepte amour du prochain.

Il n'y a pas plus de pardon que d'amour du prochain, pour Nikos ; il y a l'amour de ceux qui lui sont aimables, la haine de ceux qui lui sont haïssables — le droit à la dignité, pas la charité, pour les autres.

Le juge Palamidès le prend dans ses bras et le serre contre sa poitrine — comme un père son fils — lorsque, retour de l'Acropole, Nikos passe le seuil de sa porte. Puis il l'emmène dîner au Pirée.

Il n'y a pas de période plus agréable que le début de juin à Athènes. Les caprices de mars ne sont plus qu'un lointain souvenir, l'agitation de Pâques est retombée, le beau temps s'est installé, radieux, mais s'il fait déjà chaud, le soleil ne joue pas encore au tyran implacable qui, bientôt, écrasera tout et tous. Ce soir-là est particulièrement doux, une brise à peine tiède souffle de la mer. Quatre tables sur un trottoir devant une boutique éclairée au néon, tout en longueur, presque sinistre ; mais un incomparable festin de seiches farcies et de salade de poulpe, de langoustines et de *vatrachopsaro* (la lotte, que les Grecs appellent poisson-grenouille à cause de sa gueule) arrosé d'un filet d'huile d'olive du village du tavernier, en Argolide — la meilleure bien sûr —, accompagnés d'une *retsina* produite par le beau-père du tavernier, à Kassos — la meilleure bien sûr. Le juge écoute Nikos.

— Naturellement, je peux vous montrer les pièces qui prouvent ce que...

— Vous ne me montrerez rien du tout, Nicolas. Je connais assez Clémence pour savoir que, si elle m'a écrit ce qu'elle m'a écrit, c'est qu'elle avait les meilleures raisons du monde de le faire.

— Vous êtes donc avec nous ?

— Avez-vous pu en douter un seul instant ? Héraclite disait qu'un peuple doit combattre pour la loi comme il combattrait pour défendre ses murailles. Nous ne ferons rien d'autre, n'est-ce pas ? Nous ne ferons que défendre la loi, avec l'énergie du désespoir, contre ceux qui l'ont asservie pour couvrir leurs bassesses et leurs crimes.

— Merci, monsieur le juge, du fond du cœur, de ma part, de celle de Clémence et...

— Soyez donc moins cérémonieux, Nicolas, mon prénom est Klèovoulos. Quant à vos remerciements, gardez-les pour d'autres, s'il vous plaît. Je ne fais que mon devoir, comme je l'ai fait, naguère, ici, en combattant les Colonels. Le devoir — non le droit — de désobéissance à l'État, dès lors qu'il devient illégitime, devrait être inscrit dans toutes les constitutions démocratiques. Mais vous, Nicolas, vous devez rester le plus étranger possible à tout ce qui va se passer : s'ils venaient à vous soupçonner, ils ne reculeraient pas davantage...

— C'est la raison pour laquelle nous avons besoin de votre aide.

— Vous n'avez qu'à me dire ce que vous attendez de moi.

— D'après Clémence, vous êtes invité chaque année au Forum mondial pour l'Intelligence et la Beauté.

— C'est exact. Ils insistent même, depuis trois ans, pour que je fasse une communication sur les dangers de la corruption dans les démocraties occidentales.

— Justement, nous avons pensé que vous pourriez accepter…

XLV

Les couleurs éclatantes de l'ara au plumage vert pomme, à l'aigrette turquoise, à la gorge pastel soutachée de jaune citron, et au bout de la queue vermillon, contrastent avec la chaux immaculée du mur et la soutane noire de l'higoumène Séraphim. Perché sur son épaule, l'oiseau frotte sa tête, où saille un œil de jais cerclé de blanc, contre la tempe du saint homme, avant de tendre le bec vers la commissure de ses lèvres — comme une caresse que suivrait un baiser.

— Soyez le bienvenu, Nicolas. J'attendais votre visite depuis que Klèovoulos m'a dit ce qui était arrivé à notre ami.

Le jeune moine roux introduit Nikos dans le bureau de l'exarque de Parigoros qui, aussitôt, fait signe à son secrétaire de se retirer. L'higoumène se lève et, malgré les protestations de l'oiseau, le repose sur son perchoir, pour s'avancer à grandes enjambées vers le visiteur et lui serrer chaleureusement la main.

Afin de ne pas risquer d'être écouté, Nikos a attendu d'être à Athènes pour appeler le monastère, depuis une cabine publique, et demander à l'higoumène quand il pourrait le recevoir. Hier, il a pris le bateau à Rafina. Voyage douloureux ; un an plus tôt, à quelques jours près, ils avaient fait le même, Julien et lui, ensemble, débordant d'optimisme en cette nouvelle vie qu'ils croyaient commencer.

Dimitris, le prof de gym et chasseur émérite de mérou, est venu le chercher au port de Vathy, de l'autre côté de l'île, et l'a hébergé chez lui, à la capitale ; le juge Palamidès avait bien proposé à Nikos la maison de Posidonia, mais pour le principe et en connaissant d'avance sa réponse. Ce matin, le Bel-Hermès a donc coiffé le casque rouge décoré de deux ailes et enfourché la Yamaha XT 660 R qu'il avait laissés à la garde de Dimitris lorsque Julien et lui étaient partis en septembre dernier — avec l'idée de revenir au printemps.

Juste avant le premier des lacets qui conduit à *Aghios-Pantèleïmon*, là où la route cesse d'être asphaltée, Nikos a traversé un vallon humide où, à cette saison, l'eau qui dévale du *Prophitis Ilias* forme encore une espèce de marigot dont les abords se sont couverts d'un fastueux tapis d'iris sauvages.

Hyakinthos, décrit par Lucien comme le plus beau jeune homme que la Terre ait jamais porté, était le fils d'un roi de Sparte dont la mort était commémorée, chaque année, par une grande fête regroupant tous les jeunes gens de la cité. Aimé d'Apollon qui lui enseigna la lyre, le tir à l'arc, la divination et toutes les disciplines de la palestre, Hyakinthos s'exerçait avec son amant au lancer du disque, lorsque Zéphyros, lui aussi amoureux du jeune Spartiate et dévoré de jalousie, détourna de son souffle le disque lancé par son rival, qui frappa le bel Hyakinthos et le tua sur le coup.

Nikos n'a pu faire autrement que s'arrêter pour contempler quelques instants ce lac de fleurs aux pétales d'un éclatant violet, ni s'empêcher de penser que le sombre cramoisi de leur face interne rebrodée de fils d'or est bien proche de la couleur du sang séché.

Fou de douleur, l'immortel Apollon appelle alors en vain le trépas : « Mais pourquoi donc m'est-il interdit de donner ma vie en échange de la tienne, ou au moins de périr à ton côté ? » (Ovide, Métamorphoses, *X, 215). Puis, décidant de garder Hyakinthos en vie « dans ma mémoire, dans mes vers, sur ma lyre », il fait jaillir du sol, à l'endroit où le sang de son aimé l'imprègne, une fleur qui n'est pas la jacinthe mais sans doute l'iris, et dont les pétales portent les lettres AI qui, en grec, expriment la douleur — celle, éternelle, d'Apollon. (Henri Tourtois,* Dictionnaire gay de la mythologie grecque.*)*

— Je sais par où vous êtes passé, Nicolas, j'ai fait le même chemin. Klèovoulos vous a raconté, je crois. J'étais fou amoureux d'un garçon. Il s'appelait Philippe, il est mort comme Julien, de la même violence et dans les mêmes souffrances. Moi aussi j'ai voulu me supprimer. Parce que je ne pouvais ni envisager de vivre sans lui, ni lui faire rendre justice. Et, moi aussi, c'est une femme qui m'a… « sauvé ». Qui m'a empêché d'en finir, plutôt ; pour le meilleur et pour le pire.

— Et après cela vous pouvez encore croire en Dieu ?

L'higoumène Séraphim réfléchit.

— Pour l'instant, cher Nicolas, permettez-moi de vous répondre, comme dans un drame judiciaire américain, que cette question n'a pas à être posée. Ce que je sais, en revanche, c'est que j'ai rencontré charnellement d'autres hommes — beaucoup —, sans jamais retrouver l'évidence que j'avais éprouvée en face de Philippe. Et que tout cela a fini par ne plus revêtir pour moi le moindre sens. J'en ai donc cherché ailleurs. J'ai tâché de me rendre utile plutôt que de m'évertuer à remplacer celui qui était irremplaçable.

L'ara proteste vivement. Pour répondre à ses récriminations ou pour faire diversion, l'higoumène se lève et le replace sur son épaule.

— Utile à cette pauvre bête, par exemple. La première fois que je l'ai vue, elle était si mal en point, elle avait le plumage si terne. Elle était en train de crever, attachée court à son perchoir, en plein soleil, devant la boutique d'un marchand d'animaux, sans même de quoi boire. L'évidence a été aussi impérieuse qu'en face de Philippe : pour lui je n'avais rien pu ; ce perroquet à moitié galeux, promis à une mort prochaine, attendait tout de moi.

L'ara reprend son manège de caresses et de baisers, comme s'il voulait appuyer les propos de l'higoumène en lui témoignant son affectueuse reconnaissance. Les deux hommes demeurent un moment silencieux.

— Et voilà qu'à présent, je suis indirectement responsable de votre malheur. Un malheur tellement proche du mien.

— Comment cela, responsable ?

— J'ai cru que lui recommander la prudence suffisait, alors que j'aurais dû interdire. Il aurait été furieux contre moi mais... ne serait-il pas toujours à vos côtés ?

— Cette question-là, si vous me permettez, Votre Béatitude, n'a pas non plus à être posée. La chaîne de causalité, dans ce cas, remonterait à ceux qui l'ont mis dans l'impossibilité de continuer à faire son métier de juge, ce qui l'a conduit ici. Ou à moi, qui l'ai convaincu de changer de vie et qui n'ai pas su voir se rapprocher les dangers qui le menaçaient. À son amie, juge au pool anticorruption, qui l'a persuadé de quitter l'administration pénitentiaire pour s'occuper avec elle d'affaires financières. Voire à Klèovoulos qui nous a prêté sa maison et qui est intervenu auprès de vous pour que vous donniez cette autorisation que vous n'auriez pas accordée sans sa recommandation.

— Mais quand Julien m'a fait part de ses découvertes, j'ai ri. Tout en lui disant que ce qu'il avait mis au jour pouvait se révéler dangereux...

— Cette découverte n'est qu'un des mobiles du meurtre.

— Vous avez sans doute raison, mais la mort de Julien m'a renvoyé quarante-quatre ans en arrière, à la culpabilité que je croyais avoir étouffée, au deuil que je croyais accompli.

— Le meurtre de Philippe était un meurtre homophobe. Vous n'en avez été responsable en rien. Les coupables sont ceux qui ont porté les coups et ceux qui répètent, depuis *Le Lévitique* et Paul de Tarse, que nous sommes des abominables, des pervers, des insultes à Dieu et des menaces pour la survie de l'humanité. Vous n'êtes pas davantage responsable de l'impunité du meurtrier de Philippe. Encore aujourd'hui, dans bien des cerveaux, et pas seulement des cerveaux policiers, le seul fait que la victime soit homosexuelle signifie qu'elle est la véritable responsable de ses malheurs, constitue une circonstance atténuante pour les meurtriers de Julien, une quasi-justification du fait qu'on ne les retrouvera pas. Comme le seul fait d'*être* juif justifiait la mort aux yeux des nazis. Julien a été tué en raison de ce qu'il avait fait comme juge et de ce qu'il avait découvert ici, mais il a été tué avec cette sauvagerie, cette bestialité, en raison de ce qu'il *était*. S'ils avaient eu à se débarrasser d'un ennemi *normal*, les gens qui ont commandité ce crime auraient fait sauter sa voiture, comme celle du juge Falcone, ou bien ils auraient envoyé des motards, comme pour le juge Renaud et le juge Michel. À moins qu'ils n'aient pris soin de maquiller le crime en suicide ou en accident — il aurait été renversé par une voiture folle, ou bien on l'aurait retrouvé noyé dans dix centimètres d'eau en forêt de Fontainebleau. Mais non! pour faire passer ce meurtre dans l'opinion, pour discréditer du même coup ce que Julien avait fait, il fallait que sa mort soit imputable à de prétendus semblables, travestie en règlement de comptes entre pervers anormaux. Parce que ce meurtre est aussi un meurtre homophobe, il *devait* s'accompagner d'un déchaînement de violence: il ne suffisait pas que Julien meure, il *devait* souffrir le plus possible, le plus longtemps possible. Il est mort en raison de ce qu'il a fait mais il *devait* auparavant expier ce qu'il *était.* C'est en quelque sorte *obligatoire* dans un meurtre homophobe, dans celui de Philippe comme dans celui de Julien. Il *faut* insulter, humilier, torturer l'infâme, mutiler le corps qui a servi au plaisir abominable, il *faut* une agonie interminable ; comme il fallait, aux yeux des nazis, nier l'humanité des Juifs avant de les tuer au travail ou de les gazer.

— Vous voulez dire qu'en dernier ressort, Philippe et Julien sont des martyrs du christianisme et que je ne devrais pas être ce que je suis, un dignitaire d'une Église chrétienne.

— Je ne dis rien de tel. Si vous êtes passé par où je passe, je passe par où vous êtes passé, et je crois pouvoir comprendre comment, à l'issue d'une telle épreuve, la foi peut apparaître comme l'ultime secours face à l'absence de sens, à une insurmontable douleur. Comment on peut chercher, sinon la sérénité et l'oubli, du moins le calme et la protection d'un tel lieu contre l'absurdité et la violence d'un monde qui vous a tant pris ; presque tout. C'est d'ailleurs la seule manifestation du christianisme qui me semble désormais vaguement légitime : se retirer du monde et prier pour son salut — toutes les autres sont désormais pour moi des simagrées criminelles, des discours de haine qui me visent directement. Des mots qui tuent. Mais si je passe par où vous êtes passé, je n'ai pas encore atteint l'issue, et je ne l'atteindrai pas avant que justice soit rendue, parce que nous avons, contrairement à vous il y a quarante-quatre ans, les moyens d'obtenir qu'elle le soit.

— Je le sais Nicolas, et je sais aussi que je ne me pardonnerais pas si, à vous aussi, il arrivait malheur. Vous devez vous tenir aussi éloigné que possible de tout cela, pour n'être soupçonnable de rien ; ce sera difficile pour vous, mais vous devez laisser à d'autres le soin d'agir.

— À vous ?

— Cela dépend de ce que vous attendez de moi.

— C'est bien vous, n'est-ce pas, que, dans son testament, Julien a désigné comme son abbé Faria ?

XLVI

Avant de repartir du monastère, Nikos avait demandé à l'higoumène s'il pourrait voir la chapelle d'*Aghios-Armas*, et le père Séraphim l'avait conduit jusqu'à cet antre où Julien avait découvert le *Manuscrit phallique des actes de Paul.* Nikos était d'abord resté bouche bée devant la splendeur des fresques. L'abbé lui montra le caducée sous la pierre d'autel, et l'orifice du boyau par lequel les mystes débouchaient dans ce Saint des Saints, après avoir subi des épreuves qui demeureraient sans doute à jamais inconnues, après avoir cheminé sous terre, conduits par un mystagogue, comme les âmes qu'Hermès accompagnait aux enfers. Dans cette chapelle se déroulait sans doute la phase finale de l'initiation qui faisait d'eux de nouveaux Fils d'Hermès, avant qu'ils ne regagnent le jour, comme Orphée ou Héraklès étaient revenus du royaume des morts grâce à l'aide du dieu au caducée.

L'higoumène se dirigeait vers la porte lorsque, soudain, Nikos sentit monter en lui une vague de désespoir qu'il ne put retenir d'éclater en sanglots. Sa Béatitude se retourna, s'approcha de lui et, dans un geste paternel semblable à celui de Klèovoulos, prit Nicolas dans ses bras, sans une parole, jusqu'à ce qu'il se fût calmé.

Le père Séraphim ne rouvrit la bouche qu'en haut de l'escalier; il avait récemment exhumé un traité sur l'Hermès Trismégiste, « pour des recherches personnelles », et quelle n'avait pas été sa surprise d'y trouver deux autres pages du manuscrit phallique!

Dans le monde hellénistique, et notamment en Égypte où il est assimilé à Thot, le dieu des savoirs cachés, des invocations sont adressées à Hermès mègistos, mègistos, mègistos *(le plus grand, le plus grand, le plus grand), bientôt résumé en* trismègistos *(trois fois le plus grand).*
*À cet Hermès Trismégiste sont attribués de nombreux traités de philosophie mystique, d'astrologie, d'alchimie ou de magie, dont il passe pour le fondateur et qui vise en premier lieu à provoquer l'épiphanie (manifestation terrestre) d'un dieu. Ce corpus, qui fonde la tradition hermétique médiévale et moderne, postule que la connaissance vraie (*gnosis*) est donnée par une révélation divine, le plus souvent au moyen d'un songe ou de la découverte d'un manuscrit caché…* (Henri Tourtois, *Dictionnaire gay de la mythologie grecque.)*

— Cela vous intéresse ?

— Bien sûr. Nous avons l'intention de rendre public le travail de Julien : la justice n'implique pas seulement la punition des coupables, elle suppose aussi que soit révélé, avec le plus d'éclat possible, ce qu'ils ont voulu cacher en commanditant ce meurtre.

— Vous repartez quand ?

— J'ai prévu de rester dix jours. C'est un minimum pour qu'on ne soupçonne pas dans ma venue ici autre chose que des vacances.

— Très bien. Je ferai faire une copie de ce document par mon secrétaire, ajouta le père abbé en souriant, cela mettra à l'épreuve son aptitude à conjurer la tentation. Passez la chercher avant votre départ ; je vous préciserai alors la date de mon arrivée en France.

— Vous êtes certain de pouvoir être à Castillon le 15 août ?

— Je vous l'ai dit : il y a un des rares monastères orthodoxes de France à quelques kilomètres, et le Vatican a invité le patriarche de Constantinople-Nouvelle-Rome à prier la Vierge avec lui pour le retour à l'unité de l'Église. Le patriarche a déjà répondu qu'hélas il ne pourrait faire le voyage mais, œcuménisme oblige et même si personne n'ignore que c'est du vent, le Phanar doit envoyer un représentant de haut rang. J'ai ce rang et je suis resté très proche du patriarche.

De retour à Parigoros, Nikos emprunte la combinaison de Dimitris et part plonger. Seul. Sans fusil. Il en a besoin. Il en a besoin parce qu'il est encore temps de tout stopper. Parce que rien d'irrémédiable n'a encore été accompli ; parce que, si le compte à rebours est désormais enclenché, il est encore possible de l'interrompre. Il nage pendant cinq heures d'affilée. C'est toujours comme cela pour Nikos. Comme lors de la visite de Grimm, comme le matin où il est allé courir dans le parc Félix Hap. Il a besoin de fatiguer son corps pour réfléchir calmement, de le conduire jusqu'au seuil de l'épuisement pour arrêter ses décisions.

Pendant cinq heures, Nikos nage, avec, dans les oreilles, le seul bruit de la mer ; avec, dans les yeux, le seul bleu de la mer. Lorsqu'il sort de l'eau, il claque des dents et tous ses muscles tremblent, ses lèvres sont violettes et il titube comme un homme pris de boisson. Mais il n'a plus le moindre doute : il ira jusqu'au bout.

Pour Perrault et Lantaigne, tout est désormais en place. Mais un problème demeure : celui de son père. Pas sur le principe ; sur les modalités. Depuis qu'il a décidé, au parc Félix Hap puis avec Clémence, que les trois commanditaires de l'assassinat de Julien devront payer, il se demande comment présenter l'addition à son géniteur et il n'a toujours pas trouvé la solution. Le commissaire Némèse a été clair : il a de quoi faire tomber Lantaigne et il est prêt (lui ou celui pour qui il travaille, probablement Czarblansky, l'ancien ministre de l'Intérieur) à donner ce qu'il faudra à Clémence et Nikos, si Clémence et Nikos remettent la main sur le DVD qui fera tomber Perrault. Mais Michel Kalermis n'est pas compris dans le marché qu'ils ont conclu : personne, et pas davantage Czarblansky si, comme il l'espère, il succède à Perrault, n'a intérêt à déstabiliser le patron d'une industrie d'intérêt national.

Il faudra donc se débrouiller autrement. Mais comment ?

Nikos rentre chez Dimitris. Il est dix-neuf heures passées. Ce soir, Dimitris a convoqué toute la *parèa* autour de Nikos. Mais Dimitris est encore au club de gym qui ne ferme qu'à vingt heures trente. Nikos rince la combinaison de plongée, le masque et les palmes, il prend sa douche puis il se jette sur son lit et s'endort comme une masse. Mais moins d'une heure plus tard, il est debout. Comme s'il s'était endormi seulement pour faire un rêve.

Un rêve qui commence en cauchemar, sous terre, dans un boyau étroit où Nikos étouffe. Il est nu ; il rampe, il se tortille comme un ver. Là-bas, à cinq mètres devant lui, son mystagogue le conduit vers une issue d'où rayonne une lumière intense. Ce mystagogue, c'est Julien, bien sûr. Un Julien défiguré, couvert de plaies, comme il l'a vu à la morgue, mais qui lui sourit, l'encourage, le rassure. Le boyau est juste assez large pour laisser passer le corps de Nikos, mais Julien, lui, s'y meut avec aisance, se retourne vers Nikos, comme si l'exiguïté de la galerie n'était pas pour lui une contrainte. Enfin ils arrivent ; Julien s'extrait le premier, mais lorsque, à son tour, Nikos débouche dans la chapelle d'*Aghios-Armas*, il n'y a plus personne. Il est seul, face à une statue d'argent d'Hermès d'où irradie la lumière. Une statue dont les traits sont exactement semblables aux siens — comme s'il se voyait dans un miroir. Une statue qui parle avec la voix de l'higoumène : « Ton Julien, je l'ai pris sous ma protection. Il est en sécurité à présent et, là où il est, il continue de t'aimer. Quant à moi, qui suis le dieu de la ruse, des voleurs et des menteurs, je viens te dire ceci : c'est par la ruse, le vol et le mensonge que le criminel sera puni ; et moi qui suis le dieu des voyageurs, je viens te dire ceci : c'est du pays où les hommes sont noirs que te viendra la réponse que tu cherches. » Puis le dieu touche les yeux de Nikos avec son caducée, et Nikos se réveille en sursaut.

Il enfile un slip, se dirige vers le réfrigérateur, se sert un grand verre de lait, le sucre d'une généreuse cuiller de miel, et l'avale d'un trait. Il se sent complètement reposé, et fin prêt pour une nuit de bringue. Il cherche RFI sur le poste de radio, c'est l'heure du bulletin d'informations africaines…

Depuis ce matin, l'état d'urgence est proclamé à Bouakélé, la capitale du Papongo, ainsi que sur tout le territoire contrôlé par les forces gouvernementales. On se souvient que la rébellion sudiste, qui semblait contrainte à la défensive depuis plusieurs mois, a lancé au début de cette semaine, contre toute attente, une grande offensive en direction de la province minière du Kitonga. Les moyens matériels mis en œuvre avaient surpris par leur puissance, laissant supposer que la rébellion avait trouvé de nouveaux et puissants appuis financiers. Mais personne ne s'attendait à ce que le conflit soit porté aussi brutalement au cœur du pays jusqu'à ce matin, lorsque, à l'aube, un groupe de mercenaires s'est emparé pendant quelques heures du palais présidentiel, avant de se retirer apparemment sans avoir subi aucune perte.
Les autorités papongolaises refusent pour l'heure d'en dire davantage comme de donner la moindre précision sur l'état

de santé du président Gervais Ngokolo qui, de source officieuse, serait sérieusement blessé. On sait que le président Ngokolo, originaire du Nord, a dirigé d'une main de fer la République socialiste populaire du Papongo entre 1966 et 1990, avant de revenir au pouvoir à l'issue de l'élection contestée de 1996 qui a marqué le début de la rébellion sudiste. L'Élysée fait savoir ce soir que le président Larsouille, dont les liens d'amitié avec le président Ngokolo sont étroits et anciens, a assuré du soutien de la France le général Kipakou, chef d'état-major, qui a suspendu les pouvoirs constitutionnels et déclaré l'état d'urgence. Mais, à Matignon, on précise qu'il n'est pas question, dans les circonstances présentes, de mettre en œuvre les accords de défense passés lors de l'indépendance entre Paris et Bouakélé, même si les forces françaises stationnées au Papongo ou prépositionnées au Gabon ont été mises en état d'alerte, notamment pour le cas où la population européenne…

Merci Hermès !

XLVII

Chez Astradèni, la cuisine est délicieuse et, dans la *parèa*, chacun fait comprendre à Nicolas que son deuil est aussi un peu le sien. Mais pas avec des paroles de fausse compassion ; par un geste, une attention, un coup d'œil qui suit le récit d'un souvenir avec Julien — Thèodoros en jouant au *laouto* la petite chanson que le compagnon de Nikos avait apprise par cœur, en grec… et en la transposant au masculin :

Je t'aime, je t'aime parce que tu es beau,
Je t'aime parce que tu es toi ;
Et j'aime, et j'aime le monde entier,
Parce que tu y vis ;
Ta fenêtre, ta fenêtre fermée,
Ta fenêtre, ta fenêtre est close ;
Ouvre, ouvre donc un de tes volets,
Que je vois ton image.

— Tu crois que tu pourrais ?

Nikos attaque sa papillote d'agneau au fromage ; il pose la question à Yorgos, l'apiculteur-informaticien.

— Je n'ai pas pratiqué depuis longtemps, mais c'est une question de remise en jambes : c'est comme le vélo, ça ne s'oublie pas.

— Et tu serais prêt à m'aider ?

— Je te l'ai déjà dit, Nikos ! combien de fois tu veux que je te le répète ?

— Mais il ne s'agit pas de déchiffrer un vieux grimoire, cette fois.

— J'ai beau être informaticien, je ne suis pas complètement idiot.

— On s'y met quand ?

— Quand tu veux, mais s'il faut que tout soit bouclé lundi matin, ça ne nous laisse que quarante-huit heures. C'est pas énorme ; d'autant que je ne sais pas ce que je vais trouver. Si tu veux, je te ramène à la maison ce soir et on commence tout de suite.

Avant de faire fortune avec sa *start-up* de jeux vidéo, Yorgos avait été un des *hackers* les plus doués de sa génération, et se retrouver devant son clavier à tenter de forcer l'entrée du système informatique de la Navale de Défense Kalermis le rajeunit de quinze ans — lui qui en a trente-deux. La maison est totalement isolée, sur le flanc de la montagne. Jannett a couché les gamins, puis elle est venue dire bonsoir aux deux hommes qui se sont installés dehors, sous la ramure d'un grand orme... l'arbre d'Hermès.

On n'entend plus que le clapotis de la piscine sur la terrasse en contrebas, les grillons partout autour, une grenouille ici ou là et, de temps à autre, le hululement d'Athéna, une minuscule chouette dont les yeux d'or brillent dans le feuillage d'un olivier tout proche. De lumière, il n'y a que celle des étoiles, et un faible halo qui émane de l'écran du portable. À côté, sur la table, les munitions indispensables pour ce genre de sport : une cartouche de cigarettes et une bouteille de raki — du raide, celui que Nikos avait utilisé pour faire descendre son coquetèle suicidaire. Pour l'heure, il tripote nerveusement l'hématite, la pierre de vengeance selon l'Hermès Trismégiste.

À trois heures du matin, Yorgos a déjà grillé deux paquets et demi, mais il se balade en toute liberté dans la comptabilité de la Navale de Défense Kalermis : il n'a pas perdu la main ! même si Hermès, qui est forcément le dieu d'Internet, lui a donné un coup de pouce.

— Alors, qu'est-ce que tu veux savoir ?

— D'abord, quelles sont les conditions du contrat passé entre le Papongo et la filiale minière, la Géokal, pour l'extraction des métaux rares.

Une demi-heure, un demi-paquet et quelques verres de raki plus tard :

— Ça, ça te va ?

— Génial !

Nikos parcourt rapidement le texte de vingt pages qui s'affiche à l'écran.

— Donc, la Géokal reverse 30 % de royalties au Papongo… Et tu pourrais me trouver de quel compte partent les règlements ?

Les étoiles s'éteignent une à une, l'horizon commence à pâlir. La bouteille de raki est vide. Yorgos a préféré continuer à la bière — pour garder l'esprit clair.

— Voiiiiilà ! Virements tous les trimestres. Mais… on dirait qu'ils sont à chaque fois suivis d'un autre versement, anonyme celui-là, dont le montant est exactement de 2,5 % du virement principal.

— Élémentaire, mon cher Yorgos Watson : le pot-de-vin du camarade Gervais, voyons ! versé sur un compte numéroté en Suisse, je suppose.

— Erreur, *mister* Holmes ! une fois sur deux au Liechtenstein et l'autre aux îles Vierges.

— Ah ! prévoyant le président Ngokolo, il ne met pas tous ses œufs dans le même panier. Et ils partent d'où ces virements ?

— Attends un peu… Si je ne me trompe pas… Oui, c'est bien ça : la Géokal paye un loyer astronomique à une autre filiale, domiciliée à Luxembourg et qui opère les paiements à partir d'un compte ouvert à la Dalmatia Banka de Zagreb.

— Eh ben ! ça c'est de la transparence ou je ne m'y connais pas ! comment veux-tu que les juges s'en sortent avec des moyens honnêtes ?! Tu pourrais faire un versement à partir de ce compte-là ?

— Faut voir.

— En fait, il faudrait que ce soit un vrai-faux versement.

La nuit bat en retraite. En cinq minutes, tous les oiseaux de l'île sont réveillés ; ils emplissent l'air d'un piaillement universel.

— C'est-à-dire ?

— Que tu fasses effectivement le virement pour qu'on en ait une preuve matérielle. Puis que tu rapatries le fric et que tu effaces les traces. Pour que, lundi matin, à la banque ou chez mon cher papa, personne ne puisse s'apercevoir de rien.

— Je vois. Et tu veux le faire sur quel compte ce versement fantôme ?

— C'est ce que je ne sais pas encore.

— On va se coucher en attendant que tu trouves ?

Jannett veille à ce que les enfants ne crient pas, ce samedi matin ; les hommes ne se lèvent qu'au milieu de l'après-midi. Ils mangent de bon appétit les feuilletés aux épinards que Jannett avait préparés pour le déjeuner, prennent un long bain dans la piscine avec les gamins, puis ils se remettent au travail.

En fin d'après-midi, le contrat (plus vrai qu'un vrai) signé par la Géokal avec la rébellion sudiste, six mois avant l'assassinat de Gervais Ngokolo (RFI vient d'annoncer sa mort) est finalisé. Il prévoit qu'une fois au pouvoir, le nouveau gouvernement abaissera les royalties dues par la Géokal à l'État papongolais de

30 à 17 %. Comment donc le général Kipakou, si ce vrai-faux contrat venait à tomber sous ses yeux, pourrait-il douter qu'en contrepartie de ce rabais, la Géokal a dû consentir d'un cœur léger à fournir les armes et payer les mercenaires grâce auxquels la rébellion est si soudainement montée en puissance ?

Pour le dîner, Jannett sert un cuisseau de cochon mijoté à l'étouffée, sur un lit de pommes de terre, de carottes et d'oignons, avec laurier, ail et romarin, dans le four de boulange que Yorgos a restauré de ses mains : une pure merveille ! d'autant que le cochon à moitié sauvage de Parigoros, rose à larges taches noires, est une bête aussi charmante que goûteuse. À minuit, Yorgos a opéré six virements : trois à la Pax and Securitas, une société britannique de mercenaires basée aux Seychelles, et trois à Airliberty International, une compagnie américaine installée en Angola, spécialisée dans les transports un peu spéciaux. Ils sont censés avoir été effectués à partir d'un compte croate bien connu de la présidence papongolaise : quatre puis deux mois avant l'attaque du palais de Bouakélé, pour les plus anciens ; le lendemain pour le solde.

Dimanche à une heure du matin, Yorgos a édité les preuves irréfutables de la vraie-fausse trahison de Michel Kalermis et, à trois heures, il a effacé toute trace de son passage comme des transactions, dans la comptabilité de la banque comme dans celle de la Navale de Défense.

La cartouche de cigarettes n'a pas suffi et la deuxième bouteille de raki tire sur sa fin.

— Avec ça, si Kipakou ne comprend pas ce qu'il doit comprendre…

Après l'annonce de la mort de Gervais Ngokolo, le chef d'état-major a été proclamé président de la République par l'Assemblée nationale, et il est aussitôt intervenu à la télévision pour affirmer sa volonté d'en finir avec les « bandits sudistes », de punir les coupables de l'assassinat présidentiel, ainsi que ceux qui l'ont commandité et financé.

— Finalement, c'est plus facile de fabriquer les preuves d'un crime qui n'existe pas que de trouver celles d'un crime qui a été commis.

— D'autant que les accusés ne peuvent pas les contester puisqu'ils en ignorent l'existence. Reste à faire parvenir tout ça au brave général.

— Ça ne devrait pas être le plus compliqué…

Nikos frotte nerveusement son hématite entre pouce et index.

— Alors allons-y.

— Tu es sûr de ce que tu me fais faire ? Tu ne le regretteras pas ?

XLVIII

Aujourd'hui, 14 août, c'est en triomphateur que l'enfant du pays devenu Premier ministre s'apprête à revenir sur les bords de la Vezangle. Enfant du pays, Perrault ne l'est d'ailleurs nullement, puisqu'il a été parachuté là, un quart de siècle plus tôt, jeune loup d'un des partis qui, depuis, s'est fondu dans le MUD, envoyé en mission dans cette province rouge, tel saint Paul en terre païenne, sans que personne ait cru alors qu'il pût avoir la moindre chance de conquérir cette circonscription dont la gauche se considérait comme propriétaire.

Et pourtant, il l'avait emporté dès son premier essai. De peu, certes, mais un peu qui n'avait cessé de fructifier, puisque depuis, pas une fois, les suffrages des Vezanglais ne lui avaient fait défaut. Il est vrai que nul mieux qu'Alain Perrault ne sait se montrer à la fois enjoué et compatissant en visitant une maison de retraite, lever le coude dans un vin d'honneur et rendre hommage aux éminentes vertus développées par la boule lyonnaise. Comme il est vrai que personne ne sait, mieux que cet adversaire acharné de la dépense publique, drainer les subventions vers sa circonscription, rendre à l'électeur les petits services qui font la longévité des démagogues ou, sur un marché de Béthune, serrer la main d'un « compatriote » exilé (dont il ignore tout), en le félicitant pour les inestimables qualités vezanglaises qu'il illustre de manière aussi éclatante.

Ce matin du 14 août, après s'être rasé, Alain Perrault se regarde longuement dans la glace : vingt-cinq ans pour en arriver là ; vingt-cinq ans de coups reçus et de coups donnés — pas tous très réguliers ; vingt-cinq ans de promesses — rarement tenues — et de sincérités successives — régulièrement reniées. En quoi croit-il encore ? En lui. Les convictions de sa jeunesse se sont vite effilochées : il y a longtemps déjà qu'elles ont disparu sans laisser de trace. C'est plus facile ; en politique, les convictions sont aussi encombrantes que les scrupules ou les fidélités. Il y a presque aussi longtemps qu'il n'a pas ouvert un livre — même un polar ; qu'il n'a pas fait quelque chose gratuitement, pour le plaisir, même un repas entre amis. Tout dans sa vie doit avoir une utilité, comme sa prétendue passion pour la poésie persane, la boxe thaïe ou la civilisation inuite. Des amis, d'ailleurs, en a-t-il encore ? Il a des amis... politiques, des clients, des obligés.

Dans deux heures, Alain Perrault s'envolera vers Montpellier où il doit accueillir, en début d'après-midi, Sa Sainteté Pie XIII, qui a choisi Castillon-sur-Vezangle et son antique pèlerinage en l'honneur de la Vierge noire pour sa première visite à la fille aînée de l'Église.

Un triomphe pour Alain Perrault, un triomphe qu'il savoure à l'avance, lors même qu'il n'a pas encore fini de déguster les propos que Larsouille lui a tenus la veille. Décidément, c'est une période faste ! Hier, à la fin de leur entretien en tête-à-tête qui précède chaque mercredi le Conseil des ministres, le président de la République lui a en effet annoncé qu'il renonçait à se représenter pour un troisième mandat, avant d'ajouter qu'il ne rendrait publique sa décision que dans deux mois, afin de lui permettre à lui, Perrault, son « fils spirituel », son « héritier naturel », de prendre toutes les dispositions nécessaires avec quelques longueurs d'avance sur ses concurrents potentiels.

Alain Perrault en aurait hurlé de joie ; mais il n'a pas cillé. Au contraire, il a feint la consternation, demandé au président de ne pas priver le pays de son expérience, de reconsidérer sa résolution. Puis il l'a remercié gravement de sa confiance, tout en soulignant que la tâche était si écrasante qu'il n'était pas certain d'être à la hauteur, qu'il devait réfléchir avant de… Avant de rentrer à Matignon, et d'y convoquer sur-le-champ ses intimes : Morcerf, le ministre de l'Intérieur, Villefort, le garde des Sceaux, Danglars, le ministre de l'Économie. Il ne leur a rien révélé de précis, mais il a prescrit que les préfets, les RG, le parti, les comités de soutien, les financements… tout et tous devraient être opérationnels d'ici à deux mois. Et chacun a compris ce que cela signifiait.

Alain Perrault est heureux ; la gestion n'a jamais été son affaire. Il s'est battu pour avoir Matignon parce que c'était une étape indispensable, mais il n'est vraiment bon, il ne prend vraiment de plaisir que dans la castagne. Or, aujourd'hui, commence le combat vers lequel a tendu toute sa vie. Un combat qu'il croit engager avec un avantage décisif, puisqu'il ignore que, hier soir, le président a rencontré très discrètement, chez une amie commune, son ministre de l'Éducation nationale, Georges Czarblansky, le vieux rival de Perrault au MUD, pour lui confier ce que personne ne saura avant deux mois, qu'il ne se représentera pas et qu'il serait heureux si Czarblansky, son « fidèle parmi les fidèles, le seul à être capable de poursuivre [son] œuvre », pouvait lui succéder.

En attendant, la joie d'Alain Perrault est sans mélange. Presque. Car depuis que le lendemain de son entrée à Matignon, le 9 avril, il a demandé à Morcerf de voir les photos du cadavre de ce « petit con de juge qu'il a bien fallu éliminer », Alain Perrault n'a pas passé une journée sans repenser, certes brièvement, à un moment ou à un autre — comme maintenant, devant sa glace —, aux horribles photos de ce cadavre. Parler de remords serait trop fort. Et puis c'est un sentiment qu'il ignore. Mais il regrette. Vaguement. Que le petit con de juge n'ait pas accepté la nomination au Conseil économique, ou la rosette, ou autre chose… qu'il n'ait pas marchandé. Pour Perrault, tout peut se marchander. Il regrette de n'avoir pas récupéré le DVD, même s'il a dit à Larsouille qu'il l'avait détruit de ses propres mains. À moins que le petit con de juge ait dit la vérité et qu'on l'ait tué pour un DVD qui n'existe pas ? Mais comment être certain que quelque chose n'existe pas ? La seule manière de sauver sa vie, pour ce petit con de juge, eût été que le DVD existât et qu'il acceptât de le vendre. Dans tous les autres cas, sa mort était inévitable. Ce qui n'empêche pas le chrétien Perrault de regretter la violence, le débordement de sadisme qui l'ont accompagnée ; une violence, un sadisme qu'il estime inutiles — déplaisants.

À la même heure, ce matin du 14 août, Michel Kalermis termine lui aussi de se raser. Dans la matinée, son Falcon 50 décollera de Marseille-Marignane en direction de Bouakélé. Depuis l'assassinat du président Ngokolo, les relations n'ont cessé de se détériorer entre la Géokal et le général Kipakou, qui a décidé d'organiser une élection présidentielle pour faire ratifier sa désignation par l'Assemblée : tracasseries administratives, arrestations, expulsions… Quinze jours plus tôt, des attentats sur quatre sites d'extraction différents ont détruit deux excavatrices, trois compresseurs et un broyeur. Le ministre de l'Intérieur a accusé la rébellion sudiste, mais les cadres français de la Géokal sont formels : le coup vient des Mambas noirs, la milice gouvernementale. Sans compter que, la semaine passée, une manifestation populaire de soutien à la candidature présidentielle du général Kipakou a « spontanément » dégénéré en mise à sac du siège de la Géokal à Bouakélé.

Michel Kalermis ne comprend pas. Son directeur délégué sur place lui a rapporté que des bruits couraient en haut lieu, qu'on soupçonnait la Géokal d'avoir trahi, de financer en sous-main la rébellion, d'avoir commandité l'assassinat de Gervais Ngokolo. Michel Kalermis n'a jamais donné le moindre centime d'euro à la rébellion et se demande qui peut colporter de pareilles calomnies : ses concurrents américains sans doute. À moins que Kipakou n'ait décidé de faire monter les enchères, d'exiger une « revalorisation » du pourboire dont se contentait Gervais : ces nègres sont tellement insatiables !

Michel Kalermis est troublé, et contrarié aussi. Car aujourd'hui, il avait prévu de participer au pèlerinage de la Vierge noire de Castillon, lui, le *præcursor* du *Primum Agmen Christi* que le Successeur de Pierre a récemment nommé membre de l'Académie pontificale pour la vie. Mais hier, son directeur délégué à Bouakélé lui a dit que le climat se tendait de manière alarmante depuis vingt-quatre heures, que des grèves venaient d'éclater dans plusieurs mines et que les ouvriers menaçaient de s'en prendre aux cadres, tandis que les autorités refusaient d'envoyer sur place les troupes nécessaires pour garantir la sécurité des Européens.

Aussi Michel Kalermis a-t-il décidé de se rendre sans délai à Bouakélé, afin de lever les malentendus avec le nouveau maître du Papongo et de lui prouver sa bonne foi : il dînera ce soir avec le général Kipakou ; il s'attend à devoir y mettre le prix, mais il est résolu à ne pas mégoter. Il espère qu'il pourra redécoller tôt demain matin, jour de l'Assomption, pour arriver à Montpellier en début d'après-midi et assister aux vêpres que le Souverain Pontife célébrera à Castillon avant de repartir pour Rome.

Michel Kalermis passe dans sa chambre. Tony, son *butler*, lui a préparé une chemise bleue, une cravate sombre et l'un de ses vingt-sept costumes à la coupe exactement identique dont les teintes s'échelonnent de l'anthracite au bleu marine. Depuis que la petite dernière, l'anorexique, refuse d'y remettre les pieds quand elle sort de l'hôpital, le majordome et son patron sont les seuls habitants permanents de l'immense villa de la Corniche, avec une piscine dans laquelle Michel Kalermis ne se baigne jamais, et une vue sur la mer qui le laisse indifférent. Tony sert le petit-déjeuner, puis il apporte sur un plateau d'argent le courrier qui vient d'arriver : une dizaine de lettres, parmi lesquelles Michel Kalermis reconnaît aussitôt une des enveloppes, en tous points semblable à celles qui arrivent chaque matin depuis plusieurs semaines, expédiées de Bruxelles, chaque jour d'un bureau de poste différent, et qui, toutes, contiennent la même chose : une feuille blanche sur laquelle est imprimée la même phrase, chaque jour dans une police de caractères différente.

> *La vérité est en marche et, ainsi qu'il est dit dans l'Évangile selon Jean (8, 32), lorsque « vous connaîtrez la vérité, la vérité vous rendra libre ».*

Ce même matin du 14 août, à l'heure où Alain Perrault et Michel Kalermis finissent de se raser, Sa Béatitude Séraphim, exarque de Parigoros, lui, se livre à une activité sensiblement différente : la barbe est un ornement indispensable chez un prélat orthodoxe, et sa taille requiert le plus grand soin. Il est hébergé par la quinzaine de frères du monastère orthodoxe des Saints-Serge-et-Bacchus du Puech, dans un site somptueux, à quinze minutes de Castillon et à cinquante de Montpellier où il a débarqué, hier, en provenance d'Athènes. Le couvent est installé en hauteur. À l'ouest, il domine les gorges de la Vezangle qui, à cet endroit, forment un canyon creusé à la verticale sur plus de trente mètres, dans une roche noire. À l'est, il fait face au contrefort méridional du Massif central : une forêt de chênes nains, inextricable, monte à l'assaut d'un des volcans éteints qui jalonnent la faille courant des puys auvergnats jusqu'à la vieille cité grecque d'Agde, une forêt balafrée par une falaise d'orgues basaltiques sur laquelle donne la fenêtre de la cellule de Sa Béatitude.

> *« Tels des étoiles brillant joyeusement au-dessus de la Terre », Serge et Bacchus sont deux officiers de la garde impériale, intimes de l'empereur Maximien (306-310) dont ils « embellissent le palais ». « Ne faisant qu'un dans leur amour du Christ, ils étaient aussi inséparables dans l'armée du monde », et c'est en couple qu'ils sont dénoncés comme chrétiens à l'empereur, lequel les condamne à subir ensemble le martyre, unis dans leur foi « comme des fiancés ».*
> *Fouetté à mort, Bacchus trépasse le premier, provoquant une poignante lamentation de son compagnon : « Tu as été détaché de moi et tu es monté aux cieux, me laissant seul sur la Terre, désormais solitaire, sans réconfort. » L'attachement entre les deux hommes est d'ailleurs à ce point puissant que la plainte de Serge convainc Bacchus de s'arracher, la nuit suivante, au paradis, pour venir réconforter celui qu'il faut bien appeler son « aimé », et l'engager à le rejoindre sans tarder, « car pour moi, la couronne de la justice est d'être avec toi ». (Henri Tourtois,* Dictionnaire des saints et pontifes homosexuels *; les citations de* La Passion de saint Serge et saint Bacchus *sont tirées de John Boswell,* Les Unions du même sexe dans l'Europe antique et médiévale, *traduction d'Odile Demange, Fayard, Paris, 1996.)*

Sa Béatitude Séraphim doit rendre une visite ce matin, avant de rejoindre Castillon où il représentera le patriarche œcuménique, archevêque de Constantinople-Nouvelle-Rome, dans la prière pour l'unité de l'Église voulue par Pie XIII. Si, dans son testament, Julien Bergeret l'a nommé son abbé Faria, c'est parce qu'il a confié à l'higoumène la clé de sa vengeance, au cas où il adviendrait qu'on attentât à sa vie, jugeant que cette clé était plus en sécurité au monastère *Aghios-Pantèleïmon* de Parigoros qu'entre les mains de Clémence ou de son Bel-Hermès chez qui *on* viendrait à coup sûr la chercher en priorité.

— Voudriez-vous conserver cela pour moi ? avait demandé Julien à l'higoumène, lors de leur dernière rencontre, après lui avoir présenté les résultats de sa recherche.

— De quoi s'agit-il ?

Il s'agissait de ce que Grimm était venu chercher, de ce que Grimm et l'ancien as de la *falanga* n'avaient pas trouvé lors de leur visite nocturne. Le soir du mérou.

— D'un explosif plus dangereux pour certains que n'importe quelle bombe.

Il s'agissait de ce que Julien avait dissimulé dans la maison de Posidonia, le jour même de leur arrivée, à l'insu de Nikos, dans un sous-verre accroché sur un des murs de la grande pièce, juste derrière les bouteilles d'alcool, entre le fond en contreplaqué et la photo… de l'Hermès attribué à Praxitèle qui est exposé au musée archéologique de Parigoros.

— Et que dois-je en faire ?

— Le garder dans un endroit dont votre monastère ne manque pas. Du genre des coffres de la chapelle d'*Aghios-Armas*. Et ne le remettre à personne d'autre qu'à moi ; sauf à Nikos Kalermis ou Clémence Volkovsky, si l'un d'eux venait un jour vous le demander.

XLIX

Ce matin, l'exarque de Parigoros a renoncé à la soutane ; il a rendez-vous avec une femme, à deux heures de là. Habillé « en civil », il roule dans le pick-up du monastère des Saints-Serge-et-Bacchus en direction de Toulouse : il roule à vive allure, parce que son emploi du temps est serré et qu'il a toujours aimé la vitesse. Toulouse est une ville chère au cœur de Sa Béatitude, parce que c'est au Capitole que, du temps où il s'appelait Andrèas, il a connu son premier vrai succès : doublure d'un ténor tombé malade dès le lendemain de la deuxième représentation, il avait chanté Pollione, dans *Norma*, durant les sept suivantes, salué par le public aussi bien que par la critique qui l'avait proclamé « révélation de l'année ».

La femme que l'higoumène du très saint monastère *Aghios-Pantèleïmon* de Parigoros doit rencontrer est aujourd'hui directrice de la station régionale de France 3. Mais c'est surtout la femme à qui il doit la vie. Dans sa jeunesse, comme Julien, Andrèas avait hésité entre les deux sexes, et Constance, comme Clémence, était presque parvenue à le convaincre qu'ils étaient faits l'un pour l'autre : il avait vingt-trois ans alors et elle dix-huit, mais elle était déjà en deuxième année à Sciences po, d'une maturité bien supérieure à celle de son âge — et d'une volonté hors du commun.

Aujourd'hui, Sa Béatitude flirte avec les soixante-dix printemps et, en lui envoyant ses vœux, en décembre dernier,

Constance lui a écrit qu'elle entamait sa dernière année de travail : elle n'a donc plus grand-chose à perdre, ajoute-t-il à part lui. Et puis Toulouse ne peut que me porter chance…

Andrèas et Constance s'étaient aimés durant un peu plus d'une année, dont huit mois au moins pendant lesquels Andrèas avait tout tenté pour ne pas s'avouer l'évidence. Car dès la minute où elle lui avait présenté son grand frère, il avait été sûr que c'était Philippe l'amour de sa vie. Philippe, dont il avait ensuite partagé l'existence durant deux ans ; Philippe, le représentant de commerce, son Bacchus battu à mort par des casseurs de pédés dans la base sous-marine de Bordeaux. Et c'est Constance qui avait fait irruption au moment où Andrèas allait se suicider, qui avait empêché Serge de rejoindre Bacchus ; elle n'en avait pas moins perdu Andrèas, après avoir perdu Philippe.

Bien sûr qu'elle ne pourra pas refuser, se rassure Sa Béatitude en descendant du pick-up pour franchir à pied la centaine de mètres qui le sépare des bureaux de France 3.

Chaque fois qu'elle revoit Andrèas (elle ne l'appelle jamais Séraphim ou mon père, mais seulement Andrèas ou Ma Béatitude), Constance a le cœur qui bat un peu plus fort. Elle a beau en avoir vu de toutes les couleurs, avoir réussi sa vie, être respectée dans son métier, avoir un mari (le deuxième) qui l'aime et qu'elle aime, trois enfants mariés et casés, elle a beau avoir le cuir épais qu'ont dû se faire ces femmes qui, dans les années 70, ont conquis de haute lutte les places qu'on refusait de leur céder, Constance, lorsqu'elle se retrouve face à Andrèas, se sent aussi amoureuse et désarmée que le jour où elle l'a embrassé pour la première fois, aussi fragile et désemparée que le jour où il lui a révélé qu'il aimait Philippe.

Quant à Andrèas, s'il est heureux de revoir Constance, il se sent, comme à chaque fois, tout près d'éclater en sanglots dès que leurs regards se croisent : elle a toujours eu les mêmes yeux que son frère, de grands yeux en amande, turquoise, de la même nuance, exactement, que l'aigrette de l'ara de Sa Béatitude.

— Alors, montre-moi ça!

L'higoumène insère un disque dans le lecteur de DVD: Julien n'avait pas menti en affirmant qu'il n'avait pas gravé de copie du DVD qui avait disparu de l'armoire blindée de son cabinet. Simplement, le policier de Trabzon, lui, en avait réalisé une, qu'il avait envoyée rue des Thermopyles. Julien l'avait reçue le lendemain de la disparition de l'original.

— Tu veux ma peau, c'est ça?

— Tu prends bien ta retraite dans trois mois?

— Là n'est pas la question, Ma Béatitude. Tu ne peux pas me demander, le jour où le Premier ministre reçoit le pape, de diffuser, dans la foulée du résumé des festivités, le réquisitoire d'un pauvre bougre de Turc accusant, sans le moindre début de preuve, ce même Premier ministre d'être acheté par un général d'une puissance étrangère, lui-même ministre de l'Intérieur de son pays, et lui-même accusé d'être un tortionnaire trafiquant d'héroïne. Je suis journaliste, j'ai besoin de faire une enquête, au moins de recouper certaines…

— Tu ne recouperas rien, ce sera trop tard et tu le sais. Ta rédaction n'a aucun moyen pour conduire une enquête en Turquie, et même si elle les avait tu n'y trouverais rien: le pauvre bougre est malencontreusement passé sous un camion fou. En revanche, celui que nous devons coincer saura que ce DVD existe, et tout sera étouffé en moins de deux, d'une manière ou d'une autre. Notre seule chance est de faire éclater un coup de tonnerre dans un ciel serein.

— Non, Ma Béatitude chérie, je t'adore, mais ce que tu me demandes est impossible. Il me faudrait au moins un indice sérieux que tout cela a au moins une chance sur cent mille d'approcher la vérité.

— La vérité, Constance, en vérité, est chose bien relative. « Vous connaîtrez la vérité, dit Jean, et la vérité vous rendra libre. » Veux-tu que je te la dise, cette vérité qui te rendra libre de diffuser ce DVD ? Je ne sais pas si ce que raconte ce pauvre bougre de Turc est vrai ou non, mais ce que je peux t'affirmer, c'est que le garçon qui m'a confié ce disque était un honnête homme, un juste, et qu'il est mort à cause de cela, sur l'ordre du Premier ministre qui accueille le pape aujourd'hui. Ce juste-là s'appelait Julien, mais pour moi il s'appelle Philippe, parce qu'il a été massacré par des barbares de la pire espèce, exactement comme notre Philippe il y a quarante-quatre ans. Et ce que je peux te dire encore, c'est que celui qui m'en a apporté les preuves dans mon monastère, en me demandant de l'aider à ce que justice soit rendue à son Julien, des preuves qui sont dans cette enveloppe, celui-là, c'est moi il y a quarante-quatre ans. Tu comprends ? Il s'appelle Nikos mais c'est le même homme qui, alors, s'appelait Andrèas et qui a crié dans le désert, avec toi, en vain, afin que l'on rende justice à Philippe. Voilà, Constance, la vérité qui m'a fait venir jusqu'à toi. Et si tu veux plus de précisions, tu n'as qu'à appeler une certaine Clémence dont le numéro est aussi là-dedans : vous devriez vous comprendre, il y a quarante-quatre ans elle s'appelait Constance.

Puis, sans laisser à Constance le loisir d'ajouter un mot, après avoir déposé sur son bureau l'enveloppe contenant les photos, le script de la conversation chez Lapérouse et le numéro de portable du juge Clémence Volkovsky, Sa Béatitude tourne les talons, quitte le bureau, remonte dans le pick-up du monastère des Saints-Serge-et-Bacchus et file jusqu'au Puech afin d'y revêtir les attributs de sa fonction.

Tout Castillon, en ce 14 août, est pavoisé aux couleurs du Saint-Siège et de la République. À pied, en voiture, en autocar ou en train, les fidèles convergent, depuis plusieurs jours déjà, vers la ville d'Alain Perrault qui, aujourd'hui et demain, se trouvera à l'épicentre de la chrétienté, sinon du monde entier. Ils convergent vers cette Vierge de basalte noir, placée au-dessus d'une vasque où jaillit une source dont l'eau est réputée guérir de la stérilité, dans la crypte d'une cathédrale édifiée sur un ancien temple d'Artémis qui, à Éphèse par exemple, où Paul combattit vainement son culte, était à la fois vierge et déesse de fécondité. La cathédrale-forteresse, construite aux temps où le légat pontifical bénissait Simon de Montfort d'avoir occis par le fer ou le feu neuf dixièmes des Castillonnais soupçonnés de catharisme, vient d'être passée une dernière fois au peigne fin par les spécialistes de la lutte antiterroriste dont les tireurs d'élite sont postés tout au long du parcours qu'empruntera le cortège officiel.

Le ciel est bleu, sans le moindre nuage, et la tramontane souffle avec mesure, faisant claquer les oriflammes. L'avion de Sa Sainteté s'est posé à l'heure, et le Premier ministre a accueilli le Successeur de Pierre au pied de la passerelle. Le président lui a laissé cet honneur : une preuve de plus de sa confiance, presque un adoubement ; Larsouille et madame n'arriveront que demain. À présent, Pie XIII et Alain Perrault volent ensemble, en hélicoptère. Ils se poseront sur la piste de l'hôpital de Castillon, dans les faubourgs, d'où partira le cortège officiel.

Bâton pastoral en main, l'exarque de Parigoros rejoint juste à temps, sur le parvis de la cathédrale, le « carré orthodoxe » qu'il forme avec le supérieur du monastère des Saints-Serge-et-Bacchus, les représentants de plusieurs patriarcats orientaux et des Églises russe, serbe, grecque, roumaine et bulgare de France.

La voiture découverte roule au pas sur le mail de Castillon, bordé d'ormes — les seuls du département à avoir, par miracle, réchappé à la graphiose. Debout, le Vicaire du Christ qui, dit-on, dans sa jeunesse, hésita un moment entre les ordres et une carrière professionnelle dans le rugby (il jouait deuxième ligne à Rosario), bénit la foule d'un geste empreint d'énergie plus que d'onction. Quant à Perrault, assis à son côté, il rayonne. Pour lui, c'est le début de l'apothéose — et une excellente affaire : l'électorat catholique ne devrait plus lui échapper.

L'office est grandiose. Il est retransmis en mondiovision ainsi que sur des écrans géants pour la foule assemblée à l'extérieur de la cathédrale. L'homélie du pape est un fervent réquisitoire contre les erreurs du modernisme, contre une laïcité crispée, totalement dépassée…

qui conduit des États sans conscience à ignorer ou à bafouer les valeurs chrétiennes. Jean-Paul II, que Nous aurons bientôt l'honneur de béatifier, avait inauguré son pontificat en lançant aux chrétiens : « n'ayez pas peur ! » Je vous dis aujourd'hui : n'ayez plus honte d'exiger votre place ! La honte doit être du côté de ceux qui, sous prétexte de liberté, menacent l'existence même de l'homme, les défenseurs du meurtre des enfants à naître, les idolâtres du plaisir, les toxicomanes de l'hédonisme, ceux qui ridiculisent l'institution sacrée du mariage en tentant d'imposer qu'y soient admis deux hommes ou deux femmes, en voulant faire passer l'abomination condamnée par saint Paul pour naturelle et légitime. Aujourd'hui, je vous le dis, chaque chrétien doit devenir un guerrier du Christ, un combattant de la vérité qui, ainsi que nous l'enseigne Jean…

C'est deux heures plus tard, dans les salons de la mairie, que l'higoumène Séraphim est présenté au Premier ministre.

— On me dit, Votre Béatitude, que dans une vie antérieure, vous auriez chanté l'opéra au Capitole, est-ce vrai ?

— C'est bien la vérité, monsieur le Premier ministre, et peut-être même n'est-ce pas la seule qui vous sera révélée aujourd'hui. Ce dont, au-delà des apparences, il faudra vous réjouir puisque, ainsi que l'a dit Jean, et que l'a rappelé aujourd'hui le Saint-Père, cette vérité vous rendra libre.

Perrault reste un instant interdit devant ce propos sibyllin, désarçonné et sans avoir le temps de se remettre en selle avant que l'un de ses collaborateurs ne vienne lui murmurer quelque chose à l'oreille. Le chef du Gouvernement blêmit. Depuis le matin, une expression de joie profonde n'avait pas quitté son visage ; dorénavant, il ne tâchera plus que de faire bonne figure. Une demi-heure plus tard, le 19-20 de France 3 ouvre sur la nouvelle qui a provoqué son malaise :

Parti ce matin de Marseille, le Falcon 50 de l'industriel Michel Kalermis, venu s'entretenir avec les autorités du Papongo des récents incidents qui ont perturbé l'exploitation des sites miniers de la Géokal dont il est le président, s'est écrasé à l'atterrissage. Selon les premières indications données par les autorités papongolaises, il n'y aurait aucun survivant. Ces mêmes autorités refusent encore de se prononcer sur les causes de l'accident mais, de source officieuse, on indique que des explosions auraient été entendues juste avant le crash, et que deux roquettes auraient pu être tirées en bout de piste sur l'avion de l'industriel…

À Bruxelles, Nikos a regardé la retransmission de l'arrivée du pape à Castillon ; il a vu Sa Béatitude Séraphim sur le parvis puis, pour tromper son impatience, il est parti courir dans le parc Félix Hap. Il sait depuis le matin que, mercredi prochain, *Le Canard* va sortir un papier sur l'élevage d'esturgeons turkmène. La vérité est en marche et il est impatient qu'elle le rende libre.

Il avait l'intention d'être rentré pour le journal du soir mais, à son dixième tour de parc, il a remarqué qu'un superbe gaillard, dans le genre basané, pelage dense et tatouages, le draguait effrontément, ralentissant quand il ralentissait, le doublant pour se laisser doubler cinquante mètres plus loin. Un fourré, des caresses : c'était la première fois depuis la mort de Julien. Depuis quatre mois et demi, à part la nuit avec Clémence, non seulement Nikos n'a pas baisé, mais il n'a pas désiré le moindre mec. Et là, tout à coup…

Le type n'habitait pas loin, ils sont allés chez lui, ils ont fait l'amour comme des fous, deux fois, trois. Dans une espèce d'exaspération, de jouissance violente, brute, et presque sans un mot. Puis Nikos est reparti sans même se doucher.

Quand il rentre, le journal de vingt heures vient juste de se terminer. Clémence l'attend, un large sourire aux lèvres.

— J'ai commandé une pizza, ça te va ?

— Pas de problème.

Il l'embrasse.

— Tu sens le… fauve et il est hors de question que je dîne dans une ménagerie, file te passer au Kärcher, s'il te plaît. Et en revenant, prends donc le champagne qui est au frais. Il y a aussi une boîte de caviar pour l'entrée — avant la pizza.

Nikos la regarde, pétrifié, sans oser la question qui lui brûle les lèvres.

— Tu as bien toujours dit que tu sablerais le champagne le jour de la mort de ton assassin de père, non ? Quant au DVD, l'ex de Sa Béatitude m'a appelée et il faut croire que je n'ai pas été trop nulle, parce qu'on ne parle que de ça sur toutes les chaînes. Perrault est rentré en urgence à Paris ; il a annulé toute participation, demain, aux pince-fesses pontificaux. La vérité est en train de nous rendre libres, mon Nikos !

L

Après la première partie du 19-20 national, et le décrochage régional, le journal de Midi-Pyrénées avait commencé normalement par un compte rendu détaillé de la visite du Saint-Père. Puis Constance était apparue à l'écran, expliquant qu'un témoignage d'une portée extrêmement importante était parvenu à la rédaction et que, après une enquête circonstanciée, elle avait décidé de le diffuser, décision qu'elle avait prise seule, et sans que la responsabilité de l'un quelconque de ses collaborateurs soit donc engagée. Puis elle ajouta qu'elle présenterait sa démission dès le lendemain, mais que, en tant que citoyenne comme en tant que journaliste, elle avait cru devoir prendre cette responsabilité parce que ce document avait été une première fois soustrait à la justice et qu'ainsi il ne pourrait l'être une seconde.

L'info avait été reprise par tous les journaux télévisés du soir et le téléphone s'était aussitôt mis à sonner dans l'appartement de la rue des Thermopyles — vide de tout occupant — comme dans celui d'Etterbeek.

Dès le lendemain, 15 août, Clémence et Nikos y avaient reçu un journaliste du *Monde*: elle avait confirmé qu'un DVD avait bien été volé, naguère, dans le cabinet du juge Bergeret; d'ailleurs on pouvait demander au greffier et au commissaire Falconetto (qui, depuis longtemps, avaient fait l'un et l'autre savoir à Clémence qu'elle pouvait compter sur eux). Nikos raconta pour sa part, comme il l'avait déjà fait au journaliste du *Canard* quelques semaines plus tôt, la visite de Grimm à Parigoros et la mise à sac de l'appartement. Il avait montré au journaliste les photos du groupe de skins, attiré son attention sur l'épingle-caducée, expliqué sa migration de la rue des Thermopyles à la cravate de l'un d'entre eux, et indiqué que le chaînon manquant, entre les assassins et celui qui voulait à tout prix récupérer le DVD, devait se trouver quelque part place Beauvau.

— Nous ne savons pas de qui il s'agit, reprit Clémence. Mais il semble qu'il ait dû son ascension à Campionetti et qu'il soit aujourd'hui dans le premier cercle de Morcerf.

— J'ajoute, enchaîna Nikos, que si vous parveniez à le localiser et que vous me montriez une photo, je serais probablement en mesure de l'identifier. Je suis à peu près sûr qu'il était parmi les flics qui sont venus chez nous, après le saccage de notre appartement. Il a essayé de nous faire croire qu'il s'agissait d'une bande déjà recherchée pour des faits similaires.

Le samedi 16 au matin, le président Larsouille reçut son Premier ministre, et Perrault présenta une démission qui fut aussitôt refusée.

— Mais nom de Dieu ! pourquoi l'avoir fait tuer si vous n'aviez pas récupéré ce putain de disque ?

— Le type qui a monté l'opération n'a pas contrôlé la situation, monsieur le président. Mais il m'a assuré que, si le juge avait eu ce que nous voulions, il aurait forcément craqué, vu le traitement qu'ils…

— La preuve ! Cela ne démontrait qu'une chose : que ce pédé avait des couilles. Enfin, maintenant, c'est à nous de montrer que nous en avons ! Et de serrer les fesses si on ne veut pas qu'on nous les coupe. Ça passera, vous verrez, monsieur le Premier ministre ; comme le reste. Seulement, la prochaine fois que vous aurez un problème de ce genre à régler, adressez-vous à des professionnels!... et demandez-moi des adresses si vous n'en avez pas.

Puis Larsouille et madame s'étaient envolés, comme prévu, pour quinze jours de vacances dans une île-palace aux Seychelles, manifestant ainsi la totale sérénité du pouvoir. Quant à Perrault, il avait contre-attaqué le dimanche 17, au journal du soir de TF1.

Il nia tout en bloc, cria au complot: sa lutte acharnée contre la drogue avait fait de lui un ennemi mortel des trafiquants qui étaient sans doute à l'origine de cet ignoble montage; il ignorait tout d'un DVD transmis précédemment à la justice, et encore plus de sa prétendue disparition.

— Tout ça, monsieur Poivre d'Arvor, excusez-moi, mais c'est un peu Rocambole ou Belphégor au palais de justice, ajouta-t-il avec un sourire qui se voulait franc comme l'or.

Quant au général Görsel, un soldat fier et droit, il avait certes mené une lutte sans merci contre le terrorisme, mais, à sa connaissance, sans jamais user de moyens contraires à l'honneur. Ce qu'on visait à travers lui, c'était, une nouvelle fois, l'atout majeur que représenterait pour l'Europe une adhésion rapide de la Turquie à l'Union; quant à la pêcherie d'esturgeons...

— En France, croyez-moi, monsieur Poivre d'Arvor, on ne fait pas de politique pour s'enrichir, et si l'argent était ma motivation dans la vie, j'en aurais gagné davantage à la tête d'une clinique privée dans ma bonne ville de Castillon — Alain Perrault sourit tristement. « Il faut vraiment que tu aies le sens du sacrifice et la passion du Bien public chevillés au corps, pour subir tout cela », me dit souvent mon épouse, ma chère Élisa, sans qui je n'aurais jamais eu le courage d'affronter toutes ces bassesses et ces accusations, celles d'hier dont la justice m'a lavé, je veux le rappeler, comme celles d'aujourd'hui. Quant à cette pêcherie, j'ai effectivement investi un peu d'argent dans une affaire de ce genre : j'avais rencontré quelques jeunes gens très sympathiques, dans un forum européen sur l'encouragement à l'initiative, il leur manquait quelques milliers d'euros pour se lancer dans l'aventure et j'ai voulu les aider. Je vous avoue que, depuis, je n'ai pas suivi…

Pfuit ! et rideau ! Perrault mettrait encore en garde ceux qui, à l'intérieur de la majorité, n'étaient peut-être pas étrangers à une manipulation honteuse « qui affaiblit la démocratie et discrédite un peu plus la politique », comme ceux qui, dans l'opposition, seraient tentés de l'exploiter ; mais, pour lui, la cause était entendue. Le lendemain, il déposerait une plainte pour diffamation contre l'ex-directrice de France 3 Toulouse… le beau temps et les vacances feraient le reste.

Pourtant, le mercredi 20 au matin, *Le Canard* titrait à la une : « De la schnouf dans le caviar : le juge Bergeret victime d'une overdose de curiosité ? » Le papier commençait par la reproduction du codicille du testament de Julien, confirmait, témoignages à l'appui, qu'il y avait bien eu vol du DVD au palais de justice et donnait les résultats de l'enquête conduite par le journal sur la pêcherie d'esturgeons turkmène qui n'avait jamais dépassé le stade d'un hangar vide sur les bords de la Caspienne, mais distribuait régulièrement de généreux dividendes à ses actionnaires. Rien à voir avec l'initiative de jeunes gens méritants ; mais tout avec une très efficace blanchisserie ! installée dans une dictature aussi opaque qu'ubuesque, entretenant des liens politiques et économiques privilégiés avec les États-Unis ainsi qu'avec la Turquie. Le général Görsel était en outre un ami personnel du despote local, Saparmourad Niyazov, vénéré dans les églises, les mosquées et sur les bouteilles de vodka, dont l'œuvre majeure, la *Ruhnama* ou *Livre de l'âme*, l'équivalent de

La Senda de don Figuera de Bayader, est, pour tout Turkmène, un obligatoire complément de la Bible ou du Coran.

En *fac simile*, l'hebdomadaire publiait aussi la fiche des Stups sur Görsel (transmise par le fidèle Falconetto), précisant qu'il arrosait nombre de politiques européens.

Le soir même, sous le titre « Le juge Bergeret est-il mort pour un DVD ? », *Le Monde* en rajoutait une louche, citant les rapports de plusieurs ONG sur les exploits du général Görsel au Kurdistan turc. On y faisait également état de fuites mettant en cause l'ancien ministre de l'Intérieur, Czarblansky, dans la disparition du document original de l'armoire blindée du juge Bergeret : d'où, probablement, la mise en garde du Premier ministre en direction de certains de ses amis. Des sources policière et judiciaire anonymes indiquaient par ailleurs que Perrault en avait eu connaissance à l'époque, contrairement à ce qu'il avait prétendu au journal télévisé.

En une journée, la quasi-totalité des lignes de défense du Premier ministre s'était effondrée. Mais surtout, les deux articles se terminaient par la même question : pourquoi l'enquête policière sur le meurtre de l'ex-juge Bergeret n'avait-elle retenu que la piste d'une affaire de mœurs et d'extorsion de code de carte bancaire ? alors que, à l'évidence, ce DVD fournissait un mobile au moins aussi convaincant.

Pour autant, aucun des deux papiers ne parlait ni des skins ni de l'épingle : il y avait du feuilleton à rebondissements dans l'air !

C'est deux jours plus tard, le vendredi 22 août, que s'ouvre à l'abbaye de Saint-Herme-en-Luberon, un chef-d'œuvre de l'architecture romane provençale, fondée en 1183 par les moines cisterciens de Notre-Dame-de-Senanque, le Forum mondial pour l'Intelligence et la Beauté. L'endroit a été découvert par Simon

Deblois, l'ancien ministre de gauche qui, lassé d'être cantonné à la Culture, avait échoué à obtenir qu'on lui taillât un portefeuille à sa mesure où éducation, universités, recherche, jeunesse et sports, action culturelle à l'étranger, coopération, francophonie, se fussent ajoutés à son fief, et qu'on eût intitulé, précisément, ministère de l'Intelligence et de la Beauté.

Autrefois flamboyant, ce Parisien qui se sentait en exil hors des arrondissements à un chiffre et des cités à festival international, mais qui avait été successivement le député d'Issoudun (Indre), de Mondelange (Moselle), de Meyrueis (Lozère) et le challenger malheureux de Larsouille à la dernière présidentielle, terminait tristement sa carrière parlementaire d'éternel parachuté, comme sénateur du Vaucluse.

Aussi la création du « Davos de la pensée » à Saint-Herme, au cœur de ce Luberon qui était en somme un Saint-Germain-des-Prés estival, constituait-elle la dernière grande affaire de sa vie. Avec l'aide de Jean Bérénice, conseiller du prédécesseur de Larsouille, financier contesté, écrivain médiocre, plagiaire condamné, mais dont le carnet d'adresses et la surface médiatique demeurent inoxydables, Deblois avait drainé fonds privés et subventions publiques vers la fondation chargée de la restauration de l'abbatiale et du cloître, ainsi que de la construction et de la gestion du Centre International des Arts et de la Pensée Contemporains (CIAPC) où, dix jours durant, se retrouvait désormais l'élite culturelle, littéraire et artistique mondiale pour agiter des idées profondes sur dix sujets capitaux.

IVe FORUM MONDIAL
POUR L'INTELLIGENCE ET LA BEAUTÉ
CIAPC — Saint-Herme-en-Luberon, 22-31 août 20…

Vendredi 22 août
Élaborer le manifeste d'une nouvelle Renaissance humaniste

Samedi 23 août
La mode : ruse de la société de consommation,
ou stade suprême de la subversion ?

Dimanche 24 août
Le parti de la mort et le parti de la parole

Lundi 25 août
Le politique a-t-il un avenir ?

Mardi 26 août
La corruption : danger pour la démocratie
ou mode de régulation sociétal extra-juridique ?

Mercredi 27 août
Le Beau contre la violence

Jeudi 28 août
Les créateurs sauveront-ils le monde ?

Vendredi 29 août
Rétablir, par la femme, le dialogue avec l'Islam

Samedi 30 août
L'art peut-il encore exister ?

Dimanche 31 août
Le troisième millénaire sera-t-il spirituel ou ne sera-t-il pas ?

L'arrivée de Simon Deblois, chauve, confirme à l'assistance que son cancer de la peau, dû à ce bronzage permanent qui avait tant contribué à son succès télévisuel et à la diffusion de ses idées, l'a bien contraint à une nouvelle chimio. Télétransporté en Luberon, le Tout-Paris n'en a pas pour autant laissé sa cruauté dans la capitale : Deblois sera-t-il encore là l'an prochain ? On cherche des indices de sa fin prochaine plutôt que des signes de sa guérison. On parie plus qu'on ne compatit. Le fauteuil roulant de l'ancien ministre est poussé dans l'allée centrale par Dominique, son épouse, une petite femme énergique, aussi vulgaire que son mari est snob, et tellement redoutée de ses collaborateurs, au temps de la splendeur du couple, pour ses colères de harengère, ses caprices de starlette et ses exigences d'impératrice régnante. On admire le courage de Simon ; pour s'être souvent montré superficiel, l'homme est néanmoins de ceux qui, dans les dernières décennies, ont parfois réussi à faire et pas seulement à dire. Ce dont ce Forum témoigne aussi, même s'il porte la marque de cet incorrigible goût du clinquant qui fait prendre les vessies pour des lanternes et les mondains pour des penseurs.

Car après dix jours de bla-blas prétentieux, comme ceux de BHV, Bertrand-Hadrien Vivaron, sorti quelques jours de son palais marocain pour annoncer, le 22, aux masses incrédules et bornées comment le nouvel humanisme jaillira de la concurrence libre et non faussée, car après dix jours d'exhibitions somme toute pitoyables, comme celle de Radek Parter (célébrant, le 24, le rôle central de sa parole dans la prochaine résolution du conflit israélo-palestinien) que sa mythomanie, son phénoménal culot et la qualité de ses nègres ont fait passer pour un écrivain et une conscience universelle, bien que plusieurs articles ou ouvrages eussent récemment permis d'entrevoir l'imposteur sous la barbe du patriarche biblique, car après cette décade de prodigieuse branchitude qui ne laissera guère plus de trace que la bave d'un escargot sur une feuille de laitue, le CIAPC redeviendra une résidence pour artistes, écrivains, musiciens, plasticiens qui disposent ici d'un instrument exceptionnel installé dans un cadre qui l'est tout autant : bâtiments abbatiaux magistralement rénovés servant de galeries d'exposition ou de locaux administratifs, architecture hardie — béton, verre et acier — parfaitement intégrée au site naturel comme au site historique, salles de répétition, salle de spectacle / conférence modulable et équipée des technologies les plus modernes, bibliothèque, médiathèque, etc. Seul, le chantier de la deuxième hôtellerie qui permettra, dès l'an prochain, d'héberger sur le site la totalité des invités du Forum n'est pas encore terminé, si bien que certains des participants doivent encore loger dans les environs, si bien qu'ici ou là quelques fers à béton pointent encore vers le ciel.

Clémence et Klèovoulos, eux, habitent à l'hostellerie du prieuré de Bonnieux, distante d'une dizaine de kilomètres. Et ils se sont réparti les tâches : lui s'occupera de saint Paul et elle d'André-Marie Lantaigne. Car le patron des éditions Priscus a été invité, lors de la dernière journée, à parler du renouveau catholique. Mais Clémence a décidé de lui imposer le silence, que la vérité l'aurait rendu libre auparavant.

LI

La tension avait monté d'un cran à Bouakélé après la déclaration publique de l'ambassadeur de France contestant la thèse officielle dans l'enquête sur le crash de l'avion de Michel Kalermis. En effet, des soldats français se rendant à l'aéroport auraient vu un groupe de Mambas noirs prendre position en bout de piste un quart d'heure environ avant que les deux roquettes ne soient tirées sur le Falcon 50 de l'industriel.
Les manifestations antifrançaises qui se sont multipliées ces derniers jours, ainsi que les pillages et violences visant les Européens dans plusieurs quartiers de la capitale, avaient encore envenimé la situation. Mais celle-ci a connu cette nuit un nouveau rebondissement avec la prise du pouvoir par le chef de la garde présidentielle, le général Massongo, qui, dans sa première déclaration radiodiffusée, a dénoncé, je cite : « la clique de traîtres responsable à la fois de l'assassinat du bien-aimé président que notre peuple avait surnommé son "papa félicité" Ngokolo, et du lâche attentat qui a coûté la vie à celui qui, pour avoir donné du travail et du pain à tant de nos concitoyens, aurait mérité qu'on l'appelle "tonton prospérité" Kalermis ».
Il semble bien qu'au cours des combats, le général Kipakou ait trouvé la mort. Quant à l'incendie qui a ravagé le palais présidentiel, il laisse peu d'espoir de retrouver un jour des preuves sur l'implication de l'ancien pouvoir dans l'attentat

qui a coûté la vie à l'industriel marseillais, non plus que sur ses motivations. Par ailleurs, les autorités françaises contactées ce matin se félicitaient officieusement des dispositions manifestées par le nouveau président...

Clémence arrête la radio. Elle rejoint Klèovoulos, ce mardi 26 août au matin, pour prendre avec lui le petit-déjeuner. Ils doivent l'un et l'autre intervenir aujourd'hui, elle sur la coordination de la lutte anticorruption à l'échelle européenne, c'est-à-dire sur le néant; lui sur... Elle est nerveuse; pas à cause de sa communication, mais parce que Lantaigne doit arriver dans la journée, en même temps que doit sortir la deuxième partie de l'enquête du *Monde*, avant *Le Canard* de demain.

Klèovoulos, lui, semble parfaitement détendu.

Le débat de la matinée est animé. Clémence et un procureur suisse présentent la montée de la corruption comme un des phénomènes majeurs de ces dernières décennies, un cancer qui ronge la démocratie en privant le citoyen de tout moyen d'action effectif face à une mondialisation qui permet la volatilisation des capitaux et les investissements massifs des bénéfices du crime organisé dans les circuits économiques classiques, face à une imbrication étroite entre les élites économiques, politiques et médiatiques fondée sur des relations de type maffieux (connivence, échange de services, loi du silence), face à des États nationaux qui, du coup, se transforment en redoutables prédateurs, renoncent à protéger le faible tout en se dessaisissant de leurs moyens de contrôle sur le fort au profit de l'échelon européen — dont l'idéologie libérale exclut le principe même de ce contrôle.

Clémence insiste notamment sur l'intrication entre un trafic de stupéfiants qui génère des profits colossaux, lesquels se réinvestissent d'ailleurs parfois dans des industries d'armement et de sécurité singulièrement stimulées par la prétendue lutte contre la production et le commerce des drogues (comme aux États-Unis et en Amérique latine), ou bien encore dans l'armement de forces paramilitaires lorsque (comme en Turquie) les laboratoires et les réseaux de distribution sont semi-étatiques. En ce qui concerne l'Europe, elle insiste à la fois sur l'existence des paradis fiscaux qui permettent le recyclage de l'argent sale, sur l'ouverture des frontières qui facilite la circulation des denrées prohibées, sur l'absence de réflexion commune qui prive, dans ce contexte, toute politique nationale d'efficacité et donc sur l'absurdité du choix français d'un « tout répressif » qui absorbe des moyens considérables pour lutter contre la demande, mais ne s'attaque nullement au cœur financier du système d'offre tout en condamnant la prévention et le soin à la misère.

— Il apparaît ainsi clairement que la prohibition, conjuguée à la libre circulation des capitaux et au secret bancaire, ne profite qu'aux maffias, dont certaines dégagent des chiffres d'affaires supérieurs au PIB de bien des États membres de l'Union européenne, ce qui donne à ces organisations le moyen de criminaliser des secteurs entiers de notre économie et de rémunérer, dans le cadre d'une culture de lobbying qui s'est diffusée de l'échelon européen vers les échelons nationaux, ainsi que certaine affaire récente le démontrera peut-être, les services d'hommes politiques qui, en défendant le statu quo, c'est-à-dire la prohibition, garantissent aux trafiquants la maîtrise absolue du marché, fût-ce au prix de la détresse à laquelle sont abandonnées les victimes que sont les drogués. Fût-ce au prix, à l'occasion, de la mort… d'un juge.

Après la diffusion du DVD et les révélations sur la pêcherie d'esturgeons turkmène, l'attaque ne pouvait passer inaperçue ; un murmure de stupéfaction accompagne la péroraison de Clémence et les journalistes se ruent vers elle à la pause-café de 10 h 00. Mais elle refuse de dire un mot de plus.

À la reprise, c'est Martin Tonc, le pape du libéralisme, qui prend la parole pour défendre, au contraire, que la corruption est seulement une des ruses employées par les forces les plus dynamiques de la société pour occuper le terrain qu'un État sclérosé, obèse, podagre, peine de plus en plus à contrôler tout en se refusant à l'abandonner. Fervent partisan du modèle américain, Tonc soutient même que la corruption est en quelque sorte le baromètre du dynamisme d'une société : celle de l'administration américaine par les lobbys pétrolier et pharmaceutique n'étant par exemple que la manifestation de cette vitalité bouillonnante qu'illustrèrent jadis l'épopée du Far West ou la ruée vers l'or.

— Alors qu'historiquement, l'État tente par tous les moyens d'encadrer, de réglementer, de stériliser l'initiative privée, la corruption apparaît en somme comme le réinvestissement par celle-ci du champ politique afin de neutraliser l'obsession régulatoire des étatistes. La corruption est donc non seulement inévitable, mais nécessaire pour liquider les dernières séquelles d'un dirigisme obsolète et paralysant qui, tout en étant à l'article de la mort, continue à s'opposer aux forces vitales du Marché. Ce qui importe n'est pas, en effet, que l'activité corruptrice soit hors la loi, mais qu'elle permette la production de richesses, l'accumulation de capital qui se réinvestit dans les circuits économiques classiques et profitera donc, tôt ou tard, au plus grand nombre. J'oserai même conclure sur cet apparent paradoxe que ce qui est inquiétant, aujourd'hui, dans notre vieille Europe, perpétuellement effarouchée par le jaillissement de l'énergie créatrice, ce n'est pas le développement de la corruption, qui serait plutôt bon signe, mais son... insuffisance, qui traduit la frilosité devant l'avenir, l'éternelle demande de protection et de réassurance plutôt que de liberté.

— Quel con ! s'exclame Clémence en s'asseyant à côté de Klèovoulos pour le déjeuner servi dans le réfectoire monastique.

Je considère depuis longtemps que si on pense le contraire de ce type, on ne doit pas être très loin de la vérité, mais ce matin il a battu tous les records !

— J'admire votre énergie, ma chère Clémence. Mais je n'ai plus votre capacité d'indignation. Il m'arrive de le regretter, d'ailleurs.

— Julien disait que j'étais son emmerdeuse préférée.

— Il ne manquait pas non plus de détermination. Moi, il m'arrive de plus en plus de douter que tout cela en vaille la peine, de croire que nous sommes descendus trop bas sur la planche savonneuse pour avoir la moindre chance de remonter si peu que ce soit.

— Vraiment ?! vous qui avez lutté contre une dictature…

— Ou justement à cause de cela Clémence. Une dictature est un ennemi idéal. Terrible mais identifiable : on sait qui il est, où il est, d'où il faut le chasser. On a l'espoir qu'une fois qu'il aura été éliminé, les choses iront mieux. C'est tout le contraire aujourd'hui : notre ennemi menace tout le monde mais personne directement ; il ne torture pas, il endort ; il est partout et nulle part et, même si nous le combattons, nous savons que nous sommes aussi efficaces que les Danaïdes tentant de remplir leur tonneau percé de mille trous. Mais regardez plutôt qui arrive juste à temps pour profiter de ces somptueuses écrevisses à la crème.

LII

André-Marie Lantaigne vient de rentrer dans le réfectoire. Il salue quelques amis, serre longuement la main de Simon Deblois qu'il connaît bien : comme éditeur, il l'a rencontré plus d'une fois, et il dirige une fondation pieuse à Barbezieux-lez-Essars, commune d'une des circonscriptions, celle de l'Indre, dont Deblois fut autrefois l'élu. Après les écrevisses, on sert une selle d'agneau à l'ail et aux pousses de lavande confits, puis une aumônière de pommes accompagnée de sa glace au miel de romarin. Le juge Palamidès a renoncé au côtes du Ventoux pour garder l'esprit clair ; il avale deux cafés très serrés.

Une demi-heure plus tard, il monte à la tribune devant une salle que la qualité de la chère, le crépitement des cigales, la chaleur caniculaire du dehors et la climatisation du dedans inclinent davantage à la sieste qu'à la polémique. Pourtant, peu après que Klèovoulos a pris la parole, les yeux qui se fermaient s'ouvrent tout grands tandis que se referment les bouches qui, elles, s'ouvraient pour laisser échapper un bâillement.

— Monsieur le président, messieurs les ministres, mesdames, messieurs, je voudrais d'abord présenter mes excuses aux organisateurs de ce Forum. En effet, je n'interviendrai pas sur le sujet qu'ils m'avaient assigné. D'abord parce que, pour être considéré, c'est le privilège de l'âge, comme un sage au verbe mesuré, je ne ferais que vous répéter, à la virgule près, ce que vous a dit ce matin, avec compétence et passion, ma très chère et très estimée collègue Clémence Volkovsky — des propos qu'aurait d'ailleurs pu tenir également, si on ne l'avait pas définitivement fait taire, un autre collègue français auquel me liait une profonde affection. Je veux parler bien sûr du juge Julien Bergeret.

La salle frémit de nouveau.

— Chacun a entendu les accusations portées par un homme dont la mort est, elle aussi, intervenue dans des circonstances troublantes ; je ne dirai rien de plus là-dessus. C'est à la justice, rendue au nom du peuple et non à l'usage des gouvernants, qu'il appartient désormais de faire la lumière sur cet aspect du dossier. Mais nous sommes un certain nombre qui estimions, qui aimions le juge Bergeret, et qui sommes résolus aujourd'hui à nous battre pour que cette affaire soit entièrement élucidée. Parce qu'il y a eu mort d'homme et une mort particulièrement abominable.

» Quant à la seconde raison pour laquelle je ne traiterai pas du sujet qui m'avait été attribué, c'est qu'il existe une autre piste pouvant expliquer la mort ignoble que ses assassins, les bourreaux et les commanditaires, ont réservée à mon ami Bergeret. Et que je voudrais vous entretenir à présent, monsieur le président, messieurs les ministres, mesdames, messieurs, de cette piste qui commence au premier siècle de notre ère, avec un parchemin couvert de… phallus.

Cette fois, l'auditoire est stupéfait. Interloqué. Clémence, qui n'a pas quitté Lantaigne des yeux depuis l'exorde, l'a vu pâlir, blêmir ; il est à présent plus blanc que le saint suaire. Klèovoulos raconte comment il a offert la maison de Parigoros à Julien pour le temps de sa convalescence, recommandé à l'higoumène le byzantinologue débutant ; comment Julien a découvert les manuscrits et comment il a réussi à en percer le mystère.

— Mais qu'y avait-il donc de si important, caché sous ces signes obscènes et qui nous fonde à croire que cette trouvaille constitue un des mobiles de l'assassinat de notre ami ? Permettez-moi, mesdames, messieurs, de commencer par la fin, par un document que l'higoumène du monastère *Aghios-Pantèleïmon* sur l'île de Parigoros a ramené au jour il y a quelques semaines seulement, que Julien n'a donc jamais vu mais que nous avons décrypté grâce à la grille qu'il avait mise au point.

» Il s'agit en fait d'une introduction que le codeur, l'inventeur de cette écriture secrète, avait ajoutée aux textes exhumés par Julien et dont vous me permettrez de vous donner ici une lecture intégrale.

> *Je te salue, lecteur, moi, Hermokratès* [littéralement « puissance d'Hermès »], *fils d'Aristide, initié aux mystères sacrés des Fils d'Hermès, comme jadis Trophonios de Salamine dont les écrits révèlent la vraie nature de ce Paul qu'on dit saint. Ces écrits, notre confrérie les a conservés durant des siècles dans la bibliothèque de l'*hermaion *souterrain qui était le lieu de nos saints mystères, jusqu'à ce que les chrétiens le transforment en église, qu'ils en arrachent la statue d'argent d'Hermès afin de la fondre pour financer les insatiables besoins de Théodose, ce monstre qui, continuant l'œuvre de ses prédécesseurs chrétiens, mène l'Empire et la civilisation à leur perte, ce tyran qui a définitivement transformé le principat en despotisme barbare appuyé sur une religion qui parle d'amour mais sème la mort et s'impose par la force.*
>
> *Ce monstre, depuis le début de son règne, a pris chaque année un édit ordonnant de persécuter les païens, chaque année avec plus de violence ; ce monstre a fermé nos sanctuaires, détruit et pillé nos temples, renversé nos autels,*

interdit nos sacrifices et jusqu'à nos jeux athlétiques ; ce monstre, ses soldats et ses prêtres assassinent tous ceux qui refusent d'adorer leur dieu mis en croix. En vérité, jamais bête sauvage ne fut plus assoiffée de sang que ces chrétiens ne le sont du sang des hommes libres qui refusent de s'agenouiller devant leur idole.

Ce monstre a ordonné le massacre, qui dura toute une journée, de milliers de Thessaloniciens désarmés, femmes et enfants compris, chaque soldat devant présenter à ses chefs son quota de têtes tranchées. Et pourquoi ? parce que les citoyens de cette ville s'étaient révoltés contre l'emprisonnement, en raison de ses amours avec un jeune homme, d'un conducteur de char admiré de tous. Ce monstre a inscrit dans la loi, en application des préceptes du monstre Paul, que ceux qui, comme moi, pratiquent l'amour d'Hermès et Pollux sont voués désormais à être livrés aux flammes, prouvant ainsi que la liberté meurt en même temps que meurt la liberté d'aimer les garçons.

Il a tant tué et fait tuer qu'aujourd'hui je suis le dernier survivant des Fils d'Hermès sur cette île. Aussi ai-je inventé une écriture composée de phallus, en hommage à mon dieu tutélaire, le grand Hermès, dieu des savoirs cachés qui, durant des siècles, veilla le long de nos routes sous la forme de bornes où n'apparaissaient que son visage au sommet et ses parties sexuelles au centre, des bornes que les chrétiens ont mutilées ou détruites, comme ils ont mutilé l'intelligence et détruit la sagesse de nos pères.

Cette écriture, je l'ai inventée pour que, plus tard, si l'humanité guérit un jour de la maladie chrétienne, on sache qui a vraiment été Paul. Et je choisis ce stratagème afin de soustraire le livre de Trophonios à la fureur destructrice des chrétiens, en le dissimulant dans une maison de plaisirs où il passera pour un objet licencieux. Une de ces maisons que les chrétiens exècrent en paroles mais qu'ils fréquentent autant ou plus que les autres. Car leurs proscriptions, comme celles de Paul, ne visent qu'à rendre coupables les hommes libres, à s'emparer de leur esprit par l'anathème et par la crainte, tout en pratiquant eux-mêmes ce qu'ils interdisent à autrui.

» Cette introduction, nous pouvons la dater très précisément grâce aux faits qu'elle rapporte : Théodose règne sur l'Empire romain de 379 à 395 et c'est en 390 qu'il promulgue le code portant son nom, première législation inspirée par le christianisme, l'établissant comme norme religieuse, politique, sociale, et vouant les sodomites au bûcher. C'est également en 390 qu'il fait égorger quinze mille Thessaloniciens, parce que la ville tout entière avait pris la défense d'un aurige emprisonné pour avoir séduit un jeune et bel esclave du gouverneur Botheric. Et c'est en 392 et 393 / 4 que Théodose interdit tout culte païen puis les jeux athlétiques (dont les jeux Olympiques), obéissant ainsi à saint Ambroise de Milan qui les juge impudiques et impies : c'est donc entre 393 / 4 et la mort de Théodose (395) qu'Hermokratès, lui-même païen et sodomite, invente cette écriture phallique destinée à sauver de la censure chrétienne, le témoignage laissé trois siècles plus tôt par Trophonios.

» Mais qui est donc ce Trophonios ? à l'en croire, il s'agit d'un patricien de Chypre qui a connu Paul au printemps 45, lors du passage de ce dernier à Salamine, qui l'a suivi jusqu'au printemps 58, à Troas (Asie Mineure) où ils se séparent, et qui, après la mort de Paul (64-65), écrit ce que nous pourrions appeler aujourd'hui une version non autorisée des *Actes* de l'apôtre des Gentils, à la lecture de laquelle on apprend notamment que le saint était grand amateur de jeunes gens.

Un ohhh de surprise ou d'indignation couvre un instant la voix de l'orateur. Lantaigne se lève. Clémence le suit de près. Ils se retrouvent face à face dans le hall. Lantaigne compose un numéro sur son portable.

— Je vous déconseille d'appeler qui que ce soit.

— Vous n'avez rien à me déconseiller.

— Je ne suis pas d'accord avec vous. Et je vous demande de n'appeler personne avant que nous ne nous soyons vus en tête-à-tête, ce soir, à l'endroit que je vais vous désigner.

— De quel droit me parlez-vous sur ce ton ?

— Du droit qu'a un juge sur un criminel ou, à défaut, un maître chanteur sur celui qu'il fait chanter.

Un rictus se dessine sur le visage de Lantaigne.

— Ne me dites pas que l'incorruptible...

— Il n'est plus temps de faire de l'ironie, monsieur Lantaigne, il est temps pour vous, désormais, de vous préparer à être libre.

— Je ne comprends rien à ce que vous me dites. Vous êtes folle !

— Un grand chrétien comme vous connaît forcément par cœur l'Évangile de Jean.

— Et alors ?

— Ne dit-il pas aux hommes que la vérité les rendra libres ?

— Je ne comprends toujours pas, et je ne vois toujours pas pourquoi je ne pourrais pas téléphoner à qui me plaît.

— Alors disons que ce soir, à vingt-deux heures précises, je vous attends sur la plate-forme supérieure du chantier de l'hôtellerie et que, si vous n'y êtes pas, seul, un courriel sera expédié dans les cinq minutes à toutes les rédactions. Un courriel relatif à certaines pratiques courantes dans une certaine maison sise à Barbezieux-lez-Essars.

Lantaigne passe du blanc au verdâtre.

— Mais c'est vraiment du chantage !

— Je vous avais prévenu. Ce que ne dit pas Jean, c'est que la vérité doit parfois emprunter des chemins de traverse pour se manifester.

— Que voulez-vous ?

— Ah je vois que vous changez de ton. Rassurez-vous, je n'en ai pas après votre argent. Je veux seulement… votre tête.

LIII

Depuis vingt ans, André-Marie Lantaigne a fait plusieurs héritages, dont certains fort importants : la veuve d'un grand patron de l'industrie pharmaceutique, un nobliau faible d'esprit tendance charismatique, un négociant de cognac dépressif, une vieille star de la chanson confite en bondieuseries après une vie passablement dissolue... Les frères Kalermis viennent d'ailleurs d'apprendre que leur père a partagé la quotité disponible de sa fortune entre le *Primum Agmen Christi*, une association familiale, les éditions Priscus et plusieurs personnes physiques, dont André-Marie Lantaigne.

Actionnaire principal de Priscus, le *Primum Agmen* signale en effet à Lantaigne, de temps à autre, un chrétien fortuné susceptible d'entrer au capital ou de concourir à son salut en faisant une sainte donation à cette maison d'édition en perpétuel déficit. Lantaigne lui rend visite, cultive les relations prometteuses et, grâce à sa séduction, se retrouve parfois couché, à titre personnel, sur le testament du défunt. Si bien que, même si Priscus ne cesse de perdre de l'argent, lui-même ne cesse de s'enrichir — ce qui d'ailleurs lui a valu, à plusieurs reprises, quelque remarque fielleuse ou remontrance à peine voilée de la part du représentant de l'Avant-Garde à son conseil d'administration.

À Barbezieux-lez-Essars, Lantaigne avait ainsi hérité d'un gentil pécule, sous la condition qu'il acceptât de fonder avec le reste du capital, dans une grande maison bourgeoise en briques, à tourelles d'angles et toit d'ardoises, noyée dans la verdure d'un grand parc ceint de hauts murs, une œuvre pie que le testateur, un notaire travaillé par le remords d'un enfant naturel jamais reconnu, avait définie comme devant venir en aide aux filles-mères du département.

André-Marie Lantaigne avait scrupuleusement respecté les volontés du défunt — ce qui était tout à son honneur —, et lancé les associations « pro-choix » de la région à l'assaut des services hospitaliers pratiquant des avortements, afin de convaincre les femmes qui venaient là de garder leur enfant, en leur promettant aide, assistance, travail, et d'abord un hébergement gratuit dans la grande demeure.

Le seul problème, c'est qu'André-Marie surveille de très près la vie de l'institution — ce qui est en soi légitime, puisqu'il en est comptable devant Dieu et la mémoire du notaire —, qu'il la visite au moins deux fois par mois — ce qui prouve son dévouement —, mais qu'il s'attache aussi tout spécialement au sort de certaines pensionnaires — les plus girondes — qui se trouvent dès lors dans l'obligation de choisir entre se retrouver seules, avec leur enfant, à la rue, ou bien…

Le dossier que Némèse avait fourni à Nikos et Clémence, en échange de la divulgation du DVD qui devait faire tomber Perrault, est suffisamment éloquent. Il couvre près de dix années : plaintes retirées le lendemain du jour où elles ont été déposées, témoignages du personnel, gendarme trop curieux, muté d'office et qui, six mois plus tard, se suicide dans des circonstances étranges, etc. Depuis qu'elle a le dossier entre les mains, Clémence a rendu visite à douze anciennes pensionnaires ; elle en est ressortie accablée, mais avec l'assurance que cinq d'entre elles, au moins, sont prêtes à porter plainte et à tenir jusqu'au bout.

Quant au deuxième article du *Monde*, grâce à son édition électronique, à l'équipement informatique de la médiathèque et aux bons soins de Clémence, il commença de circuler dans la salle de conférence pendant que Klèovoulos était encore en train d'expliquer à son auditoire médusé qu'un des mobiles du meurtre de Julien Bergeret avait été de l'empêcher de publier (ou de le punir d'avoir voulu le faire) un antique manuscrit codé avec des bites, révélant que Paul de Tarse était un schizophrène écartelé entre ses attirances sexuelles et l'interdit jeté par la religion de ses pères sur les amours charnelles entre mâles.

Le journaliste d'investigation chargé du dossier, un des mieux informés de Paris, détaillait cette fois l'histoire de l'épingle de cravate. Citant des sources policières confidentielles, il précisait que le skin qui l'arborait devant Saint-Nicolas avait été arrêté à plusieurs reprises pour des violences d'après match, lors de rixes autour de meetings de l'Alliance nationale, ou pour des agressions contre des Maghrébins, des sans-papiers, des SDF... mais qu'il avait toujours été relâché — sans poursuite — sur l'intervention d'un fonctionnaire passé, au temps de Pascal Campionetti, du groupe des enquêtes réservées des RG de Paris à la direction centrale de ce service où il était resté des années, chargé de mission auprès du directeur, sans attributions déterminées, et qui, aujourd'hui, bien qu'il ne figurât ni dans l'organigramme du ministère ni parmi les membres officiels du cabinet, était l'un des très proches collaborateurs de Morcerf. Enfin, l'article suggérait au commissaire Carré et au juge d'instruction de réorienter leurs investigations de ce côté-là, plutôt que de s'obstiner à rechercher de très fantomatiques Beurs sado-masochistes amateurs de code de carte bancaire.

Klèovoulos et Clémence sont revenus à la très charmante hostellerie du prieuré de Bonnieux. Ils ont pris une douche. Ils n'ont faim ni l'un ni l'autre. Ils se sont installés sur la terrasse devant un pastis, en attendant l'heure du rendez-vous que Clémence a fixé à Lantaigne.

— Je pense qu'il serait plus prudent que je vous accompagne, Clémence.

— Voyons, Klèovoulos, que voulez-vous qu'il me fasse ?

— C'est une bête traquée à présent et comme il ne semble jamais avoir été arrêté par grand-chose lorsqu'il ne l'était pas…

— Non, Klèovoulos. Cette ordure m'a enlevé l'être qui, dans toute ma vie, m'a été le plus cher. Peut-être d'autant plus que je l'aimais sans espoir de retour, gratuitement, sans rien attendre, sans rien lui demander que de continuer à exister. Alors cette ordure, aujourd'hui, je veux être seule en face de lui pour lui arracher ce qu'il a de plus précieux au monde, la vérité qu'il cache, pour le faire avouer ses yeux dans mes yeux, le voir souffrir, mille, dix mille fois moins, hélas, que ses sbires n'ont fait souffrir Julien. C'est la raison pour laquelle je lui ai donné rendez-vous à dix heures, qu'il ait le temps d'ici là de ruminer, de comprendre qu'il n'a plus d'issue. Je veux le voir, malgré tout, tenter d'échapper, essayer de m'acheter, je veux le faire espérer, et lui replonger la tête dans son destin comme ils ont plongé et replongé la tête de Julien dans cette mare immonde, jusqu'à ce qu'il suffoque. Vous savez, Klèovoulos, j'y suis allée dans cette sablière…

— Je crois que je n'ai connu qu'une fois cette haine que je vous vois.

— Pour ceux qui vous ont fait subir la *falanga*?

— Non. Ceux-là étaient de pauvres brutes, comme les bouchers qui ont martyrisé Julien. Cette haine, c'était pour le gentil, celui qui venait après les séances de torture me dire que lui, il n'était pas un sauvage comme les autres, qu'il fallait que j'en profite, que je lui dise tout, que, sinon, les sauvages allaient revenir et que lui, le gentil, le civilisé, il ne pourrait plus rien pour moi.

— Vous me comprenez ?

— Je crois que je peux, Clémence… je crois. Le gentil, si j'avais pu, c'est à lui que j'aurais fait subir les tourments que les brutes m'infligeaient. Avec un intense sentiment de satisfaction. Et la certitude que c'eût été justice.

— Vous ne pensez pas que je vais trop loin, que Nikos et moi nous allons trop loin ? Quelquefois, je me demande… et puis ça passe. Mais ça revient. Je me demande ce que je ressentirai une fois que la vérité aura éclaté : du dégoût pour les moyens que nous avons employés ? du remords ? ou si je me sentirai seulement à nouveau libre de vivre. Libre parce que la justice sera passée.

— Ou parce que Julien aura été vengé ?

— La question de la vengeance est complexe. Trop pour le moment. Dans dix ans, nous pourrons peut-être nous interroger sur le sens de tout cela ; s'il s'agissait de justice ou de vengeance. Mais aujourd'hui, ce n'est pas le problème ; aujourd'hui, il s'agit de ne pas laisser impuni un meurtre qui le restera si nous n'empruntons pas les voies que nous empruntons. Le système ne nous a pas donné le choix.

— C'est la vieille question de la fin et des moyens.

— Et du meurtre juste. Celui d'Oreste acquitté par l'Aréopage grâce à l'égalité des voix et à celle d'Athéna qui fait pencher la balance. Il n'avait pas le droit de tuer sa mère, mais il n'avait pas non plus le droit de laisser impuni le fait qu'elle ait tué son père. Il y a bien eu crime, mais ce crime était légitime. Vous n'auriez pas voté l'acquittement, vous, Klèovoulos ?

— Aurais-je dit ce que j'ai dit cet après-midi ? et serais-je ici, avec vous, si je l'avais condamné ? Cela ne doit pas pour autant vous empêcher d'être prudente : je vous accompagnerai jusqu'en bas de l'immeuble en chantier, je vous attendrai ; et vous allez prendre ceci avec vous.

Klèovoulos lui tend un petit revolver. Clémence le glisse dans le sac à bandoulière qu'elle porte à l'épaule. Puis ils partent au rendez-vous.

La nuit est claire, la lune pleine, la campagne embaume la lavande, bruisse de mille froissements. Clémence a le cœur qui bat fort, elle a préparé son discours, elle va lui mettre le marché en main : ou bien il se constitue prisonnier et avoue qu'il a commandité le meurtre de Julien, qu'il a pris l'initiative de rassembler Perrault et Michel Kalermis, que c'est lui qui a réparti les rôles : à Kalermis le financement, à Perrault la logistique. Et dans ce cas, elle lui fera grâce de Barbezieux-lez-Essars : aux yeux de ses huit enfants, il sera un assassin mais pas un violeur ; il pourra faire figure de fanatique qui a fait tuer par aveuglement, mais avec des motivations « nobles » : pour la gloire de Dieu et le salut du monde. En revanche, s'il refuse, ses gamins sauront qu'en plus d'un criminel, il est une crapule sans honneur, un cynique qui se servait de ses croyances affichées pour abuser d'êtres à la dérive, en pleine détresse, que ces croyances-là auraient dû justement lui commander de protéger. Elle a pensé qu'il pouvait se suicider bien sûr, mais elle est persuadée qu'il n'en aura pas le cran — même si sa foi n'est qu'une grimace.

Leur voiture arrive sur le parking à dix heures dix : vieux truc de flic, le retard, pour le faire mariner, « l'attendrir » un peu. De l'allée qui mène au chantier, débouchent deux hommes — costumes sombres et lunettes fumées, malgré l'obscurité. Ils montent dans une voiture bleu nuit qui démarre en trombe. Une Lamborghini, Clémence en est certaine (elle a toujours eu un faible pour les grosses cylindrées transalpines) ; immatriculée en Italie, a cru remarquer Klèovoulos en descendant de la Maserati, modèle 1967, de Clémence, mais sans pouvoir noter le numéro : le véhicule est parti trop vite, et tous feux éteints.

Ils empruntent le chemin d'où venaient les deux hommes. Clémence a donné rendez-vous à Lantaigne sur la plate-forme du futur deuxième étage. Klèovoulos attend au bas de l'escalier. Mais à peine est-elle arrivée au premier…

— Klèovoulos, venez vite !

LIV

En arrivant au premier étage, sur la large terrasse que domine le second, Clémence a immédiatement vu André-Marie Lantaigne. Il a les yeux grands ouverts, il est embroché, au niveau du sternum, sur quatre fers à béton pointant vers le ciel : manifestement, il a été poussé dans le vide depuis l'étage supérieur, à reculons.

Elle pense à Nikos, à leurs conversations avec Némèse aux Armes de Bruxelles ; comment, dans les jours suivants, Nikos et elle ont réfléchi à… quoi ? à la manière de faire éclater une vérité qui, finalement, ne sera pas étouffée. Pour une fois. Une vérité qui les rend libres parce qu'en éclatant elle va rendre à Julien sa dignité, sinon la vie. Elle repense à *Tosca* que Nikos avait dans les oreilles lorsqu'il a voulu quitter ce monde, qu'ils ont entendue quatre fois à la Monnaie de Bruxelles ; à ce que chante Tosca en tuant de ses mains le bourreau, le tortionnaire de son amant, aux larmes coulant des yeux de Nikos à ce moment-là.

Le sang vous étouffe ?
Meurs, maudit !
Meurs ! Meurs ! Meurs !
(Le voyant immobile)
Il est mort.
Maintenant je lui pardonne !

(Tosca, *livret de Luigi Illica et Giuseppe Giacosa, deuxième acte.)*

Et puis décidément, non ! Clémence le voit mort et ne lui pardonne pas. Elle n'éprouve qu'un sentiment d'intense satisfaction. Et le regret de ne l'avoir pas vu craindre la mort, de ne l'avoir pas vu mourir.

Klèovoulos arrive. Essoufflé.

— Vous n'aviez pas envisagé qu'il ait pu agir sur ordre ?

— Vous voulez dire… les deux types… des Italiens…

— Vous connaissez l'histoire de Paolo Bastia : l'Institut pour les œuvres de la foi, la banque de l'Église, incite le patron du Banco Ambrosetto en odeur de sainteté, à prendre pour son compte des risques de plus en plus inconsidérés dans des affaires où il ne veut pas apparaître. Mais quand Bastia se retrouve en difficulté, le Vatican se dérobe et l'accule à la faillite. Puis l'enquête remonte jusqu'à l'entourage plus que louche du pape, et on retrouve Bastia pendu sous un pont d'Amsterdam, prétendument suicidé alors qu'il a de l'eau plein les poumons.

— Vous voulez dire qu'à partir du moment où Lantaigne allait être inquiété, et où l'article du *Monde*, ajouté à votre intervention de cette après-midi, montrait que le filet était en train de se resserrer…

— S'il a commis l'imprudence de téléphoner à ses supérieurs pour demander de l'aide, des instructions, les informer du rendez-vous, la Sainte Maffia avait tous les éléments en main pour passer à l'action immédiate, éviter tout risque de bêlements intempestifs de la brebis galeuse qui s'affole, faire sauter le fusible et couper le circuit avant que la réaction en chaîne ne devienne incontrôlable.

Le lendemain, mercredi 27 août, c'était au tour du *Canard* de publier la suite de son enquête. On y apprenait que le patron du sex-club où Julien était venu passer sa dernière soirée avait été, à demi-mot, menacé de fermeture par un officier des RG, et ceci non seulement avant le passage des enquêteurs officiels... mais avant l'heure de la découverte du corps. En revanche, il ne pouvait affirmer que le témoin prétendant avoir vu partir Julien était présent dans son établissement le soir du crime ; ajoutant que, en tout cas, il ne s'agissait pas d'un client régulier. Quant au témoin lui-même, *Le Canard* révélait que, chômeur en fin de droits, il avait trouvé un emploi, dès la semaine suivant sa déposition spontanée, dans les services municipaux d'une commune résidentielle de la banlieue ouest... celle dont Villefort, le garde des Sceaux, est le maire.

Enfin, après avoir rendu compte des interventions de Clémence et Klèovoulos à Saint-Herme, *Libération*, de son côté, publiait la photo de la sortie du déjeuner Lantaigne-Kalermis-Perrault chez Lapérouse, en posant directement au Premier ministre la question de savoir quel avait été l'objet de ce repas dont il était désormais le seul survivant.

La position de Perrault devenait intenable ; Larsouille dut écourter de trois jours ses vacances aux Seychelles afin de recevoir sa démission.

Entre-temps le commissaire Carré avait arrêté les skins. Et Nikos avait reconnu, lors d'une identification dans les formes au Quai des Orfèvres, le collaborateur officieux de Morcerf et recruteur présumé de l'équipe des tueurs, comme un des policiers venus chez eux après le saccage. Mais l'homme niait avoir été présent sur la scène du meurtre.

— Moi, j'voulais pas lui faire sauter l'œil avec mon couteau, affirma l'un des skins. C'est le flic qui m'a ordonné, il m'a dit qu'on était couverts en haut lieu, que ce type c'était rien, une sale lope, un sous-homme et que, de toute façon, il aurait plus rien d'intéressant à voir.

Rarement dans l'histoire, la roche Tarpéienne s'était trouvée si près du Capitole : quittant Matignon le 29 août à dix heures,

Alain Perrault fut placé en garde à vue au début de la soirée, mis en examen et écroué le lendemain à midi au quartier des VIP de la Santé.

Mais, à la surprise générale, le président Larsouille ne nomma pas Georges Czarblansky Premier ministre. Il est vrai qu'on sut très vite que ce dernier était également mis en examen — pour entrave à la justice, vol, recel et destruction de preuve. En effet, retrouvant la mémoire, décidé à ne pas plonger seul et à entraîner au moins dans son naufrage son vieil ennemi au sein du MUD, Perrault avait déclaré spontanément que le premier DVD avait bien été volé dans le cabinet de Julien Bergeret, sur ordre de Czarblansky, et qu'après l'avoir conservé pendant quarante-huit heures, après qu'ils l'eurent visionné ensemble, le ministre de l'Intérieur l'avait détruit devant ses yeux.

— Pas de pot pour Némèse : son patron, c'est l'arroseur arrosé sur ce coup-là.

Clémence arrive de Bruxelles où *La Libre Belgique* vient de révéler que la Monplanto a généreusement rétribué, six mois avant sa désignation et pour d'assez minces consultations juridiques, le nouveau président de la Commission européenne… alors que les crédits communautaires pour la recherche sur les origines de la maladie de la jambe molle viennent d'être annulés. Elle va démissionner de la magistrature.

— Pas si sûr, répond Nikos.

Il est riche à présent. La Crava est en train de racheter la Navale de Défense et, une fois la succession réglée, même avec la seule part dont son père n'a pas pu le spolier, il disposera d'un joli capital. Mais ce fric-là, cet argent maudit qui a servi à payer les tortionnaires de Julien, il n'en veut pas. Aussi a-t-il décidé de le blanchir, dans le bon sens pour une fois : le capital servira à créer la Fondation Julien-Bergeret, dont la double mission sera de venir en aide aux victimes de l'homophobie et d'encourager… les études byzantines. Quant à Clémence, si elle dîne rue des Thermopyles ce soir, c'est pour en discuter sérieusement : Nikos lui a demandé d'en prendre la présidence.

— Comment cela ?

— Tu n'as pas vu le *Paris-Match* sur les vacances des Larsouille aux Seychelles ?

— Non, pourquoi ?

— Attends, je vais te montrer.

Nikos prend le magazine, l'ouvre à la page cornée, désigne à Clémence une photo de plage où l'on voit le couple Larsouille se promener au bord de l'eau turquoise, suivi à distance par deux anges gardiens.

— Tu crois que c'est lui ?

Nikos tourne la page, pointe du doigt un autre cliché : le jour du retour anticipé, sur le tarmac de l'aéroport de Mahé, un grand type aide Thérèse Larsouille à descendre de l'hélicoptère qui ramène le couple de son île-palace à l'avion présidentiel.

— Alors ça… tu veux dire que…

— C'est Larsouille le vrai patron de Némèse, ma petite Clémence. Et c'est le bureau élyséen des coups tordus qui a poussé Perrault dans le piège, tout en sachant qu'il mouillerait Czarblansky. D'une pierre deux coups, tu comprends ? Les deux prétendants qui se croyaient dauphins désignés, qui se voyaient déjà successeurs, se sont auto-carbonisés sans se rendre compte de rien. Tu paries combien qu'avant dix jours, il annonce sa candidature à la prochaine présidentielle ?

Il en fallut seulement huit pour que le président Larsouille réalisât, en direct au journal de vingt heures, la prophétie du Bel-Hermès.

Eh bien oui, monsieur Poivre d'Arvor, après les tristes événements qui ont marqué les dernières semaines, j'ai bien dû constater que je suis le seul, aujourd'hui, à pouvoir battre la gauche tout en faisant barrage à l'extrême droite. Aussi ai-je dû me résoudre à ne pouvoir profiter dès maintenant de la vie d'étude, de méditation et de repos que je croyais avoir suffisamment méritée. J'ai donc décidé…

LV

Février commence. Hier soir, Nikos a dîné avec Klèovoulos Palamidès dans la taverne de Halandri où ils étaient allés avec Julien, à leur retour de Parigoros. Le Bel-Hermès reviendra à Paris pour le procès des quatre assassins et du commanditaire survivant lorsqu'il aura lieu. La justice prend son temps.

Larsouille est en pleine campagne, les sondages sont serrés, mais Nicolas est persuadé qu'il l'emportera ; il promet beaucoup, comme d'habitude, et la très pieuse Thérèse, née de Merteuil-Espérendieu, la véritable tête du couple, la colonne vertébrale aussi, rentre d'un voyage à Rome où elle a été reçue en audience privée par le Saint-Père — très bon pour l'électorat catholique. C'est d'elle que s'est fait remarquer Némèse, autrefois, alors qu'il était jeune inspecteur des RG sans avenir avec, dans sa zone, Mouillon-sur-le-Cingle, le berceau du larsouillisme dont le président a été député trente ans, avant d'accéder à la magistrature suprême. C'est elle qui a obtenu de son mari, dès leur arrivée à l'Élysée, que Némèse soit affecté à sa sécurité personnelle et promu commissaire, puis commissaire principal dans des délais records. C'est elle qui, avec son fidèle Némèse…

— Mais laissez donc mes maîtresses tranquilles, Thérèse, voulez-vous ?! Voilà bientôt douze ans que vous vous tapez votre poulaga, et j'y trouve quelque chose à redire, moi ?

Sur le pont du bateau qui a levé l'ancre à Rafina, il y a deux heures, Nikos est accoudé au bastingage. Il a quitté Paris enfoui dans la grisaille depuis des mois ; il se livre tout entier au soleil d'hiver, avale goulûment de longues bouffées d'air marin gorgé d'embruns. Depuis que les criminels sont sous les verrous, ou bien six pieds sous terre, il se sentirait presque heureux : apaisé, en tout cas. Ou plutôt il sent que les mânes de Julien le sont. Il porte la main à l'hématite qui pend sur sa poitrine. Son Juju lui manque toujours, bien sûr, mais plus de la même façon, d'une façon plus douce, plus tendre. Malgré l'absence, il est presque certain de n'être pas tout à fait seul à partager les plaisirs de la vie, comme celui d'être là, au cœur de l'hiver mais en plein soleil, dans le bleu et dans le vent.

Nikos a décidé de changer de vie. L'argent du bouquin de Julien, dont il a hérité, lui a suffi pour racheter la clientèle d'un des deux kinés installés à Parigoros. La Fondation Julien-Bergeret, représentée par Clémence, est déjà partie civile dans trois procès pour agressions homophobes et, à la fin de l'année universitaire, elle attribuera ses cinq premières bourses à des doctorants en études byzantines. Clémence se bat avec rage, comme d'habitude. Elle lui a dit qu'elle viendrait le voir cet été, à Parigoros qu'elle ne connaît pas ; et qu'elle ne serait peut-être pas seule. Nikos n'a rien pu savoir de plus.

I parigoria, en grec, c'est la consolation ; Nikos a toute l'existence devant lui, désormais, pour la trouver. Il ne s'installera pas à Posidonia. Klèovoulos le lui a proposé ; mais il ne pouvait être question pour Nikos d'habiter seul la maison où ils ont vécu à deux. Il ne veut même pas se consoler dans la partie verte de l'île ; il a choisi la partie aride, faite de caillasses et de falaises. Il a choisi un petit cube blanc aux volets bleus plutôt qu'une grande maison de capitaine ou d'armateur. Chaque matin, il passera le col pour aller au boulot à Parigoros, et chaque soir il le repassera pour rentrer chez lui, un chez-lui dont les fenêtres ouvrent sur une splendeur austère.

— Mais si vous voulez vous faire moine, pourquoi ne pas devenir l'un des nôtres ? lui demande en souriant l'higoumène Séraphim, à qui Nikos vient rendre visite dès le lendemain de son arrivée.

L'ara, perché sur l'épaule de l'exarque, frotte les plumes vertes de sa tête contre la joue du vieil homme. Son aigrette turquoise s'en hérisse de plaisir.

— Comment le pourrais-je, Votre Béatitude ? Je ne crois pas.

— Vous ne croyez pas à quoi ?

— À votre dieu.

— Que savez-vous au juste de mon dieu, Nikos ? Je vous ai répondu un jour que la question de ma croyance n'avait pas, alors, à être posée. Mais il est bien possible, aujourd'hui, que le temps soit venu d'y répondre, parce que vous, vous êtes probablement arrivé au terme de votre chemin initiatique.

— Que voulez-vous dire ?

— C'est en plaisantant que je vous proposais de vous faire moine, mais le temps est venu pour moi de vous dire que je ne crois pas plus que vous à ce dieu des Hébreux et à ce dieu de Paul. Je vous le dis parce que, vous et moi, Nikos, nous avons traversé les mêmes épreuves, nous avons connu l'amour vrai, le désespoir absolu, nous avons vu la mort de près, nous avons fait l'expérience de la haine, et nous sommes remontés lentement vers le jour — guidés par l'Hermès psychopompe, celui qui conduit les âmes des mortels de la lumière jusqu'au royaume d'Hadès, et celles des initiés, à travers les ténèbres, jusqu'à la lumière de la connaissance véritable.

Nikos fronce les sourcils ; il se demande s'il a bien entendu.

— Êtes-vous athée, Nicolas ?

— Je ne sais pas ; je l'ai été. Mais depuis que Julien est mort, j'ai l'impression qu'il…

— Qu'il vous accompagne, qu'il veille sur vous. Voyez-vous, la mythologie des Anciens, ces petites histoires drôles, anodines, bizarres, ridiculisées par les chrétiens qui n'y ont vu qu'enfantillages et idolâtrie, est souvent bien plus intéressante que la Bible, parce qu'elle est la traduction d'une vision bien plus complexe de l'univers : les tribulations d'Ulysse en disent plus long sur l'homme, le sensible et le sacré, que les quatre Évangiles. Cette religion-là a permis et accompagné l'essor le plus fantastique de la pensée humaine, en quelques siècles, un effort sans précédent, et je dirai sans pareil, pour comprendre le monde et le transformer en Beau, en théâtre, en mathématiques, en réflexion politique, en urbanisme, en histoire, en philosophie, et finalement… en liberté de l'esprit. Mais comme, pour le Grec, le péché suprême est la démesure, cet effort de compréhension, de rationalité, de liberté va de pair, dans une dualité que symbolise parfaitement Hermès, avec la reconnaissance de ce qui lui échappera toujours.

— Vous êtes en train de me dire que…

— Que la pluralité des dieux, des intentions, l'affrontement de forces contradictoires, rendent bien mieux compte de la réalité du monde que l'unicité d'une volonté. Que les trois révélations monothéistes sont une dangereuse maladie de l'âme, de l'esprit et de la cité. Que la religion antique est probablement une des formes les plus accomplies de la sagesse, qui consiste à donner une apparence familière, proche de soi, aux forces qu'on ne peut comprendre.

L'ara s'envole de l'épaule de Sa Béatitude Séraphim pour venir se poser sur celle de Nikos.

— Vous moquerez-vous de moi si je vous dis qu'il y a quelque chose de Philippe vivant dans cet oiseau ? Voyez-vous, le codeur du manuscrit phallique, dans les pages que je vous ai données lorsque vous êtes venu me demander mon aide, s'est trompé lorsqu'il disait être le dernier Fils d'Hermès sur cette île. Malgré Théodose, malgré les barbaries chrétiennes déchaînées contre la sagesse des Anciens, malgré tout, le fil n'a jamais été rompu. Quelques hommes ont toujours su conserver et transmettre les savoirs secrets que notre dieu nous a…

— Vous êtes en train de me dire, Votre Béatitude, que vous êtes un Fils d'Hermès ?!

— Nous sommes trois sur cette île. Mais vous, Nicolas, êtes-vous si certain de ne pas être déjà des nôtres ? Vous dont le nom signifie Bel-Hermès ; vous qui, par jeu, avez fait tatouer sur votre bras et vos chevilles, le caducée et les ailes de ce grand espiègle d'Hermès ; vous qui portez autour du cou l'hématite de Thot-Hermès. Vous m'avez dit, lors de cette visite dont je parlais tout à l'heure, que dans cette dramatique histoire que vous avez vécue avec Julien, puis sans lui, il y avait eu trois… je crois que vous avez employé le mot de « révélations », celle de ce prêtre qui, à l'hôpital, bien malgré lui, a convaincu Julien de changer de vie, celle du vrai Paul et celle de ce commissaire Némèse vous ouvrant les portes de la vengeance. Mais cette vengeance, Nicolas, est-ce seulement la vôtre, la nôtre, celle de Julien ? N'est-ce pas une épingle de cravate en forme de caducée qui a permis aux policiers de remonter jusqu'à Perrault ? N'avez-vous pas compris que l'abbaye de Saint-Herme, où Lantaigne a terminé sa triste existence, est, comme son nom l'indique, un des anciens *hermaion* du même culte qui se pratiquait dans notre chapelle d'*Aghios-Armas* ? et le moyen d'abattre votre père ne vous est-il pas venu, en songe, du dieu lui-même ?

— Comment pouvez-vous savoir ?

— Parce que nous avons tous fait cette expérience. C'est un des moyens préférés d'Hermès pour se manifester à ceux qu'il a choisis. Vous avez donc eu trois révélations, Nicolas, mais il y a quatre saisons, quatre points cardinaux, quatre éléments dans la nature ; les pythagoriciens confessaient qu'Hermès triomphe sur un quadrilatère symbolisant la raison infaillible, et le chiffre quatre est celui de la fin des initiations : votre quatrième révélation, Nicolas, celle qu'il me revient de vous dévoiler aujourd'hui, c'est que les dieux de l'Olympe ne sont pas morts, qu'ils vivent encore, parmi nous, et qu'ils nous apportent leur aide, dans chacun de nos combats, conscients ou inconscients, pour la justice et la liberté de l'esprit, contre les trois pestes monothéistes. Je vous disais donc que nous sommes actuellement trois Fils d'Hermès à Parigoros, dans ce monastère ou en dehors… il ne tient qu'à vous, Nikos, de vous reconnaître comme le quatrième.

Ce livre, centième titre des éditions H&O,
a été achevé d'imprimer en août 2005
par l'imprimerie Barnéoud à Laval
pour le compte de

H&O
ÉDITIONS

BP 90 - 34502 Béziers cedex
Tél. 04 99 43 05 52 - Fax 04 67 35 14 23
E.mail : heto1@wanadoo.fr
Internet : www.ho-editions.com

Dépôt légal : septembre 2005
N° d'imprimeur : 508041
3e tirage : mars 2006
Imprimé en France